Claus-Ulrich Bielefeld
Petra Hartlieb

Nach dem Applaus

Ein Fall für
Berlin und Wien
Roman

Diogenes

Die Erstausgabe
erschien 2013 im Diogenes Verlag
Umschlagfoto:
Copyright © AGfoto /
iStockphoto

Veröffentlicht als Diogenes Taschenbuch, 2015
Alle Rechte vorbehalten
Copyright © 2013
Diogenes Verlag AG Zürich
www.diogenes.ch
80/15/8/1
ISBN 978 3 257 24296 6

Diogenes Taschenbuch 24296

Alle Personen und Ereignisse in diesem Roman sind frei erfunden. Ähnlichkeiten mit lebenden oder toten Personen oder mit tatsächlichen Ereignissen wären also rein zufällig.

I

Thomas Bernhardt stand mit dem Rücken zum Zimmer. Er starrte aus dem Fenster auf den zugefrorenen, schneebedeckten Lietzensee. Ein paar Jugendliche hatten eine größere Fläche freigeräumt und spielten Eishockey. Er hörte gedämpft das dumpfe Klacken, wenn die Stöcke aneinanderschlugen. Kinder schlitterten auf einer schmalen Eisbahn, die schwarz glänzte. Immer wieder fielen sie hin und purzelten übereinander. Ein paar Mütter standen zusammen und tranken Glühwein, den ein Mann an einem kleinen Stand ausschenkte. Die Schreie und das Rufen der Kinder kamen von weit her, wie aus einer anderen Welt.

Bernhardt ließ seinen Blick schweifen. Wie friedlich alles schien – ganz im Gegensatz zu der Szenerie hinter ihm. Links der Spielplatz vor dem jüdischen Altersheim, ein paar vermummte Gestalten drückten sich in einer Ecke herum, eine Frau schob ein dick eingepacktes Kind auf einer Schaukel immer wieder an. In der Kirche, deren Altarraum mit der großen Glasfront in den Lietzenseepark ragte, brannte Licht. Hunde liefen im Park über die Schneefläche, manche kackten, was ihre Besitzer offensichtlich nicht störte. Hinter den schemenhaft aufragenden Bäumen zog sich in der Waagrechten ein unregelmäßig flackernder Lichterstrom durch den grauen Tag. Die Busse und Autos auf der Neuen Kantstraße.

Er schaltete von Fern- auf Nahblick, von außen nach innen. Noch immer drehte er sich nicht um. Wie in einem dunklen Spiegel zeichnete sich auf dem Fensterglas ab, was er vor wenigen Minuten im hellen Licht, scharf umrissen und in schmerzender Klarheit gesehen hatte: Eine junge Frau, die in einen verrutschten Kimono gehüllt war, lag gekrümmt auf einem weißen Teppich. Eine große Blutlache hatte sich um sie ausgebreitet. Mehrere Gestalten in weißen Kapuzenoveralls sammelten akribisch Spuren. Ein Kollege machte mit einer Kamera eine 3-D-Aufnahme des Raums. Seine Kollegin Cornelia Karsunke sprach mit dem Gerichtsarzt, Kollege Volker Cellarius stand daneben und schrieb in ein kleines Notizbuch.

Thomas Bernhardt drehte sich um. Seine Atemnot, die ihn immer in den ersten Minuten an einem Tatort überfiel, hatte er überwunden. Angst vor dem Ersticken – er kannte das und konnte die aufflammende Panik inzwischen gut im Zaum halten. Diese asthmatische Angst, wie er die Attacke nannte, gehörte einfach dazu. Ganz klar war ihm nicht, was da passierte. Er atmete zu schnell und zu viel ein. War es das? Er war wehrlos gegenüber den Eindrücken, die auf ihn einstürmten, seine Sinne waren aufs Äußerste gespannt. Sein Blick versuchte alles auf einmal zu fassen, jedes Detail zu registrieren und zugleich die Atmosphäre aufzunehmen, den Geist des Ortes zu spüren. Sein Auge wurde zur Kamera, schwenkte den Raum langsam ab und machte eine Vielzahl von Aufnahmen, die er später jederzeit abrufen konnte. Erst wenn der Wahrnehmungsflash vorbei war, konnte er wieder ruhig und gleichmäßig atmen.

In den ersten Momenten einer Untersuchung, quasi mit dem ersten Blick, entschied sich der Verlauf der Ermittlungen, da war er sich sicher. Die Kollegen machten sich gern über sein kurzfristiges Außer-sich-Sein lustig. »Er ist wieder im ›Zustand der Gnade‹«, hatte ein Kollege mal gehöhnt, als Bernhardt wie ein Somnambuler an einem Tatort umhergewandelt war. Jetzt war er wieder bei sich, sah den leuchtend roten Fleck, der sich um den Hals der Toten ausgebreitet hatte, sah das lange Messer, das Fröhlich, der Leiter der Spurensicherung, vorsichtig in eine Plastikhülle gleiten ließ. Er starrte auf die Worte an der Wand. In schwungvollen Schriftzügen stand da: »Der früh Geliebte, nicht mehr Getrübte, er kommt zurück.« Auf den ersten Blick hatte er geglaubt, die Zeilen seien mit dem Blut der Toten geschrieben worden, aber es war weniger dramatisch: Jemand hatte einen dicken Filzstift mit roter Farbe benutzt.

Gegen Mittag war ein Anruf von der Polizeiwache am Kaiserdamm in der Keithstraße bei der Abteilung für Delikte am Menschen eingegangen. In einem Haus am Lietzensee hatte man aus einer Wohnung im vierten Stock laute Musik gehört, Opernarien. Auf das Klopfen der Hausbewohner und der herbeigeholten Polizisten war nicht geöffnet worden. Die Tür wurde schließlich aufgebrochen, in einem Zimmer lag eine Tote auf dem Boden. Erstochen. Mehr wussten sie nicht.

Als Thomas Bernhardt mit Cellarius im Auto über vereiste Straßen zu dem Haus am Lietzensee fuhr, schaltete er das Radio ein – ein Versuch, den neuen Fall noch für einen Moment von sich fernzuhalten. Es lief ein Interview mit dem Regierenden Bürgermeister. Ein Reporter versuchte sich als Stimme des Volkes: Warum wurden nur die großen Straßen vom Schnee geräumt? Warum waren auch sieben Wochen nach dem ersten Wintereinbruch Anfang Dezember die Nebenstraßen immer noch von einer dicken Schnee- und Eisschicht bedeckt? Warum mussten die Hauseigentümer nicht die Wege vor ihren Häusern räumen? War dem Bürgermeister bekannt, dass es in den Krankenhäusern kaum noch freie Plätze für die alten und auch jungen Leute gab, die ausgerutscht waren und sich etwas gebrochen hatten? Die Stimme des Reporters bebte vor Empörung.

Doch der Bürgermeister ließ die Fragen in seiner jovialen und bräsigen Art einfach abprallen. Er sage es ganz offen: Auch vor seinem Haus sei »Holiday on Ice« angesagt. Aber wenn die Natur mal richtig zeige, wozu sie fähig sei, könne auch die Berliner Stadtreinigung mit ihren bewährten Mitarbeitern nur bis zu einem gewissen Grade dagegensteuern. Er empfehle die Benutzung der öffentlichen Verkehrsmittel. Was den Reporter zu einem Aufschrei brachte: Aber die S-Bahn fahre ja nur noch gelegentlich, die Weichen seien ständig eingefroren, es fehle an Bremssand, ganze Wagenreihen müssten wegen Wartungsfehlern aus dem Verkehr genommen werden. Ein Einwand, der den Bürgermeister nicht erschütterte. In diesem Falle müsse sich der Reporter an die Deutsche Bahn wenden. Ja aber, wandte der langsam erschöpft klingende Reporter ein, sei er als Bürgermeister für die katastrophale Lage politisch nicht verantwortlich?

»Junger Mann«, sagte der Bürgermeister, und Thomas Bernhardt hatte sich vorgestellt, wie der Bürgermeister sich zurücklehnte, sein unnachahmliches Grinsen aufsetzte und zu großer Form auflief: »Junger Mann, eins ist doch klar, und ich rate Ihnen und vielen anderen, das einfach zu akzeptieren: Berlin ist nicht Haiti.«

Thomas Bernhardt hatte sich kurz Cellarius zugewandt, der die ganze Zeit still neben ihm gesessen hatte. »Teflon-Wowi, oder? Hast du gehört, dass die Eröffnung des Flughafens Schönefeld zum fünften Mal verschoben worden ist? Juckt niemanden, alle lachen sich einen Ast. Ich liebe diese Stadt: Nix funktioniert, aber alles läuft. Irgendwie. Und dazu passt dieser Regierende Bürgermeister wie die Faust aufs Auge.«

»Was soll er machen? Das ist der härteste Winter, den ich je erlebt habe.«

»Und dann herrscht die Eiszeit? Wie sieht's denn bei euch in Dahlem aus?«

Cellarius, der mit der Tochter eines großen Immobilienhändlers verheiratet war und in einer Villa in Dahlem lebte, zuckte unbehaglich mit den Schultern.

»Wir haben einen Winterdienst, die halten da alles frei.«

Thomas Bernhardt hätte wetten können, dass Cellarius rot geworden war. Aber es war zu dunkel im Auto, um das zu überprüfen.

Mit Mühe hatten sie eine Parklücke in der Kuno-Fischer-Straße, Ecke Suarezstraße, gefunden. Viele Autos waren in einem mit Splitt und Salz gepökelten Schneewall eingemauert, aus dem sie erst bei einer längeren Tauperiode herausgelangen würden. Bernhardt und Cellarius waren fluchend zu dem Haus geeiert. Sie fuhren mit dem Fahrstuhl nach oben in den vierten Stock. Alte Berliner Bürgerlichkeit. Die Fahrstuhltür aus Eisen war filigran geschmiedet, drinnen musste man zwei Holztüren mit blankpolierten Messingbeschlägen schließen, bevor man losfahren konnte. In der mit edlem Holz verkleideten Kabine gab es ein Bänkchen und einen Spiegel, der von Jugendstilornamenten und einem stilisierten Schwanenkopf umrahmt war. Auf einer Plakette stand »Baujahr 1909«. Leise ächzend, als klagte er über Altersschwäche, war der Fahrstuhl nach oben geruckelt.

Die Wohnung mit den glänzenden alten Eichendielen und den hohen Stuckdecken war sparsam möbliert, ein großer Holztisch, zwei Jugendstilstühle, ein Ohrensessel am Fenster, von dem man auf den Lietzensee schauen konnte. Mehrere Bücherstapel auf dem Boden. Bernhardt war auf Cornelia Karsunke zugegangen, die als Erste am Tatort eingetroffen war. Ihre schräggeschnittenen Augen, die ihr etwas rätselhaft Asiatisches gaben, weshalb er sie im Stillen und nur für sich »die Tatarin« nannte, waren gerötet und geschwollen. Sie war schlimm erkältet. Morgens im Kommissariat in der Keithstraße hätte ihr Bernhardt gerne die Hand auf die Schulter gelegt und gesagt: »Komm, geh nach Hause, kümmre dich um deine beiden Mädchen.« Die lagen, wie sie am Vortag erzählt hatte, mit Fieber im Bett. Und Reyhan, die Bauchtänzerin, die häufig auf die beiden aufpasste, war nicht da, hatte irgendwo einen Auftritt. Und der Vater des jüngeren Mädchens war aus der Wohnung ausgezogen. Oder hatte sie ihn rausgeworfen? Das war Thomas Bernhardt nicht ganz klar. Gelegentlich schaute eine Nachbarin aus dem vierten Stock nach den Mädchen.

Cornelia redete seit einiger Zeit mit Thomas Bernhardt nur das Nötigste. Manchmal schaute sie ihn wütend und vorwurfsvoll an, dann wieder tat sie so, als nähme sie ihn gar nicht wahr. Was warf sie ihm vor? Dass er beim letzten Fall zu eng mit der Wiener Kommissarin, in der Keithstraße gerne »Anna die Schreckliche« genannt, zusammengearbeitet hatte? Fast hatte Bernhardt ein schlechtes Gewissen: Ja, es stimmte, es war ein bisschen über das rein Berufliche hinausgegangen. Gut. Aber jetzt ging's um das Berufliche.

»Und, was habt ihr?«

Sie antwortete nicht gleich, sondern putzte sich lange und gründlich die Nase.

»Scheißwinter, Scheißerkältung.«

»Ja, und sonst?«

»Sonst ist das erst mal eine ziemlich klare Sache. Die Tote ist die Schauspielerin Sophie Lechner. Kennst du bestimmt aus dem Fernsehen.«

Thomas Bernhardt zuckte mit den Schultern.

»Stimmt, du guckst ja nur Fußball. Aber die ist echt berühmt, von der Presse als ›die Wilde vom Dienst‹ oder ›die große Exaltierte‹ bezeichnet. Sollte angeblich demnächst in einem Hollywood-Film mitspielen. Und am Burgtheater in Wien hat sie vor knapp einem Jahr das Gretchen im *Faust* gespielt. Supermoderne Inszenierung, Gretchen ist nicht nur die Verführte, sondern auch eine Verführerin. Und in einer Szene ist sie ganz nackt. Ist dafür zur Schauspielerin des Jahres gewählt worden.«

»Na toll.«

Cornelia zog aus ihrer Tasche ein iPhone und wischte mit dem Zeigefinger ein paarmal über das Display. »Wart mal, gleich hab ich's. Ja, genau. In einer Kritik heißt es: ›Sophie Lechner ist eine Schauspielerin, die die Nervenbahnen eines Textes freilegt und Energien fließen lässt, mit denen niemand gerechnet hat.‹«

»Auf was die alles kommen, diese Kritiker.«

Andererseits, sagte er sich: Waren sie nicht auch in gewisser Weise Kritiker, mussten sie nicht auch eine Aufführung, eine Inszenierung beurteilen? In diesem Moment waren sie doch Zeugen des letzten Akts eines Dramas, perfektes Arrangement auf der Wohnzimmerbühne. Nur ging's hier um ein Menschenleben. Und sie mussten einen Täter finden.

»Also eine berühmte Schauspielerin.«

»Ja, Theater, Film und Fernsehen. Bis vor einem halben Jahr hat sie in Wien gelebt, da war sie am Burgtheater engagiert, ist dann aber nach Berlin gezogen.«

»Wenn sie in Wien Erfolge feiert, wieso kommt sie dann nach Berlin?«

»Sie hat sich in Wien nicht mehr wohl gefühlt. Künstlerischer Stillstand. Auf der Suche nach neuen Herausforderungen. Aus dem verstaubten Wien ins pulsierende Berlin. Ist wohl immer ziemlich aufs Ganze gegangen. Eine ›Meisterin der Selbstinszenierung‹, noch so 'n Zitat aus der Presse. Laut einem Interview wollte sie da sein, wo die Musik spielt.«

Die Zeiten der langsamen Recherche, das Schnüffeln in Zeitungsarchiven, in Bibliotheken, die langen Telefonate mit Kollegen oder Leuten in irgendwelchen Instituten, das war nicht mehr angesagt. Bernhardt trauerte der computerlosen Zeit, die er in seinen ersten Jahren bei der Polizei noch erlebt hatte, ein bisschen nach. Nicht weil sie besser gewesen war, überhaupt nicht. Aber es war ruhiger damals, die Ermittlungsarbeit wirkte irgendwie echter, authentischer. Man freute sich mehr, wenn man einen Fund gemacht hatte.

Aber jetzt gab's die schöne Katia Sulimma, die im Büro in der Keithstraße auf ihrem Computer wie auf einem Steinway-Flügel spielte und die erstaunlichsten Ergebnisse binnen kürzester Zeit aus dem Gerät zog. Und er und Cornelia hatten ihre iPhones.

Wie aufs Stichwort war Cellarius zu ihnen getreten, wie immer perfekt gekleidet, diesmal in einem anthrazitfarbenen Anzug aus feinstem Tuch, darunter ein blütenweißes Hemd mit offenem Kragen. Trotz der Vereisung der Welt trug er Maßschuhe.

»Wie wirkt das auf euch? Auf dem Tisch zwei Sektgläser. Eine Champagnerflasche im Eiskübel. Der schöne

Jugendstilkerzenleuchter. Die *petits fours,* ich könnte wetten von Lenôtre im KaDeWe ...«

Täuschte sich Bernhardt? Errötete Cellarius schon wieder?

»... die edlen Stoffservietten. Und im CD-Player die schönsten Liebesarien. Alles bereit fürs große Liebesspiel. Schwer nachvollziehbar, dass sie erstochen wurde. Eifersucht? Ende eines erotischen Spiels, das aus dem Ruder gelaufen ist?«

Bernhardt hob die Hand. »Nicht zu schnell. Was sagen uns eigentlich die Worte an der Wand? ›Der früh Geliebte, nicht mehr Getrübte, er kommt zurück.‹ Ist das ein Zitat? Klingt nach einer Liebesgeschichte, die eigentlich gut hätte ausgehen müssen. Oder? Na ja, wir werden sehen. Fragen wir jetzt mal unseren Arzt.«

Er winkte Dr. Holzinger zu, der zögerlich näher kam. Der Arzt schaute durch seine dicken Brillengläser wie ein misstrauischer Marabu und wackelte leise mit dem Kopf. Dass er außerordentlich kompetent war und allerorten geschätzt wurde, sah man ihm auf den ersten Blick nicht an.

»Also, so viel lässt sich sagen: Der Tod ist vor circa zwei bis drei Stunden eingetreten, massive Gewalt gegen den Oberkörper, mehrere Stiche in den Hals, sie ist verblutet. Mehr kann ich erst sagen, wenn ich sie auf meinem Tisch in der Turmstraße habe. Ihr seht ja, dass jetzt Fröhlich mit seinen Leuten von der Spurensicherung am Ball ist.«

Fröhlich hatte seinen Namen gehört, löste sich aus

der Gruppe mit den weißen Overalls und kam zu ihnen.

»Ja, Leute, det dauert hier noch. Und bis wa allet ausjewertet ham, det dauert noch ma. Jeduld is die erste Polizistenpflicht, wisst ihr ja. Rumschnuppern in die Schränke, Schubladen und solche Sachen, dauert noch.«

Bernhardt konnte es nicht lassen.

»Und, Fröhlich, was hast du für einen Eindruck?«

Fröhlich hustete ausführlich und rieb sich die Hände. Bernhardt hatte wie immer den Eindruck: Fröhlich lachte sich ins Fäustchen.

»Ja, Meesta, schön, det de frachst. Ich hatte mal 'n Fall, lange her, det war 'ne kleene Schauspielerin, so 'ne Marilyn Monroe aus Neukölln, die hatte drei Jeliebte, 'n Ollen, 'n Mittel-Ollen und dann noch 'n Jungschen. Jute Mischung, wa? Aber denn jab's da noch 'n janz jungen Järtner, und der hatte 'ne Kettensäje, und denn hat er ...«

»Kennen wir, Fröhlich, die Geschichte vom Kettensägenmassaker.«

Fröhlich winkte enttäuscht ab. »Wir sehen uns zu oft.«

Es begann die Routinearbeit. Die Befragung der Bewohner des Hauses und die Feststellung der Personalien hatte Krebitz übernommen. Der war auf den Spuren eines alten, ziemlich kalten Falles in der Nähe unterwegs gewesen und hatte sich nach einem Anruf von Katia Sulimma auf den Weg an den Lietzensee gemacht.

Wie gewohnt war ihm die undankbare Aufgabe zugewiesen worden, den Fuß in die Tür zu setzen, das Misstrauen der Bewohner zu zerstreuen, sich fragen zu lassen, ob seine Erkennungsmarke wirklich echt sei, Angst abzubauen, Vertrauen aufzubauen.

Krebitz, der »Nussknacker«, wie er von den Kollegen genannt wurde, ging seinen Weg mit der Unerschütterlichkeit eines alten Ebers, der sich einen Weg durch das Unterholz schlägt. Krebitz, die Dampframme, der Schultheiss-Trinker, der aber im Umgang mit den Kollegen von höchster Empfindsamkeit war. Immer fühlte er sich zurückgesetzt und nicht anerkannt.

Wie ein melancholischer Bluthund schaute er nun seine Kollegen an.

»Ick tret mir hier die Füße platt. Aber so iss es eben.«

Thomas Bernhardt versicherte ihm, dass niemand so gut wie er die ersten Personenbefragungen durchführen könne. Was habe er denn bis jetzt herausbekommen? Krebitz legte die Hand auf sein Handy, das er wie einen Colt an seinen Gürtel geheftet hatte. Seine Miene hellte sich ein bisschen auf.

»Also jut. Im Erdgeschoss links eine Physiotherapeutin – ist die Frau Schauspielerin immer hingegangen, starke Verspannungen im Lendenwirbelbereich. Im Erdgeschoss rechts ein Instrumentenbauer. Hat nie was von ihr gehört und gesehen. Im ersten Stock links ein Psychotherapeut, kennt sie nur vom Sehen, sie war keine Kundin – oder wie sagt man? – bei ihm. Erster Stock rechts ein Musiker, der auf Tournee ist. Überprüf ich dann mal, wenn ich das machen soll.«

Thomas Bernhardt nickte heftig.

»Zweiter Stock links ein alter Physikprofessor mit Frau. Beide schwerhörig, wissen von nix, sagen sie. Zweiter Stock rechts niemand zu Hause, laut Aussage vom Physikerehepaar ein Zeitungsredakteur, der zurzeit auf Recherchereise in Palästina ist. Sie gießen seine Blumen. Dritter Stock links Rechtsanwaltsehepaar mit Kindern. Kinder anwesend mit ihrem Kindermädchen, ›Nanny‹ hat sie sich selbst genannt, Eltern noch in der Kanzlei. Sie hat die Polizei angerufen, als die laute Musik einfach nicht aufhörte. Dritter Stock rechts Arztehepaar ohne Kinder, noch in der Praxis, laut Auskunft dieser Nanny.«

Krebitz stockte und seufzte. Seine Mimik und Gestik, seine ganze Körpersprache drückten aus: Das erkennt doch wieder mal keiner an. »Ja, und jetzt will ich gerade hier im vierten Stock …«

Thomas Bernhardt nickte gottergeben. Eigentlich wäre er gerne selbst in die Wohnung gegenüber gegangen, um die Atmosphäre auf sich wirken zu lassen. Inwiefern glich diese Wohnung der Wohnung der Toten, inwiefern unterschied sie sich? Was wussten der oder die Bewohner von ihrer Nachbarin?

Krebitz klingelte. Aber niemand öffnete. Auf dem Messingschild neben der Tür stand der Name: H. Hirschmann. Bernhardt bat Cornelia, mal in ihrer Wunderkiste nachzuschauen. Und tatsächlich: Treffer! Henning Hirschmann, Komponist und Liedermacher, laut Wikipedia war er mit seinen Texten und Liedern ganz gut im Geschäft und arbeitete angeblich seit Jahren an einem Singspiel.

Bernhardt beauftragte Krebitz, im Haus zu bleiben und auf die von der Arbeit zurückkehrenden Bewohner zu warten, um sie zu befragen. »Jag ihnen keinen Schrecken ein. Sag ihnen, dass alles Routine ist.«

Krebitz fixierte ihn so nussknackerhaft, dass er ihn mit einem Lob beruhigen und motivieren wollte. »Du bist da genau der Richtige.« Täuschte er sich? Knirschte Krebitz tatsächlich mit den Zähnen? Im Hintergrund nieste Cornelia Karsunke gewaltig und putzte sich dann ausgiebig die Nase. Sie würde noch am Tatort bleiben.

Bernhardt und Cellarius machten sich auf den Weg in die Keithstraße. Als sie aus der Haustür traten, fegten ihnen heftige Schneeböen entgegen. Auf der Straße hatten sich kleine Verwehungen gebildet. Mühsam kamen sie mit ihrem Auto voran, segelten bei Rot über die Straßenkreuzungen, weil sie nicht richtig bremsen konnten, umfuhren vorsichtig querstehende Autos, tasteten sich durch eine Welt aus wirbelndem Weiß.

2

Das zugeschneite Gebäude in der Keithstraße sah wie ein Palast in einer sibirischen Provinzhauptstadt aus. War das noch Berlin?, fragte sich Bernhardt. Nie war ihm die Stadt fremder und rätselhafter erschienen als jetzt in ihrer eisigen Starre. Und auch die Menschen schienen sich verändert zu haben: Sie sprachen und bewegten sich, als lebten sie auf einem neu entdeckten Planeten, auf dem sie sich vorsichtig zurechtfinden mussten. Ihre Stimmen klangen verhalten, und auch die Geräusche der Stadt hatten einen neuen, fremden Sound, gedämpft und geheimnisvoll.

Nur das Büro hatte sich nicht verändert und wirkte wie eine Rettungsinsel. Noch immer das trübe Licht, die abgeschabten Wände, der abgestandene Geruch, der sich allerdings in der Nähe von Katia Sulimma ins Angenehme wendete. Katia Sulimma duftete gut, nach starken Gewürzen, sie lachte viel, man hätte meinen können, sie käme von einem anderen Stern, wo Licht, Luft und Sonne und immer gute Stimmung herrschten. Sie klatschte in die Hände.

»Da seid ihr ja. Da ist noch ein bisschen Kuchen für euch, selbstgebacken. Und ein schöner Kaffee. Und ich habe euch ein richtiges Dossier über die Tote zusammengestellt. Eine echt starke Frau. War als Mädchen auf einer Klosterschule, ist da vor dem Abitur abgehauen, dann private Schauspielschule und schon seit Jahren total erfolgreich.«

Bernhardt nippte am Kaffee.

»Und was ist mit ihrem Umfeld? Eltern, Geschwister, Verwandte? Ein fester Freund? Eine berühmte Schauspielerin hat doch sicher einen Agenten oder eine Agentur? Hast du da eine Adresse? Und was ist mit der Presse, ist die Meldung schon raus?«

»Nein, Freudenreich hat entschieden, dass die Pressestelle das erst morgen früh rausgibt, damit wir noch ein bisschen in Ruhe arbeiten können.«

»Ein guter Mann, Freudenreich. Wo ist er denn?«

»Der ist zu einem internationalen Kongress im Inter-Conti, irgend so was wie: ›Von der analogen zur digitalen Ermittlungsarbeit in multinationalen polizeilichen Systemen‹.«

Thomas Bernhardt schlug sich mit der Hand leicht vor die Stirn. Ein Glück, dass er damit nichts zu tun hatte. Aber wenn man wie sein alter Freund und Leiter der Abteilung »Delikte am Menschen« Karriere machen wollte, musste man eben auf Kongresse gehen.

»Na gut, hoffen wir, dass die Blondine von der *B.Z.* keinen Anruf kriegt. Dann ist nämlich Schluss mit der Ruhe.«

Sie telefonierten sich die Finger wund und erreichten doch niemanden, der ihnen helfen konnte. Gab's das denn, dass jemand ganz allein in der Welt stand? Die

Agentur hatte auf Anrufbeantworter geschaltet, »wegen Schneechaos«, wie eine kichernde Jungmädchenstimme verkündete. Die Bewohner des Hauses am Lietzensee waren, zumindest in kriminalpolizeilicher Hinsicht, sauber. Der Computer vermeldete keine dunklen Geheimnisse.

Katia Sulimma war gegangen. Sie hatte einen neuen Freund, mit dem sie auf dem Alexanderplatz an einer Party in einem großen Iglu teilnehmen wollte. »Ich habe sogar Angorawäsche an, supersexy, wird meinem Freund bestimmt Spaß machen, mich da rauszuschälen.« Gut gelaunt hatte sie sich verabschiedet und wäre an der Tür beinahe mit Cornelia Karsunke zusammengestoßen, die in Winterjacke und Mütze niesend den Raum betrat.

»Nix Besonderes mehr am Lietzensee. Sie haben die Lechner mitgenommen zur Gerichtsmedizin. Und Fröhlich braucht noch Zeit.«

Thomas Bernhardt hatte den starken Wunsch, den verschneiten und langsam auftauenden Heinzelmann Cornelia in die Arme zu nehmen.

»Warum bist du nicht gleich nach Hause gefahren?«

»Weil ich einfach wissen wollte, wie's hier läuft.«

»Die Lechner scheint so eine Art Phantom gewesen zu sein, wenn man sie genauer betrachten will, verflüchtigt die sich. Das Beste, was wir jetzt noch machen können: ins Literaturhaus gehen, da hat dieser Hirschmann heute Abend einen Auftritt mit vertonten Gedichten von, wart mal..., Wondratschek oder so ähnlich.«

Cellarius hob die Hand wie ein gelehriger Schüler. »Henning Hirschmann, zwei CDs. Eine davon heißt *Hell-Dunkel-Einstellung*.«

»Komm ich mit. Erkältung hin oder her. Ich kenn sogar ein Lied von dem: ›Anais und ihre Freunde‹ – ein
richtig schönes Liebeslied.« Cornelia schniefte. »Aber
eins habt ihr bestimmt schon gemacht, die süße Anna in
Wien angerufen.«

Bernhardt und Cellarius schauten sich an.

»Ach nee, die Lechner kommt aus Wien, und ihr habt
nicht gleich Miss Marple angerufen? Also, dann gönne
ich mir das mal.«

Das Gespräch dauerte nicht lange. Cornelia lachte,
als sie den Hörer auflegte. »Ja, küss die Hand, die Chefinspektorin Haferl ist heute mal früher gegangen, sagt die
Frau Schellander. Hatte Angst, dass sie bei dem Schneetreiben nicht mehr nach Hause findet, die Arme. – Also
los, dann lasst uns zu unserem Künstler gehen. Bezie-
hungsweise: Fährst du uns, Cellarius, mit deinem Super-
schlitten?«

Langsam schlichen sie über den Kurfürstendamm. Cellarius erklärte ihnen, dass der Wagen Vierradantrieb habe
und noch ein paar andere spezielle Vorrichtungen, die
eine Fahrt auch unter diesen Bedingungen zu einem wahren Vergnügen machten.

Schließlich standen sie vor dem Literaturhaus. Am Eingang hing ein Zettel, auf dem in krakeliger Schrift stand:
»Liederabend fällt aus wegen Schnee«. Sie stapften weiter
zum Restaurant. Auch hier ein Zettel: »Geschlossen wegen Schnee«. Sie gaben auf: höhere Gewalt. Morgen würde
man weitersehen. Cellarius startete seine Superkiste und
verschwand hinter einer wirbelnden Schneewand.

Cornelia und Thomas gingen die paar Schritte zur U-Bahn-Station Kurfürstendamm. Im Waggon klopften sie sich gegenseitig den Schnee von den Kleidern. Wie üblich musste sich Thomas Bernhardt überwinden. »Hast du Lust, mit zu mir zu kommen? Ich habe einen guten Rotwein.« Sie lächelte, wie er es liebte, verträumt, als käme sie aus einer fernen Welt.

»Wäre schön. Aber es geht ja nicht. Ich muss zu meinen Kindern, und ich bin erkältet, ich würde dich mit meinem Schniefen und Husten und Niesen nachts nur stören.«

»Weißt du, dass man jemanden küssen kann, der erkältet ist, und dass man sich nicht ansteckt, wenn man ihn wirklich liebt?«

Sie schaute ihn an. Ihr Lächeln, die schaukelnde U-Bahn, das flackernde Licht, die paar Fahrgäste, die aussahen, als führen sie schicksalsergeben in ein schwarzes Loch.

»Dann küss mich.«

Er küsste sie auf den Mund.

»Du musst mich richtig küssen. Sonst gilt's nicht.«

Er spürte ihre Lippen, ihre Zunge.

»Du hast Fieber.«

»Macht doch nix, wenn du mich liebst, steckst du dich ja nicht an.«

An der Station Eisenacher Straße stieg er aus. Sie boxte ihm leicht auf den Brustkorb und blickte ihn ernst an.

»Du bist… Ach, ich weiß nicht, hoffentlich hast du dich jetzt nicht angesteckt.«

Er sah ihr verwischtes Bild hinter der beschlagenen

Scheibe, sie winkte ihm zu, dann war die U-Bahn schon im Tunnel verschwunden.

Er kämpfte sich durch die Merseburger Straße vorwärts, spielte mit dem Gedanken, noch ins Renger & Patzsch zu gehen, entschied sich dann aber für den direkten Heimweg. Seine Wohnung im vierten Stock des Hinterhauses war eiskalt, an den Fenstern wucherten Eisblumen. Das hatte er seit seiner Kindheit nicht mehr gesehen. Er schaltete die Gasetagenheizung an, die vor sich hin zischte. Es dauerte, bis die Heizkörper warm wurden. Als er sich mit einem Glas Rotwein an die Küchenwand lehnte, schauderte er vor Kälte. Eine Wohnung mit drei Außenwänden, die kühlte einfach zu stark aus. In den nächsten Tagen musste er die Heizung durchlaufen lassen.

Er trat auf den Balkon hinaus. Die Kälte drang in seine Bronchien, so dass er husten musste. Die Kastanie stand still wie ein riesiges weißes Ungeheuer im Hinterhof. Durch ihre Zweige spähte er in die Wohnung im Haus gegenüber. Warmes Licht. Aber die Frau, mit der er einst befreundet gewesen war, hatte Besuch. Sie beugte sich zu einem Mann hinunter und küsste ihn. Dann zog sie die Vorhänge zu, was sie früher nie gemacht hatte.

Thomas Bernhardt ging zurück in seine Wohnung, in der es kaum wärmer war als draußen. Er wollte gerade den Fernseher einschalten und sich ein Bier aufmachen, der Rotwein war ihm zu sauer, da klingelte das Telefon.

»Bei uns geht die Welt unter.« Wie gewohnt hielt sich

Anna Habel nicht mit langwierigen Begrüßungsfloskeln auf.

»Guten Abend, meine Liebe. Inwiefern?«

»Nichts geht mehr. Die Straßenbahnen fahren nicht, die U-Bahnen sind knallvoll, und Taxis sind in der ganzen Stadt keine zu kriegen. Hier schneit es seit Tagen durch.«

»Ist doch schön, oder?«

»Ja, eh. Ein bisschen lästig halt auch.«

»Bei uns ist es auch nicht schlecht.«

»Ich bin die ganze Währinger Straße zu Fuß nach Hause gelaufen.«

»Na, ein bisschen Sport schadet dir ja nicht.«

»Wie meinst du das denn? Ich geh gleich Volleyball spielen, das würde dir auch guttun.«

»Ach, ich geh immer zu Fuß die Treppen hoch, das muss reichen. Und sonst, alles ruhig bei euch?«

»Ja, kaum was zu tun. Den Mördern ist das viel zu viel Schnee hier. Macht mir aber gar nichts aus. Weißt du was? Ich hab spontan beschlossen, mir nächste Woche freizunehmen. Überstundenabbau. Ich geh mit Florian Ski fahren.«

»Du hast es gut. Ich hab hier eine tote Schauspielerin. Die wird mich in den nächsten Tagen beschäftigen.«

»Berühmt?«

»Ich kannte sie nicht. Das heißt aber nicht viel.«

»Jetzt tu doch nicht immer so, als wenn du nicht lesen könntest. Wie hieß sie denn?«

»Lesen kann ich schon, aber keine Klatschzeitungen. Sophie Lechner. Hat auch in Wien gespielt.«

»Klar kennt man die. Ich hab sie sogar mal gesehen, als Ophelia im *Hamlet*. Ist allerdings schon ein wenig her.«

»Tja, diesmal ist sie nicht freiwillig aus dem Leben geschieden. Erstochen wurde sie. Oder besser gesagt, erdolcht.«

»Du wirst den Fall schon lösen, ich muss jetzt jedenfalls los.«

»Ja, widme du dich mal den wichtigen Dingen im Leben. Ich geh bald ins Bett, morgen muss ich mich wahrscheinlich mit lauter exaltierten Schauspielern rumschlagen, das wird hart.«

3

Als Anna in die nach kaltem Schweiß riechende Umkleidekabine kam, war Paula schon da und schälte sich aus ihren engen Jeans. »Na?«

»Selber na. Alles klar bei dir?«

»Ja. Stress wie immer. Zwei blöde Interviews, eine Pressekonferenz. Und wenn ich diesem Kanzler auch nur zwei Minuten gegenübersitze, hab ich das Gefühl, ich falle augenblicklich in den Tiefschlaf.«

»Das versteh ich. Ich schalt immer automatisch um, wenn ich ihn im Fernsehen seh.«

Annas Freundin Paula war Redakteurin beim Rundfunk, und nachdem sie sich in den Sparten Gesellschaft, Chronik und Wirtschaft abgearbeitet hatte, war sie endlich in der Königsdisziplin Politik angekommen, auch wenn's da meist nicht viel spannender war.

»Und bei dir?«

»Voll ruhig. Kolonja hat Urlaub, und mein kleiner Motzko geht mir schon fast auf die Nerven mit seinem Diensteifer. Nächste Woche fahr ich in Skiurlaub. Kann ich mir zwar nicht leisten, aber das ist mir egal.«

»Wow, mit wem fährst du denn?«

»Na, mit Florian. Mit wem sonst?«

»Was ist denn mit deinen vielen Verehrern?«

»Ach, die können mich alle mal.«

»Komm schon, der Pathologe vom Wilhelminenspital wär doch eine gute Partie?«

»Für dich vielleicht. Der ist mir zu beflissen, den halt ich nicht aus.«

»Dann halt den grantigen Berliner Kommissar. Der sieht auch gar nicht schlecht aus.«

»Viel zu kompliziert. Außerdem kann der nicht mit mir Ski fahren, der hat eine tote Schauspielerin. Komm, wir müssen rein.«

Im kleinen Turnsaal des Kolpinghauses waren drei Leute dabei, das Volleyballnetz aufzubauen. Paula und Anna trabten im Laufschritt ein paar Runden, und Anna spürte fast augenblicklich ihre schlechte Kondition. In ihrem Kopf blitzte eine Erinnerung auf: In ihrer Kindheit gab es in der Wintersaison jeden Abend Skigymnastik im Fernsehen, und Anna liebte es, mit ihrem Vater auf dem Wohnzimmerteppich die Übungen mitzumachen. Paula holte sie aus ihren Gedanken: »Die tote Schauspielerin. Kennt man die?«

»Ja. Kennt man. Sophie Lechner.«

»Was? *Die* Sophie Lechner?« Paula blieb abrupt stehen, und Anna rannte fast in sie hinein. »Und wer war's?«

»Keine Ahnung. Ist ja nicht mein Fall. Bernhardt erwähnte ein Messer, das ist meistens eine Beziehungstat. Komm, lass uns anfangen.«

Die nächsten eineinhalb Stunden versuchte Anna an nichts anderes zu denken als an den Ball, der sie dennoch immer wieder überraschte. Sie spielte erst seit kurzem wieder in einer Hobbymannschaft und versuchte

meist vergeblich, an ihre Leistungen als Studentin anzu-
knüpfen. Wie immer liefen auch diesmal die ersten Sätze
ganz gut, doch nach einer Stunde ließ Annas Konzentration merklich nach, und sie ärgerte sich über einige
männliche Mitspieler, die vor lauter Ehrgeiz vergaßen,
dass Volleyball ein Mannschaftsspiel war. Paula war
im gegnerischen Team und warf ihr vielsagende Blicke
zu.

»Gehst noch mit was trinken?« Paula und Anna standen unter der warmen Dusche.

»Ich weiß nicht. Die gehen mir heut so auf die Nerven.«

»Ach, sobald sie ihre Trainingshosen ausgezogen haben, sind sie doch ganz zivilisiert, oder?« Die Frauen der
Mannschaft wunderten sich jedes Mal, wie Männer, die
im normalen Leben soziale Wesen waren, sich auf dem
Spielfeld in testosterongesteuerte Machos verwandelten.

»Na gut, einen Spritzer. Dann erzählst mir was über
diese Lechner. Vielleicht kann ich meinen Berliner ja ein
wenig mit Informationen versorgen.«

»Genau. Dann klärt er den Fall ganz rasch auf und
kann mit dir in den Skiurlaub fahren.«

»Du spinnst ja.«

Beim Italiener bestellten sich alle Pizza und Bier, nur
Anna entschied sich aus reiner Vernunft und mit dem
Gedanken an die Waage für eine Minestrone.

»Und was weißt du über diese Lechner?«

»Du bist ja ganz wild auf den Fall.«

»Nein, nein, ich hab sie nur mal in der Burg gesehen,

ist doch schräg, dass die jetzt mein Berliner auf dem Tisch liegen hat.«

»Iih, wie das klingt – auf dem Tisch! Du bist so grauslich. Also die war mit diesem Hans-Günther Steiner zusammen, du weißt schon – dieser Hedgefonds-Fuzzi, der sich selber immer ›Kulturlobbyist‹ nennt. Die waren so etwas wie das Traumpaar der Seitenblickegesellschaft, keine Woche, in der sie nicht beim Dominic Heinzl waren.«

»Diese Promisendung? Ich glaub, die hab ich noch nie gesehen!«

»Ja, wo der Dominic den Reichen und Schönen bis ins Schlafzimmer nachsteigt. Hast nicht viel versäumt. Jedenfalls waren Steiner und Lechner ständig zu Gast in der Serie. Bis sie dann ziemlich plötzlich nach Berlin abgereist ist, das war so vor einem halben Jahr.«

»Weißt du, warum?«

»Nein, keine Ahnung. Wahrscheinlich ist ihr Vertrag ausgelaufen. Ich kann mich nur erinnern, dass sie es letzten Frühling mal in die Schlagzeile von *Krone*, *Kurier* und *Heute* schaffte. Da hatte es in der Wohnung, in der sie mit dem Steiner zusammengelebt hat, gebrannt, und sie hat behauptet, es sei ein Anschlag auf sie verübt worden.«

»Und war?«

»Keine Ahnung. Bei uns glaubte man eher, dass viel Alkohol und Drogen im Spiel waren und dann halt jemand nicht aufgepasst hat. Passiert ist eh nicht viel, aber danach wurde es ein wenig ruhiger um die Dame.«

»Na gut. Fein, dass sie nicht in Wien das Zeitliche

gesegnet hat, dann wär's jetzt mein Fall, und ich könnt meinen Urlaub vergessen.«

»Wo fährst du denn hin?«

»Nach Zell am See. Da war ich während meiner Kindheit im Skiurlaub. Ich kenn da jeden Hügel. Sogar die Pension gibt es noch: Haus Lisi.«

»Tja, hoffentlich bist du nicht enttäuscht. Ist sicher jetzt eine riesige, moderne Skischaukel mit allen Raffinessen. Und entsprechenden Preisen. Und das Haus Lisi ist jetzt wahrscheinlich ein Wellness-Tempel.«

»Jetzt verdirb mir nicht die Freude. Das wird total super.«

»Ich beneid dich ja nur. Nächstes Jahr komm ich mit. Dann fährt Florian eh nicht mehr mit dir in Urlaub, und wenn du bis dahin keinen neuen Mann hast, dann schlafen wir im Doppelbett bei Lisi.«

»Wahrscheinlich hast du recht. Ich konnte Florian auch dieses Jahr nur mühsam dazu überreden. Das einzige Argument, das er gelten ließ, war: Mama zahlt.«

Als sie gegen dreiundzwanzig Uhr aus der Pizzeria traten, waren schon wieder mindestens zehn Zentimeter Neuschnee gefallen, und es schneite unverdrossen weiter. Die Kutschkergasse lag unter einem weißen Teppich, die wenigen Menschen bewegten sich langsam und vorsichtig, kein lautes Geräusch war zu hören. Anna blieb kurz mitten auf dem Gehsteig stehen und streckte ihr Gesicht den tanzenden Schneeflocken entgegen. Für einen kurzen Augenblick fühlte sie sich völlig unbeschwert.

4

Thomas Bernhardt war vom Fauchen der Gastherme in der Küche aufgewacht. Hätte er eigentlich über Nacht abstellen müssen, sagte er sich, kostete einfach zu viel Geld. Aber war natürlich ein echter Fortschritt gegenüber den braungelben Kachelöfen, die bis in die achtziger und neunziger Jahre in den einfacheren Altbauwohnungen gestanden hatten. In einem wahren Modernisierungsrausch waren sie dann innerhalb weniger Jahre abgeschlagen worden. In der Ecke seines Schlafzimmers sah man noch den Grundriss des Ofens, davor ein paar Fliesen und auf den Dielen ein paar Brandflecken.

Thomas Bernhardt hatte nie die Kunst beherrscht, einen Kachelofen am Brennen zu halten. Er schaffte es nicht, die ausgefuchsten Tricks umzusetzen, die ihm erfahrene Kachelofennutzer verraten hatten. Wie war das? Auf die Glut ein Brikett legen, das in feuchtes Zeitungspapier eingewickelt war? Angeblich ging das Feuer dann nicht aus, und man hatte abends noch ein bisschen Glut im Ofen. Bei ihm hatte es nie geklappt. Wenn er als Student abends in seine Einzimmerwohnung am Schlesischen Tor gekommen war, hatte er sich wie in der sibirischen Tundra gefühlt. Die Fensterscheibe der Wohnküche war zugefroren, es dauerte Stunden, bis sich nach dem Anzünden des Ofens eine klamme Wärme ausbreitete und sein Atem nicht mehr als weiße Wolke vor ihm stand.

Sehr verbreitet war damals der Fußsack, den er sich auf Empfehlung eines älteren Kommilitonen zugelegt hatte. Es war ein angenehmes Gefühl, seine Füße in das wattierte Gebilde zu stecken. Für eine Weile vergaß er dann die Kälte in seinem begehbaren Eisschrank.

Kein Grund, jetzt Nostalgiker zu werden, sagte sich Bernhardt, streckte sich auf seiner Matratze aus und starrte ins Dunkel. Gestern Abend hatte er auf den Spuren von Sophie Lechner noch ein bisschen im Internet rumgesucht und war irgendwann in den Fluten der Berichte und Interviews versunken. Der Eindruck, dass er darin alles über sie erfahren konnte, wich bald der Erkenntnis, dass nichts über sie als Person da stand. Desinformation durch Überinformation, sagte er sich. Die Eckdaten waren einfach, aber nicht besonders aussagekräftig: Klosterschülerin, Gesangsausbildung, Schauspielschülerin, frühe Berühmtheit, Exzentrikerin, viele Männer, zuletzt ein bekannter Expolitiker, Finanzmanager und Society-Hengst. Alles wie aus einem Drehbuch. Gab's überhaupt noch Klosterschulen? Wenn doch Nonnen und Mönche bis auf kleine Restbestände gar nicht mehr existierten, wie konnte es dann noch Klosterschulen geben?

Klosterschülerin. Damit assoziierte er eine aparte Mischung von Unschuld und Perversion, Kreuzgänge, Flüstern, die strenge Mutter Oberin, Weihrauch, klackernde Rosenkränze, Schlafräume mit Doppelstockbetten, morgens kalte Waschungen. Genau das war wahrscheinlich beabsichtigt. Der exotische Touch. Nicht anders der Komponist Hirschmann, der gegenüber von Sophie Lechner wohnte, der war angeblich unter anderem Totengräber auf den Shetland-Inseln gewesen und Pizzabote in Los Angeles.

Raus aus der virtuellen Welt, hinein ins tosende Leben, hatte sich Thomas Bernhardt schließlich ermahnt. Im Radio hatten sie gesagt, dass heute eine geradezu beißende Kälte herrsche, man solle, wenn man länger draußen sei, sein Gesicht schützen, am besten mit einem Schal oder einer Gesichtsmaske.

Beißend, das war der richtige Ausdruck. Als Bernhardt auf die Straße trat, spürte er ein scharfes Prickeln auf Stirn und Wangen, als würden ihm winzige Nadeln in die Haut gedreht.

Die Stadt lag unter einem dunklen Grau, das sich den ganzen Tag über nicht aufhellen würde. Da war er sich sicher. In der U-Bahn hielten die Menschen die Köpfe gesenkt und schwankten still vor sich hin. Als stünden sie unter Hypnose. Jeder Zweite war mit kleinen Kopfhörern verstöpselt, aus denen leise, quäkende Töne drangen und sich vermischten, ein Mozart-Klavierkonzert wurde von der linken Seite mit Heavy Metal und von der rechten Seite mit Grönemeyer unterlegt. So früh am Tag wollte Bernhardt noch alles gut finden: Interessante Mixtur, redete er sich ein.

In den Diensträumen in der Keithstraße taute er auf: Das trübe und doch irgendwie warme Licht, die vollgepackten Schreibtische, die Kollegen – hier fühlte er sich zu Hause. Er ging als Erstes ins Zimmer seines Vorgesetzten Freudenreich und stimmte mit ihm die Pressemeldung ab, die nun einmal raus musste. Freudenreich, der Kumpel aus alten linkssozialistischen Tagen, ermahnte ihn, die Pressevertreter nicht zu reizen, besonders nicht das alte Schlachtross von der *Regionalschau* und die blonde Reporterin von der Zeitung mit den großen Buchstaben. Bernhardt gelobte, sich nicht provozieren zu lassen, und ging zurück ins Büro.

Katia Sulimma saß am Computer und lächelte ihn an. Allein ihr Lächeln konnte einen Tag retten. »Thomas, ey. Einen Kaffee und ein Croissant?«

Er hatte in seiner Wohnung nicht gefrühstückt. Machte er nie. Sie stellte ihm einen Pott mit dampfendem Kaffee auf den runden Tisch und ein Croissant. Als sie sich über ihn beugte, roch er ihr Parfüm. Warm, aber nicht zu schwer, irgendwas Zimtiges. Sie hatte ihm das mal erklärt: Im Frühling trug sie florale Düfte, Jasmin, Oleander, im Sommer etwas Kühlendes, Zitrone, Limone, im Herbst reife Früchte, Apfel und Quitte, und im Winter etwas Wärmendes, Kaffee und Cognac. Sie schaute ihn an. »Wie findest du mein Parfüm?«

Irgendwann, im verdammt heißen Sommer des vergangenen Jahres, hatte er sie einmal auf ihr Parfüm angesprochen. Das hatte ihr gefallen. Und seitdem kam sie manchmal darauf zurück. »Weißt du, ich habe einen Laden in der Kantstraße gefunden, zwischen Wilmersdorfer und Kaiser-Friedrich. Der hat Hunderte von Duftessenzen, da mixe ich mir jetzt manchmal selbst was zusammen. Was ich heute trage, das ist meine Kreation.«

Cellarius war zu ihnen getreten, hatte höflich zugehört und sich dann kurz geräuspert.

»Katia, wirklich gelungen, aber sollten wir nicht…? Du wolltest doch schauen, wo und wie Sophie Lechner aufgewachsen ist. Da gibt's bis jetzt nichts richtig Konkretes. Vielleicht wäre es sogar sinnvoll, in Wien bei Anna Habel nachzufragen?«

Katia Sulimma drehte sich einmal um ihre eigene Achse, was erstaunlich elegant aussah, und ging zu ihrem Schreibtisch. Selbstverständlich hatte sie ihre dicken, gefütterten Winterstiefel ausgezogen und trug im Büro schicke High Heels.

»Celli, ich bin dran. Mit ›Anna der Schrecklichen‹ hat's noch ein bisschen Zeit. Die drängt sich noch früh genug in den Fall. Cornelia hat sie gestern Abend ja schon einmal vorgewarnt.«

Auf Katias Schreibtisch klingelte das Telefon. »Wirklich? Och, Mensch, Cornelia. Fast 40 Grad? Nee, bleib zu Hause. Ja, ja, ich sag's hier. Du weißt ja, was Thomas immer empfiehlt. Wie? Genau. Zwei Liter Lindenblütentee, aber nicht die Beutel mit dem Staub nehmen, sondern richtige Lindenblüten. Ja, genau…« Katia lachte. »… *am besten die aus der Provence!* Ja, ja, nee, selbst trinkt er wahrscheinlich gar keinen Lindenblütentee. Also, mach's gut, pass auf dich auf und auf die Kinder.«

Bernhardt und Cellarius winkten Grüße.

»Die zwei Männer grüßen dich. Nee, nicht Krebitz.

Celli und Thomas. Wart mal. Sag's noch mal lauter, Thomas. Ja, also, er empfiehlt dir alternativ ein altes hessisches Rezept: heißen Apfelwein mit Zitrone, Honig und Zimt. Was sagst du? ›Erbarme, die Hesse komme‹? Für so hohes Fieber bist du aber noch ganz gut drauf. Aber jetzt muss unser Hesse erst mal mit Celli raus ins feindliche Leben. Also, halt durch!«

Feindliches Leben war übertrieben. Im Büro des Intendanten des Berliner Theaters war es gemütlich warm. Der Hausherr hatte sich dekorativ in seinen Sessel drapiert – und gab den Intendanten, Typ gnadenloser Gesellschaftskritiker, Gestus: Ich reiße der verlogenen Bourgeoisie die Maske vom Gesicht. Als er sein Amt vor einem gefühlten Vierteljahrhundert antrat, hatte er gleich laut und deutlich sein Motiv benannt: Eine »scharfe Machete« wolle er sein inmitten der kapitalistischen Verhältnisse.

In der Zeitung mit den großen Buchstaben hatte Bernhardt vor einiger Zeit gelesen, dass der Intendant seinen Vertrag vorzeitig verlängert habe. In einem Interview befand er, er sei »wirklich billig für einen Regisseur der Champions League«. Und den Hinweis, dass er mehr als die Bundeskanzlerin verdiene, hatte er mit einem zornigen »*So what?*« gekontert.

Der scharfen Machete, die inzwischen Mitte siebzig sein musste, fiel eine blonde Haarsträhne in die Stirn. Er erinnerte Bernhardt an einen grünen Politiker, der das Dosenpfand durchgesetzt hatte. Leicht schnarrende Rede, heiße Bekenntnisse bei gleichzeitig klarem, strategisch kühl kalkulierendem Kopf. Das zeichnete beide aus. Vor siebzig, achtzig Jahren hätten die auch zur Elite gehört, sagte sich Bernhardt, natürlich unter entgegengesetzten ideologischen Vorzeichen.

Er nahm sich vor, mal zu prüfen, ob die Machete wirklich so scharf geschliffen war, wie der Intendant es immer vorgab. Aber erst einmal hörte er zu.

»… Ihr Anruf vorhin ein Schock. Sophie war unsere ganz große Hoffnung. Eine Meisterin der leidenschaftlichen Gesten, sich selbst und die Zuschauer an Grenzen führend, wer kann denn heute noch radikal expressionistisch spielen, wenn Sie verstehen, was ich meine? Niemand war wie sie. Ihr Gretchen am Burgtheater – grandios. Nicht zu fassen, dass sie jetzt nicht mehr unter uns ist.«

Er legte die Hand vor seine Stirn, senkte den Kopf und schwieg effektvoll.

Thomas Bernhardt wartete ab. Keine Frage, dass jetzt der Einfühlungskünstler Cellarius gefordert war. Und der begann sein Werk gewohnt zurückhaltend.

»Ein großer Verlust.«

Der Intendant nahm die Hand von seiner Stirn, schaute Cellarius melancholisch an, verhielt kurz in der Geste des Trauernden, warf dann aber seine schüttere blonde Haarsträhne zurück, reckte das Kinn und blitzte Cellarius mit seinen blauen Augen an.

»Wir werden nur schwer darüber hinwegkommen. Ich denke, in der nächsten oder übernächsten Woche machen wir einen schönen Gedenkabend, Lieder, Gedichte, Rezitationen, Erinnerungsstücke. Sie sollte ja die Alkmene in meiner *Amphitryon*-Inszenierung spielen, wir hatten uns da was ganz Besonderes überlegt, Sprechoper, eine strikte Raum- und Sprachchoreographie. Tja ...«

Jetzt wirkte der Intendant ernsthaft erschüttert. Cellarius, auch kein schlechter Regisseur, spürte, dass eine Pause wichtig war. 10 Sekunden, 20 Sekunden Schweigen. Dann beugte sich Cellarius ganz leicht nach vorne.

»Eine große Schauspielerin, zweifelsohne. Aber wie war sie privat, im Umgang?«

»Im Umgang? Das ist ein Ausdruck, der uns nicht geläufig ist.«

Der Intendant stellte die ihm offensichtlich wichtige Distanz zwischen der Existenz eines Künstlers und dem profanen Leben eines Polizeibeamten klar heraus.

»Sehen Sie, wir setzen uns hier mit einem Text auseinander, geistig, aber auch körperlich. Das ist, wenn Sie so wollen, Hochleistungssport. Am Ende jeden Tages steht Erschöpfung, da ist es das Beste, diesen Kosmos zu verlassen. Da gibt's nach der Arbeit keinen Kaffeeklatsch oder freundliches Beieinandersitzen mehr.«

Bernhardt fand, dass eine gewisse Verschärfung der Gesprächssituation vonnöten war. »Und eine Kantine gibt's nicht?«

Der Intendant wandte sich irritiert Thomas Bernhardt zu.

»Herr ..., wie war noch mal Ihr Name? Ich habe ihn vorhin nicht verstanden, entschuldigen Sie.«

»Thomas Bernhardt.«

Der Intendant zuckte kurz, als hätte er einen leichten elektrischen Schlag erhalten. »Nein, das ist ein bisschen viel jetzt. Ich bitte Sie. Wissen Sie, dass ich Thomas Bernhard, wie soll ich sagen, sehr nahestand?«

»Naturgemäß. Soweit das möglich war, oder? Ich schreibe mich übrigens mit dt.«

»Ja, also, jetzt haben Sie mich aber … Wo waren wir stehengeblieben?«

»Kantine.«

»Ja, natürlich gibt es eine Kantine. Ist sogar ziemlich berühmt. Da schweben noch die Geister von Bert, Helli und Heiner. Sollten Sie sich nicht entgehen lassen. Aber das ist nichts für die Großen. Da sitzt eher die mittlere Riege. Ein freier, unruhiger Geist wie Sophie hat da nicht hingepasst. Ab und zu hat sie sich da sehen lassen, um quasi zu demonstrieren, dass sie nicht arrogant ist. Ansonsten: Sie brauchte viel Freiraum. Sie war radikal, sie brannte, wenn Sie verstehen, was ich damit sagen will.«

»Wir versuchen es. So gut uns das möglich ist.«

Nicht schlecht, Cellarius, dachte Bernhardt und lehnte sich zurück. Er musste hier nicht viel machen.

»Ja, sie brannte, und wer sich seiner Leidenschaft für die Kunst und seiner Leidenschaft für das Leben so bedingungslos hingibt, der kann auch verbrennen. Ich verrate hier kein Geheimnis, wenn ich sage: Sie war süchtig nach Grenzerfahrungen.«

»Darf man fragen, welcher Art diese Grenzerfahrungen waren?«

Die zeremonielle Höflichkeit von Cellarius amüsierte Bernhardt, diese ausgefallene Mischung aus solidem Beamtentum und leiser Ironie. Vielleicht hörte ja nur er die Ironie heraus? Der Intendant jedenfalls spürte davon nichts, was dazu führte, dass er sich ein bisschen aufblähte.

»Na ja, Sie müssten Künstler sein, um das wirklich verstehen zu können. Sie experimentierte. Mit ihrem Körper, sie verletzte sich manchmal, fügte sich selbst Schmerzen zu. In ihrer Sexualität gab es Männer und Frauen, auch da suchte sie, glaube ich, den Schmerz. Aber letztlich gab es für sie nur die Kunst, hier ging sie wirklich über sich hinaus und fand sich selbst – auf der Bühne. Aber diesen Augenblick der Gnade, wenn ich das mal so nennen darf, konnte sie nicht mit ins alltägliche Leben nehmen. Deshalb lebte sie eigentlich ständig in einer Mangelsituation, die sie auf der Bühne überwinden wollte. Ein Teufelskreis, dem nur schwer zu entkommen ist. Ja, so war das.«

Zum Schluss hatte der Intendant ganz ernst gesprochen, und Bernhardt war sich nicht sicher: Steckte hinter dem Selbstdarsteller vielleicht doch noch ein anderer, ernsthafterer Mensch?

Es gab nichts mehr zu sagen, die drei Männer erhoben sich und schüttelten sich die Hände. Der Intendant schaute mit einem halb zugekniffenen Auge auf Thomas Bernhardt.

»Thomas Bernhardt mit dt. Wenn man an die Namensmystik glauben wollte.«

»Dann müsste ich so eine Art Stellvertreter des großen Meisters auf Erden sein?«

»Nein, so einfach ist das nicht. Egal. Heute Abend werde ich wieder mal in den autobiographischen Schriften von T. B. lesen. Seltsamerweise helfen mir diese Katastrophenschilderungen über einen Tag wie heute hinweg.«

Nachdem sie sich aus der Personalabteilung noch sämtliche Daten über Sophie Lechner besorgt hatten, traten sie aus dem überheizten Theater hinaus ins Berliner Grau. Thomas Bernhardt stülpte sich seine blaue Hafenarbeitermütze über den Kopf. Mit seiner schwarzen Lammfelljacke, die er seit einem geschätzten Vierteljahrhundert im Winter trug und die an den Kragenrändern elend abgeschabt war, sah er wie ein Revolutionär aus den zwanziger Jahren aus. Hatte Cellarius mal nach dem zweiten oder dritten Bier gesagt. Der wiederum wirkte in seinem Cashmere-Caban und mit seiner schicken Schirmmütze auf Bernhardt wie ein englischer Landedelmann.

Sie blieben neben dem Denkmal des Theater-Hausheiligen stehen, der listig zu grinsen schien. Bernhardt wischte ihm halb missmutig, halb liebevoll die Schneemütze vom Kopf.

»Der hat's wirklich faustdick hinter den Ohren gehabt. Sollen wir mal in die Kantine gehen, um seinen Geist zu spüren?«

»Ich finde, das können wir ein ander Mal machen, Thomas. Wie fandest du den Intendanten?«

»Cleverer Kerl, ausgebufft, was weiß ich. Immerhin hat er ein ziemlich aussagekräftiges Bild von der Lechner gezeichnet. Was uns aber erst einmal nicht weiterbringt. Ob wir nun den Mörder einer Exzentrikerin suchen ...«

»Einer Borderline-Persönlichkeit…«

»…auch recht, oder eines vermeintlich normalen Opfers. Ist übrigens schön, dass der Schnee noch halbwegs weiß ist.«

»Hat Schnee so an sich.«

»Nee, vor der Wende war der nach einer Stunde schwarz. Dank der Trabis, die in Ostberlin rumtöffelten, und der Kraftwerke in Leuna und Bitterfeld, die keine Filter hatten und ihren Dreck einfach rauspusteten.«

Bernhardt verpasste der Bronzefigur einen Hieb auf die Schulter. »Na, alter Meister, mit deinem ›Lob des Sozialismus‹. Hättste auch nicht gedacht, was?«

Cellarius lachte. »Mann, hör auf mit der DDR-Hetze.«

»Hast recht, war doch ein nettes, schönes Land. Wurdest nur erschossen, wenn du's verlassen wolltest. Und schließlich wächst zusammen, was zusammengehört. Davon abgesehen, sollten wir jetzt weitermachen. Unsere Pat-und-Patachon-Nummer beim Intendanten war ja gut, aber jetzt trennen wir uns, sonst kommen wir zu langsam voran. Du gehst zum Tatort, nimmst dir die Hausbewohner vor. Krebitz hat mit seinen sensiblen Fragen wahrscheinlich bereits jede Menge Porzellan zerschlagen. Das kannst du dann kitten. Und ich mach mich zu Fuß auf den Weg in die Agentur der Lechner am Hackeschen Markt. Katia hat mich da schon angemeldet. *See you later, alligator.*«

»*In a while, crocodile.*«

5

Die Regler der alten Heizkörper im Büro waren bis zum Anschlag aufgedreht, Anna schüttelte ihre schneebedeckte Mütze aus und warf die Jacke über den Kleiderständer in der Ecke. Um ihre Stiefel bildete sich sofort eine kleine Pfütze, und Helmut Motzko sprang von seinem Schreibtischstuhl auf und griff sich einen Wischmopp, der hinter der Tür auf seinen Einsatz wartete.

»Gibt's was Neues?« Anna startete den PC und fuhr mit dem Zeigefinger über die völlig staubfreie Schreibtischoberfläche. So aufgeräumt war ihr Arbeitsplatz seit vielen Jahren nicht gewesen.

»Nein, nicht wirklich. Ein anonymer Anruf gestern Abend in der Notrufzentrale. Ein Mann hat gedroht, seine Schwiegermutter umzubringen.«

»Und? Hat er es getan?«

»Bis jetzt wurde es zumindest nicht gemeldet.«

»Na, wenn er sie im Schnee vergraben hat, dann dauert's eine Weile, bis man sie findet. Kennen Sie eigentlich eine Sophie Lechner?«

»Nein, ist das eine Kollegin?«

»Nein, eine wahnsinnig berühmte Schauspielerin. Hans-Günther Steiner?«

»Ja, den kenn ich. Also, ich mein, nicht persönlich, aus

46

der Zeitung halt. Das ist doch dieser Reich-und-schön-Typ, der sich so wichtig macht.«

»Genau. Und die Frau an seiner Seite war bis vor kurzem Sophie Lechner.«

»Ja und? Wieso ist das interessant?«

»Weil die Dame gestern das Zeitliche gesegnet hat.«

»Die Arme. Krebs? Autounfall? Aids?«

»Nein. Ein Messer.«

»Mein Gott! Haben wir einen Fall?« Helmut Motzko stieß beinahe seine Kaffeetasse vom Tisch.

»Nein, nein. Nicht hier. Sie lebt anscheinend seit ein paar Monaten in Berlin. Und jetzt liegt sie in der Gerichtsmedizin. In Berlin. Nicht bei uns. Was aber nicht heißt, dass wir nicht ein wenig über die Dame recherchieren könnten, oder?«

»Wir haben ja sonst nichts zu tun.«

»Na ja, wir könnten ein paar alte Fälle aufrollen.«

»Ja, zum Beispiel diese junge Prostituierte, die scheinbar einfach auf ihrem Bett eingeschlafen ist und nie wieder aufgewacht ist.«

»Woher kennen Sie denn den Fall? Da sind Sie ja noch in die Schule gegangen!«

»Ich hab halt die Akten studiert. Dabei kann man viel lernen.«

»In dem Fall haben Sie nur gelernt, dass man nicht immer Erfolg hat. Ich bin nach wie vor sicher, dass die nicht einfach einen Herzstillstand hatte, aber wir haben nichts gefunden. Rein gar nichts. Und Sie werden auch nichts mehr finden.« Annas Stimme war ein wenig schneidend geworden.

Der junge Kollege blickte betreten auf seine Schreibtischunterlage. »Nein, sicher nicht. Das ist ja viel zu lange her.«

»Auch damals hätten Sie nichts gefunden, glauben Sie mir. Aber Ihre große Zeit kommt sicher noch.« Auch wenn ihr Helmut Motzko mit seinem Diensteifer manchmal richtig auf die Nerven ging, konnte sie nicht abstreiten, dass er ein guter Kriminalpolizist war – oder zumindest werden würde. Seit die Abteilung »Leib und Leben« ihn im vergangenen Sommer wegen Personalmangels aus der »Straßenkriminalität« geborgt hatte, hatte er sich gut entwickelt und war Anna nahezu ans Herz gewachsen, auch wenn sie das natürlich niemals öffentlich zugegeben hätte. Ihr langjähriger Kollege Robert Kolonja zog sie immer wieder mit dem »Jüngelchen, das an deinen Lippen hängt« auf, und Anna konnte nicht abstreiten, dass sie Motzkos offensichtliche Bewunderung genoss. Wie auf Kommando betrat die andere junge Kollegin, Gabi Kratochwil, das Büro. Ihre Mütze hatte sie tief ins Gesicht gezogen, den Schal bis über die Nase gebunden. »Tschuldigung. Mein Auto ist nicht angesprungen«, murmelte sie und stellte ihre Umhängetasche auf den Schreibtisch.

»Kein Problem, ist eh nichts los.« Anna warf ihr einen kurzen Blick zu und fragte sich zum wiederholten Male, was die junge Kollegin dazu veranlasste, sich immer nur mausgrau und schwarz zu kleiden – sie wirkte meistens geradezu unsichtbar. Und wie jeden Morgen setzte sich die junge Kärntnerin wortlos an ihren Arbeitsplatz, schaltete den PC an und schwieg.

48

»Frau Kratochwil, wenn Sie nichts Wichtigeres zu tun haben, dann googeln Sie doch mal Sophie Lechner, Schauspielerin. Also nicht die Rollen, mehr, was so im letzten Jahr über sie berichtet wurde.«

»Ja, mach ich.« Es war typisch für Gabi Kratochwil, dass sie nicht nachfragte, nichts wissen wollte, sondern einfach den Auftrag ausführte. Und zwar mit großer Perfektion. Anna wusste jetzt schon, dass sie spätestens in einer Stunde ein ordentlich formatiertes und schön geheftetes Dossier vor sich liegen haben würde. Gabi Kratochwil war in Annas Augen der Prototyp des Befehlsempfängers, sie arbeitete akribisch und fleißig, aber eben ohne auch nur einmal ihre Aufträge zu hinterfragen. Brav und gleichzeitig gefährlich.

Der Vormittag verging nur langsam. Anna kämpfte sich durch ein paar alte Akten, telefonierte mit Andrea, die irgendwo im Stau auf der Tauernautobahn steckte, und überlegte, ob sie nicht einfach auf Bereitschaft nach Hause gehen sollte, da klingelte das Telefon.

»Habel.«

»Kolonja. Grüß dich, Anna. Na, alles fit bei euch?«

»Hallo! Mensch, Robert, du rufst doch nicht an, um uns zu fragen, ob wir fit sind? Ist dir fad auf deiner Skihütte?«

»Nein, ich bin da nicht mehr. Ich bin im Spital.«

»Wo bist du?«

»Diakonissen-Krankenhaus Schladming. Innere Seitenbandverletzung am Knie.«

»Nein!«

»Doch.«

»Du Depp! Das gibt's doch nicht! Und wie lange gedenkst du zu bleiben, bei den schönen Diakonissinnen?«

»Eh nicht lang. Hab so eine Schiene am Gelenk.«

»Und wann kannst du wieder arbeiten?«

»Du könntest mal fragen, wie es mir geht.«

»Ja, ja, wie geht's dir denn?«

»Danke der Nachfrage. Es geht.« Kolonjas Stimme war deutlich kühler geworden.

»Lieber Herr Kollege, ich habe Urlaub gebucht nächste Woche. Zum Skifahren.«

»Du fährst Ski?«

»Besser als du anscheinend. Aber daraus wird wohl nichts.«

»Na ja. Die Ärzte sagen, dass ich mindestens noch sechs Wochen im Krankenstand bin. Keinerlei Belastung in den nächsten zwei Wochen, dann ein bisschen. Und auf Krücken kann ich sowieso keine Mörder jagen. Es tut mir leid.«

»Ja, mir auch. Gute Besserung.«

Kolonja konnte nichts dafür, dennoch konnte Anna ihre Wut nicht unterdrücken. Sie knallte den Hörer auf und legte ihr Gesicht in die Hände. Dann stand sie langsam auf, Motzko und Kratochwil saßen bewegungslos an ihren Schreibtischen.

»Ich komm gleich wieder.« Die Tür fiel ein wenig zu laut ins Schloss.

Chefinspektorin Anna Habel stand im unbarmherzigen Neonlicht der Damentoilette und starrte in den Spiegel. Was ihr entgegenblickte, gefiel ihr ganz und gar nicht.

Ihr Gesicht wirkte blass und müde, die scharfen Falten um die Augen waren seit dem Aufstehen am Morgen nicht weniger geworden, sie sollte dringend zum Friseur, und die grauen Haare, die widerspenstig von ihrem Scheitel abstanden, wurden immer mehr. Sie wusch sich das Gesicht mit kaltem Wasser, holte tief Luft und ging den langen Gang entlang zum Büro ihres Chefs.

Hofrat Hromada telefonierte, als Anna das Zimmer betrat, und winkte abwehrend mit einer Hand. Anna blieb in der Tür stehen und konnte gerade noch seine letzten Worte hören. »Ja, ja. Na, die wird sich schon wieder kalmieren. Da kann man halt nichts machen. Ja, ja, höhere Gewalt. Gut, Herr Kollege, dann erholen Sie sich schön. Und nichts überstürzen!« Nachdem er den Hörer aufgelegt hatte, wandte er sich zu Anna und strahlte sie an, als würde er gleich eine Beförderung aussprechen. »Sie haben ja schon von dem kleinen Missgeschick Ihres Kollegen Kolonja gehört. Das mit Ihrem Urlaub tut mir leid, aber den holen Sie einfach nach.«

»Ich wollte Ski fahren. Ich habe gebucht.«

»Jetzt sein S' nicht schwierig, das kann man sicher umbuchen.«

»Bis der Kolonja wieder fit ist, gibt's keinen Schnee mehr.«

»Eher unwahrscheinlich.« Hromada sah nachdenklich aus dem Fenster in die wirbelnden Flocken. »Jetzt schaun S' nicht so bös, es ist ja eh nichts los. Sie schieben hier eine ruhige Kugel und schreiben Stunden. Urlaub wird ohnehin völlig überschätzt.«

»Ja, deswegen hatte ich auch keinen seit August.«

»Frau Kollegin. Jetzt sein S' doch nicht so renitent. Ich kann ja auch nichts dafür, dass der Kolonja glaubt, er muss Ski fahren wie ein Achtzehnjähriger. Sie wissen ja, wie sie sind, die Männer in der Midlife-Crisis.«

»So? Woher soll ich das wissen? Ich bin weder ein Mann, noch kann ich mir eine Midlife-Crisis erlauben. Ich wollte lediglich ein paar Tage mit meinem Sohn in den Skiurlaub fahren.«

»Ich weiß, und ich kann es nicht ändern, dass nichts daraus wird. In der Abteilung muss zumindest einer von Ihnen beiden präsent sein.«

»Die ganze Woche wird nichts passieren.«

»Na hoffentlich, und jetzt beenden wir diese Diskussion. Sie führt zu nichts. Ihren Urlaubsantrag stornieren Sie bitte in der Personalabteilung, und dann haben Sie ja vielleicht Zeit, die jungen Kollegen Motzko und Kratochwil noch ein wenig in alte Fälle einzuarbeiten. In diesem Sinne, Frau Kollegin.«

Als Anna in ihr Büro trat, verstummten die beiden jungen Kollegen abrupt, Gabi Kratochwil starrte auf ihren Bildschirm, und Helmut Motzko schob hektisch ein paar Papiere hin und her. Auf seinen Wangen zeichneten sich rote Flecken ab.

»Na, soll ich noch mal rausgehen, damit ihr den Satz zu Ende sprechen könnt?«

»Es tut uns leid, dass das nichts wird mit Ihrem Urlaub, Frau Habel. Können wir irgendwas tun?«

»Nein, nein, ist schon okay. Ich kann euch ja schließlich nicht alleine lassen hier, mit diesen ganzen Schwerverbrechern.«

Plötzlich war ihre ganze Wut verflogen, und sie ließ sich auf ihren Schreibtischstuhl sinken. So müde und kraftlos hatte sich Anna schon lange nicht mehr gefühlt. Jetzt würde sie erst mal bei der Zimmerwirtin in Zell am See anrufen und versuchen, die Reservierung zu stornieren, und sich dann bei ein paar Freunden melden, um wenigstens in Wien eine halbwegs angenehme Woche zu verbringen. Vielleicht ein wenig Theater, Kino, mal mit Paula Spritzer trinken, eventuell mit Harald, ihrem Ur-alt-Freund und zeitweiligen Liebhaber, ins Kutschker zum Essen gehen.

Die Besitzerin der Pension Lisi in Zell am See war zwar ein wenig traurig, aber sehr konziliant und erließ Anna ohne Diskussion die Stornogebühr. »Mei, wär scho nett g'wes'n, wennst kummen wärst, aber da kann ma halt nix machen, jetzt, wo du so was Wichtiges 'worden bist – a Chefinspektorin!« Anna versprach, sie würde versuchen, ein paar Wochen später zu kommen, und Lisi versicherte, dass es dieses Jahr Schnee bis in den April geben würde.

Als Anna den Hörer auflegte, stand Gabi Kratochwil auf, ging zögernd die wenigen Schritte zum Schreibtisch ihrer Vorgesetzten und legte einen ordentlich gehefteten kleinen Stapel Papier auf ihren Tisch. »Das wären die Berichte der letzten eineinhalb Jahre über die tote Schauspielerin.«

»Danke schön. Mein Gott, sind Sie schnell. Super!«

Gabi Kratochwil errötete, sie stammelte etwas von Kaffee und verließ das Büro. Der junge Kollege folgte ihr rasch.

Anna las den ersten ausgedruckten Artikel, er war vom Sommer vor eineinhalb Jahren. Sophie Lechner spielte die Buhlschaft bei den Salzburger Festspielen. Die Kritik überschlug sich geradezu vor Lob, wobei es weniger um ihre schauspielerische Leistung als um ihre Ausstrahlung ging. Bei Ausstrahlung handelte es sich wohl um eine Verklausulierung von Aussehen, überlegte Anna, und ihr Blick blieb auf dem Foto der Lechner haften. Volle Lippen, eine freche Stupsnase, hochgesteckte rotblonde Haare, aus denen sich effektvoll einige Strähnen gelöst hatten, und ein beachtliches Dekolleté, das in einer weit ausgeschnittenen weißen Bluse voll zur Geltung kam. Aus ihren Augen blickte Lebenslust und Schalk, und Anna wurde ein wenig wehmütig, als sie sich diesen Körper leblos auf der Berliner Gerichtsmedizin vorstellte.

Der nächste Artikel stammte aus einem Boulevard-Wochenmagazin und zeigte die Lechner im roten Cabriolet mit Hans-Günther Steiner, der besitzergreifend einen Arm um seine Beifahrerin gelegt hatte und in die Kamera lächelte. Das Gesicht eine Spur zu sonnengebräunt, die Haare einen Tick zu lang, die Hemdsärmel hochgekrempelt. Der Artikel war nichtssagend, vom neuen Traumpaar der österreichischen Kulturszene war die Rede, zwei Gewinner, die gemeinsam unschlagbar sein würden, von denen man noch Großes zu erwarten hätte.

Ein paar Theaterkritiken hatte Gabi Kratochwil ordentlich untereinandergereiht, das heißt, sie hatte in der kurzen Zeit nicht nur die Artikel rausgesucht und kopiert, sondern sie auch noch nach einem sinnvollen System gegliedert. Immer wieder stand Sophie Lechners Aussehen im Mittelpunkt, ihre Bühnenpräsenz und ihre schauspielerischen Fähigkeiten. Lediglich eine Zeitung, und zwar immer derselbe Kritiker, hatte nichts als Verachtung für Sophie Lechner übrig. »Völlig überschätzt«, »nervige Stimme«, »der Bluff des Jahrzehnts«, hieß es da. Der Autor machte kein Hehl daraus, dass er Sophie Lechner nicht ausstehen konnte, ja sich offensichtlich ziemlich auf sie eingeschossen hatte. Im nächsten Artikel: der Brand im Penthouse, das Steiner und Lechner gemeinsam bewohnten, Anna erinnerte sich an Paulas Erzählung. Ein paar Fotos einer ziemlich verwüsteten Wohnung, ein Bild von Steiner, der schützend eine Hand in Richtung Kamera hielt und ziemlich aggressiv wirkte, und schließlich versteckt im Artikel die Behauptung von Sophie Lechner, dass das ein Anschlag auf sie gewesen sei.

Anna rief den Akt in der internen Datenbank auf. Es waren nicht mehr als drei Seiten, und die zuständigen Kollegen hatten als Brandursache eindeutig einen glühenden Zigarettenstummel identifiziert. Sophie Lechners Aussage war zwar zu Protokoll gebracht, es hatte aber keine weiteren Untersuchungen in diese Richtung gegeben.

Die letzten Artikel des Dossiers behandelten den kleinen Skandal, den sie geliefert hatte, als sie einen Souffleur beschuldigte, sie während einer Vorstellung bewusst in die Irre geführt zu haben. Und als Abschluss eine Homestory mit dem Titel: »Wien hat mich nie verstanden«.

Auf den Fotos räkelte sich Sophie Lechner auf einem cremefarbenen Sofa, graue Jogginghose, dicke Wollsocken, auf ihrem Schoß eine Siamkatze, die mit blauen Augen direkt in die Kamera blickte. Ungeschminkt und ohne große Pose fand Anna die junge Schauspielerin noch attraktiver. Sie wolle sich umorientieren, sich auf die Klassiker konzentrieren, vom Umzug nach Berlin war die Rede und dass sie eine große Rolle in einer Hollywood-Produktion spielen würde, wenn das Projekt realisiert werde. Sie sei erleichtert, dem Sumpf in Wien jetzt den Rücken zu kehren. In Berlin sei alles echter und ehrlicher, man würde nach seiner Arbeit und seiner Leistung beurteilt und nicht danach, mit wem man ins Bett ging und von welchem Politiker man sich zum Essen einladen ließ. Auf die Frage der Reporterin nach ihrer Beziehung zu Hans-Günther Steiner meinte Sophie Lechner lediglich: »Kein Kommentar.«

Anna klappte den Schnellhefter zu und starrte kurz an die Wand. In ihrem Kopf ratterten die Gedanken. Nach ein paar Minuten streckte sie sich durch und legte das dünne Mäppchen in ihre Ablage. Sophie Lechner lebte seit mehreren Monaten nicht mehr in Wien, lag in Berlin in der Gerichtsmedizin, und sie war in Berlin ermordet worden. Der Fall hatte nichts mit ihr zu tun.

Inzwischen waren Helmut Motzko und Gabi Kratochwil zurück ins Büro gekommen, sie standen am Fenster und unterhielten sich flüsternd, hin und wieder warfen sie Anna einen verstohlenen Blick zu. Mein Gott, was muss ich manchmal für ein Arsch sein, dachte Anna, die beiden fürchten sich ja richtig vor mir.

»So, meine Herrschaften. Jetzt nützen wir die ruhigen Stunden und nehmen uns ein paar alte Fälle vor. Sie sollen schließlich etwas lernen hier. Irgendwelche Wünsche?«

6

In den Hackeschen Höfen fiel der Schnee in dichten Flocken auf die paar Touristen, die von Hof zu Hof tapsten und etwas ratlos aussahen: Der viel beschworene Zauber dieser schön restaurierten Anlage aus dem Jahre 1912 war nicht so recht nachzuvollziehen. Die Jugendstilornamente und die großzügigen Fensterfronten, die geschickte Verknüpfung der insgesamt acht Höfe miteinander, das alles verschwand hinter der weißen Schraffur, die der Schnee zeichnete.

Thomas Bernhardt betrat den Aufgang in Hof 5. Auf einem blankgeputzten Messingschild: »*Die Agentinnen 007* – Berlin/Wien, 2. Stock«. Nicht schlecht, sagte er sich. Und Berlin/Wien, da würde die Anna in Wien irgendwann auch ins Spiel kommen. Sollte er sich drauf freuen? Er war nicht sicher.

Die Räume der Agentur sahen aus, als seien sie gerade für eine Fernsehserie über das neue, dynamische Berlin hergerichtet worden. Honigfarbene Dielen, helles und doch dezentes Licht, weiße Wände, viel freier, luftiger Raum, ein großes abstraktes Gemälde, sehr bunt und sehr dekorativ, in einer Ecke eine Art Hausaltar, auf dem offensichtlich die Bilder der Schauspieler aufgestellt waren, die von der Agentur betreut wurden, auf einem kleinen Tisch eine blinkende Espressomaschine, ein wunderbar altmodisches Ding, wie man es selbst in Bars im tiefsten italienischen Süden wohl nicht mehr allzu oft zu sehen bekam. Ein absolut überzeugendes Bild, in das im Zentrum des Raumes zwei Glasschreibtische eingefügt waren, die mit einem kleinen Abstand akkurat nebeneinanderstanden und wie ein Block frontal auf die Eingangstür ausgerichtet waren. Die beiden Frauen, die dahintersaßen, wirkten, als hätten sie ein intensives Casting hinter sich. Waren die beiden, eine blond, eine schwarz, vielleicht selbst Schauspielerinnen? Sie schauten ihn leicht missbilligend an.

Er begriff: Er stand auf den schönen Dielen und tropfte heftig vor sich hin. Als er die Mütze abnahm, wurde es nicht besser. Die beiden lächelten synchron, wie machten die das nur? Die Dunkle im schwarzen Hosenanzug mit weißer Bluse erhob sich und kam auf ihn zu.

»Sie sind der Polizist, stimmt's? Sie wollen mit uns über Sophie Lechner reden. Das ist schrecklich mit Sophie, wir sind ganz erschüttert, wir begreifen das nicht, aber bevor wir reden, muss ich Sie erst mal trockenlegen. Kommen Sie mit.«

In der Küche nahm sie ihm die Jacke ab und hängte sie auf einen Bügel, die Mütze legte sie auf den Heizkörper. Dann reichte sie ihm ein Handtuch, und er rieb sich unter strenger Aufsicht Gesicht und Haare trocken.

»So, und jetzt noch die Schuhe ausziehen. Die stellen wir unter die Heizung.«

Bernhardt mochte es, wenn Frauen praktisch veranlagt waren. Aber die hier übertrieb, fand er. Machte sie sich lustig über ihn? Er trottete hinter ihr her und setzte sich auf den Stuhl, den sie mit großem Schwung genau in die Mitte vor die beiden Schreibtische hingestellt hatte. Das erinnerte ihn an eine Verhörsituation, nur dass er diesmal auf dem Armesünderstühlchen saß und die beiden Frauen sich entspannt hinter ihren Schreibtischen platziert hatten. Während er von der Dunklen in der Küche hergerichtet worden war, hatte die Blonde Kaffee gemacht. Beide führten nun die Espressotassen an die dezent geschminkten Lippen, woraufhin auch er seine Tasse, die auf einem Tischchen neben ihm stand, ergriff. Die Blonde lächelte ihn an, es war ein freundliches Lächeln, hinter dem sich aber, so fand er, ziemlich viel Härte verbarg.

»Zunächst: Wir sind traurig und tief betroffen, dass Sophie Lechner, eine außergewöhnliche Künstlerin und eine wunderbare Frau, unter solch tragischen und überhaupt nicht nachvollziehbaren Gründen aus dem Leben gerissen wurde. Aber wir können Ihnen vermutlich gar nicht viel über sie sagen.«

»Dann sagen Sie mir das Wenige.«

»Sophie ist in den vergangenen Jahren hauptsächlich von unserer Wiener Abteilung betreut worden.«

»Wer ist die Wiener Abteilung?«

»Das sind zwei Kolleginnen, die für Wien zuständig sind, wir setzen stark auf synergetische Effekte, die sich zwischen Wien und Berlin erzielen lassen.«

Bernhardt fühlte sich unwohl, er kam nicht richtig in die Gänge. Es lag ganz klar an der Sitzverteilung. Er stand auf. Beide drehten leicht den Kopf, lächelten, ihre Gestik und Mimik waren perfekt aufeinander abgestimmt. Vielleicht waren die mal Synchronschwimmerinnen gewesen, sagte sich Bernhardt.

»Bleiben Sie doch sitzen.«

»Ich kann besser denken und Fragen stellen, wenn ich auf und ab gehe.«

Bernhardt drehte den beiden für einen kurzen Augenblick den Rücken zu, trat zum Fenster und starrte in das wirbelnde graue Weiß hinter den Scheiben. Dann wandte er sich den beiden wieder zu und ging ein paar Schritte zu den Schreibtischen, vor denen er stehen blieb. Die Kräfteverhältnisse hatten sich leicht verschoben, befand er.

»Erzählen Sie mir einfach so ausführlich und so präzise wie möglich, wie Ihre Beziehung zu Sophie Lechner war, privat wie auch geschäftlich.«

Die beiden zögerten, schließlich raffte sich die Dunkle als Erste auf.

»Wir sind bekannt für unsere Rundumbetreuung. Unsere Klienten sind in der Regel auch unsere Freunde. Also egal, ob sie Liebeskummer haben oder einen Wasserrohrbruch in ihrer Wohnung, oder wenn sie keinen Kita-Platz finden – und es gibt da auch noch ein paar ausgefallenere Beispiele, das können Sie mir glauben –, wir sind immer für sie da. Das ist unsere Stärke.«

»Und wie sah die Rundumbetreuung bei Sophie Lechner aus?«

Die Blonde löste die Dunkle ab. »Sophie Lechner wurde bis zu ihrem Umzug nach Berlin vor einem halben Jahr in erster Linie von unserem Wiener Büro betreut. Wir waren da zwar involviert…«

»Synergie.«

»… genau, da brauchen Sie gar nicht ironisch zu werden. Aus Wien hörten wir, dass ihr Leben immer komplizierter und wirrer wurde. Am Burgtheater war sie der absolute Star, aber dann gab's Ärger mit einem Souffleur. Eigentlich nichts wirklich Schlimmes, aber sie hat das riesig aufgeblasen. Und die Zeitungen sind da natürlich voll mitgegangen. Sie liebte die Extreme. Ihre Auftritte, einmalig. Das Gretchen, splitternackt, haben Sie ja wohl von gelesen. Da rauschte es nur so im Blätterwald, und sogar die Boulevardzeitungen betrieben wochenlang Klassikerpflege.«

»Na ja, das ist doch eigentlich eine Erfolgsgeschichte.«

Nun übernahm wieder die Dunkle, maliziös lächelnd, mit hochgezogener Augenbraue.

»So sehen Sie das. Aber haben Sie eine Ahnung, wie viel psychische Energie da verbraucht wird, wenn man ständig unter Hochspannung steht? Aber das war wohl gar nicht ihr Problem. Sie hatte grässliche private Probleme.«

»Was denn?«

»Das können Sie nun glauben oder nicht: Wir wissen es nicht genau. Männergeschichten. Holt mich raus aus Wien, das war ihre Botschaft. Aber in Berlin wurde es nicht besser. Chaos, Angst, aber alles blieb im Dunkeln. Auch aus Berlin wollte sie abhauen.«

»Ich denke, sie wollte an einer Sprechoper im Berliner Theater…«

»Wollte sie eben nicht mehr.«

»Und der Intendant?«

»Hat bis heute, glaube ich, keine Ahnung. Als sie vorgestern bei uns war …«

»Vorgestern?«

»Ja, um die Mittagszeit. Sie war extrem unruhig. ›Ich muss hier weg, einfach mal ganz raus‹, hat sie immer wieder gesagt, und dann hat sie geweint.«

»Das hört sich jetzt aber ziemlich dramatisch an.«

Nun wieder die Blonde. »War's ja auch. Andererseits kannten wir sie als leicht erregbare Person. Der Unterschied zwischen Alltagswirklichkeit und Bühnenwirklichkeit hat sich bei ihr immer wieder verwischt. Jetzt, wo's zu spät ist, ist uns erst klargeworden, dass es diesmal ernst war.«

»Also, im Nachhinein: Wovor, vor wem, vor welcher Situation hatte sie Ihrer Meinung nach denn Angst?«

Nun fielen beide wieder in den Synchronmodus.

»Vor den Männern.«

»Vor welchen denn?«

Die Blonde übernahm.

»Sie hat nur allgemein geredet. Die Männer zerstören sie, die Männer töten sie. Wir haben das aber als hysterischen Anfall genommen und dass das alles nur im übertragenen Sinne zu verstehen ist.«

»Aber Sie kennen doch ihre Freunde, Bekannten, Kollegen.«

»Nein, eben nicht. Ihr Privatleben, da wusste man nur, dass es da drunter und drüber ging. Es gab Gerüchte über einen Selbstmordversuch, Selbstverletzungen. Sie soll sogar Pyromanin gewesen sein.«

Die Dunkle löste die Blonde ab, perfektes Timing.

»Also, der Tod von Sophie hat uns wirklich getroffen. Wir müssen uns, glaube ich, keine Vorwürfe machen, wir haben gestern den ganzen Tag an ihrem Hollywood-Engagement gearbeitet. Die Chancen waren gar nicht so schlecht. Aber das braucht Zeit, und jetzt ist die Zeit ganz plötzlich abgelaufen. Wir fragen uns natürlich, was da passiert ist. Warum gibt es denn noch keine offizielle Mitteilung von der Polizei?«

»Wir haben's eine Zeitlang zurückgehalten. Je später das öffentliche Getöse anfängt, desto besser.«

»Wir werden heute sicher noch viel hören, mit unseren Wiener Kolleginnen haben wir erst kurz gesprochen, die sind total geschockt. Aber die können Ihnen bestimmt weiterhelfen. Wenn wir was Interessantes erfahren, melden wir uns auf jeden Fall.«

Es gab noch einen Espresso, begleitet von Smalltalk. Nachdem Bernhardt seine leicht dampfende Jacke von der Heizung genommen und angezogen hatte und wieder in seine ausgelatschten Pseudo-Cowboystiefel gestiegen war, begleitete ihn das Black-and-White-Paar zur Tür und verabschiedete ihn mit ausgesuchter Freundlichkeit. Bernhardt hätte es nicht verwundert, wenn die beiden einen Knicks gemacht hätten.

7

Als Anna die Wohnungstür aufschloss, fiel sie über Florians Winterstiefel, die in einer Pfütze im Vorzimmer lagen. Anna schmiss sie auf die Kokosmatte, wischte das Wasser weg und machte sich erst einmal eine große Tasse Tee. Sie klopfte mehrmals an Florians Zimmertür, und als er nicht antwortete, öffnete sie sie vorsichtig.

Er saß am Schreibtisch, tief über ein Heft gebeugt, auf seinen Ohren die unvermeidlichen Kopfhörer. Die Bässe drangen bis in Annas Ohr. Sie legte ihm vorsichtig eine Hand auf die Schulter.

»Mein Gott! Hast du mich erschreckt! Was machst du denn schon hier?« Er drückte auf die Pausentaste.

»Ich hab früher Schluss gemacht. Nichts los bei uns.« Sie schluckte den Satz mit den Schuhen und der Pfütze im Flur hinunter. »Hast du kurz Zeit? Ich muss mit dir reden.«

»Was gibt's denn? Ist was passiert?« Florian folgte ihr in die Küche, nahm eine halbe Tafel Schokolade aus dem Schrank und lümmelte sich an den Küchentisch.

»Na ja, kann man so sagen. Der Kolonja hat sich irgendwelche Bänder gerissen.«

»Schlimm für ihn. Und?«

»Und das heißt, dass ich nicht in den Skiurlaub fahren kann.«

»Scheiße. Ich hab mich schon voll gefreut.«

»Tja, vielleicht können wir das ja um ein paar Wochen verschieben.«

»In ein paar Wochen hab ich keine Ferien mehr.«

»Vielleicht kann man eine Sondergenehmigung bekommen.« Annas Vorschlag klang halbherzig, und Florian lächelte sie spöttisch an. »Ich könnte doch ohne dich fahren.«

»Wie, ohne mich?«

»Na ja, mit Marie? Die fährt auch gern Ski und hat auch Ferien.« Marie war Florians erste ernstzunehmende Freundin. Immerhin waren die beiden schon mehr als ein halbes Jahr zusammen, und das war in dem Alter schon eine echte Leistung.

»Aber ihr seid erst siebzehn. Und Marie ist noch jünger! Ihr könnt doch nicht alleine in Urlaub fahren!«

»Warum denn nicht? Maries Eltern sehen das eh voll locker. Die sind ganz glücklich, dass sie mit mir zusammen ist, dem soliden Polizistensohn.«

»Aber die haben doch bestimmt auch schon was geplant für die Ferien.«

»Nein, die Eltern haben kein Geld. Die gehen eh nicht Ski fahren.«

»Wir haben auch kein Geld. Na, ich weiß auch nicht. Wie wollt ihr denn hinkommen?«

»Schon mal was von Zug gehört?«

»Dann frag sie halt. Wir müssen nur ganz schnell die Lisi anrufen und sagen, dass wir das Zimmer doch wol-

len. Das Zimmer übernehm ich, aber die Liftkarte zahl
ich ihr nicht, deiner Marie.«

»Aber mir?«

»Muss ich ja wohl.«

Plötzlich kam Leben in den ansonsten eher lethargi-
schen Florian. Binnen Minuten hatte er mit Marie telefoniert und die Zugverbindung aus dem Internet gesucht.
Und während er seine Reisetasche packte und dabei
hektisch hin und her lief, stand Anna ein wenig verloren
in der Wohnung und versuchte auszurechnen, wie viel
Geld sie ihm mitgeben sollte. Noch einmal flammte die
helle Wut in ihr auf, sie ging rasch zurück in die Küche
und starrte in den leeren Kühlschrank. Florian sollte
nur nicht auf die Idee kommen, sie wäre eifersüchtig.

8

Als Thomas Bernhardt in die Wohnung von Sophie Lechner am Lietzensee kam, saßen Krebitz und Cellarius auf der Couch, vor sich Pizzastücke auf einem Pappteller. Kein Anblick, der den verfrorenen Bernhardt aufheiterte. Aber selbst unter diesen Bedingungen war Cellarius ein aufmerksamer Gastgeber.

»Bitte bediene dich.«

Er wies auf den Teller auf dem Tisch. Bernhardt griff sich ein Stück und mampfte die lauwarme Masse. Dazu ein Glas Wasser ohne Kohlensäure aus einer Flasche, auf der »naturell« stand.

»Klasse. Ich sag euch gleich, mein Gespräch mit den beiden Agentinnen hat wenig gebracht. Nur, dass ich jetzt eine halbwegs reale Vorstellung von der Lechner habe. Und wie lief's bei euch, habt ihr neue Erkenntnisse, oder tretet ihr auf der Stelle? Würde mich nicht wundern.«

Krebitz schwieg verstockt. Cellarius hingegen schien sich geradezu zu freuen. Schlechte Laune bei Bernhardt am Anfang einer Untersuchung bedeutete, dass er irgendwann zu großer Form auflaufen würde.

»Ich muss zugeben: Wir haben nicht viel rausgekriegt bei den Hausbewohnern. Aber ich habe eine gute Nachricht für dich: Unsere Freunde von der Presse sind hier in Scharen aufgetaucht, sie waren ziemlich empört wegen der späten Übermittlung der Nachricht, und jetzt sind sie schon wieder in ihre Redaktionen gedüst, du hast also nichts mehr mit ihnen zu tun. Auch nicht mit der von dir so geschätzten *B.-Z.*-Blondine. Nun zur Sache: Krebitz, du hast doch gestern Abend noch die Hausbewohner befragt, die am Nachmittag nicht da waren. Am besten fasst du das zusammen.«

Angewandte Psychologie. Bernhardt zog innerlich den Hut vor Cellarius.

Knurrte Krebitz leise vor sich hin? Immerhin fing er nach ein paar Sekunden des Schweigens an zu sprechen. Bernhardt fragte sich, ob das Schweigevorspiel ein rhetorischer Trick von Krebitz war, und ermahnte sich dann, keine Krebitz-Paranoia zu entwickeln.

»…nicht besonders viel Neues. Der Zeitungsredakteur im zweiten Stock rechts ist wirklich auf Recherchereise in Palästina. Habe ich mir vom Chefredakteur seiner Zeitung bestätigen lassen. Der Musiker vom ersten Stock rechts ist seit einer Woche auf Tournee, ist gestern in Pfullendorf aufgetreten und wurde vom Veranstalter um 12 Uhr am Flughafen Friedrichshafen abgeholt. Das wurde mir bestätigt. So, jetzt das Rechtsanwaltspaar, dritter Stock links, ist spät nach Hause gekommen. Ich hab halt gewartet…«

»Toll, Krebitz, schreib's auf die Überstundenliste.«

Bernhardt war klar, dass jetzt Lob angebracht war. Schließlich hatte er nicht ohne Erfolg am Seminar »Gegenseitige Wertschätzung, gleiche Augenhöhe – Wie man im Team ergebnisoffen und zielorientiert arbeitet« teilgenommen. Höchst ungern dachte er an die Rollenspiele, die den Teilnehmern damals abverlangt worden waren. Er sollte eine Sachbearbeiterin spielen, die sich von ihrem Chef ungerecht behandelt fühlte. Er hatte sich Katia Sulimma vorgestellt und versucht darzustellen, was Katia wohl in ihrem Innersten unausgesprochen von ihm dachte. Die Seminarleiterin mit einem Doppelnamen, die er für sich nur Leutheusser-Schnarrenberger nannte, hatte ihn ermahnt, er könne sich die Ironie in seiner Darstellung sparen. Dann der Auftrag: Spielen Sie jetzt mal den Chef! Er hatte seine Performance ganz gut gefunden. Aber Leutheusser-Schnarrenberger war empört: Erst Ironie und dann Zynismus. Er müsse viel an sich arbeiten. Aber deshalb sei man ja zusammengekommen, um die Negativspirale zu verlassen, in der manche gefangen seien. Herrn Bernhardt lade sie heute Abend zu einem Einzelgespräch ein, was er bitte, drei Ausrufezeichen, nicht als Disziplinierungsmaßnahme missverstehen möge. Das abendliche Gespräch hatte als Belehrung begonnen, nach einiger Zeit jedoch eine überraschende Wende genommen: Leutheusser-Schnarrenberger gestand ihm, dass sie an ihrem Beruf auch nicht alles gut, manches sogar fragwürdig finde. Das Wort »Sozialingenieur« und »Flickschusterei« war gefallen. Bei so viel Problembewusstsein und Selbstkritik wollte Bernhardt nicht kleinlich sein und gab zu, dass er sicher intensiv an sich arbeiten müsse, Motto: nicht in Routine versinken. Man schied in gegenseitigem Respekt.

»… Überstundenliste, dass du nun gerade davon anfängst. Dann hätte ich ja schon längst ein Jahr Urlaub am Stück, mir geht's um die Sache!«

»Natürlich, du hast recht, klar.«

»Also, das Rechtsanwaltspaar weiß von nichts. Bauen sich gerade eine Kanzlei auf, kommen eigentlich nur zum Schlafen nach Hause. Die Nanny ist aus Portugal, spricht nur wenig Deutsch, hat die Lechner nur ab und an im Fahrstuhl getroffen. Das Ärztepaar, dritter Stock rechts, also gegenüber vom Juristenpaar, kennt die Lechner von den gemeinsamen Fahrten im Fahrstuhl, war wohl ziemlich beeindruckt von ihr, wollte sie immer mal ansprechen, weil sie sie in Wien auf der Bühne gesehen hatten, nackt. Kann das denn sein? Tatsächlich? Na ja, haben aber den Mut nicht aufgebracht. Ansonsten berichten alle übereinstimmend, dass die Lechner eine stille und unauffällige Mieterin war, bis auf die laute Musik gestern, aber da war sie ja wahrscheinlich schon tot. Oder kurz davor. Nur einen habe ich nicht angetroffen: den Komponisten von gegenüber, der ist nicht da, oder er öffnet nicht. Den müssen wir ins Visier nehmen.«

»Stimmt, klasse Arbeit, Krebitz. Aber für dich war ja dann gar nichts mehr zu tun, Cellarius?«

Krebitz signalisierte mit einem Blick zu Bernhardt: Ja, siehste!

»Na ja«, antwortete Cellarius, »die Einzige, die Kontakt mit der Lechner hatte, war die Physiotherapeutin im Erdgeschoss. Ich war bei ihr, aber die hat Patienten am Fließband, sie hat erst nach Ende ihrer Sprechstunde Zeit, so gegen 18 Uhr. Dann habe ich mit Fröhlich gesprochen, der gerade erst abgezogen ist. Er sagt, wir sollen uns von der Spurensicherung nicht zu viel erhoffen: Die Wohnung ist zwar nicht clean, es gibt fremde Fingerabdrücke, Haare, die nicht von der Lechner stammen, aber sonst nichts Auffälliges. Handy hab ich schon abgegeben. Katia überprüft das. Dann habe ich mich um eine Funkzellenabfrage gekümmert: Wer war hier in der Gegend in den letzten Tagen und hat telefoniert, gibt's da Auffälligkeiten und so weiter. Aber das dauert, diese ganzen Telefongesellschaften mit ihren blöden Flatrates rücken ihre Daten nur auf richterlichen Beschluss raus. Ich hab schon mit Freudenreich telefoniert, damit der das Ganze ein bisschen beschleunigt. Da ist er ja gut drin. Ist halt ein riesiger bürokratischer Aufwand für eine Funkzellenabfrage, müssen wir Geduld haben.«

Bernhardt seufzte. Die Mühen der Ebene, schrecklich. Aber Cellarius war noch nicht fertig.

»In einer Mappe waren ein paar Verträge. Nichts Spektakuläres, scheint mir. Ein Vertrag mit dem Burgtheater, der ist vor einem halben Jahr einvernehmlich gelöst worden. Und ein Vertrag mit dem Berliner Theater, das ist aber nur ein Vertrag für zwei Stücke.«

»Zwei Stücke?«

»Na ja, sie sollte in *Amphitryon* von Kleist spielen und in einem neuen Stück von Elfriede Jelinek.«

»Wären wir reingegangen, oder?«

»Eher nicht, würde ich mal sagen. Und ob das jetzt noch aufgeführt wird, ohne sie, keine Ahnung.«

»War das jetzt alles?«

»Nein, nicht ganz. Es gibt ein paar Bücherstapel auf dem Boden. Sollten wir durchforsten. Vielleicht lie-

gen Notizzettel drin, oder sie hat irgendwas reinge-
schrieben.«

Bernhardt seufzte. »Krebitz – nimmst du dir die Bücher mal vor?«

Krebitz setzte seine allerundurchdringlichste Miene
auf. »Ich bin kein Bücherleser.«

»Reicht, wenn du kein Analphabet bist.«

Verstocktes Schweigen. Bernhardt entschied, sich von
diesem schrecklichen Krebitz nicht aus dem Gleichgewicht bringen zu lassen.

Er vernahm Leutheusser-Schnarrenbergers leise Stimme, und sie sagte: Deeskalation.

Aber dann überraschte ihn Krebitz. »Okay, küm-
mere ich mich drum. Ist doch wichtig.«

Bernhardt atmete tief ein und aus. »So, dann war's das
jetzt?«

Aber Cellarius hatte noch was. Und Bernhardt dachte
bei sich, dass sein Kollege sicher auch ein ganz guter
Dramaturg am Berliner Theater geworden wäre.

»Ja, zum Schluss vielleicht doch noch ein guter Ansatzpunkt. Im Badezimmerschrank liegt Männerwäsche:
Boxershorts, Muscle-Shirts und solche Sachen.«

»Benutzt?«

»Leider nein. Und Rasierzeug und Zahnbürste und
solche schönen Sachen für Fröhlich gibt's leider nicht.«

»Dann müssen wir ja noch einen Durchgang durchs
Haus machen, ob irgendjemand einen Mann auf dem
Weg zur Lechner gesehen hat.«

Krebitz hob die Hand wie ein besonders lieber und
aufmerksamer Schüler.

»Hab ich bereits nach gefragt. Niemand hat in dieser Hinsicht etwas wahrgenommen.«

»Krebitz, Krebitz.«

Thomas Bernhardt hoffte, dass die zweimalige Namensnennung anerkennend geklungen hatte. Und er täuschte sich nicht: Krebitz bleckte die Zähne und lächelte.

In diesem Moment schloss jemand die Tür der gegenüberliegenden Wohnung auf. Bernhardt sprang auf und rannte zum Treppenhaus. Der junge Mann, der am Türschloss herumstocherte, drehte sich abrupt um. Er gab ein erbärmliches Bild ab: zerzauste, fettige Haare, geschwollene, entzündete Augen, unter denen sich schwarze Ringe abzeichneten, ein bleiches, teigiges Gesicht, in dem schief eine dunkle Brille saß. Er taumelte und wirkte wie eine Marionette, deren Fäden losgelassen worden waren. Keine Frage, der Junge war am Ende, kurz vor einem Zusammenbruch. Als Bernhardt sich ihm näherte, nahm er den Gestank von Schweiß und Erbrochenem wahr. Als er seine Marke zeigte, hob der Junge die Arme, als hätte er Angst, geschlagen zu werden.

»Herr Hirschmann?«

»Jaa.«

»Bernhardt, Mordkommission. Das sind meine Kollegen Cellarius und Krebitz. Sie wissen, weshalb wir hier sind?«

»Jaa.«

Diese dünne, zittrige Stimme. Bernhardt nahm ihn am Arm und ging mit ihm in die Wohnung, in der er auf den ersten Blick nur einen riesigen Schreibtisch voller Bücher und Papiere und eine Matratze auf dem Boden wahrnahm. Bernhardt drückte den jungen Mann auf den einzigen Stuhl in der Küche.

»Gibt's hier Kaffee?«

Hirschmann zeigte abwesend auf ein Schränkchen. Er zitterte wie Espenlaub. Den durfte man nicht zu sehr unter Druck setzen, und Krebitz war hier definitiv am falschen Platz. Er schickte ihn zurück in die Lechner'sche Wohnung.

Hirschmann schaukelte auf dem Stuhl vor und zurück, während Bernhardt die kleine Espressokanne auf die leise zischende Gasflamme stellte. Als er Hirschmann die Tasse reichte, konnte der sie kaum festhalten.

»Trinken Sie!«

»Es ist zu heiß.«

Wie sollte er aus solch einer jammervollen Figur etwas herausholen, fragte sich Bernhardt. Und spürte einen leichten Widerwillen in sich aufsteigen gegen dieses Häufchen Selbstmitleid.

»Wir müssen wissen, wo Sie gestern Mittag ab circa vierzehn Uhr waren.«

»Hier in meiner Wohnung.«

»Hat Sie die laute Musik aus der Wohnung gegenüber nicht gestört?«

»Doch schon, ich habe mich ja auf meinen Auftritt im Literaturhaus vorbereitet. Ich habe Gedichte von Wondratschek vertont, die wollte ich da vorstellen. Und der Wondratschek sollte auch kommen.«

Zögern. Langes Zögern.

»Und Sie haben sich nicht beschwert?«

»Nein, nein. Ich dachte..., ich habe mir gesagt, dass Sophie unglücklich ist, dass sie sich durch die Musik beruhigen will.«

»Ja, aber das muss doch lästig gewesen sein, und dann auch noch so lange. Wieso haben Sie denn angenommen, dass sie unglücklich ist?«

»Sie war oft unglücklich, so un..., o Gott.«

Er schlug die Hände vor dem Gesicht zusammen und weinte. Rotz und Wasser, dachte Bernhardt und gab schließlich dem Bedürfnis nach, kurz einen Arm um ihn zu legen. Doch Hirschmann zuckte zurück und schaute ihn feindselig an. Bernhardt bereute seinen Gefühlsausbruch.

»Und dann hörte die Musik auf, weil die Polizei kam. Was haben Sie da gedacht?«

»Nichts.«

Bernhardt reagierte unwirsch. »Was heißt denn nichts? Das musste Sie doch interessieren, was da bei Ihrer Nachbarin lief.«

»Ich hatte Angst, dass etwas Schlimmes passiert war.«

»Wieso denn das?«

»Weil sie in der letzten Zeit so unglücklich war, weil sie Angst hatte.«

»Unglücklich, Angst. Warum?«

»Das weiß ich wirklich nicht, sie wollte es mir nicht sagen.«

Er starrte auf Bernhardt wie ein in die Enge getriebenes Tier, das sich in seiner Todesangst nicht mehr zu helfen weiß. Das weinerliche Schluchzen nahm wieder zu. Bernhardt hasste solche emotional aufgeladenen Situationen, er verlor da zu leicht den Überblick. »In welcher Beziehung standen Sie zu der Toten?«

»Beziehung?«

Bernhardt entschied sich für die Schocktherapie, letztlich erzielte er damit doch immer die besten Ergebnisse.

»Waren Sie ihr Lover?«

Hirschmann rang nach Luft und warf Bernhardt einen unerwartet aggressiven Blick zu. Der junge Autor konnte auch anders, gut zu wissen. Die Zeit des Weinens war vorbei.

»Das ist…, das ist… unverschämt. Wir waren Freunde, gut befreundet, ja, sehr nah, aber mehr seelisch.«

»Mehr seelisch, aber manchmal auch körperlich?«

»Das geht Sie nichts an!«

»O doch, mehr, viel mehr, als Sie denken. Ist Ihnen klar, dass Sie ganz schnell zu einem unserer Hauptverdächtigen werden können? Sie hatten eine intime Beziehung mit der Ermordeten, Sie haben sich klammheimlich aus dem Staub gemacht, als die Polizei hier auftauchte. Warum?«

»Weil ich Panik hatte.«

»Verstehe ich nicht.«

»Ich wusste, dass etwas Schlimmes passiert war.«

»Verstehe ich nicht.«

»Weil ich ein sensibler Mensch bin!«

»Sensibel sind wir alle, insofern spielt Ihre Sensibilität keine Rolle, hier geht's um Fakten. Also, Sie haben sich verdrückt. Wo waren Sie?«

»In Kneipen, Clubs.«

»Namen?«

»Kennen Sie nicht. Im Würgeengel, im Cookies, im Kumpelnest und dann irgendwo am Kottbusser Tor, in einem Ding, wo ich noch nie war.«

»Und da haben Sie Leute getroffen, die das bestätigen können?«

»Wieso?«

»Weil wir das wissen wollen!«

»Ja, ich gebe Ihnen die Namen.«

»Gut, Cellarius, notierst du mal?«

Während Hirschmann ein paar Namen nannte, schaute Bernhardt ihn genauer an. Er hatte sich gefangen, unter normalen Umständen war er wahrscheinlich ein ziemlich attraktiver und heller Bursche.

»Also, noch mal zu Ihrer Beziehung mit Sophie Lechner. Und jetzt stellen Sie sich nicht dumm, rate ich Ihnen.«

»Ich hab ein paar Lieder für sie geschrieben.«

»Und worum ging's in denen?«

»Um das Leben von Sophie, wenn Sie so wollen. Das war ja abenteuerlich.«

»Das heißt?«

»Sie ist als Waise aufgewachsen, in einem Heim, und dann kam sie in eine Klosterschule. Da hat sie in der Theatergruppe mitgemacht, die von einer unglaublich charismatischen Frau geleitet wurde. Die Schauspielerei hat sie immer aufrechterhalten. Sie konnte da sehr eindringlich von erzählen.«

»Aber ob das alles wirklich so war, wissen Sie nicht?«

»Ich habe es geglaubt, warum soll ich denn daran zweifeln?«

»Wir hingegen zweifeln grundsätzlich, wir werden sehen.«

»Machen Sie doch …«

Bernhardt legte den Zeigefinger vor seine Lippen.

»Herr Hirschmann, vorsichtig, vorsichtig. Die Situation für Sie ist nicht einfach, aus vielerlei Gründen. Sie halten sich zu unserer Verfügung und verlassen die Stadt nicht. Jetzt kommt gleich noch ein Kollege und nimmt Ihre Fingerabdrücke. Dann trinken Sie viel Wasser, legen sich ins Bett und schlafen so lange wie möglich. Morgen kommen wir wieder. Alles verstanden?«

Hirschmann nickte müde. Bernhardt blickte ihn scharf an und ging dann mit Cellarius aus der Wohnung und schloss leise die Tür.

Draußen lehnte Krebitz an der Wand.

»Und, ist's ein Kandidat?«

Bernhardt zuckte mit den Achseln. Er merkte, wie sich Müdigkeit in ihm breitmachte.

»Schwer zu sagen. Er hat sich blöd benommen, das macht ihn verdächtig. Den nehmen wir uns morgen noch mal richtig vor.«

»Übrigens, du wolltest doch, dass ich Katia frage …«

»Ja, genau. Und?«

»Sie meint, sie hat die Klosterschule gefunden, wo die Lechner war. Sie hat gleich dort angerufen, hat aber nur den Hausmeister erwischt oder wie das bei denen heißt. Alle anderen waren in einer Andacht, mit viel Weihrauch, nehme ich an.«

Krebitz war zufrieden, dass er als überzeugter Berliner Religionsverächter den »Katholen« mal kurz einen übergebraten hatte. Aber er war noch nicht fertig.

»Und dann habe ich in der Gerichtsmedizin bei Dr. Holzinger angerufen, wenn das recht war. Ich hatte ja genügend Zeit.«

»Hast du sehr gut genutzt, klasse. Und?«

»Da ist nichts Besonderes zu erwarten. Morgen früh hat er alles beisammen, und dann meldet er sich. Das war's.«

Bernhardt und Cellarius gingen noch zu der Physiotherapeutin im Erdgeschoss. Eine farblose, blasse Person, auf unentschiedene Weise blond, vom Tagesgeschäft müde. Wenig ergiebig, wie sich schnell herausstellte: Ja, die Lechner war bei ihr in Behandlung, schwere Verspannungen, sicher auch psychosomatisch bedingt, ab und zu hat sie von der Klosterschule erzählt, aber irgendwie war das immer wie aus einem Fernsehfilm. Einmal hatte sie ein großes Hämatom am Hintern, von einem Sturz angeblich. Sonst wisse sie nichts. Nein, ein Mann, der zu ihr gegangen ist, nein, hat sie auch nichts von erzählt, hat sich sowieso immer ziemlich zurückgehalten.

Mehr war nicht aus der Physiotherapeutin rauszuholen. Also, Kärtchen, und wenn Ihnen noch etwas einfällt, bitte melden!

Als sie sich vor dem Haus voneinander verabschiedeten, fragte Cellarius, ob Bernhardt Lust habe, mit zu ihm nach Hause zu fahren, zum Abendessen: »Meine Frau würde sich freuen!« Aber Bernhardt lehnte, wieder einmal, ab. Ein anderes Mal. Cellarius hatte vor längerer Zeit erzählt, dass sein Schwiegervater in England die Kaminverkleidung aus einem alten Landhaus gekauft und in seinem Bungalow in Dahlem hatte einbauen lassen. Als Bernhardt ihn später einmal auf den Kamin ansprach, war es Cellarius sehr peinlich. Er wohnte jetzt nämlich mit seiner Frau in dem väterlichen Haus, und nichts war ihm unangenehmer, als wenn Bernhardt ihn als reichen Pinkel oder Erbschleicher sah.

Vor Bernhardts innerem Auge tauchte manchmal der englische Antikkamin auf. Schöne Vorstellung, vor einem flackernden Kaminfeuer zu sitzen, dachte er, als er die Treppen zu seiner im 4. Stock gelegenen Hinterhauswohnung in der Merseburger Straße hochstieg.

Da er die Gasetagenheizung nicht abgestellt hatte, hatte sich in der Küche und den zwei kleinen Zimmern eine muffige Wärme breitgemacht. Der Klempner, der die Gastherme einmal im Jahr einer Sicherheitsprüfung unterzog, hatte bei seinem letzten Besuch den Kopf geschüttelt: »Is' im Normbereich, aber det Ding zieht so viel Sauerstoff, da würd' ick imma mal wieda lüften, sonst hängen Se in der Wohnung nur rammdösig rum oder wachen eenes Morjens nich mehr uff.«

Er trat auf den kleinen Balkon. Die riesige Kastanie streckte ihre kahlen, schneebedeckten Zweige von sich. Wo waren eigentlich die Vögel, die im Sommer in der Morgendämmerung zu Hunderten in dem Baum rumlärmten? Im Süden? Er fror. In der Wohnung gegenüber brannte kein Licht. In diesem Moment hätte er Sylvia Anderlecht, mit der er vor Jahren einmal befreundet gewesen war, gerne angerufen. Was hatte sie damals gesagt: »Du bist einfach nicht alltagskompatibel.«

Sie hatten sich danach nur noch selten gesehen, aber sich immer wieder mal von Wohnung zu Wohnung zugewinkt. Jetzt, an diesem bitterkalten Abend, dachte er an den Sommer, als sie manchmal nackt durch die Zimmer gelaufen war und sich einmal die kalte Mineralwasserflasche, die sie aus dem Kühlschrank geholt hatte, gegen ihren Hintern gepresst und gelacht hatte.

Sein Handy vibrierte.

»Hallo!«

Die ruhige, wie in einem Traum gefangene Stimme von Cornelia Karsunke.

»Hallo, ich wollte auch gerade bei dir anrufen.«

»Wer's glaubt.«

»Doch, bin gerade erst nach Hause gekommen. Wie geht's dir?«

»Ach, ganz gut. Du bist mein Retter, weißt du das? Ich habe den ganzen Tag Lindenblütentee getrunken, den aus der Apotheke, ist doch klar, und seit ein paar Stunden trinke ich heißen Apfelwein, natürlich mit Zimt, Honig und Zitrone. Und langsam bin ich so richtig schön besäuselt. Und ich habe kein Fieber mehr, habe gerade gemessen. Und du? Bist du erkältet?«

»Nein, natürlich nicht. Du weißt ja, warum das so ist.«

»Das ist Zufall, aber trotzdem schön. Und ich habe ja bald auch keine Erkältung mehr.«

»Wunderbar. Und liegst du denn im Bett?«

»Ja, schon den ganzen Tag. Zum ersten Mal seit Kindertagen, glaube ich. Weißt du, was ich anhabe? Ein Flanellnachthemd von meiner Großmutter.«

»Wow, sexy.«

»Ja, nicht?«

»Ich komme vorbei.«

»Tja, diese Bettliegerei macht mich völlig – ach, ich weiß auch nicht. Wär gar nicht schlecht, wenn du hier neben mir liegen würdest. Aber ich bin total verschwitzt.«

»Dann duschst du eben.«

»Nein, ich muss noch eine Nacht durchschwitzen, dann bin ich morgen, spätestens übermorgen wieder fit. Im Übrigen ist mein Freund da, der passt auf die Mädchen auf.«

»Ich denke, dein Exfreund?«

»Ja, schon. Aber jetzt ist er halt gekommen. Er ist ja doch ziemlich verantwortungsbewusst.«

»Dann nimm ihn doch wieder.«

»Jetzt sei nicht sauer. Weißt du, mit uns, da habe ich heute im Halbschlaf viel drüber nachgedacht. So, wie das läuft, geht das nicht weiter.«

»Ja, was ...?«

»Siehst du, du bist ratlos, unentschieden, sonst hättest du anders reagiert.«

»Entschuldige mal, dein Freund –«

»Darum geht's doch gar nicht. Der passt dir doch, dann musst du keine Entscheidung treffen.«

»Welche Entscheidung soll ich denn treffen?«

»Ach, das musst du doch wissen, das kann doch nicht ich dir sagen. Aber jetzt Themawechsel: Was ist denn nun mit dieser Lechner?«

»Das ist einer dieser Fälle, wo man keinen richtigen Ansatz, keinen Hebelpunkt findet. Typische Beziehungstat, würde ich sagen, wir müssen uns einfach durch ihr reichlich chaotisches Leben bewegen. Sagen wir mal so, der Fall juckt mich nicht richtig.«

»Das kommt noch, weißt du doch.«

Bernhardt berichtete ihr vom Ablauf des Tages.

»Puh, mal so ein Tag im Bett ist dann doch schöner. Und weißt du, was mich heute so sinnlich gemacht hat? Dass es gar nicht richtig hell geworden ist und dann die Wärme im Bett, wie in einer Höhle ... und die Gedanken an dich. Egal: Du könntest morgen mal Sina fragen, die kann dir da vielleicht weiterhelfen.«

»Sina?«

»Von dir boshafterweise die ›B.-Z.-Blondine‹ genannt. Die kooperieren mit irgendso einem Ösi-Revolverblatt. Die hat vorhin angerufen und mir was verraten: Sie sitzt schon seit längerem an einer Geschichte über die Lechner, du kannst dir vorstellen, wie die jetzt rangehen wird.«

»Und ihr alten Judofreundinnen aus dem Polizeisportverein tauscht euch natürlich aus?«

»Ja, klar, und sie will dich morgen interviewen.«

»Mal sehen.«

»Komm, versprich mir, dass du freundlich zu ihr bist. Keine Anschnauzereien, sonst kommst du wieder in den Jahresrückblick der Regionalschau. Übrigens: Wann wird denn Anna Haferl eingeschaltet, die gute, alte Ösi-Domina?«

»Anna Habel. Na ja, ist bald so weit.«

»Bernhardt-Habel, das deutsch-österreichische Dream-Team. Aber vorher reden wir offen miteinander, versprochen? Mach's gut, schlaf gut, und träume von mir und nicht von Anna Habel.«

Er träumte von Anna und von Cornelia. Beide waren beste Freundinnen und ermahnten ihn, sich endlich zu entscheiden. Aber vorher solle er sich ein Bett kaufen, er sei zu alt, viel zu alt, um auf einer Matratze auf dem Boden zu schlafen.

9

Am Westbahnhof traf Anna das erste Mal auf Maries Mutter. Eine in die Jahre gekommene Hippiefrau mit hennagefärbten Haaren, Anna tippte auf Sozialarbeiterin. Sie standen beide etwas verloren am Bahnsteig und blickten dem abfahrenden Zug nach, und als Frau Greier sie fragte, ob sie Lust hätte, einen Kaffee zusammen zu trinken, fühlte sie sich unbehaglich. Konnte sie ablehnen? Im selben Augenblick klingelte das Handy in ihrer Manteltasche, und Anna führte es, ohne auf das Display zu schauen, ans Ohr.

»Hallo, schläfst du noch?« Auch Bernhardt hielt sich nicht lange mit Höflichkeitsfloskeln auf.

»Nein, hab Florian zum Zug gebracht. Der fährt jetzt allein in den Urlaub, und ich wollte gerade ins Kaffeehaus.« Sie warf Frau Greier einen verschwörerischen Blick zu und zuckte kurz mit den Schultern.

»Euch geht's gut. Immer schön im Kaffeehaus. Sag mal, das klingt ja so, als hättest du viel Zeit, jetzt, wo Florian weggefahren ist.«

»Ja, und die werde ich auch sehr genießen. Kaffeehaus, Buchhandlung, Mittagsschlaf, Abendessen, Kino...«

»Ich hätte da noch einen kleinen Auftrag für dich.«

Bettina Greier folgte dem Telefongespräch aufmerksam. Anna nickte ihr kurz zu, entfernte sich ein Stück. »Seit wann erteilst du mir denn Aufträge? Obwohl, warte mal, ich stehe hier mit einer Person, mit der ich lieber nicht hier stehen möchte. Wenn es etwas Spannendes ist, könntest du mich also aus dieser Situation befreien.«

»Na ja, so spannend ist es auch wieder nicht. Ich rödel da mit meiner toten Schauspielerin rum, und da gibt es ein paar Spuren nach Wien. Und eine in eine Klosterschule in – warte mal – in Linz, Kreuzschwestern. Glaubst du, du könntest da mal nachfragen?«

»Und was soll ich deiner Meinung nachfragen? Ob eine von den Ordensschwestern ihre Erziehungsideale verraten gesehen hat und die unheilige Schülerin bestraft hat? Du bist witzig. Glaubst du, ich kann da einfach mal reinspazieren in so eine Schule und sagen: ›Guten Tag, mein Kollege aus Berlin möchte gerne alles über Ihre ehemalige Schülerin wissen‹? Außerdem ist Linz viel zu weit weg.«

»Ach, euer Land ist doch so klein, so weit kann das doch nicht sein.«

»Zweihundert Kilometer. Bei den momentanen Straßenverhältnissen also circa vier Stunden.«

»Na gut. Dann eben nicht. Die zweite Spur ist sowieso viel wichtiger: eine Künstleragentur, *Die Agentinnen 007*. Adresse, warte mal, Plankengasse 5. Da muss es zwei Damen geben, die haben unsere tote Künstlerin betreut. Und wenn diese zwei Ladys nur halb so originell sind wie ihre Kolleginnen in Berlin, wirst du deinen Spaß haben.«

»Das klingt ja sehr verlockend. Aber weißt du, was noch viel verlockender klingt?«

»Na?«

»Ich geh jetzt in meine Buchhandlung. Kauf mir einen schönen Krimi. Koch mir eine Kanne Tee. Verbringe den Tag auf dem Sofa.«

»Langweilig.«

»Langweilig ist super. Also, mein Lieber. Ich wünsch dir und deinen kompetenten Kollegen ein schönes Wochenende mit deiner toten Diva. Und ab Montag soll es ja weniger schneien, da kann man sicher auch wieder fliegen. Dann kommst du, besuchst die 007-Ladys und fährst schnell nach Linz zu den Kreuzschwestern. Und wenn du wiederkommst, geh ich mit dir in die Loos-Bar.«

»Versprochen?«

»Versprochen. Baba.«

Anna unterdrückte das Schmunzeln, als sie sich nach Frau Greier umsah, die sich inzwischen in die Schlagzeilen am Zeitungskiosk vertieft hatte.

»Entschuldigen Sie bitte. War dienstlich. Ich muss leider weg.«

»Oh! Kein Problem. Ein Einsatz?« Frau Greier konnte ihre Neugier nur schlecht verbergen, und fast hatte Anna ein schlechtes Gewissen, dass sie die gute Frau so anschwindelte.

»Ja, ich muss mich beeilen. Muss dringend etwas überprüfen. Hat mich gefreut, dass wir uns kennengelernt haben.« Anna schlang sich den Schal um den Hals und zog die Mütze tief ins Gesicht.

Bettina Greier meinte zum Abschied: »Vielleicht könnt ihr mal zum Essen zu uns kommen? Florian und Sie? Und Ihr Partner natürlich auch gerne.«

»Ja, sicher! Lassen Sie uns telefonieren, wenn die Kinder wieder da sind.« Wenn sie dann noch zusammen sind, dachte Anna, so gemeinsame Urlaube veränderten ja manchmal vieles.

Thomas Bernhardt legte missmutig den Telefonhörer auf. War ja blendende Stimmung in Wien. Eine Chefinspektorin, die ihn in echter Wiener-Schmäh-Tradition auflaufen ließ und ihm nicht helfen wollte, die sich lieber aufs Sofa fläzte und einen Krimi las. Wahrscheinlich irgendeinen skandinavischen Mist, schön gruselig, mit abgeschnittenen Gliedmaßen, Leichen in Säurefässern, Qual und Folter.

Er trat ans Balkonfenster. Aus dem grauschwarzen Himmel grieselte Schnee, für einen kurzen Augenblick schob sich eine blasse Sonnenscheibe zwischen den Wolken hervor, brachte die Schneekristalle zum Blitzen und verschwand schnell wieder. Winterdämmerung. Im Radio hatten sie gesagt, dass der Tag kaum heller werde als in Tromsø im nördlichen Skandinavien.

Sonnabend. Sonn*abend.* Das Wort traf's doch. Er würde ins Büro gehen, Cellarius würde auch kommen. Obwohl sie wahrscheinlich gar nicht vorwärtskämen im Fall Lechner. Für ein Ergebnis in der Funkzellenabfrage war's noch zu früh. Das Obduktionsergebnis, wenn es denn vorläge, würde nichts Überraschendes ergeben, mehrere wuchtig geführte Stiche in den Hals, da steckte viel Wut und Entschiedenheit dahinter, affektiver Ausnahmezustand? Das hatte er nicht zu bewerten. Und Sophie Lechners Computer war sicher auch noch nicht ausgewertet. Blieb noch eine intensive Begehung ihrer Wohnung. Und dann könnte man auch den Hirschmann mal unter Druck setzen, da war noch was zu holen, da war sich Bernhardt sicher.

Das Handy in seiner Hosentasche vibrierte. Eine Nummer, die er nicht kannte. Er meldete sich mit seinem Namen. Eine warme, helle Frauenstimme mit einem leicht spöttischen Unterton. »Na, da hoffe ich aber, dass ich Sie nicht geweckt habe, hier ist Sina Kotteder.«

»Wenn Sie mir eine Versicherung andrehen wollen, sind Sie bei mir definitiv an der falschen Stelle.«

»Uh, ganz der Alte, wie wir ihn alle lieben. Sina Kotteder von der *B. Z.*, die *B.-Z.*-Blondine, wie Sie mich gerne nennen.«

»Aha.«

»Haben Sie einen Moment Zeit für mich?«

»Tja.«

»Ich nehm das mal als ein klares Ja. Cornelia hat Ihnen wahrscheinlich gesagt, dass ich schon länger an einer Story über Sophie Lechner sitze. Sollte in unserer Serie ›Große Namen in der Stadt‹ erscheinen. Nun, da sich die Umstände geändert haben, bringen wir in der nächsten Woche Tag für Tag eine Lechner-Story in der Zeitung …«

»Hm.«

»Ich weiß, wenn wir so was machen, ist das schlimm. Wenn aber in der FAZ ein Nachruf erscheint, garniert mit Stellungnahmen ihrer Freunde und Kollegen, dann ist das gut …«

91

»Habe ich so nicht –«

»Aber gedacht.«

»Ach, Sie können Gedanken lesen?«

»Nein, natürlich nicht. Mann, Mann, mit Ihnen hat man's aber wirklich schwer.«

»Weil Sie sich's schwermachen.«

»Und wie würde ich's mir leichter machen?«

»Sagen Sie doch einfach, was Sie wollen!«

»Das versuche ich doch die ganze Zeit!«

»Dann tun Sie's!«

Schweigen am anderen Ende der Leitung. Dann ein Lachen.

»Verstehe, das war das Vorspiel, das Sie so lieben. Jetzt zur Sache. Ich habe viel mit Sophie gesprochen, das meiste wird ab Montag in der Zeitung stehen. Ich würde Ihnen aber gerne vorher erzählen, was sie mir alles mitgeteilt hat. Vielleicht ist was für die Ermittlungen dabei. Wir sind uns nahegekommen, und ich will, dass der Mörder gefasst wird.«

»Der Mörder?«

»Ja, der Mörder. Stiche in den Hals, das ist ein männlicher Täter, oder?«

»Wahrscheinlich.«

»Also, wo treffen wir uns?«

»Das nenne ich zielorientiert, machen Sie einen Vorschlag.«

»Oh, ich wage es nicht zu glauben. Einstein?«

»Welches?«

»Das richtige natürlich, in der Kurfürstenstraße.«

Sie verabredeten sich für den späten Nachmittag.

Thomas Bernhardt hatte sich entschieden, zu Fuß von seiner Wohnung in der Merseburger Straße in sein Büro in der Keithstraße zu gehen. Berlin, tief verschneit, das gab's nur selten. Und da der Schnee, mal in dicken Flocken, mal in feinem Griesel, seit Tagen ohne Unterlass fiel, blieb die Stadt weiß. Selbst die gelben Urinflecken, die die Hunde überall hinsprenkelten, wurden immer wieder überdeckt. Er liebte es, dass den Geräuschen die Schärfe fehlte, die Stadt klang mild und geheimnisvoll. Die Apostel-Paulus-Kirche, ein hässlicher wilhelminischer Backsteinbau aus der Zeit um 1900, war in ihrer Schneeverkleidung schön geworden.

Er wich den Vätern und Müttern aus, die dick eingemummte Kinder auf Schlitten hinter sich herzogen. Wenn ihm ein gutes Lied eingefallen wäre, hätte er es gesummt. Was fehlte? Die alten Hauswartsfrauen und -männer, die früher Asche auf die Straße gestreut hatten. Früher. In der Eisenacher, durch die er jetzt lief, hatte es vor Jahrzehnten an einem dunklen Adventssamstag mal eine Schießerei gegeben, zwischen einem jungen Mann und einem Polizisten. Am Ende hatte der Junge tot auf der Straße gelegen, er hatte einer Gruppe angehört, die sich »umherschweifende Haschrebellen« nannte, ihr Motto: »High sein, frei sein, ein bisschen Terror muss dabei sein.« Räuber und Gendarm, dachte Thomas Bernhardt jetzt. Was hatte er damals gedacht? Berliner Blues. Seine gute Laune war plötzlich dahin.

In der Keithstraße saß Cellarius schon an seinem Schreibtisch. Er deutete auf eine große, bauchige Kanne.

»Willst du einen Tee?«

»Wenn's kein Kräutertee ist.«

»Ist aber Kräutertee. Bauen wir bei uns im Garten selbst an.«

»Na dann.«

Cellarius füllte eine Tasse und reichte sie Thomas Bernhardt. Der schnupperte kurz und süffelte ein paar kleine Schlucke.

»Nicht schlecht.«

»60 Prozent marokkanische Minze, 20 Prozent Salbei von der Insel Cres, 10 Prozent Thymian aus Sizilien, 10 Prozent Melisse aus Österreich. Die Pflanzen haben wir von unseren Reisen mitgebracht und dann in unserem Garten angepflanzt. Soll ich dir mal ein Päckchen mitbringen? Gut gegen Erkältung.«

»Gute Idee. Mach mal. Entschuldige, wenn ich ein bisschen wortkarg bin. Was Neues?«

»Nein, ich bin alles noch mal durchgegangen. Du weißt ja: Die Ruhe vor dem Sturm. Was ist mit der Habel, die müssten wir doch einbinden, findest du nicht?«

»Die lässt sich nicht einbinden, zumindest nicht am Wochenende. Liegt lieber mit ihrem dicken Hintern auf ihrer Couch und liest einen Krimi.«

»Eigentlich nicht ihr Stil, so abzublocken, oder? Vor allem: Die hat dich damals bei der Terroristengeschichte doch auch am Wochenende losgeschickt. Da hast du ihr richtig Material geliefert.«

»Egal. Jetzt lass uns noch mal in die Wohnung von der Lechner fahren.«

Nachdem sie das Siegel entfernt hatten, zogen sie brav Handschuhe an und streiften sich Plastiküberzieher über die Schuhe. Eine Vielzahl von Markierungstäfelchen war in der Wohnung verteilt. Bernhardt und Cellarius liefen Slalom, blieben stehen, witterten. Aber nichts erleuchtete sie, kein plötzlicher Erkenntnisschub setzte sie auf eine Spur. Der große Blutfleck auf dem Teppich tendierte schon ins Braune. Der Schrecken, der vorgestern noch in der Wohnung vibriert hatte, ließ bereits nach. Alles friedlich, warm, erstaunlich aufgeräumt, wenn man bedachte, dass Sophie Lechner angeblich eine Chaotin gewesen war.

Bernhardt wählte Fröhlichs Nummer, es meldete sich dessen Stellvertreter Kloß.

»Gut, dass du anrufst. Wir können heute gar nichts für euch tun. – Warum? Wir haben Material zu dem Sniper bekommen, ja dem Typen, könntest auch Heckenschütze sagen, der nachts durch Marzahn zieht und auf Leute schießt. – Ja, ein Toter, mehrere Verletzte, da müsst ihr ein bisschen zurückstecken und euch gedulden. – Nein, nein, am Montag habt ihr die Ergebnisse.«

Cellarius, der zugehört hatte, zuckte mit den Schultern und nickte mit dem Kopf in Richtung Wohnungstür, was so viel heißen sollte wie: Hier ist heute nichts mehr zu machen, aber den Hirschmann, den knöpfen wir uns jetzt vor.

Aber es gab nichts zum Vorknöpfen. Entweder war Hirschmann wirklich nicht da, oder er hielt die Luft an, so still war es in der Wohnung. Bernhardt schüttelte verärgert den Kopf.

»Mist, da kommen wir jetzt nicht rein. Wenn wir nicht aufpassen, geht der uns noch durch die Lappen.«

»Meinst du, er war's?«

»Er hatte die besten Voraussetzungen. Mal schnell von der einen Wohnung in die andere gehuscht, und fertig ist die Laube. Verdammt, wir hätten ihn gleich unter Beobachtung stellen müssen. Jedenfalls muss bald eine Personenfahndung raus, wenn das Bürschlein nicht in den nächsten Stunden auftaucht. Kümmerst du dich drum?«

»Kann ich machen.«

»Hast du was anderes vor?«

»Na ja, wir haben Karten für die Premiere von *Parsifal* in der Deutschen Oper um 18 Uhr.«

»Schaffst du noch.«

»Nein, ich glaube, ich lass das, mir fehlt dann einfach die Konzentration.«

»Tut mir wirklich leid. Sag das auch deiner Frau. Ich mach's irgendwann wieder gut. Ich muss jetzt zu Sina Kotteder ins Einstein, die hat angeblich einiges über die Lechner im Köcher.«

»Das glaube ich jetzt nicht. Deine blonde Freundin von der *B. Z.*?«

»Freundin, so weit sind wir noch nicht, aber wir sind auf einem guten Weg.«

Sie umarmten sich und stießen sich gegenseitig mit der Faust leicht vor die Brust. Zusammen würden sie es wieder packen.

II

Wann immer er ins Einstein kam, hatte Bernhardt das Gefühl, in eine Inszenierung zu treten. Der Titel: Wir spielen Wiener Kaffeehaus. Die Stadtvilla im Renaissancestil vom Ende des 19. Jahrhunderts, in der das Einstein residierte, stand neben einem brutalen Nazi-Bau aus Albert Speers Zeiten. Diese beiden Gebäude hatten die Kämpfe 1945 überstanden und existierten wie ein ewiger Widerspruch mit- und gegeneinander.

Bei seiner Eröffnung Ende der siebziger Jahre war das Einstein das klar formulierte Versprechen: Im ein-gemauerten Westberlin mit seiner nicht enden wollen-den Nachkriegsdepression gibt es ab sofort einen Ort der Lebenskunst. In den hohen Räumen, die immer in ein leicht getrübtes Licht getaucht waren und die von Anfang an abgeschabt gewirkt hatten, spielten die Gäste an den kleinen Kaffeehaustischen und in den rotgepols-terten Sitzecken und Nischen Künstler und Bohemiens. Und die Kellner gaben Wiener Kaffeehauskellner und hatten die Mischung von Servilität, Wurstigkeit, unver-mittelter Freundlichkeit und abrupt einsetzender Rup-pigkeit gut drauf.

Bernhardt war lange nicht mehr im Einstein gewe-sen. Es hatte sich wenig geändert, eigentlich gar nichts.

Für einen kurzen Augenblick schien ihm, als säßen immer noch die Besucher der ersten Jahre hier. Schwarz gekleidet, Mimik und Gestik von einer gewissen Grundmüdigkeit gezeichnet. Hatte er damals nicht Wim Wenders gesehen, mit Bruno Ganz und Otto Sander und dem uralten Curt Bois, der wie ein Gespenst aus den zwanziger Jahren aussah? Und hatte er ihnen nicht vom Nebentisch aus mit gespitzten Ohren zugehört, wie sie über einen Film sprachen? Später hatte er den Film *Himmel über Berlin* gesehen, der, so empfand er es damals, den Mythos Berlins einfing, einer erstarrten Stadt, die sich nicht aus dem Banne des Vergangenen lösen konnte, die in ihren Traumata gefangen blieb. Der wüste Potsdamer Platz, das somnambule Reden der beiden Engel, die vom Himmel heruntergestiegen waren, die riesigen Vogelschwärme, die sich im grauen Himmel zu einem wogenden, schwingenden Ballett formierten, der Engel, der auf der Siegessäule stand. Schwarzweiß das Ganze, körnig…

Im Einstein summte es, später Nachmittag, die beste Zeit, man frühstückte, trank Melange, kleine und große Braune. Sina Kotteder saß hinten im Raum in einer der Sitzecken. Als Bernhardt ihren Platz erreicht hatte, stand sie auf und drückte ihm fest die Hand. Bernhardt stellte erstaunt fest, dass er sie zum ersten Mal richtig anschaute. Sie war auf eine einfache, ungekünstelte Art schön. Die blonden Haare, die blauen Augen, die vollen Lippen, das Lächeln, wieso hatte er das nie wahrgenommen? Sie klopfte mit der flachen Hand auf das rote Polster. »Setzen Sie sich!«

»Sie waren früher Lehrerin, stimmt's?«

Sie lachte und zeigte ihre weißen Zähne.

»Gut erkannt. Man darf Sie eben nicht unterschätzen. Aber das ist mir schon länger klar.«

»Gut zu wissen.«

»Ja, ich war Lehrerin und gar nicht mal ungern. Aber mir war schon früh klar, dass ich das nie und nimmer bis zur Pensionierung durchhalten würde. Der Job in Charlottenburg-Nord war einfach zu hart.«

»Und bei der Zeitung ist's weniger hart?«

»Absolut. Als Reporterin muss ich halt immer eine möglichst heiße Story finden. Man muss einfach eine gute Nase haben. Und die hab ich.«

»Zum Beispiel bei Sophie Lechner.«

»Ja, das war nicht schwer. Sie ist…, war eine außergewöhnliche Schauspielerin. Exaltiert, exzentrisch. Grenzgängerin, könnte man sagen. Und als sie nach Berlin kam, war ich natürlich bereit. Ich wusste, dass sie Journalisten nicht an sich ranlässt. Und da war mein Ehrgeiz geweckt. Wollen Sie auch eine Melange?«

Sie machte dem Kellner ein Zeichen und streckte zwei Finger in die Höhe. »Ja, zwei Melange! – Es war gar nicht schwierig mit ihr. Sie hatte ein unglaubliches Bedürfnis nach Nähe, Zuneigung, Verständnis. Wenn man die Mauern der Abwehr, die sie um sich herum errichtet hatte, überwunden hatte, entdeckte man ein verschüchtertes, verängstigtes Kind.«

»Was heißt das konkret?«

»Sie hatte Angst, Angst, Angst. Und sie konnte eigentlich immer nur in Rätseln davon erzählen.«

»Und diese Rätsel lösen Sie ab Montag in Ihrer Artikelserie.«

Sina Kotteder runzelte kurz die Stirn, die sich aber gleich wieder glättete.

»Nein, ich erwähne sie. Aber einige Details, man könnte eher sagen: Andeutungen, werde ich auslassen. Die sage ich nur Ihnen.«

»Das ist nett.«

Sie signalisierte einen leichten Anflug von Unwillen.

»Sie nehmen das jetzt ernst oder nicht. Erstens: Sie hatte Angst vor Männern. ›Die wollen mich töten, schon immer‹, hat sie mehrmals gesagt.«

»Kann das sein, dass sie eine rege Phantasie hatte, dass sie sich eine Art abenteuerlichen Lebensroman zusammengesponnen hat?«

Sina Kotteder legte den rechten Zeigefinger auf ihre Lippen, als wollte sie sich kurz zum Schweigen bringen, bevor sie etwas sagte.

»Daran habe ich auch gedacht. Kann sein. Aber letztlich habe ich ihr geglaubt. Sie hatte diesen Typen in Wien, Steiner, von dem fühlte sie sich ganz konkret bedroht. ›Der will mich fertigmachen‹, das war bei ihr wie ein Mantra. Und dann gab's da noch eine Frau in ihrem Leben.«

»Was ist nun daran schlimm? Hetero ist doch überholt.«

»Von der wollte sie sich wohl lösen. Und die hat angeblich ein bisschen hysterisch reagiert.«

»Ich gebe zu, das klingt alles interessant. Ich fasse zusammen: ein rachsüchtiger Exliebhaber, den sie fürchtet, eine Geliebte, von der sie sich trennen will. Das ist doch das ganz normale Chaos des modernen Lebens, oder?«

»Meinetwegen. Aber Sie haben mich nicht ausreden lassen. Da gab's noch was.«

»Sorry, ich höre.«

»Sie hatte zwei Liebhaber, die ziemlich scharf miteinander konkurrierten. Zum einen so eine Art Liedermacher und Komponist, der seine Wohnung gegenüber von ihr auf demselben Stockwerk hatte –«

»Hirschmann, den haben wir schon im Visier.«

»Und dann gab's noch einen Schauspieler, Sebastian Groß, den hat sie so ein bisschen gefördert, mit ans Berliner Theater genommen, der wurde aber wohl in der letzten Zeit ziemlich anstrengend, fordernd, eifersüchtig auf den Hirschmann, der den großen, soften Frauenversteher gab. So, das war's.«

Sie schaute ihn an und lächelte. Er lächelte zurück. *Deine blauen Augen,* von wem war der Song? Die Regionalschau-Zuschauer würden in Zukunft auf seine Wortgefechte mit der *B.-Z.*-Blondine verzichten müssen, das war das erste Ergebnis ihres Gesprächs, stellte er für sich fest.

»Vielen Dank, dass Sie mir das alles anvertraut haben. Wenn's noch was gibt, bitte melden.«

»Ja, wir kooperieren mit einem österreichischen Blatt, *Hot …*«

»Schöner Name.«

»Die recherchieren natürlich auch scharf. Also, wenn ich da was höre … Aber Ihre Wiener Kollegin, wie hieß die noch?«

»Anna Habel.«

»Die könnte sich auch mal mit dem Mord befassen.«

»Wir werden sehen. Also, vielen Dank!«

Thomas Bernhardt zögerte, aber bevor er im *Tip* eine Anzeige aufgab: ›Wir sprachen so nett im Einstein miteinander, hatte dann leider nicht den Mut, Sie für einen abendlichen Kinobesuch einzuladen, würde ich aber gerne nachholen, Chiffre XY‹, gab er sich doch lieber einen Ruck.

»Wir könnten heute Abend ins Kino gehen!?«

»Ach, wie nett. Ich bin aber schon mit meinem Freund verabredet.«

»Ach so, ja klar.«

Sie lachte, beugte sich zu ihm, eine Haarsträhne streifte ihn.

»Aber morgen muss er arbeiten, und ich mache Langlauf im Tiergarten. Und wenn Sie versprechen, mich nicht mehr *B.-Z.*-Blondine zu nennen, können wir im Englischen Teehaus einen Glühwein trinken. Kennen Sie das? Nein? Immer nur Café am Neuen See, stimmt's? Na, da lernen Sie mal was Neues kennen.«

Nachdem sie sich draußen vor dem Café verabschiedet hatten, ging er zurück in den Vorraum und telefonierte. Zunächst mit Cellarius, der Hirschmann nicht aufgespürt hatte. Also, ab sofort Personenfahndung. *Parsifal* kam definitiv nicht mehr in Frage, dafür würde er mit seiner Frau heute Abend einen schönen Wein vom Bachmüller trinken. Bernhardt wünschte viel Spaß. Dann versuchte er's auf Anna Habels Festnetz- und Handynummer. Aber sie nahm nicht ab. Ob sie noch auf dem Sofa lag mit ihrem Krimi? Cornelia Karsunke meldete sich gleich, blieb aber verhalten, nein, sie sei noch immer total verrotzt (oh, meine süße Berlinerin, dachte Bernhardt), sie wolle nicht, dass er sie so sehe. Aber vielleicht morgen.

An der Tanke kaufte sich Bernhardt einen Sixpack Jever und lümmelte sich in seiner Wohnung vor den Fernseher, Sportschau. Nach der dritten oder vierten Flasche versuchte er's noch mal bei Anna Habel. Tote Hose. Na, dann eben nicht.

Anna stieg bei der Station Michelbeuern aus der U6 und ging die Kutschkergasse runter. Am Bauernmarkt kaufte sie ein paar Kartoffeln, und als sie beim Fleischhauer an der Theke stand, konnte sie sich nicht entscheiden. Eigentlich hatte sie keine Lust, für sich alleine zu kochen, andererseits... man kann nicht jeden Abend essen gehen. Sie rief ihren alten Freund und Nachbarn Harald an.

»Hey! Heute koch ich mal für dich! Was hältst du von einem schönen Schnitzel mit Petersilkartoffeln?«

»Auf die Idee, dass ich an einem Samstagabend vielleicht was anderes vorhaben könnte, kommst du wohl nicht? Warum bist du eigentlich da, ich hab geglaubt, du fährst nach Zell am See?«

»Tja, manchmal kommt es anders, als man denkt. Ich bin lieber dageblieben und koch für uns. Was hast du denn vor?«

»Eh nichts. Ich wollte nur sagen, dass du nicht immer davon ausgehen kannst, dass ich springe, wenn du pfeifst.«

»Herr Doktor! Was sind wir denn so empfindlich? Mit dem falschen Fuß aufgestanden? Ich habe nicht gepfiffen, ich habe dir das überaus freundliche Angebot unterbreitet, für dich zu kochen. Aber wenn du nicht willst, kein Problem – ich finde schon jemand für dein Schnitzerl.« Natürlich wusste Anna, dass er recht hatte: Sie meldete sich oft wochenlang nicht, und wenn sie einen einsamen Abend vor sich hatte, ging sie wie selbstverständlich davon aus, dass Harald Zeit hatte. Und er hatte auch immer Zeit. Sie verabredeten sich für 20 Uhr, Anna ging zurück zum Biofleischhauer und kaufte zwei große Schnitzel.

In der Buchhandlung war viel los. Das Wetter brachte die Leute dazu, ihre Wochenenden auf dem Sofa zu verbringen, und dazu brauchten sie Lesestoff. Anna stöberte bei den Krimineuerscheinungen. Nach fünf Minuten kam eine Mitarbeiterin der Buchhandlung, zog drei Taschenbücher aus dem Regal. »Den, den und den da. Alle drei super – ein bisserl grausig, aber coole Geschichte.« Anna nahm zwei davon und stellte sich bei der Kasse an. Sie liebte diesen Laden und hoffte, dass es ihn noch lange geben würde, auch wenn die Mitarbeiter immer wieder erzählten, dass sie schwer gegen Internetbuchhandel und E-Book-Reader zu kämpfen hatten.

Nachdem Anna ihre Einkäufe verstaut und den Weinvorrat überprüft hatte, ließ sie sich erst einmal eine Badewanne ein. Die Wohnung ganz für sich, ein langes Bad mitten am Nachmittag, ohne dass ein Jugendlicher auf der Suche nach was auch immer durchs Zimmer lief. Danach war Anna so müde, dass sie sich aufs Sofa legte und innerhalb von Minuten einschlief.

Als das Handy klingelte, erwachte sie aus einem seltsamen Traum, in dem sie mit Thomas Bernhardt und Harald an einem Tisch gesessen hatte, auf dem ein riesiger Braten lag. Die beiden Männer stritten darüber, wer das Stück aufschneiden sollte, Anna griff zu einem großen Messer und rammte es in das Fleisch, so dass ein riesiger hellroter Schwall Blut hervorschoss. Sie blickte verschlafen auf das Display: Paula.

»Hi! Bist du schon im Haus Lisi?«

»Nein, nix mit Lisi, ich lieg zu Hause auf dem Sofa. Florian ist allein gefahren.« Müde erzählte Anna von Kolonjas Unfall und ihrem gestrichenen Urlaub, und Paula versuchte sie aufzumuntern.

»In Wien ist es doch auch schön. Jetzt mit dem ganzen Schnee und so. Wir könnten ins Kino gehen am Abend.«

»Nein, ich hab Harald schon zum Essen eingeladen. Apropos – es ist ja urspät! Bin voll eingeschlafen, ich muss sofort zu kochen anfangen.«

Sie verabredeten sich am nächsten Tag zu einem Sonntags-Brunch im Café Schopenhauer, dann setzte Anna die Kartoffeln auf und panierte das Fleisch.

Der Abend mit Harald war wie immer nett. Er begann mit zwei gigantischen Schnitzeln und einer halben Flasche eiskaltem Veltliner aus Haralds Weinfundus und endete schließlich – weit nach Mitternacht – in Annas Schlafzimmer. Sie hatte sich zwar vorgenommen, ihr zeitweiliges Verhältnis mit dem Zahnarzt nicht zu prolongieren, doch vielleicht weil Florian nicht da war oder weil der Schnee vor den Fenstern Anna das Gefühl des Eingeschlossenseins vermittelte – sie brachte es nicht übers Herz, Harald vor die Tür zu setzen.

12

Am nächsten Morgen wachte Anna vom Dröhnen des Schneepflugs auf. Sie nahm eine lange Dusche, kochte Kaffee und setzte sich an den Küchentisch. Die tote Schauspielerin aus Berlin hatte es auf die Titelseiten geschafft. Die Berichterstattung variierte je nach Zeitung: Der *Standard* konzentrierte sich mehr auf ihr künstlerisches Leben und den großen Verlust für die internationale Theaterwelt, während die *Kronen Zeitung* Vermutungen über die Todesart anstellte und das bewegte Leben der Lechner in den Vordergrund rückte. Anna vertiefte sich in die Artikel, versuchte zwischen den Zeilen zu lesen, was die Presse wirklich wusste und was sie mutmaßte, und erschrak, als Harald ihr eine Hand auf die Schulter legte. »Na, schon wieder am Arbeiten?«

»O Gott. Hast du mich erschreckt. Nein, wieso? Die Dame ist in Berlin erstochen worden, das geht mich gar nichts an. Hast du gut geschlafen?«

»Ausgezeichnet. Und du?«

»Ganz gut – bis dieser Schneepflug über meinen Kopfpolster gefahren ist. Kaffee?«

»Ja, gerne.«

»Und dann schmeiß ich dich raus, ich bin mit Paula zum Frühstück verabredet.«

»Ich war länger da, als ich zu hoffen gewagt habe.«

»Jetzt keine Beziehungsdiskussion, bitte.« Anna stellte die kleine Espressomaschine ein weniger lauter als nötig auf den Herd.

»Weder Beziehung noch Diskussion. Ich trink jetzt schön meinen Kaffee, und dann geh ich nach Hause. Ich werde nicht einmal deine Dusche verwenden.« Harald setzte sich auf die äußere Stuhlkante, als wäre er auf dem Sprung.

»Jetzt sei doch nicht gleich beleidigt. Ich weiß, ich bin schwierig.« Anna hatte sich vor Harald auf den Boden gehockt und legte den Kopf in seinen Schoß. Er strich ihr gedankenverloren übers Haar.

»Das ist schon okay. Ich bin auch nicht einfach.«

Vielleicht nervt es mich, weil er so gar nicht kämpft, weil er immer auf meine Macken Rücksicht nimmt, weil er so … Anna schob den Gedanken rasch beiseite und erhob sich mit einem leisen Seufzer. Sie war froh, als sie ihn los war.

Einladend leuchteten die Kugellampen des Café Schopenhauer durch die großen Fenster, und als Anna die Türen öffnete, umfing sie leises Stimmengemurmel und der Geruch von frischem Kaffee. Paula saß schon in einer der Fensternischen und hatte einen riesigen Milchkaffee vor sich stehen.

Während sie sich mehrmals vom üppigen Brunch-Buffet bedienten, erzählte Paula Schwänke aus ihrer letzten Arbeitswoche. Verfilzte Politik, Korruptionsgeschichten, über die nahezu alle Bescheid wussten und die dennoch nie zur Gänze ans Licht der Öffentlichkeit gelangen würden. Zu sehr waren Politik, Wirtschaft und Medien miteinander verzahnt.

»Und dieser Hans-Günther Steiner, ich sag's dir, der ist auch nicht sauber. Der verschiebt Kohle in enormer Höhe – angeblich alles zum Wohle der Kultur.«

Anna wusste erst gar nicht, von wem Paula sprach, und runzelte die Stirn.

»Na, du weißt schon! Der Ex von deiner toten Schauspielerin! Wurde der eigentlich schon befragt?«

»Ach so. Ich habe keine Ahnung. Ist ja nicht mein Fall.«

»Aber da muss man doch auch in Wien recherchieren, glaubst du nicht?«

»Ich glaube gar nichts. Der Bernhardt wird sich schon melden, wenn er was braucht. Das heißt, gestern hat er sich eh gemeldet. Hat aber nicht nach dem Steiner gefragt, sondern nach so einer Künstleragentur, die hieß – warte mal – *Die Agentinnen 007*. Zwei Damen in Berlin, zwei in Wien, irgendwo in der Innenstadt.«

»Und was ist mit denen?«

»Die haben die Lechner betreut. Und Bernhardt wollte, dass ich die besuche.«

»Und? Besuchst du sie?«

»Nein, warum? Ist ja Wochenende. Und außerdem – ohne offizielles Diensthilfeansuchen geht da gar nichts.«

»Seit wann nimmst du das denn so genau?«

»Du, das letzte Mal hat mir gereicht. Da hab ich eine Verwarnung vom Hromada kassiert.« Anna dachte kurz an den vertrackten Fall vom toten Weinbauern, der ein untergetauchter RAF-Terrorist aus Berlin gewesen war.

Sie hatte gemeinsam mit Thomas Bernhardt den Fall zwar gelöst, war aber dabei nicht immer die offiziellen Wege gegangen. Das brachte beiden nicht nur Lob von oben ein.

»Aber so eine Agentur – das wär doch spannend. Die sind sicher auch am Sonntag zu erreichen.« Paula unterbrach Annas Erinnerungen und tippte gedankenverloren auf dem Touchscreen ihres iPads herum: »Da, bitte schön. *Die Agentinnen 007*. Felicitas Zoltan und Gilda Beyer. Plankengasse 5. Mit Handynummer. Magst anrufen?«

»Nein, mag ich nicht. Ich mag mit dir in Ruhe frühstücken, und dann mag ich meine Wohnung aufräumen, und dann mag ich auf dem Sofa liegen und lesen. Und morgen schau ma mal, ob da aus Berlin eine offizielle Anfrage kommt. Dann ruf ich vielleicht die Damen an, und dann besuch ich wohl auch den sauberen Herrn Steiner. Aber ohne dass Hromada irgendetwas genehmigt, werde ich keinen Finger rühren.«

Die Glocken der Apostel-Paulus-Kirche läuteten. Ein paar vereinzelte Menschen eilten auf das Tor der Kirche zu. Bernhardt zögerte, ob er ihnen folgen sollte, wandte sich dann aber ab und machte sich auf den Weg zu einem Backshop. Nachdem er eine Tasse Milchkaffee getrunken und zwei pappige Croissants gegessen hatte, spürte er eine leichte Übelkeit.

Am Eingang zur U-Bahn-Station Eisenacher Straße stand das Romamädchen, das seinem kleinen Akkordeon quälend falsche Töne entlockte. Das Mädchen, eher schon eine junge Frau, belegte seit Monaten mit erstaunlicher Verlässlichkeit den Platz und trotzte der Hitze des Sommers, dem Herbstregen und jetzt der Winterkälte. Von 8 Uhr morgens bis 3 Uhr mittags war sie anwesend, dann packte sie das Instrument ein und verschwand. Bernhardt fragte sich, wo sie lebte, wem sie das Geld abgeben musste oder ob sie es selbst behalten durfte. Seit Bernhardt ihr einmal eine Zwei-Euro-Münze in ihre Schale gelegt hatte, was dann schnell zur Gewohnheit geworden war, grüßten sie einander und erkundigten sich nach dem Wohlbefinden des anderen. Ihre Antworten waren überschaubar: »Gut«, »müde«, »heiß«, »Regen«, »kalt«. Einmal war sie drei Wochen lang nicht erschienen, und Bernhardt hatte sie vermisst. Dann war sie wieder aufgetaucht, hatte sich ein wackliges Klappstühlchen mitgebracht, nun musste sie nicht mehr stundenlang stehen. Auf Bernhardts Frage, wo sie denn gewesen sei, hatte sie mit kläglich dünner Stimme geantwortet: »Zu Hause.« – »Wo, zu Hause?« – »Rumänien.« Vielleicht eine Art Urlaub, hatte sich Bernhardt gesagt. Als er selbst einmal länger in Urlaub gewesen war, hatte sie ihn beim ersten Zusammentreffen freudestrahlend begrüßt. »Urlaub? Schön?« Und er hatte sich gefreut, die kleine gebeugte Gestalt und das schmale, braune Gesicht zu sehen.

Jetzt saß sie im leichten Schneetreiben auf ihrem Stühlchen, die Wollmütze und die Schultern des Steppanoraks waren mit einer Schneeschicht bedeckt. »Kalt, sehr kalt.« – »Ja.« – »Aber«, sie deutete nach unten auf ihre Füße, die in schicken Schaffellstiefeln steckten, »gut, warm,

Geschenk!« – »Schön.« – »Ja, schön.« Er legte eine Zwei-Euro-Münze in die Blechdose vor ihren Füßen.

Kaum hatte Bernhardt die ersten Treppenstufen auf dem Weg in den Untergrund genommen, verwehten die schiefen Akkordeontöne. Er fuhr bis Sophie-Charlotte-Platz und ging durch den Lietzenseepark in die Kuno-Fischer-Straße. Hirschmann war nicht zu Hause oder öffnete nicht. Wo mochte er sein? War er fähig, mit einem Messer in den Hals der Geliebten zu stechen? Eher nicht, sagte sich Bernhardt.

Er rief Cellarius an. Die Personenfahndung lief, und was war mit der Wohnungsdurchsuchung? Ja, der Durchsuchungsbefehl war beantragt.

Auf dem Lietzensee trank er an einem kleinen Stand einen Glühwein. Ekelhaftes Gesöff, gehörte aber zu einem harten Winter dazu, fand Bernhardt. Dann machte er sich auf in den Tiergarten.

Das Englische Teehaus. Ein langes Gebäude mit ziemlich tiefgezogenem Dach, davor ein Rosengarten, ein kleiner Teich in der Nähe. Langsam dämmerte es ihm. Vor dreißig Jahren war er einmal hier gewesen. Ältestes, echtestes Westberlin. Irgendwo hatte er gelesen, dass die Engländer das Haus Anfang der fünfziger Jahre gebaut hatten, nach der Blockade, als Geschenk an die Berliner Bevölkerung. Verblasste Bilder: die bürgerlichen Berliner, die sich dort sonntags zu Kaffee und Kuchen trafen, eine Streichkapelle fiedelte. Und das gab's noch? Kaum zu glauben. Bernhardt schüttelte leicht den Kopf, als er durch den tiefen Schnee auf das Gebäude zustapfte.

Aus Richtung der Akademie der Künste kam Sina Kotteder auf ihren Skiern in langen Schritten auf das Gebäude zu. Als sie ihn erreicht hatte, stoppte sie mit einem leichten Schwung. Ihre Wangen waren gerötet, ihre Augen blitzten.

»Schön, dass Sie gekommen sind.«

»Hatte nichts Besseres vor.«

»Immer noch der alte Charmeur, unverbesserlich, aber wirklich.« Sie lachte. »Wir gehen rein, muss nur die Skier abschnallen.«

Dem Eingang gegenüber loderte das Feuer in einem Kamin, dampfende Wärme, alles leger, nichts mehr von bürgerlicher Wohlanständigkeit. Sina steuerte ihn resolut an einen etwas abgelegenen Tisch.

»Und, gibt's was Neues zu Sophie?«

Bernhardt war unbehaglich.

»Nee, so ein Sonntag stoppt einen immer ab. Mag ich nicht.«

»Dafür sitzen Sie mit mir hier.«

»Ja, fünf Richtige mit Zusatzzahl.«

»Mehr nicht?«

»Nee, ich wollte sagen, sechs mit Zusatzzahl.«

»Zu spät.«

Es wurde eine muntere Stunde, sie redeten beide, ohne dass auch nur einmal eine Pause eintrat. Sie erzählte von ihrer Arbeit, die sie gerne machte (»Kannst du, ähm, Sie mir wirklich glauben«), sie riet ihm dringend, die Wiener Kollegin in die *Hot*-Redaktion zu schicken (auf seinen Einwand: »Die lässt sich nicht schicken«, meinte sie nonchalant: »Von dir schon, also gut, duzen wir uns, oder?«), sie ermahnte ihn, mit ihrer Freundin Cornelia Karsunke ehrlich zu sein, lobte ihn: »Auf deine Art bist du doch ein ehrlicher Typ«, und forderte ihn schließlich auf, ein bisschen von sich zu erzählen, was ihm zu seinem Erstaunen gelang.

Es war längst dunkel, als sie ihre Skier auf den Gepäckträger schnallte. Bevor sie sich ins Auto setzte, drehte sie sich um und küsste ihn auf die Wange.

»Wir sind ab jetzt ein Team, merk dir das. Und ich sage dir: Einer von ihren Männern war's. Aber welcher?«

Anna Habel hob nach dem fünften Klingelzeichen ab.

»Tag, Frau Habel, ist ja schön, dass du endlich mal rangehst.«

Anna schnaufte unwillig. »Wäre mir neu, dass ich für dich auf Abruf bereitstehen muss.«

»Aber auf eine Nachricht auf dem Anrufbeantworter reagiert man.«

»Man vielleicht, ich nicht. Vor allem nicht, wenn du solch einen Ton anschlägst.«

»Konntest du ja vorher nicht wissen.«

»Dass du übelgelaunt bist, spüre ich schon Stunden vorher über tausend Kilometer.«

»Oh, nicht schlecht, dann bedeute ich dir viel, man könnte vielleicht sogar sagen –«

»Das will ich jetzt nicht hören.«

Warum fanden sie seit einiger Zeit nicht mehr den richtigen Ton?, fragte sich Bernhardt. Egal, er erzählte ihr von den Hinweisen, die ihm Sina Kotteder gegeben hatte, fragte sie nach ihrer Meinung. Auf einer professionellen Ebene konnten sie dann ganz gut miteinander reden. Anna Habel, die alte Kriminalerin, hatte Blut geleckt. Ab morgen gemeinsame Absprachen, schlug sie vor. Und offizielle Zusammenarbeit zwischen Wien und Berlin. Eine kleine Konferenz zur Feinabstimmung: Morgen früh, okay? Bernhardt entspannte sich.

»Siehste, jetzt haben wir wieder zueinander gefunden.«

»Beruflich!«

»Okay, beruflich.«

Und als erfüllte er eine Pflicht, rief er auch noch Cornelia Karsunke an. Aber die war irgendwie gehemmt. Es stellte sich heraus, dass die Großeltern der Mädchen da waren. Er sparte sich zu fragen, ob es ihre Eltern oder die ihres Freundes seien, und legte ziemlich unvermittelt auf. Dann ging er eben allein ins Kino.

13

Endlich Montag!« Thomas Bernhardt stieß die Tür mit einem Schwung auf. Katia Sulimma, die immer als Erste im Büro war, lachte.

»Thomas, mach mich nicht fertig. Du bist der einzige Mensch in dieser Stadt, der sich auf den Montag freut. Ich glaub's nicht.«

»Freuen ist zu viel gesagt. Aber diese Lechner-Sache hat mich übers Wochenende einfach nicht losgelassen, wir müssen da jetzt endlich vorwärtskommen. Hat sich denn Fröhlich gemeldet mit seinen Auswertungen der Spuren? Und was ist mit Dr. Holzinger?«

»Geduld bringt Rosen, Thomas. Demnächst hast du das alles, ist doch nur eine Frage von ein bis zwei Stunden. Bis dahin trink erst mal einen Kaffee.«

Katia Sulimma machte einen hervorragenden Filterkaffee, was Bernhardt sehr zu schätzen wusste. Mit geradezu sektiererischer Radikalität lehnte er andere Kaffee-Zubereitungsarten ab. Nur Espresso ließ er gelten, behauptete aber, dass selbst mit diesen High-Tech-Maschinen für mindestens 1000 Euro nur selten eine akzeptable Qualität erreicht werde. Hingegen ein guter Filterkaffee…

Der erste Schluck aus seiner Henkeltasse war zu heiß.

Er verbrannte sich die Zungenspitze und hustete heftig, als sich die Tür öffnete und Cellarius und Cornelia Karsunke eintraten. Cornelia sah noch immer stark erkältet aus, geschwollene Augen, rote Nase, Thomas hatte Lust, sie in den Arm zu nehmen und sie dann sofort nach Hause zu schicken, fand aber nicht die richtigen Worte.

»Du steckst uns noch alle an, Cornelia, du hättest doch noch ein paar Tage zu Hause bleiben können.«

Cornelia schniefte, nieste und putzte sich ausgiebig die Nase. »Toll, so empfangen zu werden. Macht euch mal keine Sorgen, mir geht's gut. Und zu dir, Thomas, halte ich einen großen Sicherheitsabstand, kannst du ganz beruhigt sein.«

Katia Sulimma schaute ein wenig ratlos, blickte Thomas Bernhardt an und zuckte leicht mit den Schultern. Cellarius hingegen ließ sich nichts anmerken und behielt seine positive Körperspannung bei. Krebitz, der als Letzter gekommen war, schaute angestrengt aus dem Fenster und pustete leise vor sich hin.

Und wie so oft ging es dann nach zähem Vorlauf Schlag auf Schlag. Als Erster meldete sich Fröhlich von der Spurensicherung.

»Ja, Meesta, so richtig viel kann ick dir nich liefern. Die Tatwaffe, det Messa: Fehlanzeige. Sorgfältich abjewischt, nüscht Verwertbares.«

»Blut vom Täter?«

»Nur ihrs.«

»Die Männerwäsche?«

»Schön jebüjelt. Muss sie selbst jemacht ham. War'n

jedenfalls nur schwache Spuren von ihr dran. Viele Fingerabdrücke, ooch von dem Hürschmann, und schöne DNA von ihm in ihrem Bett, astrein.«

»Wann habt ihr bei dem denn einen Abstrich gemacht?«

»Na ja, wir hatten ihm doch noch Fingerabdrücke genommen, bevor er wegjepennt ist. Und ick hab een volljerotztes Tempo von ihm mitjenommen, so per Zufall. Also, is natürlich inoffiziell, det müssen wa halt noch mal bei ihm nachholen, dann eben janz korrekt. Jedenfalls war der Hürschmann bei der Lechner Stammjast, det is ma sicha.«

»Du gefällst mir, Fröhlich. ›Dann eben janz korrekt‹, Junge, Junge. Der Hirschmann ist übrigens seit unserem Besuch bei ihm nicht mehr auffindbar.«

»Meenste, er war's?«

»Keine Ahnung, die Fahndung läuft, wenn wir ihn haben, melden wir uns. Sonst noch irgendwas Auffälliges, Verwertbares?«

»Nee, Meesta, tut mir leid. Der Mörda muss sehr vorsichtich und sorgfältich vorjejangen sein. Ick schick dir den Bericht.«

»Danke. Wir werden's schon hinkriegen.«

»Dein Wort in Jottes Ohr, Meesta, mach et jut.«

In der Zwischenzeit hatte Cellarius mit dem Gerichtsmediziner Dr. Holzinger gesprochen, dessen Ergebnisse sie auch nicht weiterbrachten. Stumpfe Gewalt gegen Arme und Oberkörper, großflächige Hämatome, mehrere Stiche in den Hals, von denen jeder tödlich war. Auch die Computer-Jungs konnten nicht weiterhelfen. Alle

Dateien auf dem Computer seien gelöscht worden, sie würden versuchen, einiges zurückzuholen, aber das sei schwierig und langwierig.

Cornelia hatte sich um das iPhone gekümmert. Offensichtlich hatte Sophie Lechner Tag und Nacht auf WhatsApp gechattet. »Bis ich all diese Leute überprüft habe, ist's Frühling, und ich verstecke an Ostern Eier für die Mädchen«, meinte Cornelia. Und Katia Sulimma, die ihrem Computer Geheimnisse aus Sophie Lechners Leben entlocken wollte, murrte: »Dieser Datenmüll, grauenhaft. Die hat sich in zig Foren rumgedrückt, da bin ich mal gespannt, wohin die mich noch führt, oh, oh, das dauert, bis das alles abgecheckt ist.«

Bernhardt machte dem Geseufze und dem leisen Fluchen der beiden ein Ende, ein vorläufiges zumindest.

»Kurze Zusammenfassung, damit wir wissen, wo wir stehen.«

Er erzählte von seiner Begegnung mit Sina Kotteder und von den Verdachtsmomenten, die sie ihm mitgeteilt hatte. Cornelia Karsunke schaute ihn an und bemerkte bissig: »Seit wann heißt sie denn nicht mehr *B.-Z.*-Blondine?« Bernhardt hatte sie überrascht angeschaut, es dann aber vorgezogen, über diesen Einwurf einfach hinwegzugehen.

Er erzählte vom rachsüchtigen Exliebhaber, von einer eifersüchtigen Frau, von Hirschmann und Sebastian Groß, den beiden konkurrierenden Liebhabern.

Cellarius hob wieder mal wie ein gelehriger Schüler die Hand, was Bernhardt immer von neuem amüsierte.

»Hatte die Lechner eine lebhafte Phantasie, oder lebte

die wirklich so an der Kante, was meint ihr? Und wer ist Sebastian Groß?«

Die Runde war sich nicht einig, ob die Schauspielerin ihre wahre Geschichte erzählt hatte oder ob sie sich eine Art Skandalroman für Sina Kotteder zusammengereimt hatte. War ja egal, sagten sie sich dann, überprüft werden musste das. Und Sebastian Groß, jugendlicher Held am Berliner Theater, dem musste naturgemäß auch auf den Zahn gefühlt werden.

Und dann meldete sich eine Stimme wie aus dem Nirwana. Sie stellten überrascht fest, dass sie Krebitz vergessen, einfach aus den Augen verloren hatten. Aber da saß er, etwas abgesetzt von ihnen, am Fenster und hob eine kleine Plastikhülle in die Luft, in der ein Zettel steckte.

»Das könnte euch interessieren. Ich habe mir ja dann am Wochenende doch noch die Bücher und Ordner von der Lechner angeschaut. War ja mein Auftrag, oder? Und da war dieser Zettel, der ist aus einem Buch gefallen, was meint ihr, steht da drauf?«

Bernhardt rang innerlich die Hände. »Mach's nicht so spannend. Na was?«

Falsche Ansprache, ganz klar. Aber man musste ihm auch nicht immer wie einem brav apportierenden Hund über den Kopf streicheln, fand Bernhardt. Krebitz blickte wütend in die Runde. »Da steht drauf: ›Der Geliebte will mich töten, töten, töten…‹ Und immer so weiter.«

Und dann verfiel Krebitz in sein gefürchtetes Schweigen, das garantiert den ganzen Tag über anhalten würde.

Es war die Phase eingetreten, die es in jeder Ermittlung gab, die Phase der Überinformation. Wie sollte das alles aufgedröselt werden? Es war wieder einmal die alte Kunst gefragt, die Spreu vom Weizen zu trennen.

Sie verteilten die Aufgaben: Bernhardt würde mit Cornelia Karsunke ins Berliner Theater fahren, dort wollten sie sich Sebastian Groß und möglichst viele Mitglieder des Ensembles vorknöpfen, Cellarius würde versuchen, Hirschmann aufzuspüren, Krebitz sollte noch mal im Haus in der Kuno-Fischer-Straße und drum herum den Spürhund spielen, und Katia sollte den Datenmüll ordnen, den sie aus dem Computer zutage förderte.

Bevor sie sich trennten, ging Bernhardt zu seinem Vorgesetzten Freudenreich und fragte ihn, ob in Sachen Funkzellenabfrage schon Informationen vorlägen. Freudenreich war schlecht gelaunt (»Du weißt, dass das politisch sehr umstritten ist, bringt das überhaupt was?«), ließ sich dann aber von Bernhardt überzeugen, dass es wichtig sei zu wissen, wer sich in den Stunden um die Mordzeit in der Nähe der Wohnung, in einem Umkreis von ungefähr einem Kilometer, aufgehalten habe, und dass es sich lohne, ein bisschen Druck zu machen, um schneller an die Ergebnisse zu kommen.

Auf Bernhardts Hinweis, dass es nun höchste Zeit sei, Wien und die Kollegin Habel einzuschalten, reagierte Freudenreich mit einem himmelwärts gewandten Blick und einem leisen Stöhnen: »Wenn's sein muss.«

14

Frau Kollegin Habel! Würden S' so freundlich sein, und mich in meinem Büro aufsuchen?«

Anna hatte noch nicht mal ihre Jacke abgelegt. Sie trödelte noch ein wenig, schaltete ihren PC an, trank einen schnellen Espresso und ging dann ins Büro von Hofrat Hromada am anderen Ende des Ganges.

»Sie sind ja momentan nicht sehr überlastet, oder?«

»Nein. Zumindest nicht mit einem aktuellen Fall. Die Messerstecherei letzte Woche am Gürtel, da sind wir noch dran, scheint aber eine kleine Rotlichtfehde zu sein, das betrifft eher die Kollegen von der Sitte. Ich bin mit den beiden jungen Kollegen dabei, ein paar alte Fälle aufzudröseln.«

»Das trifft sich gut. Ich hab da nämlich eine Anfrage aus Berlin. Von diesem Freudenreich. Sehr angenehm ist der, sehr kompetent.« Anna verhielt sich abwartend.

»Also, dieser Freudenreich, die haben da so einen Fall – eine tote Sängerin oder äh – warten S' mal«, Hromada nahm einen einzelnen Computerausdruck zur Hand, »nein, Schauspielerin war sie, und da gibt's ein paar Spuren nach Wien. Die fragen an, ob wir da behilflich sein könnten. Ihr alter Bekannter Thomas Bernhardt ist mit dem Fall betraut, hier ist seine Nummer.«

»Danke, die Nummer hab ich. Ist das jetzt ein offizieller Fall?«

»Meine liebe Frau Habel, wenn etwas über meinen Schreibtisch geht, dann ist es wohl offiziell. Setzen Sie sich also bitte mit diesem Bernhardt in Verbindung, und tun Sie, was er sagt.«

Anna sah das Büro in der Keithstraße vor sich, die abgeschabten Wände, die alten Schreibtische, als ihr die Stimme von Katia Sulimma entgegenzwitscherte. »Hallo, Anna! Schön, dich wieder mal zu hören. Nein. Thomas ist nicht da. Nein, Cornelia auch nicht, die sind schon wieder unterwegs, gerade aus dem Büro gegangen. Ja, der Thomas ist voll genervt von diesen Theaterfritzen, der freut sich sicher, wenn du ihn auf seinem Handy anrufst. Ich hab dir vor ein paar Minuten die Akten und alles, was wir haben, per Mail geschickt. Ist aber nicht wahnsinnig viel.«

Anna öffnete das Dokument und überflog die Eckdaten. Ein paar Fotos der Toten und von der Schrift an der Wand waren eingescannt. Letzter Wohnsitz in Wien war im 8. Bezirk, Lederergasse, da hatte sie sich im Mai 2007 angemeldet, laut Meldeamt nie abgemeldet. Anna machte sich eine Notiz, dann schrieb sie Thomas Bernhardt eine SMS: *Wann sollen wir telefonieren?*

Die Antwort kam unmittelbar in Form eines Anrufes. »Jetzt. Na, endlich aus dem Wochenende?«

»Guten Morgen. Ja, mir geht es gut. Ich hatte ein schönes Wochenende und war heute pünktlich um acht Uhr im Büro. Mein Hofrat wies mich um zehn nach acht an, ich solle tun, was du sagst. Da wollt ich vorher noch wenigstens mal aufs Klo gehen.«

»Na wunderbar, dann bist du jetzt ja ganz befreit, und es kann losgehen. Ich bin mit Cornelia Karsunke schon auf dem Weg ins Berliner Theater, wir fahren gerade mit dem Bus, geht bei dem Wetter schneller als mit dem Auto. Also für dich habe ich ein paar schöne Aufgaben. Punkt eins: *Die Agentinnen 007*, Plankengasse 5. Punkt zwei: Burgtheater, die ganze Nummer, von der Kantinenfrau bis zum Direktor. Jeder, der die Lechner kannte, muss zumindest kurz befragt werden. Punkt drei: ihr Ex Hans-Günther Steiner. Das könnte sich ein wenig schwierig gestalten, an den so ohne weiteres ranzukommen, aber du bist ja berühmt für dein Fingerspitzengefühl. Punkt vier: Es gab auch eine Frau in ihrem Leben, in Wien, und die soll rasend eifersüchtig gewesen sein. Die musst du finden. So, das war's erst mal.«

»Und wie stellst du dir das vor? Du bist ja komplett verrückt! Hab ich eine SoKo Theater eingerichtet bekommen, und Hromada hat mir nichts davon gesagt?«

»Hey, was ist denn nun schon wieder? Wie redest du denn?«

Anna Habel war nicht zu bremsen. »Wenn wir uns zum Kaffeekränzchen treffen, rede ich anders. Aber ich lass mich von dir doch nicht durch die Gegend scheuchen wie ein Polizeischüler!«

»Ich würde dich trotzdem bitten, einen sachlich-kollegialen Ton anzuschlagen, sonst wird das eine ganz bittere Sache für dich.«

Und es geschah, was ihm gefiel und ihn zugleich enttäuschte: Der Ausbruch tat seine Wirkung, Anna klang plötzlich ganz klein.

»Ja, entschuldige. Ich weiß nicht, der Winter in der Stadt macht mich fertig. Ich hatte mich so aufs Skilaufen gefreut. Und jetzt hänge ich hier wieder rum. Heute Nacht habe ich geträumt, dass ich noch fünfzehn ungeklärte Morde lösen muss …«

Bernhardts Zorn verflog augenblicklich, am liebsten hätte er sie getröstet. Stattdessen berichtete er von den wenig aussagekräftigen Ergebnissen, die Spurensicherung und Gerichtsmedizin geliefert hatten, von Sophie Lechners verschlungenen Wegen in den Internetforen und fragte sie, wie sie selbst nun vorgehen werde. Chronologisch? Geburt, frühe Familiengeschichte, Klosterschule, Schauspielschule, Theater?

Nein, sie werde erst mal das berufliche Umfeld checken, dann das private. Sie klang schon wieder unwirsch.

»Ja, ja, ist ja gut. Schritt für Schritt.«

»Genau so.«

Bernhardt schwieg kurz, dann versuchte er es.

»Ich hätte Lust, heute Abend mit dir drei Achterl zu trinken, mindestens.«

Schweigen, dann leises Seufzen.

»Ich auch, baba.«

»Ja, selber baba. Wir telefonieren am Abend, okay.«

Helmut Motzko und Gabi Kratochwil hatten sich bisher diskret zurückgehalten. Nun blickten sie Anna erwartungsvoll an.

»Ja, ihr habt richtig gehört. Wir haben einen neuen Fall.

Also, eigentlich ist es ein Fall in Berlin, aber die schaffen es mal wieder nicht ohne uns. Es geht um die tote Schauspielerin Sophie Lechner, da führen wohl jetzt doch ein paar Spuren nach Wien. Wir müssen ein paar Leute aus ihrem näheren Umfeld befragen. Ich fahre jetzt mal zu dieser Künstleragentur, die hatten anscheinend einen recht engen Kontakt zur Lechner. Sie verabreden bitte einen Termin mit dem Burgtheaterdirektor, sagen wir so ab elf Uhr? Wir treffen uns dann im Theater und befragen so viele Leute wie möglich. Und am Nachmittag nehmen wir uns dann Hans-Günther Steiner vor. Da versuchen Sie auch mal einen Termin zu bekommen.«

Sie schnappte sich ihre Umhängetasche, warf ihre Jacke über und schlüpfte aus der Tür. Auf der Straße raubte ihr der eiskalte Wind fast den Atem, und der Schnee blies ihr waagrecht ins Gesicht und in den Jackenkragen. Sie lief noch mal zurück, doch da kam ihr Helmut Motzko auch schon mit Schal und Mütze entgegen. »Danke, wie aufmerksam.« Der junge Kollege lächelte glücklich, und als er sich umdrehte, blickte ihm Anna einen Moment nach. Wie beflissen er war, voller Ambitionen... Würde er mit der Zeit ein guter Kriminalbeamter werden oder auch nur einer von den vielen verbrauchten, kaputten Zynikern? »Motzko?«

»Ja, Frau Habel?«

»Versucht die Strukturen im Burgtheater ein wenig aufzudröseln. Wer für was zuständig ist, mit wem die Lechner eng zu tun hatte. Regisseure, Assistenten, Kostümbildner, was es da alles so gibt.«

»Okay, machen wir.«

Die Plankengasse war eine kleine Seitengasse in der Innenstadt, in die sich selten ein Tourist verirrte. Auch Anna fand sie nicht sofort und lief mindestens zweimal daran vorbei, sie hatte keine Lust, im Schneetreiben den Stadtplan aus ihrer Tasche zu kramen.

Ein kleines, goldenes Türschild wies auf die *Agentinnen 007* hin. »Künstlervermittlung« stand in Anführungszeichen darunter, als würden selbst die Betreiber der Agentur ihre Tätigkeit nicht frei von Ironie betrachten. Anna Habel musste zweimal klingeln, ehe die Tür mit einem leisen Summer geöffnet wurde. Im Inneren des Altwiener Stiegenhauses noch einmal eine kleine Tafel mit dem Hinweis »3. Stock«. Die Wohnungstür oben war angelehnt, und als sie den Vorraum betrat, rief ihr eine helle Frauenstimme entgegen: »Kommen Sie rein, ich bin hier hinten.« Gleichzeitig sprang ihr ein kleines Fellknäuel entgegen, das scharf vor ihrem Bein abbremste und Anna erwartungsvoll anwedelte.

»Giacomo! Hierher! Komm zurück!« Im Türrahmen stand eine blonde, sehr attraktive Frau in den Dreißigern. Sie lächelte Anna entschuldigend an und nahm das Hündchen auf den Arm. »Felicitas Zoltan! Freut mich. Legen Sie doch ab, und kommen Sie rein. Auf Ihrem Bewerbungsbogen sehen Sie ganz anders aus, aber das macht nichts. Wir werden alles besprechen.«

Anna schlüpfte aus ihrer Jacke, schüttelte kurz den Schnee von der Mütze und fuhr sich unwillkürlich durchs Haar. Neben solchen Frauen fühlte sie sich automatisch wie ein hässliches Entlein, diese Zoltan sah vermutlich selbst nach einer durchzechten Nacht mit verschmierter

Wimperntusche noch umwerfend aus. Oder sie sah so aus, weil sie sich eine durchzechte Nacht schlicht nie erlauben würde.

»Ich glaube, Sie verwechseln mich. Ich habe keine Bewerbung geschickt. Mein Name ist Anna Habel, ich bin von der Polizei, Abteilung Leib und Leben.«

Felicitas Zoltan drückte den Hund fest an die Brust, der quietschte erschrocken auf, und die Frau setzte ihn auf den Holzboden. »Ist etwas passiert? O mein Gott, gab es einen Unfall?«

»Sie haben doch sicher von Sophie Lechners Tod gehört?«

»Ach, deswegen sind Sie hier? Da bin ich aber beruhigt – also ich meine, das ist natürlich schrecklich, aber das wissen wir ja schon seit Freitag, da konnte das schon ein wenig sacken. Aber was möchten Sie denn von uns wissen? Das ist doch in Berlin passiert?«

»Ja, aber das heißt ja nicht unbedingt, dass es ein Berliner war. Sophie Lechner hatte schließlich ihren Lebensmittelpunkt bis vor kurzem hier in Wien. Und wurde auch von Ihrer Agentur betreut.«

»Ja, da haben Sie natürlich recht. Mal sehen, ob wir Ihnen helfen können. Wollen Sie einen Tee?«

»Ja, gerne. Wo ist denn Ihre Kollegin?«

Felicitas Zoltan schenkte Anna aus einer Glaskanne dampfenden Kräutertee ein und stellte die Tasse auf einen kleinen Tisch, um den drei Lederfauteuils standen. Anscheinend die Besprechungsecke. »Gilda Beyer? Die ist leider krank. Angina. Sie wird erst Ende der Woche wiederkommen.«

»Wie gut kannten Sie Frau Lechner?«

»Mein Gott, wie gut kennt man jemanden? Wissen Sie, das ist bei Schauspielern noch um einiges schwieriger zu beantworten als bei ›normalen‹ Menschen. Die spielen doch letztlich immer eine Rolle.«

»Vielleicht beschränken Sie sich erst mal auf die Fakten, bevor wir anfangen zu psychologisieren. Seit wann betreuen Sie Frau Lechner, wie oft haben Sie sie gesehen, was umfasste Ihr Betreuungsangebot, welche Rollen haben Sie ihr vermittelt, wann haben Sie sie zuletzt gesehen, gesprochen, per Mail Kontakt gehabt?«

Als Felicitas Zoltan aufstand, um aus dem Hängeregister eine Mappe zu holen, verfluchte sich Anna wieder einmal für ihren schroffen Tonfall. Eine kleine Falte hatte sich auf der Stirn ihres Gegenübers gebildet, die Stimmung war merklich abgekühlt. Frau Zoltan legte wortlos eine Mappe auf den Tisch. Als Anna sie aufschlug, blickte ihr Sophie Lechner entgegen. Eine Schwarzweißaufnahme mit harten Konturen, die junge Frau sah direkt in die Kamera. Sie war schön, aber das war nicht der Grund, warum Anna ein Ziehen im Magen spürte. Es war die Präsenz der jungen Frau: Ihr Blick hatte etwas Kämpferisches und zugleich Verletzliches, sie sah auf dem Bild so unglaublich lebendig aus, ein Mensch mit zwei Gesichtern – Aufstieg und Ruhm waren darin angelegt, gleichermaßen Absturz und Verfall zu ahnen. Janusgesicht nennt man das, dachte Anna.

»Unglaublich.«

»Ja, das fanden wir auch, als wir damals diese Fotos machen ließen. Ein Wahnsinnsgesicht. Unverwechselbar. So etwas gibt es auch in unserer Branche nur alle paar Jahre.«

»Darf ich das Foto haben?«

»Ja, natürlich, ich hab noch ein paar Abzüge. Sophie Lechner kam 2004 zu uns. Da war sie ein unbeschriebenes Blatt und hatte eine solide Ausbildung abgeschlossen. Schauspielunterricht in privaten Instituten und eine Gesangsausbildung bei einer Lehrerin, die wir nicht kannten. Ich hab sie bei einem kleinen Stück im Theater in der Drachengasse entdeckt und sie vom Fleck weg in unsere Betreuung übernommen.«

»Und wie ging es dann weiter?«

»Dann haben Frau Bayer und ich ihre Karriere geplant: Keine unwichtigen Rollen mehr, den Markt nur nicht übersättigen mit diesem Gesicht, gutplatzierte, wohlüberlegte Auftritte.«

»Und funktionierte das?«

»Ja. Es funktionierte. Zumindest am Anfang. Sie war äußerst diszipliniert. Wie ein wissbegieriges Kind hat sie all unsere Ratschläge befolgt. Und der Plan ist aufgegangen.«

»Und was war nachher?«

»Wie nachher?«

»Na, Sie haben gesagt, am Anfang hat alles funktioniert.«

»Sagen wir es so. Der Erfolg hat sie nicht gerade einfacher gemacht. Aber das ist normal. Wirklich schwierig ist sie dann vor zwei Jahren geworden. Da hatte sie wohl das Gefühl, sie braucht uns nicht mehr, sie hatte ja jetzt den großen Kulturmacher an ihrer Seite.«

»Sie meinen Hans-Günther Steiner.«

Felicitas Zoltan lächelte säuerlich und nahm einen Schluck von ihrem Tee. »Ja. Solche Typen glauben, sie können sich mit ihrem Geld alles kaufen. Und leider gibt es immer wieder Frauen, die darauf reinfallen.«

»Dieser Steiner, was macht der eigentlich genau?«

»Das müssen Sie ihn schon selber fragen. Der hat ein geschicktes Händchen und einen Rieseneinfluss in Politik und Wirtschaft. War ja selbst mal Politiker und ist jetzt ein großer Finanzjongleur. Und weil er die Kunst fördert, ist er in Österreich unantastbar. Sie wissen ja, wie das ist in Wien: die heilige Kultur. Jeder neue Operndirektor ist eine Staatsaffäre und ein neuer Vorhang fürs Burgtheater Stadtgespräch. Also schaut man nicht so genau hin, wenn einer ein paar hunderttausend lockermacht für eine neue Hebebühne oder ein paar Spitzenstars.«

»Und welche Rolle spielte die Lechner in diesem Spiel?«

»Ich würde sagen, sie war ein hübsches Accessoire. Der Beweis, dass er die Interessanteste kriegen kann. Ein schönes Paar am Opernball.«

»Aber warum haben sie sich getrennt?«

»Sehen Sie, Sophie war nicht dumm. Ich glaube, sie hat rasch gemerkt, dass er ihr nicht nur nützt. Vielleicht war es auch umgekehrt, und sie war die Berechnende. Für ihre Karriere war die Liaison mit Steiner nicht schlecht. Irgendwann ist das dann gekippt, und sie hat gemerkt, dass sie auch ohne ihn weiterkommt, vielleicht sogar noch besser. Konnte denn wer ahnen, dass irgendein Verrückter in Berlin so etwas tut?«

»Warum sollte es es ein Verrückter gewesen sein?«

»Ja wer denn sonst? Sie war eine Person, die das Außergewöhnliche, das Extreme gesucht hat, nicht nur auf der Bühne. Waren Drogen im Spiel?«

»Hat Sophie Lechner denn Drogen genommen?«

»In diesem Metier können Sie die, die keine nehmen, an einer Hand abzählen. Sophie Lechner gehörte nicht dazu.«

»Wie war denn Ihr Verhältnis, als Frau Lechner nach Berlin gezogen ist?«

»Gut. Wieso? Wir haben ihr sogar dazu geraten, diesen Schritt zu tun. Wir haben ihren Umzug organisiert und ihr erstes Engagement in Berlin auf die Beine gestellt.«

»Wo waren Sie und Ihre Kollegin am vergangenen Donnerstag?«

»Nicht in Berlin. Was bedeutet diese Frage?«

»Seien Sie doch nicht so empfindlich. Es ist eine Routinefrage. Also?«

Felicitas Zoltan stand auf, ging die paar Schritte zu ihrem Schreibtisch und klappte ihr schlankes Notebook auf. »Moment. Lassen Sie mich schauen... also, ich war im Theater, Volkstheater, *Liliom*, tolles Stück, sollten Sie sich anschauen. Gilda hat nichts in ihrem Kalender stehen, ich nehme an, sie war zu Hause.«

»Gut. Bitte geben Sie mir die Handynummer von Frau Bayer, und halten Sie sich die nächsten Tage bereit, falls ich noch weitere Fragen habe. Sollte Ihnen noch etwas einfallen, rufen Sie mich an, hier ist meine Karte. Darf ich Ihre Toilette benützen?«

»Natürlich, bitte sehr.« Wie auf Kommando sprang der kleine weiße Hund, der bisher friedlich auf dem dritten Sessel gelegen hatte, auf und lief in den Vorraum. Anna musste ihn mit dem Fuß von der Klotüre wegschieben, was mit einem wütenden Kläffen beantwortet wurde.

»Giacomo! Aus! Komm hierher!«

Anna Habel blieb ein paar Minuten länger als nötig in der Toilette. Der Spiegel über dem Waschbecken tauchte ihr Gesicht in ein barmherziges Licht, die kleinen Fältchen unter den Augen waren kaum zu sehen. Eine neue Lampe muss in mein Badezimmer, dachte sie und wusch sich die Hände mit Lavendelseife.

»Sind Sie eigentlich gar nicht erschüttert vom Tod Ihrer Klientin, Mandantin, Kundin – wie sagt man?«

Felicitas Zoltan starrte ihr unbewegt ins Gesicht, und ihre Antwort klang ziemlich gepresst. »Ist es verdächtig, wenn man seine Gefühle nicht offen zur Schau stellt?«

»Nein, ist es nicht. Es hat mich einfach nur interessiert. Auf Wiedersehen.« Anna blieb noch einen Augenblick vor der verschlossenen Wohnungstür stehen und war sich ziemlich sicher, die Stimme von Frau Zoltan am Telefon zu hören.

15

Thomas Bernhardt und Cornelia Karsunke wurden von der Referentin des Intendanten in den Zuschauerraum geführt. Im trüben, funzligen Licht dämmerte ein Theaterraum wie zu höfischen Zeiten, Logen, 1. und 2. Rang, an den Säulen antikisierende Frauenfiguren, viel Vergoldung, rote Plüschsessel. Der Intendant, der so gerne »Machete« im kapitalistischen Dschungel sein wollte, saß in der dritten Reihe an einem kleinen Tisch, eine Stehlampe warf einen scharfen Lichtkegel auf ein Manuskript. Links und rechts gruppierten sich ein paar junge Leute um ihn. Klare Ansage: Hier inszenierte der Chef noch selbst.

Als die Referentin dem Intendanten leicht auf die Schulter tippte, vorsichtig und furchtsam, drehte der sich mit einem Schwung um, starrte Bernhardt und Cornelia einen Augenblick an, dann blitzte Erkennen auf, dem gleich die Wut folgte. »Jetzt nicht! Das ist unglaublich, wieso führst du die hier rein? Die sollen warten. Raus!«

Bernhardt zwinkerte Cornelia zu, die verblüfft auf den Intendanten starrte.

»Ey, was ist das denn für einer?«

Bernhardt winkte ab. Solche Situationen liebte er. Reibung war immer gut.

»Er macht Kunst, da darf das Profane nicht einbrechen.«

Er sagte es so laut, dass der Intendant ihn hören musste. »Raus!«

Die Referentin wollte sie aus dem Saal komplimentieren, aber Bernhardt setzte sich in die letzte Reihe und forderte Cornelia auf, sich neben ihn zu setzen.

»Ist doch ein Erlebnis, mal so 'ne Probe mitzukriegen.«

Auf der Bühne war eine riesige Steinplatte aufgerichtet. Ein junger Schauspieler schlug seinen Kopf immer wieder gegen die Wand. Cornelia ergriff Bernhardts Hand. »Ist ja schrecklich!«

»Nee, ist Styropor.«

Während der Mann seinen Kopf mit der Gleichmäßigkeit eines Metronoms vor und zurück bewegte, tändelte am Bühnenrand ein junges Paar. Ein Junge und ein Mädchen küssten sich, machten ein paar unentschiedene Kopulationsbewegungen, dann stieg der Junge auf ein niedrig gespanntes Seil und balancierte, doch nach wenigen tastenden Bewegungen fiel er zu Boden und blieb auf dem Rücken liegen, das Mädchen stellte sich über ihn und sang *A Hard Day's Night* von den Beatles.

Der Mann an der Steinwand hörte mit seinen immer maschinenhafter wirkenden Bewegungen nicht auf, doch plötzlich – Bernhardt hatte den Umschwung nicht mitbekommen – stand der Mann auf dem Kopf und bewegte sich langsam an der Wand entlang. Das Pärchen war in diesem Moment wieder zusammengekommen, das Mädchen hatte den Kopf in den Schoß des Jungen gelegt und eröffnete nun ein kleines Wechselgespräch:

»Wer spricht da?«

»Ein Traum.«

»Träume sind selig.«

»So träume dich selig, und lass mich dein seliger Traum sein.«

In dieses leise, fast gehauchte Gespräch mischte sich eine harte Stimme. *»Die Gipfel und hohen Bergflächen im Schnee, die Täler hinunter graues Gestein, grüne Flächen, Felsen und Tannen.«*

»Der Tod ist der seligste Traum.«

»So lass mich dein Todesengel sein! Lass meine Lippen sich gleich seinen Schwingen auf deine Augen senken.«

»Es war nasskalt; das Wasser rieselte die Felsen hinunter und sprang über den Weg. Die Äste der Tannen hingen schwer herab in die feuchte Luft.«

»Schöne Leiche, du ruhst so lieblich auf dem schwarzen Bahrtuch der Nacht, dass die Natur das Leben hasst und sich in den Tod verliebt. Jetzt stirb! Mehr ist unmöglich.«

»Er ging gleichgültig weiter, es lag ihm nichts am Weg, bald auf-, bald abwärts. Müdigkeit spürte er keine, nur war es ihm manchmal unangenehm, dass er nicht auf dem Kopf gehen konnte.«

»Wir lassen alle Uhren zerschlagen, alle Kalender verbieten.«

Ein unglaublicher Schlag erklang, wie von einem riesigen Gong, der sekundenlang nachhallte. Das Licht auf der Bühne erlosch. Schwärze. Stille. Bernhardt gab der Referentin das Regiebuch zurück, das sie ihm zum Mitlesen in die Hand gedrückt hatte.

Am Regietisch setzte Gemurmel ein. Bernhardt fiel ein Älterer mit Nickelbrille und langen, nach hinten gestrichenen grauen Haaren in der Gruppe auf, die den Intendanten wie ein Ring umschloss. Bernhardt bewegte sich mit Cornelia Karsunke langsam nach vorne, die leicht näselnde Stimme des Älteren dominierte das Gespräch. Er sprach das scheinplebejische, nölige Kunstberlinisch, das sich über die Jahrzehnte in Ostberliner Künstler- und Intellektuellenkreisen herausgebildet hatte.

»Det is' Kunstjewerbe, watte hier machst, det is nich Machete, det is stumpfet Küchenmesser. Du kannst die zwee Texte nich einfach nebeneinanderstellen, die musste zertrümmern, det muss 'n neuer Text werd'n. Und wenn de dann noch mit Video arbeetest…«

Der Kopf des Intendanten rötete sich, aber er widersprach nur halbherzig. Der andere ließ nicht nach.

»Überleg ma, wann det jeschrieb'n word'n is. Beginn der Industrialisierung, also musste den Entfremdungskomplex viel stärker betonen, Marx, philosophisch-ökonomische Manuskripte, und dann kommste irjendwann ooch zu Dostojewski und Bataille. Oder Nietzsche. Liegt dir vielleicht näher. Det muss allet drin sein, meinetwejen ooch Dagobert Duck. Na ja, det jeht vielleicht zu weit. Aber vastehste, wat ick meine?«

Wohl nicht ganz. Der Intendant wirkte erschöpft, bewahrte aber Haltung.

»Gut, dass du mal da warst. Die in den Feuilletons denken ja immer, zwischen uns herrschte Funkstille. Wobei: Weit auseinander sind wir schon, das habe ich jetzt doch wieder mal gemerkt.«

»Keene Frage. Und det is ooch jut so. Also demnächst kommste mal bei mir vorbei. Ick mache den *Raub der Sabinerinnen* zusammen mit *Die ehrbare Dirne* von Sartre, 'n echtet Endzeitjemälde, jeht ja allet 'n Bach runter, weeste ja.«

Bernhardt fragte sich, ob es eine aggressive Müdigkeit oder eine müde Aggressivität war, die der Zuchtmeister des Intendanten bei seinem Abgang abstrahlte. Oder war's einfach nur arrogante Coolness? Die jungen Mitarbeiter des Intendanten schwiegen betreten, und der Altmeister guckte Bernhardt und Cornelia Karsunke wütend an.

»Sie fehlen hier gerade noch. Thomas Bernhardt, das ist einfach zu viel. So dürften Sie gar nicht heißen. Die Namensmystik...«

»Was sagt die Namensmystik?«

»Ach, was weiß ich. Dass Sie einen anderen Namen tragen müssten.«

»Vielleicht Peter Handke?«

Der Intendant schlug sich mit der flachen Hand vor die Stirn und wischte die schüttere blonde Haarsträhne zur Seite.

»Bin ich hier im Irrenhaus, was wollen Sie überhaupt? Ich habe Ihnen alles gesagt.«

Auf der Bühne machten sich die drei Schauspieler bemerkbar und fragten, ob die Probe beendet sei. Der Intendant winkte Zustimmung, aber Bernhardt rief ihnen zu, dass sie sich für ein Gespräch bereithalten sollten, in ihrer Garderobe oder in der Kantine, wie sie wollten. Zunächst nahmen sie den Intendanten noch einmal in die Mangel. Der schien aber wirklich nicht mehr zu wissen als beim letzten Mal. Auf die mehrmals wiederholte Frage, ob er ein Verhältnis mit Sophie Lechner gehabt habe, reagierte er genervt.

»Das geht Sie gar nichts an.«

»O doch. Wie oft haben Sie mit ihr geschlafen?«

Der Intendant wand sich.

»Ein paarmal. Aber ich hatte nichts mit ihr.«

»Ach, das heißt bei Ihnen gar nichts, wenn Sie mit einer Frau schlafen?«

»Was soll das? Kennen Sie die Schluck-Wasser-Theorie von Lenin?«

»Ich kenne nur die Schluck-Whiskey-Theorie von Hemingway. Oder war's Jack London?«

Der Intendant grinste gequält. Bernhardt ließ nicht locker.

»Wo waren Sie am Donnerstag zwischen 14 und 17 Uhr?«

Der Intendant blickte die Referentin hilfesuchend an. Die holte einen Terminkalender aus den Tiefen ihrer Hängetasche, blätterte und lächelte erleichtert.

»Da haben Sie eine Hose gekauft, am Gendarmenmarkt.«

Der Intendant entspannte sich.

»Na also.«

Der Tag im Theater zog sich hin. Cornelia Karsunke befragte das junge Paar aus dem seltsamen Stück. Die beiden waren von einer geradezu süßen Arglosigkeit. Die Lechner sei ihnen vorgekommen wie ein Engel von einem anderen Stern, vielleicht wie ein gefallener Engel, hatte der Junge ein bisschen vorwitzig hinzugefügt. Sie befragten auch noch andere Schauspieler, die Referentin, Dramaturgen und Hilfsdramaturgen, die Leute an der Kasse, Cornelia ging in die Kantine, hörte sich auch hier um. Es kam nicht viel dabei raus. Die Grundaussage lautete: Sie war eine große Fremde, vor der man Respekt und Ehrfurcht empfand, aber auch ein bisschen Angst. Schließlich rief Cornelia noch beim Herrenausstatter an, wo man ihr bestätigte, dass der Intendant tatsächlich am Donnerstagmittag eine Hose gekauft hatte. Wann genau? Man habe keine Stechuhr, niemand führe ein Zeitprotokoll.

Bernhardt führte währenddessen ein Gespräch mit Sebastian Groß, dem Schauspieler, der auf dem Kopf gelaufen war. Er war ein, Bernhardt hasste das Wort, attraktiver Mann, hochgewachsen, volles braunes Haar, das er halblang trug, dunkle, große Augen, Dreitagebart. Er wirkte freundlich und entspannt. Bernhardt war wider Willen beeindruckt.

»Respekt, Sie sind also der Kopffüßler.«

»Ah, die Illusion hat funktioniert?«

»Ja, schon, ich saß aber auch in der letzten Reihe. Wie machen Sie das denn?«

»Geheimnis. Aber deshalb sind Sie ja nicht hier. Sie wollen mich nach Sophie Lechner fragen.« Keine Spur von Nervosität, vielmehr freundliche Zugewandtheit. »Wir waren bis vor einiger Zeit ein Paar, wir haben uns geliebt, soweit das möglich war.«

»Soweit das möglich war?«

»Nun, Sophie war offen und liebesbereit, aber in ihren dunklen Momenten entzog sie sich, floh vor der Liebe, könnte man sagen. Klingt ein bisschen kompliziert, ich weiß. Aber so war's. Ich verdanke ihr viel, bis vor kurzem war ich noch ein unbedeutender Schauspieler, sie hat mich mitgezogen, mich inspiriert und mich hier an diesem Theater, da bin ich ganz offen, installiert.«

»Und was wurde aus der Liebe?«

Hier zögerte Sebastian Groß, seine Miene verdunkelte sich. »Schwierig. Ich will da ganz ehrlich sein, ich war nicht der Einzige.«

»Eifersucht?«

»Ja, unbestritten.«

»Gab's gewalttätige Auseinandersetzungen?«

»Ganz klar: nein.«

»Haben Sie einen Verdacht, wer der Täter sein könnte?«

Ein paar nervöse Augenaufschläge.

»Nein, aber mir scheint, dass in Wien irgendetwas geschehen ist, was sie bedrückt, was ihr Angst gemacht hat.«

»Konkreter geht's nicht?«

»Nein, ist nur ein Gefühl.«

»Kommen wir zu den Fakten: Wo waren Sie am Donnerstagnachmittag zwischen 14 und 17 Uhr?«

»Da war ich auf der Probebühne und habe mit ein paar Kollegen für einen Ringelnatz-Abend geübt.«

»Die bestätigen das?«

»Gehe ich von aus.«

Da war er sicher, keine Frage. Bernhardt ließ sich die Namen der Kollegen geben, zwei traf er in der Kantine, wo Cornelia saß und auf ihn wartete. Die beiden Schauspieler waren schon ein bisschen besäuselt, aber ihre Aussage war glasklar: Sebastian stand die ganze Zeit auf der Probebühne, nein, er war nicht für längere Zeit verschwunden.

16

Als Anna Habel in die Plankengasse trat, kramte sie ihr auf lautlos gestelltes Handy aus der Umhängetasche. Die Kollegen aus dem Büro hatten bereits zweimal angerufen, doch es war unmöglich, bei diesen Temperaturen auf offener Straße zu telefonieren. Auf dem Weg zur Straßenbahn lag das Café Tirolerhof, da könnte sie sich kurz noch Notizen über das Gespräch machen und im Büro zurückrufen.

»Bitte schön, gnä' Frau! Was darf ich bringen?«

»Eine Melange bitte und eine Buttersemmerl.«

Das Café war gut besucht, und wie so oft fragte sich Anna, warum all diese Menschen an einem Montagvormittag nichts Besseres zu tun hatten, als im Kaffeehaus zu sitzen. Pensionisten, Studenten, Touristen, Männer in Dreireihern, an einem kleinen Tisch in der Mitte saß ein älterer Herr in einem etwas fadenscheinigen Anzug, dessen riesiger, weißer Schäferhund gemütlich ausgestreckt mitten im Raum lag. Der Wiener und seine Hunde, dachte Anna, als sie den Kellner beobachtete, der immer wieder einen respektvollen Bogen um das Tier machte.

»Bittschön, gnä' Frau, Melange und Buttersemmerl.«

Der Kellner im schwarzen Anzug, der Annas Bestellung schwungvoll auf das Tischchen stellte, riss sie aus ihren

Gedanken, und rasch drückte sie die Rückruftaste. Sie hatte immer ein schlechtes Gewissen, wenn sie im Kaffeehaus mit dem Handy telefonierte, aber manchmal ließ es sich einfach nicht vermeiden. Diesmal musste sie zum Glück nicht sprechen, kaum hatte es einmal geklingelt, sprudelte Helmut Motzkos Stimme aus dem Hörer: »Wir haben einen Termin beim Direktor um halb elf. Und Gabi hat ein Organigramm des Theaters, das bringen wir mit. Ah ja, und bei diesem Hans-Günther Steiner haben wir auch angerufen, da war aber nur eine Sekretärin, Personal Assistent nannte sie sich, die meinte, sie wüsste nicht, ob der Herr Steiner heute noch mal ins Büro käme, und er wäre leider nicht zu erreichen, sie würde uns aber heute noch Bescheid geben und –«

»Stopp. Herr Motzko, wir treffen uns in einer Dreiviertelstunde am Bühneneingang vom Burgtheater. Sie bringen alles mit, was Sie haben, und dann reden wir, okay?«

Der Portier blickte nur widerwillig von seiner *Kronen Zeitung* auf, als Anna Habel und Helmut Motzko vor dem hohen Tresen standen. Anna legte ihren Dienstausweis auf das Bild der Barbusigen von Seite drei. »Guten Tag. Wir haben einen Termin mit Herrn Direktor Grüneis.«

»Moment! Da muss ich erst nachfragen.« Er griff zum Telefonhörer und murmelte ein paar unverständliche Worte. Sein Blick wurde nicht freundlicher, als er wieder auflegte. »Sie werden gleich abgeholt. Warten Sie bitte hier.«

Keine drei Minuten später stand eine junge Frau vor

ihnen, die ein wenig skeptisch hinter ihren langen Stirn-
fransen hervorblickte. »Wenn Sie mir bitte folgen wollen.« Drei Stockwerke mit dem Aufzug, einen langen
Gang entlang.

In einem kleinen, unaufgeräumten Büro kam ihnen
der Direktor bereits entgegen. »Ich habe schon gehört,
dass Sie zu mir kommen! Frau…«, ein großer Mann mit
schlohweißem Haar und markanter Hakennase kam
um seinen Schreibtisch herum und streckte Anna die
rechte Hand hin. »Frau Inspektor? Wie sagt man, ich
hatte noch nie mit einem Kommissar zu tun.«

»Chefinspektor. Aber sagen Sie einfach Frau Habel
zu mir. Das ist mein Kollege, Herr Motzko.«

»Nehmen Sie doch Platz. Kaffee? Ich weiß allerdings
gar nicht genau, wie ich Ihnen helfen kann.«

»Frau Lechner war doch Mitglied Ihres Ensembles,
bevor sie nach Berlin gezogen ist.«

»Ja, das stimmt. Und wir sind auch alle sehr betroffen
von ihrem Tod. Ein großer Verlust! Aber warum wird
denn in Wien ermittelt?«

»Ermitteln ist fast schon zu viel gesagt, sagen wir so:
Wir helfen den Berliner Kollegen, weil es nicht auszu-
schließen ist, dass es Spuren nach Wien gibt.«

»Was heißt das jetzt? Gibt es Spuren nach Wien, oder
gibt es keine Spuren nach Wien?«

»Herr Direktor, eigentlich sind wir es, die die Fragen
stellen, okay?«

»Entschuldigen Sie bitte.« Er drückte eine Taste auf
seinem Schreibtisch. »Verena, würden Sie uns bitte drei
Espressi bringen?«

»Herr Grüneis, mit wem am Theater hatte Frau Lechner engeren Kontakt? Hatte sie eine beste Freundin, eine Vertraute, einen Feind?«

»Lassen Sie mich nachdenken. Wissen Sie, so ein Theater ist eine ganze Welt in Klein. Ein Paralleluniversum sozusagen. Ich bin allerdings der Falsche, um Ihnen etwas über die Beziehungen hier zu sagen. Ich bin der Kopf des Ganzen, ich versuche den Betrieb am Laufen zu halten, wer mit wem und warum oder auch nicht – das bekomm ich von hier nicht wirklich mit.« Er breitete die Arme aus und blickte sich in seinem unordentlichen Büro um, sein Gesichtsausdruck hatte etwas Wehmütiges, als wäre er ein König, der sich statt in einem riesigen Thronsaal in einer kleinen Kammer wiederfand. »Da fragen Sie am besten im Haus nach, eine gute Quelle für solche Informationen ist die Chefin der Kantine. Und die wird Ihnen bestimmt von dieser unerfreulichen Geschichte mit Herrn Fürst, dem Souffleur, erzählen. Aber der hat sicher nichts mit dem Tod von der Lechner zu tun, obwohl da ein paar Gerüchte wabern.«

»Und was war das für eine unerfreuliche Geschichte, in die die Lechner verwickelt war?« Anna richtete sich auf.

»Herr Fürst ist ein verdienter Mitarbeiter unseres Hauses, der leider in den letzten Monaten etwas nachlässig wurde. Nach dem Streit mit Frau Lechner haben wir uns geeinigt und Herrn Fürst in den wohlverdienten Vorruhestand geschickt.«

»Was für ein Streit?«

»Frau Lechner hatte einen Hänger in einer wichtigen

Passage, und Herr Fürst hatte ihr eine falsche Stelle souffliert. Daraufhin meinte sie, er hätte sie absichtlich in die Irre geführt. Er hielt dagegen und beschuldigte sie, dass sie betrunken gewesen sei und mangelhaft vorbereitet und dass der weltbeste Souffleur die Situation nicht hätte retten können, weil sie einfach eine blöde… Ach, ersparen Sie mir die Details. Eine hässliche Geschichte. Aber ich wüsste wirklich nicht, was der Tod von Sophie damit zu tun haben sollte. Das Ganze ist ja auch schon ein paar Monate her.«

»Können Sie mir die Adresse von diesem Herrn Fürst geben?«

»Natürlich, das macht Verena. Und ich werde gleich über das interne Netzwerk verbreiten, dass Sie sich ungehindert im Haus bewegen können. Sie müssen nur versprechen, dass Sie mir in keine Generalprobe und keine Aufführung platzen.«

»Das ist sehr freundlich. Wir werden diskret sein und möglichst nicht stören. Eine Frage noch: Hans-Günther Steiner. Was fällt Ihnen dazu ein?«

»Dazu fällt mir nur eines ein: Wenn es mehr Menschen wie Steiner in diesem Land geben würde, dann wären unsere Theater nicht in so einem traurigen Zustand. Er ist der Einzige, der versteht, dass man große Kunst nur mit großen finanziellen Mitteln betreiben kann. Hans-Günther ist einer der wenigen, die es schafften, Wirtschaft und Geld mit der Kultur zusammenzubringen, für alle Beteiligten ist das eine echte Win-win-Situation.«

»Das heißt jetzt konkret was?«

»Er hat zum Beispiel die neue Hebebühne hier im

Haus finanziert. Das heißt, er hat einen Financier dafür gefunden. Wenn wir auf den Beschluss der Ministerin gewartet hätten, würden wir heute noch mit der Hand kurbeln.«

»Und seine Beziehung zu Frau Lechner?«

»Ja, was soll ich sagen? Ebenfalls eine Win-win-Situation, zumindest eine Zeitlang. Ich glaube, die ganz große Liebe war das nie, aber wenn es auf beiden Seiten so ist, ist das ja in Ordnung, finden Sie nicht?«

»Unromantisch finde ich so etwas, aber was ich finde, ist unerheblich. Sie meinen auch, dass die Trennung glatt verlaufen ist?«

»Zumindest hat jeder der beiden schnell Ersatz gefunden. Kein Stoff für die große Oper und sicher auch kein Grund für eine Gewalttat.«

»Gut, dann würde ich vorschlagen, wir schauen uns ein wenig im Haus um und befragen ein paar Leute. Wir werden nicht lange brauchen, danke für Ihre Unterstützung.«

»Gerne. Und wenn Sie noch was brauchen, ich bin rund um die Uhr zu erreichen! Darf ich Sie vielleicht noch auf eine Vorstellung in unserem Haus einladen? *Der Sommernachtstraum* ist ganz großartig oder auch die *Endstation Sehnsucht*.« Er hielt ihnen galant die Tür auf.

»Das ist sehr freundlich von Ihnen, aber das könnte man als Bestechung auslegen.«

»Aber weswegen sollte ich Sie denn bestechen wollen?«

»Das weiß ich auch nicht, aber das lassen wir mal lieber. Wir sehen uns.«

In der Kantine herrschte reger Betrieb. Laut handgeschriebener Tafel bestand das Mittagsmenü aus Berner Würstel mit Pommes frites, als vegetarische Alternative Spinatlasagne.

Motzko blickte sehnsüchtig hinter die Glasvitrine. »Ui, das riecht lecker.«

»Ja, kommen Sie. Wir bestellen uns was zu essen. Schadet nichts, sich einmal ein bisschen unters Volk zu mischen.«

Sie stellten sich in die Reihe, nahmen ein Tablett und Besteck aus dem Regal. Motzko bestellte sich Berner Würstel, Anna entschied sich für die Lasagne. Sie suchten sich einen freien Platz im deutlich kleineren Nichtraucherteil, der durch einen kleinen Durchgang von den Rauchern getrennt war. Anna wischte mit der Papierserviette über den klebrigen Resopaltisch. Niemand nahm Notiz von ihnen.

»Was halten Sie von dem Direktor?« Motzko schüttete Ketchup auf seine Pommes.

»Eh okay der Typ. Der hat sicher nichts mit dem Tod der Lechner zu tun. Für das Theater ist das natürlich alles total unangenehm, da versteh ich schon, dass er ein wenig abweisend ist. Diesen Souffleur sollten wir uns eventuell anschauen, aber auch das ist nicht wirklich eine Spur.«

»Entschuldigen Sie, ist hier noch frei?« Ein junger Mann in Kapuzenpulli und Jeans stand mit seinem Tablett vor ihnen.

»Klar, wir rücken ein wenig.«

»Danke.«

Das Gespräch verstummte. Motzko schlang seine Würstchen hinunter, legte sein Besteck neben den Teller, lehnte sich zurück und fragte den jungen Mann völlig unvermittelt: »Kannten Sie Sophie Lechner?«

Der schaute ihn mit großen Augen an und schluckte sein Stück Lasagne. »Wer will das wissen?«

»Wie sind von der Kriminalpolizei. Wir untersuchen den Mord an Sophie Lechner. Sie haben davon gehört?«

Anna blieb abwartend.

»Ja, natürlich! Wir haben alle davon gehört. Aber die ist doch in Berlin gestorben.« Dem jungen Mann war der Appetit vergangen. »Ich bin Bühnenbildassistent. Eine tolle Frau! Ich kannte sie aber nicht gut.«

»Wissen Sie denn, wer im Haus mit ihr befreundet war? Sie näher kannte?«

»So richtig befreundet war sie, glaub ich, mit niemandem. Sie war eher eine Einzelgängerin.«

»War sie beliebt?«

»Das kann man so nicht sagen. Sie war ein großes Talent.«

»Das wollte ich nicht wissen. Ich wollte wissen, ob man sie mochte.«

»Eher nicht. Wie gesagt, sie blieb lieber für sich. War auch selten in der Kantine.« Dem jungen Mann war das Gespräch sichtlich unangenehm, und er blickte sich hilfesuchend um.

Anna stand auf und klopfte mit der Gabel gegen ihr Glas. »Guten Tag, meine Herrschaften. Entschuldigen Sie bitte die Störung. Ich bin Chefinspektorin Anna Habel, das ist mein Kollege Helmut Motzko. Wir führen im Fall der Ermordung von Sophie Lechner Befragungen durch. Wir suchen insbesondere Leute, die hier am Haus viel mit Frau Lechner zu tun hatten. Mit ihr befreundet waren, eng mit ihr zusammengearbeitet haben, jemanden, dem sie sich vielleicht anvertraut hat. Und vielleicht gibt es ja auch jemanden, der mit ihr den Kontakt hielt, nachdem sie nach Berlin gezogen war.«

Es entstand ein Murmeln im Raum, doch niemand beantwortete Annas Frage. Niemand meldete sich. Sie zog ein paar Visitenkarten aus der Tasche und verteilte sie.

»Wenn Ihnen etwas einfällt, dann rufen Sie bitte an. Ich werde eventuell auch noch mal durchs Haus gehen und dem einen oder anderen ein paar Fragen stellen.«

Helmut Motzko zupfte sie am Jackenärmel und deutete mit dem Kopf Richtung Ausgang. Sie sah gerade noch den Rücken einer Frau in blauer Strickjacke, die durch den Kantinenausgang schlüpfte.

»Wer war die Dame, die eben hier rausging?«

Ein paar der Anwesenden zuckten mit den Schultern. Anna lief zur Tür und den Gang entlang und hörte gerade noch eine schwere Metalltür ins Schloss fallen. Sie öffnete ein paar Türen, doch dahinter befanden sich nur leere Gänge, die weit ins Innere des Burgtheaters führten.

Als sie zurückkam, hatte sich die Kantine geleert. In der Raucherabteilung saßen noch ein paar Männer in blauen Arbeitshosen, und Helmut Motzko stand ein wenig unschlüssig im Raum. Eine Angestellte hatte begonnen, die Tische abzuwischen. Sie warf den Lappen in einen kleinen weißen Plastikkübel und trocknete ihre Hände an dem weißen Kittel. »Die Frau, die da raus ist, das war die Monika Swoboda. Kostümnäherin hier im Haus. Und die Lechner, die war ein Trampel, das kann ich Ihnen sagen. Eine überhebliche Person, die hat geglaubt, sie ist was Besseres.«

Als sie in die oberen Stockwerke des Theaters kamen, begann Annas Handy wie verrückt zu piepsen.

»Da unten hatte ich wohl keinen Empfang, warten Sie kurz, ich schau mal, ob das was Wichtiges ist.«

Ein Foto von Florian und Marie, beide dick vermummt mit Mütze und Skibrille, im Hintergrund die Schmittenhöhe vor einem perfekt blauen Himmel. *Hier ist es super! Wir fahren für dich einmal runter. Bussi Florian.* Die zweite sms war von Thomas Bernhardt. *Hast du schon einen Termin mit diesem Steiner? Ruf mich vorher an!* Und auf der dritten Nachricht informierte die Mailbox, dass sie zwei Anrufe in Abwesenheit hatte. Die erste war von Gabi Kratochwil, in der sie mitteilte, dass sie mit dem Büro Steiner einen Termin um fünfzehn Uhr verabredet hatte. Und die zweite Stimme kam von Hofrat Hromada. Er bat aufgeregt um Rückruf.

Nachdem sie ungefähr zehn Minuten im Theater herumgeirrt waren, trafen Anna Habel und Helmut Motzko endlich jemanden, der ihnen sagen konnte, wo sich die Schneiderei befand. Ein großer Raum mit Bergen von Stoff, fahrbaren Kleiderständern voller Kostüme. Die vielen Lampen tauchten den Raum in ein warmes Licht, das dichte Schneetreiben hinter den Scheiben verlieh dem Ort Behaglichkeit. Zuerst hörte man lediglich das

Rattern einer Nähmaschine, dann vernahm Anna Stimmen aus der hinteren Ecke. Auf einem Stuhl stand eine junge Frau in einem grünen Barockkleid, vor ihr kniete eine ältere und steckte den Saum hoch.

»Entschuldigen Sie. Wir sind von der Kriminalpolizei. Mein Name ist Anna Habel, das ist mein Kollege Helmut Motzko. Wir untersuchen den Mord an der Schauspielerin Sophie Lechner.« Sie konnte diesen Spruch selber schon nicht mehr hören, und wenn sie daran dachte, wie viele Menschen in diesem Theater das Mordopfer mehr oder weniger gekannt hatten und befragt werden sollten, überfiel sie bleierne Müdigkeit.

»Ich kannte sie nicht. Ich bin erst seit Jahresbeginn hier.« Die ältere Frau war aufgestanden und steckte die restlichen Nadeln in ein kleines Kissen, das sie um den Arm gebunden hatte.

»Und ich bin nur Komparsin hier. Das ist meine erste Rolle.« Mit diesen Worten hüpfte die junge Frau von dem kleinen Hocker und drehte sich in ihrem weit schwingenden Rock einmal um die eigene Achse.

»Gibt es hier eine Monika Swoboda?« Diese Frage von Motzko war eindeutig zu laut und zu fordernd. Anna warf ihm einen bösen Blick zu. Im hinteren Teil des Raumes hörte die Nähmaschine auf zu rattern. »Wer will das wissen?« Eine Frau mit dunklen Haaren, in die sich schon ein paar graue Strähnen gemischt hatten, zog ihre blaue Strickjacke enger um den Körper und kam ihnen ein paar Schritte entgegen. Anna hielt sich zurück. Sollte der junge Kollege mal sehen, wie er da wieder rauskam.

»Wir haben Sie unten in der Kantine gesehen. Sie sind so schnell verschwunden, als wir nach Sophie Lechner gefragt haben.«

»Was heißt hier verschwunden! Meine Mittagspause war zu Ende. Macht man sich verdächtig, wenn man pünktlich zur Arbeit will?«

»Nein. Eigentlich nicht.« Motzkos Wangen waren knallrot angelaufen, die Situation war ihm sichtlich unangenehm. Da muss er noch ein wenig üben, wenn er einen auf knallharten Bullen machen will, dachte Anna, und laut sagte sie: »Wie auch immer, Frau Swoboda. Das sind Sie doch, oder? Kannten Sie Frau Lechner?«

»Natürlich. Ich bin seit über zwanzig Jahren im Haus. Ich kenn hier jeden.«

»Und?«

»Was und? Was wollen Sie denn hören?«

»Jetzt seien Sie doch nicht so aggressiv! Wie fanden Sie sie? Wie war ihre Position hier am Theater? Hatte sie Feinde? Besonders enge Freunde? Wie war sie denn so?«

»Sie war ein böses Weib! So! Jetzt schauen Sie, ha! Dass ich mich das zu sagen traue, über eine Tote. Aber es stimmt. Sie war die totale Egoistin. Immer musste sie im Mittelpunkt stehen. Auf der Bühne, bei den Partys, sogar hier bei uns in der Kostümschneiderei hat sie ihre Show abgezogen. ›Zu eng, zu kurz, die Farbe steht mir nicht, das Dekolleté ist nicht groß genug …‹ Mein Gott, ich sag Ihnen, wenn wir mehr solche hätten, dann hätt ich meinen Job längst aufgegeben.«

»Aber anscheinend eine sehr begabte Schauspielerin.«

»Begabt… begabt sind viele, aber nur wenige können sich so in Szene setzen wie die Lechner. Und dem Direktor hat sie dauernd schöne Augen gemacht. Der war ganz vernarrt in sie. Der hätt ihr alles durchgehen lassen.«

»Was zum Beispiel? Meinen Sie die Geschichte mit dem Souffleur?«

»Wie kommen Sie denn jetzt darauf?«

»Ist mir nur so eingefallen. Fanden Sie es ungerecht, dass Herr – wie hieß er doch gleich?«

»Fürst.«

»Ja genau, Herr Fürst. Also, fanden Sie es ungerecht, dass Herr Fürst gehen musste?«

»Ungerecht ist gar kein Ausdruck. Eine Frechheit war das! Sein ganzes Leben hat der hier am Theater verbracht, und dann kommt so ein Flittchen und zerstört alles.«

»Sie scheinen sie ja geradezu zu hassen, die Frau Lechner.«

Monika Swoboda sah Anna erschrocken an und zupfte einen unsichtbaren Fussel von ihrer Strickjacke. »Sie verdächtigen mich doch nicht, oder? Ich mein, die Lechner, die ist doch in Berlin ermordet worden!«

Anna versuchte sich die unscheinbare Frau als wilde Rächerin mit einem Dolch in der Hand vorzustellen und musste beinahe lachen. »Nein, keiner verdächtigt Sie. Wo waren Sie denn in der Nacht von Mittwoch auf Donnerstag?«

»Wo soll ich schon gewesen sein? Zu Hause.«

»Das ist wo? Und wer war dabei?«

»Das ist in Floridsdorf. Großfeldsiedlung. Und dabei war niemand. Ich lebe allein.«

»Dann dank ich Ihnen erst mal für Ihre Hilfe. Fällt Ihnen noch wer ein, der engeren Kontakt mit Frau Lechner hatte?«

»Tut mir leid, keine Ahnung. Also, wenn Sie mich fragen, dann war das wahrscheinlich einer ihrer vielen Liebhaber, der ausgezuckt ist, weil sie ihn betrogen hat.«

»Wir fragen Sie aber nicht. Aber wenn Sie an eine Umschulung denken, die Wiener Polizei braucht immer gutes Personal.«

17

Als Anna Habel und Helmut Motzko in Richtung Aufzug gingen, begann Annas Handy zu klingeln. Sie blickte auf das Display. »Oje, der Hofrat. – Habel. – Jawohl. – Okay. – Ja, mit Fingerspitzengefühl und äußerster Vorsicht. – Sie kennen mich doch. – Was soll das heißen?! – Gut. Ich meld mich später.«

Nachdem sie aufgelegt hatte, versuchte sie ihren Ärger unter Kontrolle zu bekommen, und als Motzko sie fragend ansah, murmelte sie lediglich etwas von noch gar nicht da und … schon interveniert … von ganz oben … Innenministerium. Laut sagte sie: »Die Adresse von diesem Steiner war gleich noch mal?«

»Getreidemarkt 1.«

»Dann sollten wir jetzt aufbrechen, damit wir ja nicht zu spät kommen. Die Leute im Theater laufen uns nicht davon.«

»Ich bin mit dem Auto gefahren, es steht ein Stück weiter unten in der Leopold-Figl-Gasse.«

»Na viel Spaß. Hoffentlich finden wir es wieder.« Anna wies auf den Gehsteig, auf dem sich schon wieder mehrere Zentimeter Schnee gebildet hatten.

Sie brauchten fast zehn Minuten, um das Auto von den Schneemassen zu befreien, und zuckelten dann im Schritt-

tempo aus dem engen Gassengewirr. Auf der Zweier-
linie hatten sich mehrere PKWs ineinandergeschoben,
und die uniformierten Kollegen versuchten verzweifelt,
den Verkehr in die Nebenfahrbahn umzuleiten. Anna
kurbelte die Scheibe runter, fixierte das Blaulicht am Dach
des Autos und winkte mit dem Dienstausweis aus dem
Fenster. Der Beamte, der mit dem Schnee auf seiner
Dienstkappe wie ein verkleideter Schneemann aussah,
winkte sie hektisch durch.

Es war nicht einfach, einen Parkplatz zu finden, und
Helmut Motzko wurde sichtlich nervös. Der Getreidemarkt am Beginn des Naschmarktes war zu jeder Jahres-
zeit stark frequentiert. Immer wieder blickte Motzko
verstohlen auf die Uhr, um sich dann in einem halsbreche-
rischen Manöver in eine halblegale Parklücke vor dem
Theater an der Wien zu zwängen.

»Hier hat die Lechner auch mal gespielt, glaub ich zumindest.«

»Müssen wir da auch alle befragen?«

»Mein Gott, wir vergessen das ganz schnell wieder.
Ich habe nie etwas in diese Richtung erwähnt.« Anna ver-
drehte die Augen, und der junge Kollege kicherte verhalten.

Das Haus, in der die Firma CultureConnect, kurz CC,
ansässig war, war ein imposantes Gründerzeitbauwerk.
Ein schmiedeeisernes Eingangsportal, daneben ein Klin-
gelschild, bei dem die drei oberen Namensschilder zu
Hans-Günther Steiners Firma gehörten. Nach dem Läuten öffnete sich das Auge einer kleinen Kamera über ihren Köpfen, und nach ungefähr fünf Sekunden wurde die

Tür mit einem leisen Geräusch aufgemacht. Roter Teppich auf hellem Steinboden, ein goldumrahmter Spiegel, alles aufeinander abgestimmt. Die Flügeltüre in der obersten Etage war angelehnt, am Empfang saß eine junge Dame und strahlte sie an, als wären sie lang ersehnte Gäste.

»Sie müssen die Herrschaften von der Kriminalpolizei sein! Herr Steiner erwartet Sie schon, bitte sehr.« Mit elegantem Schwung kam sie um ihr Empfangspult und nahm Anna die Jacke ab. »Ich darf Sie gleich weiterbitten. Möchten Sie Tee oder Kaffee?«

»Gerne einen Tee.«

Helmut Motzko sah Anna erstaunt an, sie wirkte seltsam entspannt, gerade so, als würde sie sich auf das Gespräch mit Hans-Günther Steiner freuen.

Natürlich war sein Büro das große Eckzimmer. Er stand direkt vor der Fensterfront und war es sichtlich gewohnt, dass jemand, der das erste Mal sein Büro betrat, erst mal sprachlos vor dieser Kulisse stand.

»Bitte, meine Herrschaften, schauen Sie ruhig. Auch ich bin jeden Morgen aufs Neue begeistert, wenn ich meinen Arbeitsplatz betreten darf. Leider können wir bei den Witterungsverhältnissen die Terrasse nicht benützen, aber vielleicht besuchen Sie mich ja im Sommer noch einmal.«

Das Büro war sicher an die vierzig Quadratmeter groß. Zwei riesige Fenster gingen direkt zur Wiener Secession hinaus – der kugelige goldene Dachaufbau, von den Wienern auch liebevoll Krauthappel genannt, sah durch seine Schneehaube ein wenig aus wie eine Christbaumkugel. Auf der anderen Seite blickte man über den Naschmarkt und über die breite Wienzeile. Das Haus stand wie ein Riesenschiff an einem der angesagtesten Plätze Wiens, und Hans-Günther Steiner bewegte sich wie ein Kapitän auf der Kommandobrücke. Er schüttelte den beiden herzlich die Hand und dirigierte sie dann zu einer Sitzgruppe, die in ihrer Größe wohl Annas halbes Wohnzimmer eingenommen hätte. Inzwischen hatte eine junge Dame fast lautlos Tee serviert – nicht einfach Tassen mit Beuteln drin, sondern natürlich frisch aufgebrühten Earl Grey. Anna hätte am liebsten ihre Stiefel ausgezogen und die kalten Füße aufs Sofa gelegt. Sie nahm einen Schluck vom Earl Grey.

»Ich weiß natürlich, weswegen Sie hier sind. Ich fürchte aber, dass ich Ihnen nicht helfen kann. Ich habe den Kontakt zu Sophie vollständig abgebrochen.« Eine Falte zog sich über Steiners Stirn, und er legte die Fingerspitzen aneinander. »Es tut mir unendlich leid um sie, sie war so klug, so begabt, so schön. Aber eben auch eine Grenzgängerin.«

»Was meinen Sie damit?«

Steiner lehnte sich ein Stück weit vor und sah Anna direkt in die Augen. »Wissen Sie, Sophie musste immer alles austesten, immer an ihre Grenzen gehen. Solche Menschen sterben selten alt und zufrieden im Altersheim. Dass sie allerdings … also, ich meine, dass sie jemand … das ist unvorstellbar.«

»Wie haben Sie sich denn ihren Abgang vorgestellt?« Anna hielt seinem Blick stand, ihre Stimme hatte plötzlich etwas Schneidendes. Einen langen Augenblick sagte er nichts, dann erhob er sich geschmeidig wie eine Katze und stellte sich ans Fenster. »Autounfall, Drogen, Selbstmord, was weiß denn ich?«

»Herr Steiner, wo waren Sie in der Nacht von Mittwoch auf Donnerstag?«

»Das weiß ich auswendig. Eigentlich hätte ich einen Termin gehabt, mit dem Festwochenintendanten. Der hat aber kurzfristig abgesagt, lag irgendwo im Schneechaos auf der Südautobahn fest. Ich habe dann einen angenehmen Abend zu Hause verbracht. Ein Glas Rotwein, Pizza und ein Spionagefilm.«

»Zeugen?«

»Nein. Brauch ich welche?«

»Wahrscheinlich nicht, würde aber jeden Verdacht ausschließen.«

»Sie verdächtigen mich?!« Hans-Günther Steiner lachte auf, und sein Lachen klang erstaunlich authentisch. »Aber Berlin–Wien, das ist doch Blödsinn!«

»Aber nicht unmöglich.«

»Ich habe überhaupt kein Motiv, und wenn Sie jetzt nicht aufhören mit diesem Schwachsinn, dann werden Sie bald ein kleines Problem haben.«

»Wie gut, dass ich den letzten Satz nicht verstanden habe, sonst könnte ich meinen, Sie wollten mir drohen.«

»Ach, Frau Habel – ich darf doch Frau Habel sagen, oder? –, machen Sie sich nicht lächerlich. Ich habe keine offenen Rechnungen mit Sophie. Sie war eine Episode in meinem Leben, wenn auch eine sehr nette. Ihr Tod ist schrecklich, aber ich habe dadurch weder Vorteile noch Nachteile. Ich will Ihnen nicht drohen, ich würde

Sie nur bitten, Ihre Fragen ein wenig überlegter zu stellen, das wäre wahrscheinlich auch für Ihre Karriere von Vorteil. Hier haben Sie die Karte meines Anwalts, er ist rund um die Uhr für Sie zu erreichen. Wenn Sie mich jetzt bitte entschuldigen wollen?«

Anna nahm noch einen großen Schluck Tee aus ihrer Tasse und stand auf. Hans-Günther Steiner war eine Spur zu nahe und blickte mit einem Lächeln wie aus der Zahnpastawerbung auf sie herab.

»Herr Steiner, ich danke Ihnen, dass Sie Ihre wertvolle Zeit«, und dabei blickte sie auf die leere Schreibtischoberfläche, »für uns verwendet haben. Ich glaube, wir treffen uns noch mal.«

»Wir werden sehen. Ich lade Sie in jedem Fall zum Sommerfest ein, dann können Sie auf meiner Terrasse Champagner trinken.«

Anna Habel und Helmut Motzko rauschten an der Vorzimmerdame vorbei, schnappten sich ihre Jacken, und Anna konnte sich gerade noch zurückhalten, die Tür hinter sich mit einem lauten Knall zuzuwerfen.

18

Als Thomas Bernhardt und Cornelia Karsunke das Berliner Theater verließen, knurrte Bernhardts Handy. Cellarius fasste sich wie gewohnt kurz und präzise: Hirschmann war gefunden worden – nein: tot, ertrunken, ob mit oder ohne Gewalteinwirkung ungeklärt, lag jetzt am Ufer des Wannsees, Havelchaussee, vor der Insel Lindwerder, Krebitz hole sie mit einem Wagen ab.

Krebitz, der schweigende Nussknacker, fuhr wie im Blindflug durch die Nacht. Sie schlingerten über die Avus, bogen an der Ausfahrt Nikolassee ab und fuhren in der Dunkelheit im Schritttempo die Havelchaussee entlang. Im Licht der Autoscheinwerfer bauten sich die schlanken, hohen Kiefern, die die Straße säumten, wie eine düstere Drohkulisse auf. Hinter einer Kurve leuchtete das scharfe, weiße Licht einiger Leuchtmasten auf. Wie in einem absurden Ballett bewegten sich mehrere Gestalten in dem Lichtkegel, gingen aufeinander zu und trennten sich, ihre zitternden Schatten schienen ihnen mit einer winzigen Verzögerung zu folgen. Im Hintergrund konnte man die Insel Lindwerder erahnen.

Als ihr Wagen hielt, löste sich Cellarius aus dem Licht-

162

kreis und ging auf Bernhardt und Cornelia Karsunke zu. Zum ersten Mal sah Bernhardt seinen jungen Kollegen so müde: so desillusioniert, so ausgezehrt. Und er sah sich selbst, wie er durch die Jahre gegangen war, eine Art Vorläufer von Cellarius. Gewalt und Tod, Jahr für Jahr, was machte das aus ihnen? Die Stimme von Cellarius war bemüht trocken, sachlich, und doch zitterte etwas in seinen Worten.

»Ich war in Hirschmanns Wohnung, da habe ich nichts gefunden. Und dann kam der Anruf. Kommt mal mit.«

Sie folgten ihm in den Lichtkreis und verharrten nach wenigen Metern, als seien sie gegen eine Wand gelaufen. In einem Eisblock, der an einem Baumstumpf lehnte, war ein Mann gefangen. Die Beine angezogen, die Arme vom Körper ein wenig weggestreckt, vermittelte er den Eindruck, als wollte er gleich aus seinem eisigen Gefängnis auf sie zutreten und ihnen alles erklären: ein Irrtum! – Wollte er das sagen?

Bernhardt versuchte zu begreifen, was geschehen war. Dieser kurze Schockmoment. Er hörte überdeutlich, wie Cornelia Karsunke mehrmals schluckte. Und er sah Cellarius wie in einer überbelichteten Schwarzweißfotografie.

»Also, sag, was ist passiert?«

Cellarius zeigte auf einen Mann mit grauem Schnäuzer, der ungeduldig von einem Bein aufs andere trat.

»Er hat den Hirschmann gefunden. Ist der Wirt von dem Lokal auf der Insel. Er sagt, Hirschmann sei gestern vom frühen Morgen an stundenlang ziellos übers Eis gelaufen, als suchte er was. Dann sei er mittags in die Gaststube gekommen, habe sich an einen Tisch gesetzt, getrunken, leise gesungen. Der Wirt hat ihm schließlich gesagt, dass er gehen müsse, weil er die anderen Gäste störe. Hirschmann meinte, dass er das verstehe, dann hat er sich bedankt und sich per Handschlag und mit einem tiefen Diener verabschiedet.«

Der Wirt trat auf sie zu. »Kann ick jetz jehn? Ick frier mir hier bei der Kälte sonst noch den Arsch ab und die Eier dazu. Ick hab allet jesagt.«

Cellarius schaute ihn streng an. »Wirklich alles?«

»Ja, wirklich. Nee, eens hab ick noch vajessn.«

Er kramte in der Tasche seines Anoraks und zog einen zerknitterten Zettel hervor. »Den hat er liejen jelassen.«

Bernhardt schaute sich den Zettel an, hielt ihn ins Licht einer Lampe, dann las er leicht stockend vor.

»Wie dunkel sind deine Schläfen / Und deine Hände so schwer, / Bist du schon weit von dannen / Und hörst mich nicht mehr? / Unter dem flackernden Lichte / Bist du so traurig und alt, / Und deine Lippen sind grausam / In ewiger Starre gekrallt.«

Cellarius schaute Bernhardt und Cornelia Karsunke an.

»Sagt euch das was?«

Cornelia zuckte mit den Schultern.

»Vielleicht wollte er noch ein letztes Gedicht schreiben? Eine Art Abschiedsgruß?«

Der Wirt stampfte mit den Füßen auf. »Kann ick jetzt?«

»Ja, Sie können jetzt!«

Bernhardt spürte, wie in ihm ein Widerwille gegen den Wirt aufstieg. Jetzt bloß keinen Jähzornsausbruch. Der

Wirt stapfte davon, setzte sich auf ein Schneemobil und knatterte zur Insel. Schaute Cellarius jetzt ein bisschen beleidigt, weil Bernhardt sich als Chef aufgespielt hatte?

»Sag einfach, wie's weiterging.«

»Heute Morgen sind ein paar Leute vor Lindwerder Schlittschuh gelaufen, die haben etwas aus dem Wasser ragen sehen, die Hand von Hirschmann, und haben die Polizei alarmiert. Und dann wurde er mit einer Ketten-säge aus dem Eis geschnitten, war wohl 'ne ziemlich schwierige Sache.«

»Und gibt's denn schon Erkenntnisse?«

Dr. Holzinger, der vom Aufenthalt in der Kälte ganz blasse Lippen hatte, war zu ihnen getreten. Er sprach, als könnte er kaum noch den Mund aufkriegen.

»Schwer zu sagen. Er schaut absolut unverletzt aus, geradezu lebendig, habt ihr ja auch gesehen. Aber nichts Genaues weiß man nicht. Er ist in einem Loch gefun-den worden, das sich wahrscheinlich Eisangler geschla-gen hatten. Aber wenn's nachts minus 20 Grad sind, friert das schnell zu, ist ja klar. Da ist er vielleicht in der Däm-merung reingefallen aus Unachtsamkeit, oder er ist rein-gestiegen, oder er ist reingestopft worden. Aber das sind alles erst mal Spekulationen, wir werden ihn auftauen und dann: *business as usual.*«

Dr. Holzinger schlurfte mit hochgezogenen Schul-tern davon. Die Tatortaufnahme war langsam erledigt. Nur Fröhlich von der Spurensicherung hatte noch zu tun. Er näherte sich und nahm Bernhardt ins Visier.

»Na, Meesta, hatten wa ooch noch nich. Obwohl ick mir erinnern kann –«

Bernhardt hatte keine Lust auf Fröhlichs Geschwafel. »Fröhlich, lass mich mal ausnahmsweise mit deinen Geschichten in Ruhe.«

Fröhlich schnappte ein, was sonst nicht seine Art war. Auf einen Spruch konnte er in der Regel immer noch einen draufsetzen.

»Vielleicht hättest du dann die Jüte, mir den Zettel zu übalassn, den euch der Wirt jejeben hat. Darf ick?«

Er nahm Bernhardt umstandslos den Zettel aus der Hand, drehte sich um und ging wieder an die Arbeit.

Cellarius nahm sie in seinem Super-Audi mit. Lässig steuerte er über die Schneedecke, surfte gekonnt durch langgezogene Kurven, ließ das Auto leicht ausbrechen und fing es wieder ab. »Da weiß man wirklich, warum man Vierradantrieb hat. Wunderbar.«

Bernhardt und Cornelia Karsunke schauten sich an. Cornelia fasste sich als Erste ein Herz. »Celli, selbst wenn du ein Schleudertraining mit Schumi gemacht haben solltest, ich würde ungern in tiefer Dunkelheit auf der Havelchaussee gegen einen Baum knallen und mein Leben aushauchen.«

Cellarius nahm's sportlich. »Du brauchst wirklich keine Angst zu haben. Ich fahr euch jetzt ganz sicher über die Avus bis zum Bahnhof Charlottenburg. Da kommt ihr doch gut weg, oder?«

Er ließ sie an der Kaiser-Friedrich-Straße am russischen Supermarkt raus. Ein paar Gestalten lungerten im Laden herum, ein paar saßen an den Tischen, vor sich jeweils eine Wodkaflasche und Wassergläser.

»Da gehen wir nicht rein, oder?«

Cornelia lachte. »Wir gehen heute nirgendwo mehr rein. Ich muss nach Hause.«

Er nahm sie leicht an der Schulter und drehte sie zu sich hin. Zum ersten Mal an diesem Tag sah er sie richtig: die scharf geschnittene Nase, die gerötet war, die verhangenen Augen, die schmalen Lippen. Was war mit ihr?, fragte sich Bernhardt.

»Wir haben den ganzen Tag nicht richtig miteinander geredet.«

»Wir waren beruflich unterwegs.«

»Wir waren mal beruflich unterwegs, da waren wir an einem märkischen See bei großer Hitze… und haben Pause gemacht.«

Sie lächelte. Und plötzlich erkannte er sie wieder.

»Das war die schönste Pause meines Lebens.« Ihre Stimme hatte sich verändert, war leiser geworden, klang wieder wie früher, als sei sie in einem Traum gefangen.

»Und? Könnten wir nicht wieder mal Pause machen?«

»Das entscheidet man nicht selbst und nicht einfach so, das wird einem gegeben.«

»Seit wann bist du Esoterikerin? Meinst du denn, das wird uns noch mal gegeben?«

Sie schwieg. Dann zog sie ihren Handschuh aus und streichelte ihm mit ihrer eiskalten Hand über die Wange. »Ich weiß es nicht. Wir müssen in Ruhe reden, das habe ich dir doch schon gesagt.«

»Wir können zu mir gehen.«

»Nein, ich muss nach Hause zu den Kindern. In Ruhe reden, das ist wichtig.«

Sie setzten sich an der Wilmersdorfer Straße in die U7. Als Bernhardt an der Eisenacher Straße ausstieg und sie auf den Mund küssen wollte, wandte sie sich ab. »Heute nicht.«

19

Kaum hatte Helmut Motzko den Motor gestartet, klingelte Annas Handy. »Schon wieder der Hofrat. Soll ich rangehen? Glauben Sie, der Steiner hat sich schon beschwert?« Das Display des Smartphones reagierte nur nach mehrmaliger Wiederholung auf das Wischen ihrer kalten Finger, und als sie endlich eine Verbindung hatte, schnaufte ihr Hromada ins Ohr: »Frau Habel, wir haben einen Toten. Also, vielmehr eine Tote. Also, man weiß nicht, ob *wir* hier gefragt sind, also, ich weiß nicht, ob es ein Mord war, aber die Frau ist tot.«

»Gut. Was ist passiert? Wo ist der Fundort?«

»Eine Zugleiche. Auf einem Abstellgleis. Irgendwo hinterm Westbahnhof. Da hat sie ein Gleisarbeiter gefunden.«

»Ich bin ganz in der Nähe. Wienzeile. Wer ist am Tatort?«

»Ein uniformierter Kollege aus dem Wachzimmer Wurmsergasse.«

»Bitte schärfen Sie denen ein, dass da niemand rumtrampeln soll. Bei dem Schnee muss es Wahnsinnsspuren geben. Motzko, los, geben Sie Gas. Felberstraße hinterm Westbahnhof.«

Helmut Motzko legte den ersten Gang ein und fuhr

vorsichtig aus der Parklücke. Keine zehn Meter weiter standen sie im allabendlichen Stau. Anna schaltete das Blaulicht ein, doch es gab kein Durchkommen. Als die Ampel vor der Gumpendorferstraße auf Grün sprang, drehten die Räder kurz durch, und sie schlingerten ein wenig zu schnell um die Ecke. Ein Obdachloser, der versuchte, seinen prall gefüllten Einkaufswagen den Gehsteig hochzuhieven, zeigte den Vogel und schimpfte ihnen nach. Helmut Motzko klebte hochkonzentriert an der Windschutzscheibe, man sah keine zehn Meter.

»Nicht schlecht. Ziemlich schnell bei den Straßenverhältnissen.«

»Ist ja auch ein super Auto. ABS und so. Um was geht es denn eigentlich?«

»Leiche weiblich. Vom Zug überfahren.«

»Iih. Das wird kein schöner Anblick.«

»Die Kollegen vor Ort meinten, da kommt man als Passant nicht hin. Spricht also gegen Unfall.«

»Wahrscheinlich eine Selbstmörderin. Leider immer noch ein Klassiker. Schrecklich.«

Ein paar Minuten später wurden sie von einem uniformierten Kollegen aufgehalten, der hektisch mit der Hand winkte. Sein Streifenwagen stand quer über dem Gehsteig, das Blaulicht wirkte im dichten Schneetreiben wie ein übertriebener Beleuchtungseffekt aus einem amerikanischen Katastrophenfilm.

»Grüß euch! Ich bring euch hin. Ist kein schöner Weg und auch kein schöner Anblick.«

»Wie viele Leute trampeln denn da jetzt schon rum?«

»Nicht so viele. Der Gleisarbeiter, der den Körper gefunden hat, ein Kollege von mir, und ich war auch schon unten.«

»Das ist gut. Dann schauen wir uns das mal an.« Anna Habel und Helmut Motzko kletterten vorsichtig eine schmale Treppe hinunter, deren Stufen man unter den Schneemassen nur erahnen konnte. Die Sicht wurde immer schlechter, und Anna erschrak, als vor ihr plötzlich ein uniformierter Beamter auftauchte. Er stand breitbeinig und regungslos im Gelände, auf seiner Dienstkappe hatten sich mehrere Zentimeter Schnee abgelagert.

»Grüß Gott, Habel, Abteilung Leib und Leben. Das ist mein Kollege, Helmut Motzko. Bringen Sie uns zum Fundort?«

»Guten Tag. Hintermeier. Ja, der Körper wurde gleich hier gefunden – also, zumindest Teile des Körpers –, der Kopf lag fünf Meter weiter.«

Der Neuschnee hatte die Leiche fast schon zugedeckt, und der Schauplatz sah beinahe friedlich aus. Unter einer dünnen weißen Schicht konnte man einen weinroten Mantel erkennen, lediglich ein Fuß mit einem eleganten Lederstiefel ragte grotesk in die Luft. Helmut Motzko war unterdessen fünf Meter weiter gegangen und kniete vor einem runden, ebenfalls schneebedeckten Ding. Anna hörte ein würgendes Geräusch und sah aus dem Augenwinkel ihren jungen Kollegen, der sich schamhaft abwandte und den jungfräulichen Schnee mit seinem Erbrochenen verschmutzte. Sie dachte nur an die Spuren, die sie hier alle gerade verwischten und legten.

»Herr Kollege Hintermeier, Sie bleiben stehen und

passen auf, dass hier niemand mehr rumtrampelt. Und Sie«, sie wandte sich dem anderen Kollegen zu, »gehen wieder hoch und zeigen der Tatortgruppe, die ich jetzt gleich herbestellen werde, den Weg. Verstanden? Versuchen Sie, in Ihre eigenen Fußstapfen zu treten, jede Spur von Ihnen erschwert das Leben Ihrer Kollegen. – Motzko? Alles klar mit Ihnen?«

Sie hielt ihm ein Taschentuch hin, er nahm es und wischte sich damit den Mund ab.

»Es tut mir leid. Ich weiß auch nicht, so etwas Grausliches hab ich noch nie gesehen.«

»Ist ja gut, sehr verständlich.« Anna blickte zweifelnd auf ihre Fußstapfen, die fast schon wieder verschwunden waren. In spätestens zehn Minuten würde man sie mit bloßem Auge nicht mehr erkennen.

Sie wandte sich wieder an Hintermeier. »Wer hat den Leichnam gefunden?«

»Ein Gleisbauarbeiter. Reiner Zufall, dass der hier unterwegs war. Er sollte den Abschnitt kontrollieren, weil einer von den Zugführern ein seltsames Geräusch gehört hat.«

»Und wo ist dieser Gleisbauarbeiter?«

»Der hat einen ziemlichen Schock erlitten. Er sitzt da hinten im Büro.«

Fünf Minuten später saßen Anna Habel und Helmut Motzko vor einer Tasse heißem schwarzen Kaffee in einem schmucklosen Containerbüro der Österreichischen Bundesbahnen. Ihnen gegenüber ein kleiner Mann mit struppigen grauen Haaren und zerfurchtem Gesicht. Seine dick wattierte, orangefarbene Jacke hatte er über die Stuhllehne geworfen, um seine klobigen Stiefel hatte sich eine kleine Pfütze gebildet. Anna blickte auf den Ausweis, der vor ihr auf dem Tisch lag. Mehmet Özemir, 58 Jahre, geboren in Ankara.

»Zwanzig Jahre ich arbeiten für Bahn, und nie was passiert. Nie auch nur toter Hund! Und jetzt das. Nie ich werde vergessen diese Frau ohne sein Kopf.«

»Wie haben Sie denn den Körper gefunden?«

»Ich bin gegangen zwischen Gleisen. Wurde geschickt von Chef, weil sollte schauen. War komisch Geräusch, sagt Chef. Ich sehe da liegen, glaube, es ist Tier. Großes Hund oder so. Aber war Mensch. Ohne Kopf.«

»Wann war das?«

»Vor halbe Stunde, ich glaube.«

»Fahren auf dem Gleis viele Züge?«

»Ja, ist wichtiges Rangiergleis. Fahren viel immer hin und her.«

»Gut, vielen Dank. Brauchen Sie einen Arzt?«

Der Vorgesetzte, der sich bisher schweigend abseitsgehalten hatte, ging einen Schritt auf Özemir zu und legte ihm eine Hand auf die Schulter. »Darum kümmern wir uns schon. Wir bringen ihn gleich zum Betriebsarzt.«

Anna wandte sich an ihn: »Ich brauche die Liste der Zugführer, die heute, sagen wir in den letzten drei Stunden, auf diesem Gleis gefahren sind. Lässt sich das organisieren?«

»Natürlich. Das dauert nur ein bisschen, ich muss mir die Dienstpläne kommen lassen.«

»Ja, bitte tun Sie das.«

Inzwischen war die Frau in einen schwarzen Plastiksarg gelegt worden, die Kollegen von der Spurensicherung knieten missmutig im Schnee und versuchten zwischen den Gleisen irgendwelches Material zu finden. Wolfgang Holzer wedelte triumphierend mit einer Plastiktüte, als er Anna sah. »Das war das Einzige, was sie bei sich trug. Kein Handy, kein Ausweis, kein Schlüssel, kein Geld.«

»Und was ist das?«

»Theaterkarten. Josefstadt. *Traumnovelle.* Allerdings drei Monate alt.«

»Und was soll ich damit?«

»Keine Ahnung, du bist doch die Chefinspektorin. Ich bin nur der Schnüffler. Die Karten waren übrigens durch ein Loch in der Manteltasche ins Futter gerutscht. Zufall, dass wir die gefunden haben.«

»Na gut, gib her. Vielleicht finden wir was raus. Bringt sie gleich zum Schima, das wird wohl schwierig mit der Personenbeschreibung.« Mit Schaudern dachte sie an den Kopf, der jetzt lose im Plastiksarg lag.

Im Präsidium gingen sie zuerst einmal die Vermisstenkartei durch, doch da sie so gut wie keine Anhaltspunkte hatten, waren sie ziemlich ratlos.

»Also, nach der Kleidung zu urteilen war sie weder Prostituierte noch obdachlos. Teurer Mantel, schicke Stiefel.« Anna scrollte gedankenverloren durch die Fotos der vermissten Frauen. »Das ist furchtbar. Nicht einmal das Alter kann man schätzen, so ohne Kopf. Diesmal müssen wir wirklich auf den Schima warten.«

Die Tür sprang auf, und ihr Vorgesetzter, Hofrat Hromada, betrat mit großer Geste das kleine Büro. »Was haben wir, Frau Kollegin?«

»Eine Leiche, Herr Hofrat. Nicht mehr und nicht weniger.«

»Ja, das weiß ich auch. Ich hab Sie schließlich hingeschickt. Was noch?«

»Eine Leiche ohne Kopf, der Schima ist schon dran. Sie hatte nichts außer zwei alten Karten von der Josefstadt dabei. Wir versuchen das mal über die Theaterkasse, vielleicht hat sie die ja nicht an der Abendkasse gekauft.«

»Gute Idee. Na ja, wahrscheinlich Selbstmord. Schrecklich. Und was ist mit der toten Schauspielerin in Berlin? Zeigte sich Hans-Günther Steiner kooperativ?«

»Na ja, ging so. Aalglatt, der Typ, aber ein Alibi hat er keines.«

»Sie haben ihn doch nicht nach seinem Alibi gefragt? Sie hätten nur mal vorfühlen sollen!«

»Hab ich doch – vorgefühlt. Und dabei hab ich ihn halt gefragt, was er letzten Donnerstag gemacht hat.«

»Ich hoffe, Sie waren da nicht wieder zu forsch, Frau Habel. Berichten Sie Ihrem Berliner Kollegen?«

»Ja, mach ich. Aber unsere Tote geht jetzt ja wohl vor, oder?«

»Ach, das wird sich schnell aufklären, ist bestimmt ein Suizid.«

»Wir werden sehen. Heute kommen wir jedenfalls nicht mehr weiter, die Ergebnisse der Spurensicherung und der Gerichtsmedizin liegen erst morgen früh vor.«

Als der Hofrat das Büro verlassen hatte, atmete Anna auf. Endlich Ruhe. Sie stand auf, trat ans Fenster und blickte ein paar Minuten über den Donaukanal. Das Klingeln des Telefons auf ihrem Schreibtisch schreckte sie aus ihren Gedanken.

»Guten Abend, Frau Habel. Na – wie geht's?«

»Es geht mir – na ja, wie soll ich sagen – nicht so gut.«

»Mir auch nicht. Der Hirschmann ist tot, weißt du, dieser Liedermacher und Komponist, der gegenüber von der Lechner gewohnt hat.«

»Mord?«

»Nee, eher Selbstmord, wir werden sehen. Und was ist los bei dir? War Hans-Günther Steiner nicht nett zu dir?«

»Ach der. Das ist ein aalglattes Schlitzohr. Aber irgendwie hat er auch was.«

»Ja, ja, ihr Frauen. Fahrt doch immer ab auf Macht und Geld.«

»Ich hab nicht gesagt, dass ich auf ihn abfahr, das ist deine Interpretation.«

»Und? Hast du auch was für *mich*?«

»Weißt du, ich hab gerade andere Probleme.«

»Und die wären? Ihr seid doch offiziell eingebunden in den Fall, du musst mit mir zusammenarbeiten. Hat sich mein Freudenreich mit deinem Hromada ausgedacht!«

»Ist ja gut. Nicht aufregen. Ich hab hier nur gerade eine eigene Leiche reinbekommen.« Anna erzählte kurz von der toten Frau auf den Zuggleisen, und Thomas Bernhardt merkte, dass sie die Geschichte mitnahm.

»Da geht man natürlich von Selbstmord aus, aber ich weiß nicht so recht, die war schick angezogen, als ob sie ausgehen wollte. Und ich weiß gar nicht, wie die mit den Absätzen die Treppe runtergekommen sein soll. Spuren werden wir wohl kaum finden, hier schneit es ununterbrochen.«

»Ja, hier auch. Der Wahnsinn. Aber jetzt erzähl doch, was du über Sophie Lechner rausgefunden hast.«

Anna fasste ihre Gespräche aus dem Theater zusammen. Als sie die Kostümschneiderin und den gefeuerten Souffleur erwähnte, hakte Bernhardt sofort nach. »Die musst du dir noch mal genauer anschauen. Vor allem den Souffleur. Der hat doch ein Motiv!«

»Ja, ja, das mach ich. Morgen besuch ich den. Aber mal schnell von Wien nach Berlin fahren, um jemanden umzubringen? Ich weiß nicht.«

»Wir überprüfen auf jeden Fall mal die Flüge. Vielleicht war er ja so dumm und hat die Billigfluglinie genommen. Auf den Namen Steiner haben wir die Fluglinien natürlich längst überprüft. Fehlanzeige.«

»So blöd ist der nicht. Der hat's ja nicht einfach so ganz nach oben geschafft. Er sagt, er war an dem Abend allein zu Haus. Aber warum sollte der seine Ex umbringen? Der hat doch überhaupt kein Motiv.«

»Das werden wir sehen.«

Auf der zweiten Leitung rief der Gerichtsmediziner an, Anna unterbrach das Gespräch mit dem Berliner Kollegen und holte Schima in die Leitung.

»Anna? Könntest du noch mal rüberkommen? Ich hab da was gefunden, das würde ich dir gerne zeigen.«

»Klar, ich könnte mir nichts Schöneres vorstellen, als den Abend mit dir und einer Frau ohne Kopf zu verbringen. – Thomas, ich muss Schluss machen. Ich muss noch ein bisschen arbeiten.«

»Hey, wir arbeiten doch auch miteinander. Leider. Ich meine, leider arbeiten wir nur miteinander, wir könnten doch auch mal miteinander nichtarbeiten?«

»Ich bin mir nicht sicher, ob das gutgehen würde, also ciao, bis morgen.«

»Ja, träum was Schönes, nicht von deiner Kopflosen. Und morgen machst du mir den Souffleur, okay?«

Tiefe Nacht. Im Keller der Gerichtsmedizin war es ruhig, die Kollegen hatten alle längst Feierabend. Der wie immer blendend gelaunte Dr. Schima öffnete Anna die Tür und führte sie ohne große Umschweife zum Alutisch, auf dem der Torso der unbekannten Frau lag.

»Also. Zwischen 35 und 40 Jahre alt. Gesund und fit. Ich meine vor ihrem Tod. Gesunde Ernährung und regelmäßig Sport. Keine Anzeichen einer Krankheit, nicht schwanger.«

»So weit alles ganz normal. Und?«

»Ob der Zug vor dem Tod oder nachher über ihren Hals geratert ist, kann ich dir noch nicht sagen, da muss ich noch ein paar Untersuchungen machen. Ich hab allerdings etwas Seltsames gefunden.«

»Und das wäre?«

»Also, schau mal.« Er nahm den Körper der Frau und drehte ihn auf den Bauch. »Schau mal. Siehst du diese Streifen?«

»Ja. Was ist das?«

»Schläge. Eine Peitsche, würde ich sagen.«

»Kann das nicht eine Abschürfung von den Schienen oder den Steinen sein?«

»Welche Steine? Da lag doch zentimeterhoch Schnee. Nein, nein, diese Verletzungen wurden ihr definitiv vor ihrem Tod zugefügt, und zwar wenige Stunden davor. Ich habe aber noch etwas.«

»Was denn?«

»Schau dir mal ihre Hände an.« Er hob ihre linke Hand, und Anna betrachtete die schmalen weißen Finger. »Die sind so verdreht.«

»Gut beobachtet, Frau Kollegin. Sie sind nämlich gebrochen. Und zwar jedes einzelne Knöchelchen. Schau, ich hab schon ein Röntgenbild gemacht.« Selbst ein medizinischer Laie wie Anna konnte auf den ersten Blick erkennen, dass die Handwurzelknochen und auch mehrere der Finger gebrochen oder stark gequetscht waren.

»Mein Gott, was ist das denn? Aber wenn da der Zug drübergefahren wäre, dann sähe das doch anders aus.«

»Ganz anders.« Dr. Schima nickte heftig. »Nein, nein, auch das ist vor ihrem Tod passiert.«

»Könnte sie gestürzt sein, als sie die Treppe runterging?«

»Nein, das schließ ich aus. Dazu sind die Verletzungen viel zu gleichmäßig. Da hat jemand draufgehauen. Mit einem Hammer oder einem anderen schweren Gegenstand.«

»Sehr seltsam.« Anna ging einmal um den Tisch und betrachtete nachdenklich den Leichnam. »Wir müssen

unbedingt herausfinden, wer sie ist. Sind ihre Kleidungs-
stücke schon im Labor?«

»Ja, aber heute erfährst du da nichts mehr. Ich glaube,
wir machen Feierabend. Die Dame läuft uns nicht davon. Möchtest du den Kopf noch einmal sehen?«

»Nein, nein, danke. Mir reicht's dann auch. Vielleicht
meldet sich ja bis morgen früh jemand, dem sie abgeht.«

»Was machst du denn heute noch? Ich hab gehört,
du hättest eigentlich Urlaub gehabt diese Woche.«

»Ja, aber was soll's. Kolonja liegt in irgendeinem
Provinzspital und quält da die Krankenschwestern. Und
Florian ist zum ersten Mal allein im Urlaub – nein, nicht
allein, mit Freundin.«

»Magst du zu uns zum Essen kommen? Meine Frau
würde sich freuen.«

Die Schimas wohnten nicht weit von Anna am Schafberg, und Alexandra Schima war bekannt für ihre Koch-
künste.

»Warum eigentlich nicht? Aber musst du sie nicht
erst fragen?«

»Nein, nein. Sie wollte heute kochen und sagt schon
seit Monaten, dass du mal wieder zu uns kommen sollst.«

Anna sehnte sich plötzlich nach einer warmen Mahl-
zeit und einem Glas Wein, und auch der nächtliche Spa-
ziergang vom Schafberg runter in die Währinger Straße
würde ihr guttun. Schima versenkte die Liege mit dem
Leichnam in der Wand, schaltete das Licht aus, und
bevor er sachte die Tür zuzog, murmelte er ein »Gute
Nacht«.

Im Haus der Schimas war es warm und gemütlich. Alexandra schien sich über den unerwarteten Besuch ehrlich zu freuen und stellte einfach einen Teller mehr auf den schön gedeckten Esstisch. Anna stellte sich vor das Feuer, das im kleinen Schwedenofen vor sich hin flackerte, und spürte kurz ein Gefühl von Neid in sich aufflackern. Wie schön musste es sein, auch nach so vielen Jahren des Zusammenlebens immer noch einfach so miteinander zu Abend zu essen.

Der Pathologe drückte ihr ein Glas Rotwein in die Hand und stellte sich neben sie. »Prost. Schön, dass du da bist!«

»Ja, ich freu mich auch.« Sie nahm einen großen Schluck, schwenkte das Glas. »Sag mal, wie hältst du das eigentlich aus?«

»Was meinst du?«

»Na, tagtäglich diese toten Menschen um dich.«

»Da fragt die Richtige. Deine Klienten sind ja meist auch nicht lebendig.«

»Schon, aber ich hab wenigstens auch mal mit Nichttoten zu tun.«

»Das sind dann aber meistens Schwerverbrecher. Nein, nein, ich liebe meinen Beruf. Die Ruhe, die Abgeschiedenheit. Und kein Fall ist wie der andere. Kaum Routine.«

»Aber so etwas wie heute – ich meine, eine Frau ohne Kopf –, das ist doch heftig!«

»Weißt du, ich glaube, für dich ist das ärger als für mich. Du denkst über die Person als Lebende nach, darüber, wie sie in diese Situation kam. Du lernst ihre An-

181

gehörigen kennen, ihren ganzen Background. Ich hingegen beschäftige mich nur mit dem toten Körper. Versuche rauszufinden, was er mir erzählt. Das ist total spannend.«

»Ja, aber nicht so spannend, dass ihr euch jetzt beim Abendessen darüber unterhaltet!« Alexandra umarmte ihren Mann und gab ihm einen Kuss auf die Wange. »So, meine Lieben, Essen ist fertig. Und weißt du, Anna, bei uns gibt es eine Regel: Wir sprechen beim Essen niemals über tote Menschen.«

Der Abend verging wie im Flug. Die beiden schafften es trotz ihrer Innigkeit, Anna nicht das Gefühl zu geben, das fünfte Rad am Wagen zu sein. Sie unterhielten sich über die Kinder – Schimas Tochter war schon ausgezogen – und Alexandras Arbeit als Steuerberaterin.

Als sie nach dem Essen im Wohnzimmer noch einen Abschiedstrunk nahmen, fielen Anna vor Müdigkeit fast die Augen zu.

»Soll ich dich schnell runterfahren?«

»Nein, nein. Ich geh zu Fuß!«

»Jetzt? Um die Uhrzeit? Das ist doch viel zu weit.«

»Nein, ich freu mich schon total drauf. Länger als zwanzig Minuten dauert das nicht, das tut mir gut.«

Die steil nach unten verlaufende Czartoryskigasse war kaum gestreut, und ab und zu rutschte Anna trotz der festen Stiefel fast aus. Es hatte zu schneien aufgehört, am Himmel war sogar da und dort ein Stern zu sehen. In ein paar Häusern brannte noch Licht, man sah hohe Bücherwände, aus einem Fenster lehnte ein Mann und rauchte. Die Stadt kam ihr sehr friedlich vor.

20

Bernhardt schwitzte. Er wusste, dass es im Stollen eines Bergwerks, tausend Meter unter der Erde, warm war. Aber doch nicht so heiß! Mit einem ratternden Presslufthammer, den er kaum unter Kontrolle halten konnte und der ihm immer wieder fast aus den Händen geschlagen wurde, ging er gegen eine schwarze, glänzende Wand vor. In großen Brocken brach die Kohle über ihm ein, sie würde ihn ersticken, wenn er nicht sofort davonlaufen und sich retten würde. Cellarius war längst verschwunden, auf dem Kopf stehend, war er weggetrieben worden. Aber Bernhardt machte weiter, er musste die Ermittlungen vorantreiben, ein Loch in die Wand schlagen, in den anderen Stollen gelangen. Es würde nicht mehr lange dauern, dann wäre er verschüttet, es gab keine Hoffnung mehr, doch er kämpfte weiter, verzweifelt. Endlich hörte er die Alarmsirene, aber es war zu spät...

Er wurde auf seine Matratze geschleudert, der Lärm der Sirene war jetzt unerträglich. Bernhardt wälzte sich auf die Seite und tastete nach seinem Handy. Verdammt, wo lag das? Er taumelte durch den dunklen Raum, endlich, warum hatte er das Handy auf die Fensterbank gelegt?

»Ja?«

»Tach, Kolleje, Meyer von der Einsatzleitzentrale hier, biste uffnahmefähig?«

»Klar, seit einer Sekunde, voll und ganz.«

Bernhardt hatte den Eindruck, mit seiner Zunge große gekochte Kartoffeln in seinem Mund zu wälzen. Aber Meyer schien das nicht zu stören.

»Hier ist jerade ein Notruf einjegangen, spiel ick dir jetzt vor. Vastehste gleich, warum.«

Eine gepresste, panische Stimme, undeutliche Nebengeräusche.

»Nachricht an Kommissar Bernhardt, ich werde entführt, Sebastian Groß, Hilfe, wir sind östlich, Entführung, Hilfe, ich bin Sebastian Groß, Hilfe.«

Dann: Stille.

»Spiel das noch mal!«

Bernhardt hörte ein schabendes Geräusch, bevor der Notruf abrupt abbrach. Was bedeutete das? Er versuchte den Strudel seiner Gedanken zu kanalisieren. Der Schauspieler Sebastian Groß, Lechners Ex, war entführt worden? Verdammt. Warum? Von wem? Wohin? Was hieß »östlich«? Östlich von wo?

»Könnt ihr das Handy orten?«

»Ja, ich habe alles in die Wege geleitet. Das Handy ist nicht abgeschaltet, aber es meldet sich niemand mehr.«

»Du hältst mich auf dem Laufenden, klar? Ich fahr jetzt in die Keithstraße.«

Er knipste das Licht an, kniff die Augen zusammen und starrte auf den Boden, bis er sich an die gleißende Helligkeit der nackten Birne an der Decke gewöhnt hatte.

Drei Uhr sieben Minuten. Zwischen drei und vier Uhr morgens wurden die meisten Menschen geboren, und just in dieser Stunde starben auch die meisten, hatte er mal gelesen. Er tippte die Nummer von Cellarius ein und trat ans Fenster. Dunkelheit, Stille, am Himmel Sterne, ein blasser Vollmond, der sich schon zur Hälfte hinter dem Dach des gegenüberliegenden Hauses versteckte.

»Was ist passiert?«

Bernhardt schilderte Cellarius den Sachverhalt.

»Ich komme, bis gleich.«

Als Bernhardt in seine Klamotten stieg, hatte er ein Gefühl, das er schwer beschreiben konnte. Zufriedenheit? Vielleicht. Wie Cellarius reagiert hatte, imponierte ihm: knapp, professionell. Es gab nichts zu reden, präzises Handeln war jetzt gefordert. Wahrscheinlich war das wie bei einem Sturmangriff. Aus dem Schützengraben raus. Und nach vorne. Gegen den Feind. Seltsamer Gedanke für einen, der sich vor Jahrzehnten ins eingemauerte Westberlin abgesetzt hatte, um nicht zum »Bund« gehen zu müssen.

Die Stunde des Wolfs. Die Peitschenlampen über der Martin-Luther-Straße verströmten ihr schmutziges, diffuses Licht. Kein Mensch war um diese Zeit unterwegs. Bernhardt schien es, als führe er mit seinem Auto durch ein Totenreich. Einige Ampeln waren auf gelbes Dauerblinken geschaltet, andere wechselten in sinnloser Präzision die Farben. Bernhardt liebte, nein: Er achtete die Stadt um diese Zeit. Ein Gigant, der bald aus dem Schlaf erwachen, tief durchatmen und sich bereit machen würde für einen neuen Tag, für einen neuen Kampf.

Im Büro in der Keithstraße herrschte eine Ruhe, die es nur zu dieser Stunde gab. Es war, als dehnte sich die Zeit, als liefen die Uhren langsamer, als stünde die Polizeimaschinerie für einen magischen Moment still. Doch Bernhardt warf sie mit Entschiedenheit an. Nein, hieß es in der Leitstelle am Platz der Luftbrücke, die Kollegen hätten das Handy noch nicht geortet. Aber bald müsste es so weit sein. Er alarmierte Krebitz und Cornelia Karsunke. Gab eine Fahndung an alle Polizeidienststellen raus, eine Personenbeschreibung an alle Funkwagen. Weitere Informationen und Details: später.

Inzwischen war Cellarius eingetroffen. Sie besprachen sich. Was bedeutete diese Entführung? Wer hatte ein Interesse, Sebastian Groß aus dem Verkehr zu ziehen? Was könnte der Schauspieler ihnen verschwiegen haben? Hing die Entführung mit Hirschmanns Tod zusammen? War er Hirschmanns Mörder, falls der überhaupt ermordet worden war? Hatte Groß seine Entführung vielleicht selbst inszeniert? Wenn ja, warum? Um sich selbst aus der Schusslinie zu nehmen? Aber wenn ihn jemand entführt hatte: Wollte der etwas aus ihm herauspressen? Oder wollte er ihn verschwinden lassen?

Sie tigerten durch den Raum, es tat sich nichts. Krebitz, der wie ein Phantom aufgetaucht war, machte sich am Kaffeeautomaten zu schaffen. Cornelia rief an, ihre Klapperkiste springe nicht an. Bernhardt sagte ihr, sie solle in ihre Wohnung zurückgehen und warten, er werde sie gleich informieren, wie's weiterginge.

Endlich die Nachricht, das Handy sei geortet: östlich des Berliner Rings, ein paar hundert Meter neben der Bundesstraße 1 nach Müncheberg. Die Kollegen aus Brandenburg waren schon informiert. Bernhardt nahm Kontakt mit dem Einsatzleiter auf – leider war's nicht Maik, der alte Vopo, der am letzten Fall mitgearbeitet hatte und den er gerne wieder einmal getroffen hätte. Eine Hundertschaft sei angefordert für die Suche auf dem Areal, wo das Handy lokalisiert worden war.

Bernhardt fuhr mit Cellarius in dessen Audi los. Krebitz sollte Cornelia mit einem Wagen aus dem Fuhrpark abholen und nachkommen. Die Stadt hatte sich belebt. Dunkle Gestalten eilten mit hochgezogenen Schultern und gesenkten Köpfen auf die U-Bahn-Stationen zu, an den Bushaltestellen standen kleine Gruppen. Auf den Wagen der Stadtreinigung, die an den großen Kreuzungen postiert waren, blinkte gelbes Licht. Alles wirkte, als geschähe es in Zeitlupe, als seien die Menschen vereist und könnten sich nur mühsam bewegen.

Am Alexanderplatz bogen sie rechts in die Karl-Marx-Allee ein. Am Strausberger Platz öffnete sich ihnen eine lange Sichtachse, die geradewegs nach Osten führte. Links und rechts säumten die wuchtigen Kästen aus den frühen fünfziger Jahren die Straße. Cellarius lachte plötzlich auf.

»Stalinallee ist doch genau der richtige Name, passt wie die Faust aufs Auge. In einem dieser Arbeiterpaläste sitzt bestimmt noch Väterchen Stalin und bleckt sein gelbes Gebiss.«

»Ja, komisches Gefühl hier. Als führe man geradewegs nach Wladiwostok.«

»Nur dass dort die Häuser nicht restauriert sind und nicht unter Denkmalschutz stehen.«

Sie schwiegen. Langsam franste die Stadt aus. Baumärkte, kleine Häuser, erste Felder.

Ein paar Kilometer hinter dem Berliner Ring rotierten die blauen Leuchten der Polizeiautos. Mehrere Mannschaftswagen waren auf ein Feld gefahren. Junge Polizistinnen und Polizisten mit langen Stöcken stiegen aus den Wagen und stellten sich geordnet auf. Noch immer war es dunkel, und die ganze Szenerie hatte etwas Irreales.

Der Einsatzleiter aus Brandenburg kam auf ihn zu. Das Handy müsse sich hier in einem ziemlich klar umrissenen Areal befinden. Das Gebiet werde gerade in viele kleine Quadrate eingeteilt, dann ginge es mit der Suche los. Stecknadel im Heuhaufen? Nee, nee, die Aussichten, das Ding zu finden, seien schon wesentlich größer.

Ein Wagen mit einem Lichtmast fuhr auf, aber das Gelände war einfach nicht richtig auszuleuchten. Eine düstere Dämmerung lag über dem Schnee und hellte sich nicht auf. Die Landschaft war eine monochrome graue Fläche ohne Konturen.

Hier beginnt die asiatische Steppe, das war Bernhardts Eindruck. Wer sich weit genug entfernte, wurde von dem Grau verschluckt und ging in ihm auf. Bernhardt meinte, noch ein leichtes Zittern der Energie zu spüren, die der Verschwundene ausstrahlte. Er stellte sich eine große Leinwand vor, auf der ein Maler das Unmögliche versucht hatte: das Unsichtbare sichtbar zu machen. Nichts war zu sehen auf diesem Bild, und doch konnte es für den Betrachter keinen Zweifel geben, dass sich im Grau des Bildes Menschen bewegten.

Cornelia, die mit Krebitz inzwischen eingetroffen war, entdeckte als Erste die breite Reifenspur, die sich in einem weiten Bogen über das schneebedeckte Feld zog und sich in der Ferne verlor. Nachdem der Polizeifotograf das Reifenprofil ausführlich abfotografiert hatte, folgten Bernhardt und sein Brandenburger Kollege mit großem Seitenabstand der Spur, in ihrem Gefolge die jeweiligen Mitarbeiter.

In der Ferne ragte ein riesiges Windrad auf. Die Rotorblätter standen still. Sie näherten sich langsam und starrten verblüfft auf ein Schild: »Stehenbleiben. Lebensgefahr durch Eissturz!« Bernhardt lachte.

»Ich sehe schon die *B.-Z.*-Schlagzeile vor mir: ›Berliner Kommissar Opfer der Energiewende!‹ Autorin: Sina Kotteder.«

Der Brandenburger Kollege zögerte und machte ein ernstes Gesicht.

»Ich würde da nicht spaßen. Die stellen die Dinger immer ab, wenn starker Frost herrscht. Da bilden sich an den Rotorblättern riesige Eisklumpen. Und wenn so 'n Brocken runtersegelt… finito.«

Jetzt war Bernhardt in seinem Element. »Ist ja klasse. Je kälter es wird, desto weniger arbeiten diese Monster? Desto weniger Strom gibt's von denen? Ich lach mir 'n Ast. Na gut, jetzt keine Diskussionen. Los weiter!«

Alle zogen den Hals ein und marschierten auf den riesigen Betonpfahl zu. Keiner sagte noch etwas. Vielleicht auch aus Verblüffung. Denn die Reifenspur führte direkt auf die Eingangstür des Ungetüms zu. Offensichtlich hatte das Auto dann zurückgesetzt, das Windrad umrundet und war Richtung Bundesstraße weitergefahren. Eine Schleifspur führte zum Eingang. Die Tür stand halb offen.

Lob der Routine – Bernhardt gab Direktiven: Autokontrollen, scharfe Beobachtung von Geländewagen, Pick-ups etc., besonders an der polnischen Grenze, den Betreiber des Windrads ausfindig machen, der gefälligst so schnell wie möglich einen Spezialisten schicken sollte.

Bernhardt zückte seine Waffe und schob sich vorsichtig ins Innere. Er registrierte, dass es in diesem Elektrospargel einen Aufzug gab, einen schmalen Korb, in den gerade mal zwei Personen passten, aber der war offensichtlich außer Betrieb gesetzt worden. Ein wirrer Kabelsalat hing aus einem Schaltkasten, die Elektrik war zerstört. Neben dem Korb führte eine schmale Leiter senkrecht in die Höhe. Von Groß nichts zu sehen. War er nach oben verfrachtet worden? Und wenn ja, wie gelangte man zu ihm, wie holte man ihn runter?

Bei Bernhardt und seinem Brandenburger Kollegen funktionierten die Reflexe. Notarzt anfordern und: die Notfallnummer der Feuerwehr wählen, die an der Seitenwand in großen Ziffern angeschlagen war. Schon nach dem ersten Rufzeichen meldete sich jemand. Ein Mann sei eventuell oben auf einem Windrad und der Fahrstuhl nicht einsatzfähig? Okay, dann würde der Höhenrettungstrupp kommen, in fünfzehn, spätestens zwanzig Minuten seien die da.

Bernhardt und der Brandenburger schauten sich an.

Fünfzehn, zwanzig Minuten, vielleicht auch dreißig Minuten? Sie waren zu lange in ihrem Beruf, sie hatten es einfach verlernt zu warten. Bernhardt legte dem Kollegen die Hand auf die Schulter. »Meinst du, wir schaffen das?«

»Mann, das Ding ist hundert Meter hoch. Und die Höhenretter müssen über die Leiter, wir würden die doch blockieren. Und ich bin nicht mehr zwanzig.«

»Ich auch nicht. Lass uns zehn Meter nach oben klettern. Mal sehen, ob das funktioniert.«

Sie stiegen auf die Leiter, die in regelmäßigen Abständen mit Eisenringen gesichert war. Vorsichtig arbeiteten sie sich hoch. Nach zehn Metern mussten sie eine Luke öffnen, sich hindurchzwängen und sie hinter sich wieder zuklappen. Auf der kleinen Zwischenebene ruhten sie sich kurz aus. Dann ging es weiter.

Ab einem bestimmten Zeitpunkt hörte Bernhardt nur noch seinen harten Herzschlag, das Pfeifen seiner Bronchien, das Rauschen seines Blutes. In seinem Kopf formte sich vage der Gedanke, dass er sterben könnte. Und gleichzeitig beobachtete er sich selbst, von weitem, eine kleine Maschine, die sich einen absurd hohen Turm hochkämpfte. Als er dicht gedrängt an den Brandenburger auf einer dieser kleinen Plattformen verharrte, sah er dessen Gesicht, und er erkannte sich selbst: blass, schweißüberströmt und doch vor Kälte zitternd, voller Panik, die von einem wütenden Willen unterdrückt wurde.

Dann hörten sie Stimmen, Rufe, Schlagen von Metall auf Metall, ein Lärm, der sich schnell verstärkte. Die Höhenretter trieben sie vor sich her. Sie drängten und fluchten: »Idioten, seid ihr verrückt? Schneller, schneller!«

Endlich fielen Bernhardt und der Brandenburger oben in den Maschinenraum hinter den Rotorblättern und blieben zitternd liegen. Die Höhenretter stapften fluchend über sie hinweg. Sie waren ausgerüstet, als wollten sie in den Krieg ziehen. Helm, Stirnleuchte, ein Rettungsgeschirr über der Jacke, Karabinerhaken, eine Liege, ein Rettungssack.

Die Retter öffneten eine Klappe. Mit schnellen und geübten Griffen sicherten sie sich mit Stahlseilen, die sie an der Wand in großen Ösen festhakten, und stiegen dann auf das Dach des Maschinenhauses. Bernhardt stemmte sich hoch. Es kostete ihn enorm viel Kraft, um zum Ausstieg zu gelangen. Auf das Bild, das sich ihm von dort aus präsentierte, war er nicht gefasst: Vor dem dunklen Himmel, im zitternden Licht ihrer Kopfleuchten, arbeiteten sich zwei Männer auf dem glatten Dach kriechend zu einem Bündel vor, das am Rande der stählernen Reling lag. Und dann sah Bernhardt mit unglaublich geschärftem Blick, dass das ein Mensch war, den man dort angekettet hatte und der sich krümmte und leise vor sich hin wimmerte. Er schaute zu, mit welcher Sorgfalt – nur keine falsche Bewegung! – die beiden Retter ihn mit einem Bolzenschneider losschnitten, ihn unendlich vorsichtig ins Innere zogen. Es war Groß!

Die Retter diskutierten. Über die Treppe? Das dauerte zu lange, außerdem zu gefährlich. Bernhardt hörte etwas von Blutstau. Und: »Wer weiß, ob er in diesem Zustand überlebt.« Sie entschieden sich, ihn mit einer

Winde außen am Windrad hinunterzulassen. Mit sicheren Handgriffen fixierten sie das Seil und schoben schließlich den vereisten, gekrümmten Groß in einen Sack. Durch eine Luke ließen ihn die Retter in die Tiefe gleiten. Langsam, ganz langsam. In diesem Moment äußerster Konzentration knurrte Bernhardts Handy. Eine gute Nachricht. Es war gelungen, die Elektrik des Fahrstuhls wieder notdürftig in Gang zu setzen, in sechs Minuten sei er oben.

Und während die Höhenretter oben noch ihr Werk taten, rumpelten Bernhardt und der Brandenburger sechs Minuten lang nach unten. Sie schwiegen.

21

Anna hatte es nicht sehr eilig, ins Büro zu kommen. Sie hatte den Wecker auf halb acht gestellt, sich eine große Tasse Kaffee gekocht und kurz die Zeitung durchgeblättert. Als sie versuchte, Thomas Bernhardt am Handy anzurufen, erreichte sie nur die Mailbox. Umso besser, dachte sie, keine neuen Anweisungen aus Berlin, dann würde sie den Tag ausnahmsweise ruhig und strukturiert angehen. Und die unbekannte Tote von der Westbahn hatte sowieso Priorität. Irgendwer musste die gute Frau ja vermissen.

Gabi Kratochwil und Helmut Motzko waren bereits im Büro, als sie ankam.

»Guten Morgen. Gibt's was Neues aus Berlin?«

»Nein, nichts. Wie tun wir weiter?« Kratochwil sah sie erwartungsvoll an.

»Wir kümmern uns um unsere unbekannte Kopflose. Herr Dr. Schima hat sie genauer untersucht. Sie hat ein paar merkwürdige Verletzungen, die nicht vom Zug herrühren: Striemen am Rücken und eine zertrümmerte linke Hand. Erst einmal müssen wir heute herausfinden, wer die Dame ist. Irgendwelche Ideen?«

»Vermisstenanzeigen? Zahnärzte? Medien?«

»Alles schön und gut, das ist Routine. Andere Ideen?«

»Die Theaterkarten.« Gabi Kratochwil hatte die unangenehme Angewohnheit, ihr Gegenüber nicht direkt anzublicken.

»Sehr gut, Frau Kollegin. Sie fahren am besten gleich direkt ins Theater und versuchen herauszufinden, auf wen die Karten ausgestellt wurden. Lassen Sie sich nicht abwimmeln. Herr Motzko, Sie verfassen eine Personenbeschreibung für die Medien.«

»Da muss ich mir die… die… Tote noch mal anschauen?«

»Das wird Ihnen wahrscheinlich nicht erspart bleiben, wenn Sie sie beschreiben sollen. Aber wie sagt ein altes Sprichwort: Wenn man vom Pferd fällt, soll man gleich wieder aufsteigen.«

Mit hochrotem Kopf verließ Motzko das Büro.

Anna studierte noch mal aufmerksam die Kartei der vermissten weiblichen Personen, speicherte die paar ab, die zumindest vom Alter her in Frage kamen. Dann checkte sie ihre Mails, löschte alle Werbungen und überflog eine Mitteilung der Gewerkschaft zum Thema Überstunden bei höheren Beamten. Sie dachte an ihren ausgefallenen Urlaub und versuchte, Florian am Handy zu erreichen. Der nahm natürlich nicht ab.

Das World Wide Web spuckte zigtausend Treffer zu Hans-Günther Steiner aus, und Anna war fasziniert von der Breite der Artikel. Vom billigen *Seitenblicke Magazin* bis zum seriösen Wirtschaftsblatt – überall war er vertreten, ohne ihn schien in der österreichischen Kulturpolitik gar nichts zu laufen. Sie las gerade einen der wenigen kritischen Artikel vom vergangenen Herbst, in dem es um Steiners Geschäfte in Dubai ging, als Kratochwil mit hochrotem Gesicht ins Büro stürmte. So energiegeladen hatte sie die junge Kärntnerin noch nie gesehen.

»Frau Habel, das glauben Sie jetzt nicht. Also, dieses Theater in der Josefstadt… zuerst wollten die mir nichts sagen, Datenschutz und so, aber ich hab mich – wie Sie gesagt haben – nicht abwimmeln lassen. Hab ihnen was erzählt von Gefahr im Verzug und Behinderungen der Ermittlungsarbeiten, und da haben sie dann doch nachgeschaut. Die Karten wurden im Internet bestellt und ausgestellt auf eine Kreditkarte der Firma *Agentinnen 007*, Plankengasse 5. Da waren Sie doch gestern, oder?«

»Mein Gott! Gibt es da womöglich eine Verbindung? Das haben Sie gut gemacht, Frau Kratochwil. Jetzt geht's los.«

Anna suchte verzweifelt in der Handtasche nach der Visitenkarte, die sie gestern bei der Agentin eingesteckt hatte. Kratochwil hatte inzwischen ihre Jacke ausgezogen und kurz etwas in den Computer eingegeben, und bevor Anna die Karte gefunden hatte, rief sie ihr schon die Handynummer von Felicitas Zoltan zu.

Es klingelte lange, bis schließlich die Mailbox ansprang. »Guten Tag. Felicitas Zoltan, *Agentinnen 007*. Ich kann momentan Ihren Anruf nicht entgegennehmen, bitte hinterlassen Sie eine Nachricht, ich rufe gerne zurück. *Please leave a message after the beep.*«

»Scheiße, jetzt geht die nicht ran! Das heißt entweder gar nichts, vielleicht hat sie ihr Handy irgendwo liegen lassen, oder sie ist in einem Termin, oder sie ist tot.«

»Was machen wir jetzt?« Kratochwil war wieder auf-
gesprungen.

»Gibt es auf dieser Homepage auch eine Nummer
von dieser Gilda Beyer?«

»Ja, Moment.«

Doch da sprang nicht mal eine Mailbox an. »Bitte versuchen Sie es zu einem späteren Zeitpunkt.«

»So, Sie holen jetzt mal Motzko, und dann fahren
wir in die Plankengasse. Irgendwann muss da ja jemand
auftauchen, sie können ja nicht beide tot sein. Vielleicht
haben sie die Karten ja für jemand anderen besorgt.«

Sie umrundeten das Büro in der Plankengasse gerade
zum fünften Mal, als Annas Handy in der Jackentasche
läutete. »Anna Habel.«

»Ah, Sie sind das? Entschuldigen Sie, ich habe mein
Telefon nicht gefunden. Haben Sie noch eine Frage?«

»Guten Tag, Frau Zoltan. Geht es Ihnen gut?«

»Deswegen rufen Sie mich an – um mich zu fragen,
ob es mir gutgeht?« Felicitas Zoltan lachte gutgelaunt
ins Telefon.

»Nein, ja, ich meine … Hören Sie, Frau Zoltan, Ihre
Kollegin, diese Frau Beyer, wann haben Sie die das letzte
Mal gesehen oder gesprochen?«

»Ich sagte Ihnen ja schon gestern, dass sie krank ist.
Also gesehen hab ich sie das letzte Mal am Freitag, und
dann hat sie mich am Wochenende angerufen, um mir
zu sagen, dass sie krank sei. Das war, warten Sie, ja, genau,
am Sonntagabend, so gegen halb neun. Ich wollte erst
nicht rangehen, weil ich doch immer *Tatort* schaue.«

»Und ist Ihnen da was Ungewöhnliches aufgefallen?«

»Nein, was denn? Na ja, sie meinte, sie hätte Angina, aber ihre Stimme klang eigentlich ganz normal. Ich habe mich ein wenig geärgert, weil wir gerade sehr viel Arbeit haben und sie in letzter Zeit öfter mal krank war.«

»Hat Frau Beyer Familie?«

»Nein. Sie war verheiratet. Ist aber seit kurzem geschieden, ihr Ex lebt jetzt in Kanada. Aber was soll das, warum fragen Sie denn das alles?«

»Frau Zoltan. Besitzt Frau Beyer einen weinroten Mantel? Schwarze hochhackige Lederstiefel?«

»Ja, ich glaube schon. Frau Habel, entweder Sie sagen jetzt sofort, was los ist, oder aber ich lege auf der Stelle auf.«

»Wir haben den Leichnam einer unbekannten Frau gefunden, und es gibt Grund zur Annahme, dass es sich dabei um Ihre Kollegin handeln könnte.«

»Das ist doch absurd. Ich leg jetzt auf und ruf Gilda an. Völlig lächerlich.«

»Gut, machen Sie das. Und wenn Sie sie nicht erreichen, dann melden Sie sich noch mal bei mir.«

»Ja, aber das wird nicht nötig sein. Auf Wiederhören.«

Keine Minute später war die Kulturagentin wieder in der Leitung. Ihre Stimme klang nicht mehr ganz so forsch, als sie einräumte, dass das Handy ihrer Kollegin abgeschaltet sei.

»Haben Sie einen Schlüssel zu ihrer Wohnung?«

»Ja, ich müsste wo einen haben. Hat sie mir vor Jahren mal gegeben, da war sie länger im Ausland. Warten

Sie, ich schau mal.« Man hörte sie in einer Lade kramen. »Ja, hier ist er.«

»Gut. Frau Zoltan, wo sind Sie denn? Sind Sie im Büro?«

»Nein, ich arbeite heute von zu Hause aus.«

»Gut, geben Sie mir Ihre Adresse, wir holen Sie jetzt ab und fahren dann gemeinsam zur Wohnung von Frau Beyer.«

»Aber was ist denn passiert?« Felicitas Zoltan hörte sich an, als wäre sie den Tränen nahe.

»Wir sind gleich da. Regen Sie sich jetzt mal nicht auf.«

»Sie sind witzig! Erst sagen Sie mir, dass meine Kollegin vielleicht tot ist, und dann soll ich mich nicht aufregen?«

Als die drei Beamten – die beiden jungen hatten es sich nicht nehmen lassen, mitzukommen – in die Zirkusgasse einbogen, stand Felicitas Zoltan schon vor der Haustür. Sie trug einen eleganten schwarzen Mantel, und ihre Hände steckten in einem schwarzen Fellmuff. Sie wirkte, als würde sie in die Oper gehen oder zu einem kleinen Souper ins Hotel Imperial. Sie setzte sich auf die vorderste Kante des Autositzes, und Anna musste sie mehrmals auffordern, sich anzuschnallen.

»Die Adresse von Frau Beyer?«

»Vereinsgasse 8. Ist nicht weit von hier. Bitte sagen Sie mir jetzt, was los ist.«

»Wissen Sie etwas über Depressionen bei Frau Beyer, über Liebeskummer, finanzielle Sorgen, eine schwere Krankheit? Wie nahe stehen Sie sich?«

»Wir stehen uns sehr nahe, wir haben die Agentur zusammen aufgebaut, arbeiten seit zehn Jahren auf engstem Raum. Und nein, sie ist weder depressiv, noch hat sie sonst irgendetwas von den Dingen, die Sie aufgezählt haben.«

Anna saß mit Frau Zoltan auf dem Rücksitz, Motzko lenkte das Auto. Auf dem Beifahrersitz blickte Gabi Kratochwil unbeteiligt aus dem Fenster, lediglich am Zupfen der Finger an der Hosennaht konnte man ihre Nervosität erkennen. Anna sah Frau Zoltan direkt in die Augen und versuchte, möglichst schonende Worte zu wählen. »Wir haben gestern die Leiche einer Frau gefunden. Sie wurde von einem Zug erfasst. Und es könnte sein, dass es sich bei der Toten um Gilda Beyer handelt. Das müssen wir jetzt klären.« Sie erzählte kurz von den Theaterkarten, die sie im Mantelfutter der Toten gefunden hatten, und dass dies ja noch gar nicht viel bedeuten müsse, vielleicht sei das alles ein schrecklicher Zufall und Gilda hätte die Karten nur für jemand anderen besorgt. Als ob ein Schalter umgelegt worden wäre, brach Felicitas Zoltan plötzlich in Tränen aus. Sie warf sich Anna an den Hals und schluchzte wie ein verzweifeltes Kind in ihre Jacke. Unbeholfen strich ihr Anna übers Haar.

»Sie war im November in der Josefstadt. Was, sagten Sie, stand auf den Karten?«

»Schnitzler. *Traumnovelle.*«

»Davon hat sie mir erzählt. Sie hat das Stück gesehen. Sie fand es langweilig. O mein Gott, das kann doch nicht sein!«

»Beruhigen Sie sich bitte. Vielleicht klärt sich ja alles auf.«

Anna hörte selbst, wie unglaubwürdig ihre Worte klangen, und bei Frau Zoltan verstärkten sie die Verzweiflung fast noch. Die Tränen rannen ihr übers Gesicht, das kleine weiße Taschentuch, das sie aus den Tiefen ihres Muffs geholt hatte, war längst klatschnass.

Die Wohnung war geschmackvoll eingerichtet und tipptopp aufgeräumt. Nicht ein Kleidungsstück lag rum, kein Glas oder Teller auf der Spüle, das Bett gemacht, der kleine Bücherstapel auf dem Nachtkästchen akkurat ausgerichtet. Auf dem Couchtisch lag die aktuelle Ausgabe der *Zeit* und daneben ein kleiner Notizblock.

»Frau Habel, schaun Sie mal.« Motzko kniete sich vor den niedrigen Tisch und deutete auf das oberste Blatt.

Ich kann ohne sie nicht mehr leben. Ich bereue zutiefst, was ich getan habe, aber es ist nicht mehr rückgängig zu machen. Ich folge ihr in den Tod. Gilda Beyer.

Also doch Selbstmord. Anna versuchte ihre Gedanken zu ordnen. Ohne wen konnte diese Gilda – was war das eigentlich für ein bescheuerter Name – nicht weiterleben? Und was bereute sie? »Frau Zoltan. Kommen Sie mal her!« Felicitas Zoltan hielt sich die Hand vor den Mund und las die schwungvoll geschriebenen Zeilen. Sie straffte die Schultern und blieb unbeweglich vor dem niedrigen Tischchen stehen.

»Frau Zoltan. Ist das die Schrift Ihrer Mitarbeiterin?«

Keine Antwort.

»Frau Zoltan? Erkennen Sie die Schrift von Frau Beyer auf diesem Blatt Papier?«

»Ja. Das ist ihre Handschrift.« Die Stimme klang erstaunlich fest.

»Und können Sie mir erklären, was das bedeutet? Ohne wen kann sie nicht leben? Was bereut sie? Frau Zoltan, Sie müssen mir alles sagen. Alles, was Sie wissen, und zwar jetzt, sofort.«

Wie in Trance ging Felicitas Zoltan in Richtung eines kleinen Schränkchens, öffnete es, entnahm ihm ein Grappaglas und eine Flasche, goss sich ein, verschloss alles wieder sorgfältig, setzte sich langsam auf einen der hellen Fauteuils, trank einen Schluck und betrachtete Anna nachdenklich. »Sie hatten ein Verhältnis.«

Helmut Motzko zuckte zusammen und machte den Mund auf, doch Anna gab ihm ein Zeichen und setzte sich ebenfalls in einen Sessel. »Meinen Sie mit ›sie‹ Frau Beyer und Frau Lechner?«

»Ja, natürlich. Gilda und Sophie.«

»Und warum haben Sie mir nichts davon gesagt?«

»Ich habe gehofft, es wäre endgültig vorbei. Ich wollte die Agentur nicht ins Gerede bringen. Und ich fand es so … so … abstoßend.«

»Warum denn? Sie leben in einem aufgeklärten Jahrhundert, Sie arbeiten in der Kulturbranche. Was ist so schlimm daran, wenn zwei Frauen sich lieben?«

»Sie war eine Schlange!«, zischte sie und trank mit einem großen Schluck ihr Glas leer.

»Wer war die Schlange?«

»Na, Sophie! Sie war so … so … Ach, Sie können sich das nicht vorstellen.«

»Versuchen Sie es mir zu erklären.«

»Sophie hatte so eine Art, wissen Sie, wenn die etwas wollte, dann hat sie es bekommen. Und wenn sie jemanden wollte, dann hat sie den auch bekommen. Wer einmal in ihren Bann geriet, konnte sich ihr nicht mehr entziehen.«

»Und Frau Beyer war in ihrem Bann?«

»Definitiv. Sie war Sophie hörig, sie hätte alles für sie getan.«

»Zum Beispiel?«

»Na, sie hat ihren Mann verlassen, nach zehn Jahren. Plötzlich war das alles nichts mehr wert.«

Gabi Kratochwil war leise an sie herangetreten und hielt Anna ein Foto unter die Nase. Eine ältere Dame mit grauen Silberlöckchen Arm in Arm mit einer sympathisch lachenden Frau, einer zarten Person mit dunklen kurzen Haaren und blauen Augen, ihr Alter war nur schwer zu schätzen. Sie wirkte sehr normal, fast ein wenig bieder.

»Frau Zoltan, ist das Gilda Beyer?«

»Ja. Das war der achtzigste Geburtstag ihrer Mutter, letztes Jahr.«

»Hat Sophie sie verlassen?«

»Was heißt hier verlassen! Die hat das nie so ernst genommen. Frauen wie Sophie halten sich immer mehrere Optionen offen. Die legen sich nicht fest. Ich habe das Gilda immer und immer wieder gesagt, bis ich's schon selber nicht mehr hören konnte. Aber es half nichts, sie hat alles hingeschmissen, hat sich die große Liebe eingebildet.«

»Und dann?«

»Na, dann ist das passiert, was immer passiert mit den ganz großen Lieben: Sie zerplatzen wie Seifenblasen. Irgendwann hat wohl auch Gilda kapiert, dass sie Sophie niemals für sich haben würde. Und dann kam die Phase des Kämpfens, gefolgt von der großen Depression.«

»Und dann ist Sophie nach Berlin gegangen.«

»Ja, ich habe das sehr unterstützt. Sie musste weg von hier. Und auch wenn es Gilda das Herz gebrochen hat, ich glaube, insgeheim wusste sie, dass es besser war, wenn sie sie nicht mehr sah.«

»War das der Grund, warum sie in letzter Zeit so oft nicht in der Agentur war?«

»Ja. Sie hatte eine schwere Lebenskrise. Aber ich habe geglaubt, sie sei auf dem Weg der Besserung. Ich hätte nie gedacht, dass sie … o mein Gott … ich hätte das verhindern können?!« Ihre Stimme brach, und sie sah sich hilfesuchend im Raum um. Gabi Kratochwil stand in der Tür und machte Anna ein Zeichen.

»Moment, bleiben Sie kurz sitzen, ich komme gleich zurück.« Felicitas Zoltan drehte ihr leeres Glas in den Händen.

Die beiden jungen Kollegen hatten sich inzwischen ein wenig in der Wohnung umgesehen und standen nun unschlüssig vor einer kleinen weißen Kommode im Schlafzimmer.

»Frau Habel, ich will Ihnen etwas zeigen«, setzte Motzko an.

»Jetzt machen Sie schon, was ist denn?«

Motzko wurde knallrot und öffnete mit Schwung die Schublade. Auf roten, schwarzen und weißen Spitzen lagen eine kleine Peitsche, Handschellen und ein paar andere Dinge, von denen Anna nicht genau wusste, was man damit machte. Sie grinste den jungen Kollegen an. »Jetzt sind S' nicht so schockiert, Sie Unschuld vom Lande. Das bisschen Sexspielzeug ist doch nicht so schlimm.«

Auf dem Nachttisch stand ein Foto von Sophie Lechner, um eine Ecke eine schwarze Schleife gebunden. Anna dachte an das Bild ihres Großvaters, das über dem Esstisch ihrer Oma hing – das war mit einem ebensolchen schwarzen Band, das über die Jahre allerdings schon ziemlich grau geworden war, dekoriert. Doch hier sah der Trauerflor in Kombination mit dem vor Energie sprühenden Gesicht der jungen Schauspielerin grotesk aus.

Felicitas Zoltan war hinter sie getreten und blickte schweigend in die offene Schublade. Dann seufzte sie und schob sie mit Nachdruck zu.

»Was wissen Sie darüber?«

»Nichts. Und ich will auch nichts darüber wissen. Sophie war jedenfalls nicht der Typ für Kuschelsex.«

»Frau Zoltan, was könnte Gilda denn gemeint haben mit dem Satz: ›Ich bereue zutiefst, was ich getan habe‹?«

»Na ja, alles halt. Dass sie sich auf Sophie eingelassen hat, dass sie Anton, also ihren Mann, verlassen hat.«

»Und dass sie aus lauter Eifersucht etwas Unüberlegtes getan haben könnte, haben Sie daran auch schon gedacht?«

Frau Zoltan hielt sich auf die ihr eigene Art die Hand vor den Mund und sah Anna mit schreckgeweiteten Augen an. »Das ist doch nicht Ihr Ernst? Sie wollen doch jetzt nicht andeuten, dass Gilda Sophie umgebracht hat? Das ist doch völlig absurd! Die wurde doch in Berlin… und überhaupt… Was fällt Ihnen eigentlich ein!?«

»Beruhigen Sie sich. Ich denke lediglich über diesen Brief nach. Und die Billigfluggesellschaft fliegt mehrmals am Tag nach Berlin, das wäre also nicht das Problem.« Aus den Augenwinkeln sah sie, wie Helmut Motzko etwas in sein kleines Notizbuch schrieb. Guter Junge, dachte sie und folgte der mittlerweile völlig aufgelösten Kulturagentin in den Flur.

»Haben Sie die Telefonnummer des verlassenen Ehemannes? Gibt es noch Verwandte, die man verständigen muss?«

»Ja, ihre Mutter lebt noch, die ist allerdings sehr alt, in einem Altersheim in Leoben. Und von Anton weiß ich gar nichts, außer dass er jetzt in Kanada lebt, ich glaube in Ottawa.«

»Das heißt, es gibt keine lebenden Verwandten in unmittelbarer Nähe?«

»Nein. Niemanden.«

»Frau Zoltan, Sie müssen jetzt sehr stark sein. Ich muss Sie leider bitten, die Leiche zu identifizieren. Es tut mir leid, dass ich Ihnen das nicht ersparen kann, es gibt keine andere Möglichkeit.«

Felicitas Zoltan wirkte völlig apathisch. Sie sank auf das geblümte Sofa, knetete ihr Taschentuch und starrte ins Leere. Anna gab Gabi Kratochwil ein Zeichen, und diese setzte sich neben die Agentin.

Anna warf einen Blick ins Badezimmer, öffnete kurz

das Spiegelschränkchen und wusch sich die Hände. Sie zog die Tür hinter sich zu und rief leise den Gerichtsmediziner an. »Hey, da ist Anna.«

»Hallo, Anna. War schön gestern Abend. Grüße auch noch mal von Alexandra. Bist du gut nach Hause gekommen?«

»Ja, das war wunderbar. Tolle Luft, und ich hab nicht länger als fünfundzwanzig Minuten gebraucht. Du, hör zu, ich hab eine Bitte. Wir haben ziemlich sicher die Identität unserer Zugtoten. Ich würde jetzt mit jemandem vorbeikommen, zum Identifizieren. Könntest du sie ein wenig herrichten?«

»Herrichten? Wie denn? Soll ich den Kopf annähen?«

»Geh, du bist so grauslich. Nein, könntest du ihn nicht einfach dranlegen und dann den Hals irgendwie abdecken?«

»Klar, mach ich. Ist in zehn Minuten fertig.«

Im Gerichtsmedizinischen Institut hatten sie Angst, Felicitas Zoltan würde zusammenklappen. Sie war totenbleich, ihre Augen lagen tief in den Höhlen, die ganze aparte Erscheinung war wie weggeblasen. Vor ihr lag der vermutlich schlimmste Moment ihres Lebens.

Dr. Schima spielte seine Rolle als väterlicher Arzt hingebungsvoll. Er hatte seinen meist blutbefleckten Mantel gegen einen blütenweißen ausgetauscht und legte Felicitas Zoltan fürsorglich einen Arm um die Schultern. Dann trat er vor und zog dem Leichnam das Tuch vom Gesicht. Anna erkannte sofort die Frau auf dem Foto. Die Haare sorgfältig gekämmt, die Augen friedlich geschlossen, um den Hals war eine dicke weiße Binde gewickelt. Schima hatte ganze Arbeit geleistet. Felicitas Zoltan sah sie lange an und sagte nichts. Der gefürchtete Zusammenbruch blieb aus, nach ein paar endlos wirkenden Sekunden nickte sie und sagte mit erstaunlich fester Stimme: »Ja. Das ist Gilda Beyer.«

Sie setzten Felicitas Zoltan zu Hause ab. Anna lehnte sich erschöpft auf der Rückbank zurück. Als sie bemerkte, dass Motzko den Weg in Richtung Präsidium einschlug, schwappte eine Welle der Müdigkeit über ihr zusammen.

»Tragisch, oder?« Motzkos Stimme klang belegt, er blickte in den Rückspiegel, und das Auto kam für einen kurzen Moment ins Schlingern.

»Sie meinen den Selbstmord?«

»Ja. Und was ist mit der zertrümmerten Hand?«

»Tja, was ist mit der zertrümmerten Hand …«

22

Wenn Bernhardt später an diesen Tag dachte, konnte er den Ablauf der Ereignisse nicht mehr richtig rekonstruieren. Ein flackernder Film mit Aussetzern, weißen und dunklen Stellen lief vor seinem inneren Auge ab, Doppelbelichtungen, Zeitlupen, rasante Sprünge.

Als einer der Retter mit Sebastian Groß am Seil langsam auf den Boden zugeschwebt war, landete der Rettungshubschrauber. Vorsichtig wurde Groß vom Notarzt und seinem Team empfangen. Es gelang Bernhardt, sich in den Hubschrauber zu drängen, sehr zum Missfallen des Notarztes, der während seiner Bemühungen um Sebastian Groß zischte: »Sie sind hier überflüssig.«

»Aber ich muss –«

»Jetzt müssen Sie gar nichts. Der Mann ist in Lebensgefahr. Sie halten gefälligst die Klappe.«

Sebastian Groß wollte sprechen. »Verstehe nicht…«

Bernhardt hielt seinen Zeigefinger vor den Mund und senkte die Augenlider. Sebastian Groß schwieg erschöpft, drehte den Kopf zur Seite und starrte ins Leere. Bernhardt wandte sich an den Arzt.

»Wie sind seine Chancen?«

Das wütende Funkeln in den Augen des Arztes verschwand langsam.

»Er ist jung, er hat, glaube ich, eine ganz gute Konstitution. Seine Kleidung ist gut geeignet für so eine Situation, dicke Mütze, isolierende Jacke, gute Schuhe. Und Handschuhe, sehr wichtig. Das Problem sind Gesicht und Extremitäten, Hände, Füße. Wir müssen ihn langsam aufwärmen, aber das kriegen wir hin. Ich bin eigentlich ganz optimistisch. Er war schon an der Grenze, aber wir sind gerade noch im rechten Moment gekommen.«

Bernhardt legte dem Arzt seine Hand kurz auf die Schulter.

»Danke!«

»Ja, schon gut.«

»Kann ich ihn denn…?«

»Nein, Sie können ihn jetzt natürlich nicht befragen. Wir müssen ihn erst einmal zurückholen aus der Welt der Kälte.«

»Wann?«

»Frühestens heute Nachmittag, würde ich sagen. Aber das bestimmen dann die behandelnden Ärzte.«

Der Hubschrauber war vor dem Bundeswehrkrankenhaus in Mitte gelandet, Bernhardt hatte versucht, mit ins Behandlungszimmer zu gelangen, war aber kurz und entschieden rausgedrängt worden. Was hatte er dann gemacht? War er durchs Krankenhaus gegangen? Keine Ahnung. Seine Erinnerung setzte erst wieder ein, als der Hubschrauber ihn zurückbrachte und auf die weite Fläche rund ums Windrad zuflog.

Die Polizistinnen und Polizisten waren in langen Linien über das Areal verteilt und stocherten mit ihren Stöcken noch immer im Schnee; Cornelia sprach mit einem Ingenieur, der für das Windrad verantwortlich war; Cellarius stand mit Fröhlich an der Zugangstür zum Windrad; der Brandenburger Kollege kam von einem Erkundungsgang zurück.

»Weit und breit kein Haus hier, kein Schuppen, nichts. Die Straße ist zu weit weg, von da kann man nichts Genaues sehen. Und es war ja auch Nacht.«

Bernhardt merkte, wie er sich beruhigte. Alles ging seinen Gang.

»Spuren?«

»Nichts. Nur die Reifenspur.«

Bernhardt fand, dass man sich langsam bekanntmachen musste, und nannte seinen Namen. Der andere lachte. »Hab schon viel von dir gehört.«

»Von wem?«

»Von Maik, dem ›alten Vopo‹, wie du ihn nennst. Hat mir von eurem Ding mit den Terroristen erzählt. Ich heiße …«

Bernhardt verstand nicht. »Rico?«

»Nee, R-a-y-k-o, Rayko. Bin auch 'n alter Vopo.«

»Kann nicht schaden in einem Land wie Brandenburg, oder?«

»Du sagst es.«

Bernhardt erzählte von Sophie Lechner und Sebastian Groß. Rayko hörte zu und meinte dann: »Blöd, dass der oder die oder wer auch immer den Groß bis zu uns nach Brandenburg gezerrt haben. Aber falls die Mädels und Jungs, die da immer noch rumstochern, das Handy finden, kriegt ihr es. Den Papierkram nehme ich auf mich.«

Sie gingen noch einmal die Reifenspur entlang, die am Graben neben der Straße abriss. Offensichtlich war die Autokiste mit einem Satz über den Graben geflogen und hatte sich davongemacht. Rechts oder links? Polen oder Berlin? Das war die Frage, die nicht zu klären war. Bernhardt und Rayko vereinbarten, die ganze Arie durchzuziehen: Fahndungsaufrufe, Zeugenbefragungen, falls sie überhaupt jemanden fanden, Befragungen von Kollegen, Freunden, Bekannten, Verwandten usw. usw. Sie versprachen, sich gegenseitig auf dem Laufenden zu halten, vor allem würde Bernhardt über seine Befragung von Sebastian Groß berichten.

Als sie an das Windrad zurückkamen, sprangen die Leute mit den Stöcken plötzlich wie kleine Kinder hin und her und lachten. Sie hatten tatsächlich die Stecknadel im Heuhaufen gefunden. Rayko nahm das kleine schwarze Stück vorsichtig in die Hand, als handelte es sich um einen wertvollen Diamanten. Dann gab er es dem gebieterisch die Hand ausstreckenden Fröhlich, der es in eine Plastiktüte steckte.

Drei oder vier Fotografen blitzten wie wild mit ihren Apparaten. Der Reporter von *Brandenburg aktuell*, den Bernhardt nicht kannte, baute sich auf. Hinter ihm dämmerte das alte Schlachtross von der Berliner *Regionalschau* auf. Und unvermittelt stand Sina neben Bernhardt.

»Na, willst du mich nicht wie gewohnt begrüßen, die nervende *B.-Z.*-Blondine?«

»Nee, geht nicht mehr seit dem letzten Mal, die Luft ist raus.«

»Freut mich.«

Sie sah wie das blühende Leben aus, die Wangen waren gerötet, die blauen Augen blitzten, unter der Wollmütze schoben sich ein paar widerspenstige blonde Haarsträhnen hervor.

»Kannst du mir was erzählen?«

»Ach, nichts Besonderes.«

Er erzählte, aber es war ja wirklich nicht viel.

»Mach halt 'ne gute Schlagzeile.«

Sie lachte. »Ja, mit einem schönen Bild: müder Kommissar im Schneetreiben.«

»Aber dann auch ein Bild von dir, wie eine Schneeflocke auf deiner Nase schmilzt.«

»Du überschätzt unsere Druckqualität. Ich muss jetzt schleunigst in die Redaktion, hast du denn heute am Abend Zeit für 'n Bier oder so?«

»Bestimmt nicht. Es gibt so viel zu tun. Wenn der Fall vorbei ist, geben wir uns aber mal richtig die Kante, schlag ich vor, was hältst du davon?«

»Graut mir jetzt schon davor.«

»Heißt: Du freust dich drauf und würdest mitmachen?«

»Genau.«

Sie drehte sich um und winkte Cornelia Karsunke zu.

»Morgen, 19 Uhr, Judo?«

Cornelia zuckte mit den Schultern. »Wahrscheinlich nicht. Ich bin immer noch saumäßig erkältet. Und der Chef hier wird mich nicht lassen, befürchte ich. Oder der Babysitter wird mich versetzen – ach, was weiß ich.«

Wenig später saß der »Chef« mit Cornelia und Krebitz im Auto von Cellarius, der sie zu ihrem Büro in der

Keithstraße brachte. Bernhardt schloss die Augen und schwieg. Auch die anderen schwiegen. War er eingenickt und erst kurz vor ihrer Ankunft wieder aufgewacht? Jedenfalls hatte er einen trockenen Mund und fühlte sich leicht desorientiert, als er das Büro betrat.

Warm war es hier, eine kleine, stille Insel, auf der Katia Sulimma ihren Tag verbracht hatte, sich beharrlich auf den Spuren Sophie Lechners durch den Dschungel von Blogs und Chats im Internet gearbeitet hatte und dabei ihre Kollegen, die draußen auf einer Expedition durchs sibirische Berlin gewesen waren, nicht vergessen hatte.

»Ihr Armen, jetzt gibt's erst mal für jeden einen Becher Kaffee, frisch aufgebrüht, und dazu ein großes Stück Rosinenkuchen. Hat meine Oma gemacht.«

Zwei, drei Minuten schlürfte und schmatzte es. Dann war die Mannschaft wieder einsatzbereit. Bernhardt deutete mit dem Zeigefinger auf Katia Sulimma.

»Du zuerst!«

»Klare Ansage, sehr nett. Also, erstens hat der Holzinger ein vorläufiges Gutachten zu Hirschmann geschickt. Alles spricht dafür, schreibt er, dass Hirschmann ohne Fremdeinwirkung verstorben ist. Keine Hinweise auf Gewaltanwendung, keine Verletzungen, keine Einstiche, keine Drogen. Allerdings hatte er ordentlich Alkohol im Blut. Das sei dann sehr schnell gegangen in dem Eisloch, in das er gestiegen ist, meint Holzinger.«

Bernhardt gab sich skeptisch.

»Da steigt ein junger Mann in ein Eisloch und sucht einen schnellen, kalten Tod. Wirkt so inszeniert. Und da soll keiner nachgeholfen haben?«

Katia Sulimma schüttelte den Kopf.

»Nein, Thomas, der war anfällig. Vor ein paar Jahren musste eine Tournee mit ihm abgesagt werden, weil er einen Selbstmordversuch gemacht hatte. Wegen Liebeskummer, hieß es damals. War wohl sehr sensibel, kann man einer Reihe von Storys über ihn entnehmen.«

»Und das hast du alles aus deiner Wunderkiste?«

»Genau. Aber aus der ›Wunderkiste‹ habe ich noch viel schärfere Sachen. Und da habe ich länger gebraucht als für den Hirschmann. Wenn man ›Sophie Lechner‹ einfach googelt, kommt man trotz der unzähligen Einträge erstaunlicherweise gar nicht weit. Die hat sich wirklich bedeckt gehalten. Sehr ungewöhnlich in dem Metier. Aber es gab einen winzigen Ansatzpunkt, von dem ich dann, mühsam, Schritt für Schritt, mit vielen Irrwegen, mit Ausflügen in düstere Sackgassen, schließlich doch in eine ziemlich bizarre Welt gelangt bin, wo sich die Lechner tummelte.«

»Und was ist das für eine Welt?«

»Eine Welt, in der nur Befehl und Gehorsam zählen.«

»Was, sie war in einem Sondereinsatzkommando der Bundeswehr?«

»Sehr witzig. Sie hat sich zwei Identitäten zugelegt, Herrin Sacher und Sklavin Masoch.«

»Sehr geistreich.«

»Wieso?«

»Nur so. Und was haben nun Frau Sacher und Frau Masoch so getrieben?«

»Sie haben sich in gut abgeschotteten Foren im Internet herumgetrieben, Herrin Sacher hat eine ziemlich schwurblige ›Philosophie des Schmerzes‹ entwickelt und von der Lust phantasiert, einen anderen Menschen zu unterwerfen, und Sklavin Masoch hat eine mindestens genauso verschrobene ›Philosophie der höchsten Lust‹ verfasst, in der von der Ekstase berichtet wird, wenn man von einem anderen Menschen unterworfen wird. Und sie hat die Freuden mit Fesselungen und weiteren exquisiten Schmerzzufügungen wohl ziemlich regelmäßig genossen.«

Bernhardt blies die Backen auf. »Puh, könnte der Täter tatsächlich aus dieser Ecke kommen? Was sagen wir dazu?«

Cellarius meldete sich wieder einmal wie ein gelehriger Schüler. »Ich hatte mal so einen Sadomaso-Fall. Ich habe damals mit einem von unseren Polizeipsychologen gesprochen. Der meinte, in dieser Welt gehe es um Rituale, bizarre Rituale, klar, aber das Ganze sei gleichzeitig streng rational durchorganisiert. Da kommt normalerweise niemand zu Schaden. Die Leute, die so was machen, haben in der Regel eine gut funktionierende Beißhemmung, meinte er. Klingt bisschen komisch in diesem Zusammenhang, ich weiß.«

Cornelia Karsunke lachte kurz auf. »Sehr komisch, aber ich glaube, diese Sadomaso-Sache bringt uns auf eine falsche Spur. Die superbrutale Messerattacke gegen den Hals spricht eher für einen extremen Verlust der Affektkontrolle, finde ich, zum Beispiel aus Eifersucht.«

Die Stimme von Krebitz, die aus dem Hintergrund erklang, verblüffte sie wieder einmal. Der war ja auch da! »Ich kann doch auch eifersüchtig werden, wenn ich plötzlich nicht mehr von demjenigen gefesselt werde, der das immer so gut gemacht hat. Wenn der jetzt aber einen anderen fesselt oder was die noch so machen… Da kann ich doch auch die Aff…, die Kontrolle verlieren.«

Alle nickten dem Nussknacker Krebitz zu. Wohl wahr. Also erging der Auftrag an Katia Sulimma, weiterzugraben und vor allem der Frage nachzugehen, ob Sophie Lechner, abgesehen von ihren Begegnungen in dieser bizarren Welt, Kontakte geknüpft hatte, die dafür sprachen, dass die Attacke gegen sie aus dieser Ecke gekommen war. Und was war mit den Computerspezialisten, hatten die noch etwas aus der gelöschten Festplatte von Sophie Lechners Notebook herausziehen können? Doch die Computerspezialisten ließen wissen, nein, sie seien noch nicht weitergekommen, sehr schwierig, vielleicht unmöglich. Aber das Handy von Groß, das ihnen Fröhlich gebracht hatte, da hätten sie schon alle ein- und ausgehenden Anrufe plus SMS plus Mails aufgelistet. Bei den verschlüsselten oder unterdrückten Nummern und Namen werde es allerdings schwierig.

Die Runde war beeindruckt. Wie einfach das manchmal lief. Cellarius würde die Liste durchgehen. Und um die Funkzellenabfrage rund um das Windrad würde er sich auch kümmern. Bernhardt rief im Bundeswehrkrankenhaus in der Scharnhorststraße an. Ja, Groß sei gut aufgewärmt, sagte der zuständige Arzt, Körpertemperatur schon fast wieder normal. »Wir schaffen das wahrscheinlich ohne Amputationen. Da hat er wirklich wahnsinniges Glück gehabt. Viel schlimmer schätze ich seine psychische Situation ein, er ist total in sich verschlossen, manchmal weint er still vor sich hin.«

Ob ein Gespräch mit Groß möglich sei? Nein, der Patient sei stark sediert worden, habe immer noch schwere Schocksymptome.

»Eine Befragung kommt frühestens morgen in Frage.«
Hier war erst einmal nichts zu machen, Bernhardt akzeptierte die Absage schweren Herzens.

23

Frau Kratochwil, Sie versuchen bitte den Exmann der Verstorbenen aufzuspüren, am besten über die Botschaft. Herr Motzko, Sie übernehmen die Mutter, aber bitte nicht am Telefon. Rufen Sie einen Kollegen aus Leoben an, die sollen der das schonend beibringen. Und ich ... ich muss jetzt erst mal eine Weile nachdenken.«

Dazu kam es aber nicht, denn kaum saß Anna an ihrem Schreibtisch, klingelte ihr Telefon. Die bekannte Nummer aus Berlin.

Anna ging sofort in die Offensive. »Na, auch mal wieder im Büro? Ich hab heute Morgen schon versucht, dich zu erreichen.«

Bernhardt ging nicht darauf ein, blaffte ihr ins Ohr: »Du wirst es nicht für möglich halten, aber ich habe hier noch einen halben Toten.«

»Einen neuen Fall? Was ist los? Was heißt halb?«

»Nein, keinen neuen Fall. Hängt alles mit dieser Sophie zusammen. Und halb heißt – fast gestorben, aber auf dem Weg der Besserung. Wie der tote Hirschmann war auch er einer von Lechners Lovern. Ich sag dir, die war ein männerverschlingendes Ungeheuer.«

»Tja, nicht nur männerverschlingend. Da kann ich

auch noch was beitragen. Ich habe nämlich ihre angebliche Liebhaberin aus Wien ausfindig gemacht.«

»Ist ja super! Sehr tüchtig, Frau Kollegin. Und was sagt die?«

»Nicht viel. Die liegt nämlich ohne Kopf auf der Pathologie. Also, Kopf hat sie schon, aber der liegt daneben.«

Aus dem Hörer drang ein undefiniertes Geräusch, eine Art Schnauben oder Grunzen.

»Bist du noch da?«

»Ja. Das heißt, deine Zugtote war die Liebhaberin von Sophie Lechner?«

»Genau. *We proudly present:* Gilda Beyer, fünfzig Prozent des Duos *Agentinnen 007* oder fünfundzwanzig des Quartetts, wenn du die Berlinerinnen dazunimmst. Hat sich vor den Zug gelegt. Liebeskummer.«

»Das wäre dann nach Hirschmann schon der zweite Selbstmord aus Liebeskummer. Bisschen komisch ist das schon.«

»Und ihr seid wirklich sicher, dass der arme Hirschmann ganz alleine ins Wasser gegangen ist?«

»Ziemlich sicher. Seid ihr denn sicher, dass Frau – wie hieß die noch gleich?«

»Gilda Beyer.«

»Was für ein wohlklingender Name – also, dass diese Gilda Beyer sich ganz allein vor den Zug gelegt hat?«

»Nein, ich bin mir da nicht so sicher. Obwohl sie einen schönen Abschiedsbrief hinterlassen hat. Andererseits war der fast zu schön, um wahr zu sein, und bevor ich es vergesse, in diesem Brief stand auch noch, dass sie zutiefst bereut, was sie getan hat.«

»Was soll das denn heißen. Was hat sie denn Böses angestellt?«

»Weiß ich nicht, werde ich aber rauskriegen, es steht ganz oben auf meiner Liste, na ja, fast ganz oben.«

»Und was steht ganz oben?«

»So banale Dinge wie Mutter und Ehemann verständigen.«

»Wieso Ehemann? Ich habe geglaubt, sie war die Liebhaberin der Lechner?«

»Du siehst das zu eindimensional, mein Lieber. Es ist nicht alles so simpel, wie du denkst, das solltest *du* eigentlich wissen. Zuerst hatte sie einen Ehemann, und den hat sie dann in die Wüste geschickt, weil sie lieber mit der schönen Sophie gespielt hat.«

»Habt ihr den Ehemann schon gecheckt? Das klassische Motiv: Eifersucht?«

»Der lebt in Kanada, und nein, ich hab die Flüge noch nicht gecheckt.«

»O Gott, langsam wird das ein wenig unübersichtlich. Wie geht's jetzt weiter?«

»Das fragst du mich, Herr Hauptkommissar? Bis jetzt dachte ich, es sei dein Fall, und wir hier leisten nur ein wenig Amtshilfe. Inzwischen sieht's ja doch so aus, als müssten wir enger zusammenarbeiten. Also, ich werde morgen noch mal ins Burgtheater gehen, vielleicht find ich da ja noch mehr Gspusis von der schönen Sophie, und dann knöpf ich mir diesen Souffleur endlich vor.«

»Diese Lechner muss schon ein unglaubliches Weib gewesen sein. Stell dir vor, was Katia im Internet gefunden hat, die hatte 'ne richtige Sadomaso-Karriere.«

»Ui, jetzt, wo du's sagst, unsere Gilda hatte auch allerhand hübsches Werkzeug in der Kommode.«

»Und das sagst du mir jetzt erst?! Das hängt doch alles zusammen!«

»Sei froh, dass du sie nur tot kennengelernt hast. Vielleicht wärst du ihr ebenfalls verfallen.«

»Quatsch, ich verfalle niemandem.«

»Da wär ich mir nicht so sicher. Du lässt doch nichts anbrennen.«

»Was soll das denn heißen?! Was für ein hässliches Wort.«

»Ja, ja, also, ich muss dann mal. Die Liste muss abgearbeitet werden. Ich meld mich, wenn es was Neues gibt.«

»Na, dann tschüss ... oder wie sagt ihr Wiener immer: baba. Du bist mir übrigens noch eine Erklärung schuldig, erinnerst du dich? Du wolltest mir erzählen, woher dieser seltsame Abschiedsgruß stammt.«

»Stimmt, das hab ich ganz vergessen. Ich hol es nach, sobald wir wissen, wer unsere Diva ins Jenseits befördert hat. Ausführlich.«

»Abgemacht.«

Anna legte das Telefon auf den Schreibtisch und lächelte still vor sich hin. Irgendwie mochte sie ihn, den alten Grantler aus Berlin, auch wenn es nicht immer leicht war mit ihm. Aber heute hatte seine Stimme so warm geklungen – Anna versuchte sich an seine Augen zu erinnern. Braun oder grau?

24

Im Rixx in der Boddinstraße waren Thomas Bernhardt und Cornelia Karsunke lange nicht mehr gewesen. Die Kneipe war nicht mehr so dunkel und wirkte nicht mehr ganz so abgeranzt wie bei ihren früheren Besuchen. Behutsame Lokalerneuerung, oder was war das hier? Wo waren die Rocker in ihren Fransen-Lederklamotten, wo ihre blonden, solariumgebräunten Bräute mit den auf-toupierten Vokuhila-Frisuren? Wo waren die Rentner, die immer noch ihre klebrigen, nach Jahrzehnten aber stark ausgedünnten Elvis-Presley-Haarschnitte trugen und trübsinnig vor ihrer Molle mit Korn saßen? Waren die in Richtung Buckow und Rudow verdrängt worden?

Vereinzelt sah man an den Tischen schon den Berliner Typus des *homo creativus*, junge Männer und Frauen mit schwarzen Hornbrillen, die ernst und bedeutsam vor sich hin blickten und ab und zu ein paar Zeilen in ihr kleines, weißes Notebook tippten oder über ihr iPad wischten und in kurzen Abständen ihr Smartphone zückten und telefonierten: »Nein, nicht im HAU, eher im Ballhaus, am besten Heimathafen Neukölln – Förderantrag, nee, nicht über die Bosch-Stiftung, das läuft übers Bezirksamt Neukölln – scheiß auf Buschkowsky, der ist Bürgermeister, kann uns egal sein, wir machen's über das Kulturressort…«

Thomas Bernhardt war irritiert. »Dass es die jetzt schon hierher verschlägt.«

Cornelia Karsunke zog ihn in eine dämmrige Ecke, die anscheinend noch nicht renoviert worden war. Über dem Tisch hing ein Lampenschirm mit Plüschtroddeln, aus dem funzliges Licht auf den Tisch aus Holzimitat fiel. Cornelia Karsunke lächelte Bernhardt an. »Ist's hier okay? Alles original siebziger Jahre.«

»Da müsste ich jetzt aber auch 'ne alte schwarze Lederjacke tragen, vom Trödel, die nach Kellermuff stinkt.«

»Und Roth-Händle rauchen. Und ich hätte 'ne Schlägermütze auf und schwarze Stiefel dazu.«

Cornelia legte ihre Hand auf Bernhardts Hand. Er war überrascht, dass sie feucht und kalt war.

»Wir müssen über etwas ganz anderes reden.«

»Das hast du schon mehrmals gesagt.«

»Und jetzt ist es so weit.«

»Du willst mir aber keine Angst machen?«

Sie schaute ihn lange an. Und zu Bernhardts Erstaunen wandelte sich ihr Gesicht. So hatte sie doch früher ausgesehen, dachte er, so weich, so mädchenhaft, so melancholisch, mit diesem Lächeln, so scheu und offen zugleich. Aber ihre Augen hatten nicht mehr den hellen, warmen Schein, da war etwas Dunkles, Widerspenstiges.

»Ich kann nicht mehr mit dir zusammen sein. Wir müssen das beenden.«

Als hätte ihm jemand in die Magengrube geschlagen, voll auf den Solarplexus. Er hatte nicht erwartet, dass sie ihn so heftig treffen könnte mit diesem einen Satz. Leichter Schwindel ergriff ihn, und ihm war, als drehte er sich taumelnd um sich selbst. Wie oft in Krisensituationen sah er sich selbst im Boxring, er war angeschlagen, er musste Zeit gewinnen, Deckung hoch, auf den Beinen bleiben, Zeit gewinnen.

»Warum?«

»Ich habe mit einem anderen Mann geschlafen.«

Deckung hochhalten, an den Ringseilen abfedern, atmen. »Na ja, das ist... nicht... Warum?«

»Weil ich jemanden brauche, auf den ich mich verlassen kann.«

»Und da musst du –«

»Und der mich unterstützt. Mein Leben ist ziemlich schwierig, und ich kann nicht mehr rumspielen. Ich bin zu alt dafür.«

»Du hättest mir sagen können...«

Er spürte die feuchte, kalte Hand. Er ließ die Deckung sinken. Sie schaute ihn eindringlich an.

»Ich habe dir mehrmals gesagt, dass ich Verlässlichkeit brauche. Und als du mit dieser blöden Wienerin rumgemacht hast, da ist es passiert. Du warst weg, du hast dich nicht bemüht um mich, du hast gespielt, du wolltest nicht wirklich.«

»Das stimmt nicht, ich wollte –«

»Du hattest so viele Möglichkeiten, aber du wolltest nicht wirklich. Es ist sehr schmerzlich für mich, du hast mir viel bedeutet.«

»Viel bedeutet...« Bernhardt merkte, wie er wütend wurde.

»Das ist ungefähr das Blödeste, was du sagen konntest. Viel bedeutet! So blöd zu reden!«

»Du hast recht, ich verstehe, wenn du wütend bist. Aber du hast selbst dafür gesorgt, dass wir jetzt an diesem Punkt sind.«

»Ach, ich bin für diese Situation verantwortlich? Na toll.«

»Sei nicht böse, es ist besser so. Ich habe mit meinem Freund gesprochen, der wird mich unterstützen.«

»Ach, du hast mit ihm –«

»Nein, es ist anders, komplizierter.«

»Dann sag mir doch, wie's ist, damit ich was begreife.«

»Du musst das nicht wissen. Ich will dir nicht weh tun.«

»Nett, danke.«

Wenn Bernhardt später an diesen Abend dachte, fiel ihm immer zuallererst der Moment ein, als die Wut in ihm zusammengesackt und erloschen war. Je ferner der Abend lag, desto glücklicher war er darüber, dass er ruhig geblieben war.

Sie saßen noch eine Zeitlang beisammen. Sie blockte seine nur noch halbherzig, sozusagen pflichtgemäß vorgebrachten Fragen ab. Als er ihre Hand ergriff, war die immer noch feucht und kalt, wie jetzt auch seine eigene. Irgendwann erhob sie sich. »Bringst du mich nach Hause?«

Sie gingen den kurzen Weg zu ihrer Wohnung. Sie hatte den Arm um seine Schulter gelegt. Vor ihrer Haustür küsste sie ihn leicht auf den Mund. Im milden Licht der Gaslaterne sah er, wie eine Träne sich aus ihrem Augenwinkel löste und langsam über ihre Wange in den Mundwinkel lief. Wie ein flüssiger Kristall, dachte er, der gleich einfrieren wird.

Eine Stunde später stand er am Tresen im Renger & Patzsch in der Merseburger Straße nahe seiner Wohnung. Er hatte es nicht geschafft, gleich nach Hause zu gehen. Eigentlich mochte er das Restaurant nicht. All die Alt-68er, die sich hier als Gourmets aufspielten, gingen ihm schwer auf den Senkel. Aber jetzt war es genau richtig. Zielstrebig trank er einen halben Liter Tegernseer Helles nach dem anderen. Ein Kellner, der aus den zwanziger Jahren ins Diesseits gebeamt zu sein schien, mit ausrasierten Schläfen und Nacken, dem die dünnen grauen Haare in die Stirn fielen, sprach Bernhardt an, nachdem der innerhalb einer guten Stunde fünf Halbe runtergeschüttet hatte.

»Schwerer Tag heute?«

»Ging so.«

»Ich würde an die Kopfschmerzen morgen denken.«

»Werd ich nicht haben, da hab ich noch genügend Restalkohol.«

»Trotzdem. Ich würde jetzt mit einem Schnaps abschließen – und dann in die Falle.«

Ganz gegen seine Art folgte Bernhardt dem wohlmeinenden Rat des Kellners.

In seiner Wohnung griff er zum Telefonhörer und rief Cornelia an. Sie war freundlich, aber abweisend, im Hintergrund hörte man die Kinder und eine ruhige Männerstimme.

»Na, du wirst ja schon unterstützt.«

»Ja, wie ich dir gesagt hatte.«

»Und du meinst, mit uns ist nichts mehr drin?«

Es fiel ihm schwer, klar und deutlich seine Worte zu artikulieren.

»Nein.«

»Und wenn ich mich ändere?«

»Du wirst dich nicht ändern. Aber versuch's trotzdem.«

»Aber wir könnten doch –«

Und dann kam der Satz, der Bernhardt in dieser Nacht und noch viele Jahre später durch den Kopf spuken würde: »Komisch, wenn der andere nicht mehr will, dann fängst du erst richtig an, oder?«

25

Es war kurz vor zehn, als Anna aus einem unruhigen Schlaf schreckte. Sie hatte am Abend zuvor lange nicht einschlafen können und musste den Wecker überhört oder einfach abgestellt haben. Ihr Handy befand sich in den Tiefen ihrer Handtasche, und die war in der Küche – deshalb hatten die zahlreichen Anrufe sie auch nicht geweckt. Blitzwäsche, Zähneputzen und ein paar frische Klamotten – sie brauchte nicht länger als zehn Minuten, um das Haus zu verlassen. Auf dem Rücksitz eines überheizten Taxis schrieb sie eine SMS an Motzko: *Bin in zehn Minuten da. Wenn der Hofrat fragt, erfinden Sie etwas.*

Im Büro war niemand zu sehen, auf ihrem Schreibtisch hatten sich Notizen angesammelt, obenauf ein gelber Zettel: *Hofrat anrufen.* Sie schob ihn tief nach unten, machte sich eine große Tasse Kaffee und legte ihr Kipferl auf den Papierstapel. Auf einem weißen Blatt machte sie sich eine To-do-Liste, der Tag würde lang werden.

Die beiden Kollegen betraten schwungvoll das Büro, und ohne auf Annas Verspätung anzuspielen, rief Helmut Motzko sein »Guten Morgen«. Anna musste an die beliebte Comedy-Sendung denken, in der der amtierende Bundespräsident auf die Schippe genommen wurde und

allen ein zackiges »Guten Morgen, Österreich« entge-
genschmetterte. Sie bezweifelte allerdings, dass Helmut
Motzko die Sendung schaute.

Das Räuspern ihres Kollegen riss sie aus den Gedanken. Stimmt, sie durfte jetzt nicht noch mehr Zeit
vergeuden. Sie musste die Aufgaben verteilen. Gabi Kratochwil sollte weiterhin den Exmann in Kanada suchen – sie hatte zwar gestern von der Botschaft eine
Anschrift bekommen, aber dort niemanden erreicht –,
und Helmut Motzko sollte sämtliche Flüge nach Berlin
auf verdächtige Personen überprüfen und noch einen
Termin im Burgtheater vereinbaren. Sie selbst griff zum
Hörer, um den Souffleur, Herrn Fürst, anzurufen, seine
Telefonnummer hatte sie inzwischen aus der Personalabteilung des Theaters bekommen. Anna wollte schon
fast auflegen, als nach endlos langem Läuten eine Männerstimme ein »Ja« in den Hörer bellte.

»Herr Fürst? Spreche ich mit Herrn Roland Fürst?«

»Wer will das wissen?«

»Kriminalpolizei, Chefinspektor Anna Habel. Und
mit wem hab ich die Ehre?«

»Na, mit wem schon. Sonst wohnt hier keiner. Aber
ich werde mich beschweren, die im Theater dürfen meine
Nummer nicht rausgeben.«

»Woher wissen Sie denn, dass ich die Nummer vom
Burgtheater habe?«

»Ich bin doch nicht blöd. Jetzt ist sie tot, die dumme
Kuh, und wen ruft ihr an? Mich natürlich, weil ich ihr
den Tod so was von gewünscht hab. Und jetzt lassen S'
mich in Ruhe. Ich war's nicht, das wissen Sie genau.«

Mit diesen Worten unterbrach er die Verbindung, und sämtliche weitere Anrufversuche klingelten ins Leere.

»Ich bin mal kurz weg«, rief Anna in den Raum. Helmut Motzko telefonierte anscheinend gerade mit jemandem vom Flughafen und winkte ihr abwesend zu.

Anna schnappte sich den Mantel und steckte den Zettel mit der Adresse des Souffleurs in die Manteltasche.

Die Wohngegend im 12. Bezirk konnte nicht einmal die weiße Schneepracht verschönern. Grau in grau standen die Häuser im fahlen Licht, kein einziger Baum war zu sehen, eine Autokolonne wälzte sich im Stop-and-Go-Modus durch die Schönbrunner Straße. Roland Fürst wohnte in einer Dachwohnung in einer kleinen Seitengasse, und wider Erwarten öffnete sich die Haustür nach einmaligem Klingeln. Am Treppenabsatz stand ein ungepflegt wirkender Mann in einem dunkelblauen Trainingsanzug und blickte Anna teilnahmslos an. Sie streckte ihm den Dienstausweis entgegen, er schaute flüchtig drauf, drehte sich wortlos um und schlurfte in die Wohnung zurück. Anna folgte ihm, und eine Welle abgestandener Luft schlug ihr entgegen. Im Zimmer, es war wohl das Wohn-Esszimmer, brannte lediglich eine kleine Stehlampe, die die Sammlung aus leeren Flaschen und schmutzigen Tellern diffus beleuchtete. In der Ecke flimmerte über einen großen Flatscreen-Fernseher lautlos eine Talkshow.

»Wollen Sie mich jetzt verhaften?«

»Nein, das will ich nicht. Ich möchte Sie nur fragen, wo Sie am vergangenen Donnerstagabend waren.«

»Keine Ahnung. Sagen Sie es mir doch.«

»Warum sollte ich es Ihnen sagen?«

»Na, Sie wissen doch eh alles! Man kann doch keinen Schritt tun, ohne dass es jemand weiß.«

»Ich weiß es aber nicht. Also?«

»Ich habe keine Ahnung, wo ich war. Ich weiß auch nicht, welcher Tag heute ist. Ich brauch keinen Kalender mehr. Und wissen Sie, wer daran schuld ist? Diese Schlampe. Es ist gut, dass sie tot ist. Jawohl, und das geb ich Ihnen schriftlich.«

»Roland! Bitte, sag so was nicht!« Aus der Küche war unbemerkt eine Frau getreten, sie stand im Türrahmen und trocknete sich die Hände an einem Geschirrtuch. Monika Swoboda, die Kostümschneiderin.

»Ach! Sie hier? Warum überrascht mich das jetzt nicht?«

»Ist es verboten, sich um ehemalige Mitarbeiter ein wenig zu kümmern? Herr Fürst und ich waren zehn Jahre lang Kollegen.«

»Und deshalb putzen Sie ihm jetzt die Küche? Wo waren Sie beide letzten Donnerstag ab siebzehn Uhr?«

»Ich hatte Dienst, ich war im Theater. Und Roland? Der war hier, hat ferngesehen.«

»Herr Fürst, stimmt das?«

»Ich sagte schon, ich habe keine Ahnung, wo ich war. Vielleicht war ich ja auch schnell in Berlin. Überprüfen Sie es doch!«

»Das werden wir, darauf können Sie sich verlassen. Erzählen Sie mir von Ihrer Beziehung zu Frau Lechner.«

»Wie das klingt: Beziehung…« Er verzog angewidert das Gesicht, und für einen kurzen Moment dachte Anna,

232

er würde auf den dreckigen Fußboden spucken. »Eine Schlampe war das. Eine völlig überschätzte Person. Der größte Bluff der Theaterwelt! Aber ich hab sie durchschaut. Ich wusste immer, dass die nichts kann, gar nichts, außer sich mit den richtigen Personen einzulassen. Hochgeschlafen hat sie sich!«

»Roland, pass auf, was du sagst. Du versündigst dich!« Monika Swoboda knetete immer noch ihr Geschirrtuch, trat ins Wohnzimmer und sah dem verwahrlosten Ex-souffleur in die Augen.

»Und Sie sind also froh, dass sie tot ist?«

»Jawohl. Auch wenn es mir meinen Job nicht zurückbringt, aber es ist eine echte Genugtuung.«

»Sie machen sich ziemlich verdächtig mit Ihren Aussagen – zumindest behindern Sie die Ermittlungen. Morgen um zehn Uhr sind Sie auf dem Präsidium, bis dahin überlegen Sie sich, wo Sie am Donnerstag waren, und wir nehmen Ihre Aussage zu Protokoll. Wenn Sie sich nicht ein wenig kooperativer zeigen, haben Sie ein Problem.« Anna holte eine Karte aus der Tasche, schrieb die Uhrzeit drauf und suchte einen Platz dafür auf dem zugemüllten Esstisch. Roland Fürst beugte sich darüber, als würde er ein interessantes Foto studieren. Anna murmelte einen Abschiedsgruß, und als sie schon fast zur Tür draußen war, klingelte ihr Handy. »Motzko? Ja? Burgtheater geht erst um siebzehn Uhr? Nicht früher? Na gut, kann man nichts machen.«

Endlich hatte es zu schneien aufgehört, die Fahrbahn wurde bereits schmutzig grau. Zurück im Auto startete Anna den Motor, drehte Heizung und Gebläse voll auf und schrieb eine kurze SMS an den Berliner Kollegen: *Souffleur hat kein Alibi. Freut sich, dass Sophie tot ist. Morgen weitere Befragung. LG AH.*

Gerade als sie auf Senden drückte, klingelte das Handy, und ein fröhlicher Dr. Schima rief ihr ins Ohr: »Ha! Ich hab was! Die Frau Beyer, die war schon tot, als sie der Zug überfahren hat. Ich hab's schon vermutet, wegen dem Zustand ihres Mageninhaltes, aber jetzt hab ich's gefunden!«

»Was hast du gefunden?«

»Na, die Todesursache.«

»Und? Jetzt mach's nicht so spannend! Ich sitz hier im Auto und frier mir den Arsch ab.«

»Sie wurde erdrosselt. Mit einem Seil, einer Kordel, was weiß ich, mit irgendeiner dickeren Schnur halt.«

»Wie konntest du das sehen? Sie hat doch keinen Kopf mehr!«

»Ja, aber einen Hals. Und darauf hab ich eindeutige Male von Strangulierung gefunden. Und zwar ein Stück unterhalb der Stelle, an der die Räder des Zuges den Kopf sehr sauber vom Rest des Körpers getrennt haben. Der Täter muss sich sehr schlau vorgekommen sein, die Idee war auch nicht schlecht, aber ich bin besser. Und vermutlich wurden ihr vorher noch K.O.-Tropfen zugeführt, sie hat also wahrscheinlich nichts mitgekriegt. Willst du es dir anschauen?«

Anna stellte sich den kopflosen Torso vor und dazu den eifrigen Schima, wie er mit einem Stift am toten Fleisch rumstrichelte. »Nein, danke. Erst mal nicht. Ich vertraue dir blind.«

Es war mühsam, aus der engen Lücke auszuparken. Ein offizielles Mordopfer änderte die Sache gewaltig. An der nächsten roten Ampel tippte sie noch eine SMS an Bernhardt: *G. B. wurde ermordert.*

Keine zehn Sekunden danach war er auch schon in der Leitung. »Wer wurde ermordert?« Er lachte und betonte den Tippfehler genüsslich.

»Mach dich nicht lustig über mich. Gilda Beyer. Erwürgt. Mit einem Seil oder so. Erst danach hat sie jemand vor den Zug gelegt.«

»Das gibt's ja nicht! Ein Sadomaso-Unfall?«

»Keine Ahnung, das wäre zumindest ein seltsamer Zufall, oder? Also, ich werfe jetzt hier mal die Maschine an. Hausdurchsuchung, Bürodurchsuchung, ihr Umfeld – das ganze Programm. Ich bin eigentlich sicher, dass das alles irgendwie zusammenhängt.«

»Gut. Wir bleiben in Kontakt. Ich versuche hier noch ein wenig mehr aus Groß rauszukriegen. Er hat wohl alles leidlich überstanden, war aber gestern noch nicht ansprechbar.«

»Mein Gott, was für ein mühsamer Fall!«

»Hey, warum so pessimistisch? So kenn ich dich ja gar nicht. Wo ist denn dein berühmter Elan geblieben?«

»Irgendwo in diesen Schneemassen vergraben. Ich sehne mich nach einem Winterschlaf, nicht nach verzwickten Ermittlungen.«

»Ja, das wär's. Wir beide in einer kuscheligen Höhle mit Lagerfeuer, einem Fell und genug Proviant. Stell ich mir nett vor.«

»Ich dachte da eher an mein eigenes Bett, ohne Lagerfeuer, ohne dich, mit schönem alten Rotwein und guten neuen Büchern.«

»Tja, meine Liebe, das wird wohl nichts. Jetzt musst du erst mal rausfinden, ob deine tote Agentin etwas mit unserem toten Star zu tun hat. Vielleicht waren sie Mitglied in einer geheimen Sadomaso-Sekte und haben irgendwelche klandestinen Praktiken verraten.«

»Deine Phantasie möcht ich mal haben. Ich hab keine Ahnung, wie das alles zusammenhängt, aber zusammenhängen tut es, keine Frage.«

»Ich fürchte, du hast recht. Also, *we keep in touch*.«

»*Yes, sir*.«

Als Anna auf die rote Taste drückte, hielt sie ihr Mobiltelefon noch ein paar Sekunden in der Hand. *We keep in touch,* hatte er gesagt, wie seltsam, dass dieser Satz ein warmes Gefühl in ihr auslöste.

Auf dem Weg zum Präsidium informierte sie den Hofrat und ihre Kollegen, doch Schima war ihr, übereifrig, wie er war, schon zuvorgekommen.

»Wir haben schon den Durchsuchungsbefehl für das Büro, und die Kollegen von der Spurensicherung sind bereits auf dem Weg in die Vereinsgasse.« Gabi Kratochwil klang ein wenig kleinlaut, fast als hätte sie ein schlechtes Gewissen, etwas eigenständig entschieden zu haben. Doch Anna lachte auf und meinte: »Wunderbar! Ihr seid super, dann fahr ich gleich in die Plankengasse. Sonst was Neues? Was ist mit den Flügen? Irgendwelche Buchungen unserer Verdächtigen?«

»Nein. Nichts. Aber dieser Souffleur, dieser Herr Fürst, da gab es mal eine Geschichte mit einer Frau, die er an-

geblich geschlagen hat. Und gewürgt. Aber nur ein bisschen.«

»Wie kann man jemanden ein bisschen würgen? Wann
war das? Gab es eine Anzeige?«

»Nein, wurde zurückgezogen. Vor ungefähr drei Jahren. Ist wohl ein aufbrausender Typ.«

»Gut. Ich sag euch, der ist höchst verdächtig. Irgendwie trau ich ihm das zwar nicht zu, aber der ist vor lauter Hass auf diese Lechner wie zerfressen.«

»Und diese Gilda Beyer?«

»Was weiß denn ich, wie das alles miteinander zusammenhängt. Frau Kratochwil, Sie suchen alles über
diese Frau Beyer. Alles! Mitgliedschaften, Hobbys, Verbindungen zu Fürst, Lechner, Steiner, alles ist wichtig.
Verstanden?«

»Ja, ich bin schon dabei. Sie war wohl der Kopf der
Agentur, die, die alles zusammengehalten hat. In letzter
Zeit ist das ein wenig aus dem Ruder gelaufen, ein paar
Schauspieler haben die Agentur gewechselt.«

»Gut, wir werden da jedes Blatt Papier umdrehen. Ist
ihre Kollegin, diese Felicitas Zoltan, schon verständigt?«

»Ja, Herr Motzko hat sie angerufen, und die Kollegen
von der Spurensicherung müssten gleich da sein.«

Als Anna in der Plankengasse ankam, herrschte lebhaf-
tes Treiben. Ein Kollege packte gerade die Laptops in
eine Sporttasche, ein anderer kniete vor dem Akten-
schrank und bündelte Stapel von Blättern mit Gummi-
bändern. Auf dem Schreibtisch lagen zahlreiche Schwarz-
weiß-Porträtfotos, Anna glaubte ein paar Gesichter zu

erkennen. Felicitas Zoltan saß auf dem Designersofa, den kleinen weißen Hund auf ihrem Schoß streichelte sie mechanisch. Sie schien Anna nicht zu bemerken.

»Frau Zoltan? Können Sie mich hören?«

Sie blickte verwirrt auf und strich sich eine Haarsträhne aus dem Gesicht. Ihr Gesicht war grau, tiefe Schatten lagen unter den Augen. »Frau Habel. Wer tut so was?« Ihre Stimme war kaum zu vernehmen, und wie wenn durch Annas Präsenz ein Deich gebrochen wäre, schossen ihr die Tränen in die Augen. Der Hund wand sich aus ihrem Griff und verkroch sich unter dem Schreibtisch.

»Ich weiß es nicht, Frau Zoltan, ich weiß es nicht. Aber Sie müssen uns alles erzählen, alles, was Sie wissen über Frau Beyer, jede Kleinigkeit ist wichtig.«

»Ja, aber was soll ich denn sagen? Seit Gilda diese Beziehung mit Sophie angefangen hat, hat sie kaum noch mit mir geredet.«

»War sie denn besorgt, kam sie Ihnen beunruhigt vor? Hatte sie vor irgendetwas Angst?«

»Nein, eher im Gegenteil. Sie war, wie soll ich sagen, ein bisschen überheblich geworden. Ein wenig so, als hätte sie einen Trumpf im Ärmel, den sie irgendwann rausziehen würde.«

»Was meinen Sie damit?«

»Ich weiß auch nicht. Sie war so … so … ach, keine Ahnung. Die Sophie hat ihr nicht gutgetan.«

»Wurde sie bedroht, gab es irgendwelche Zwischenfälle im Büro?«

»Nein, nichts.«

»Was ist mit Hans-Günther Steiner?«

»Was soll mit dem sein?«

»Der hatte doch eine Beziehung zu Sophie Lechner. Und Gilda Beyer auch...«

»Sie glauben doch nicht an die große Eifersucht?! Dem war doch egal, was die Sophie treibt. Da ging's nie um die großen Gefühle. Steiner und Sophie haben sich gegenseitig benützt, und als sie sich nicht mehr brauchten, haben sie sich fallen lassen wie zwei heiße Kartoffeln.«

»Glauben Sie, es gab offene Rechnungen zwischen den dreien?«

»Offene Rechnungen gibt es doch immer, oder?«

»Sie sollten jetzt mal ein paar Tage nicht hierherkommen. Fahren Sie nach Hause, nehmen Sie ein Beruhigungsmittel, und versuchen Sie, an etwas anderes zu denken.«

»Wie soll das denn gehen? Komm, Giacomo, wir werden hier nicht mehr gebraucht.«

»Wir geben Ihnen Bescheid, sobald Sie das Büro wieder benützen können. Haben Sie jemand, der sich ein wenig um Sie kümmert?«

»Ich komm schon zurecht, machen Sie sich keine Sorgen.«

»Sie müssen aber erreichbar sein, wir haben sicher noch Fragen.«

Anna mahnte die Kollegen zur Vorsicht, doch der gewachste Parkettboden war schon jetzt ganz verdreckt von den schneenassen Schuhen.

»Was suchen wir eigentlich?« Ein Kollege mit Oberlippenbärtchen kniete vor dem Schreibtisch und blickte Anna fragend an.

»Ich weiß es nicht. Spuren halt. Drohbriefe, Erpresserbriefe, keine Ahnung.«

»Na, viel Spaß.«

»Danke, werd ich haben.« Anna rief im Präsidium an und versuchte den Computer-Kurti ans Telefon zu bekommen, was nach einer gefühlten halben Stunde auch gelang.

»Servus. Du, ich schick dir gleich so ein schickes Laptop ins Haus. Ich brauch alles, was du darauf finden kannst, hörst du! Und zwar schnell.« Obwohl Anna wusste, dass solche Aufforderungen beim trägen Kurt eher kontraproduktiv waren, konnte sie sich nicht zurückhalten.

»Ja, ja. Die schnelle Habel. Ich hab das Teil noch nicht mal im Haus, und du machst schon Stress. Irgendwelche Hinweise auf ein mögliches Passwort?«

»Sophie, Buhlschaft, Giacomo, James Bond, was weiß denn ich, du wirst es schon knacken. Du, ich muss Schluss machen, der Holzer von der Spurensicherung klopft bei mir. – Ja, was gibt's?«

»Hallo, Anna. Wir sind in der Vereinsgasse, und ich glaube, wir haben etwas gefunden. Wo bist du? Kannst du mal kommen?«

»Mein Gott, heute scheucht ihr mich aber ordentlich herum, und das bei den Straßenverhältnissen. Ich bin in zwanzig Minuten da.«

Aus den zwanzig Minuten wurde fast eine Stunde, eine lange Kolonne wälzte sich den Ring entlang. Das

Außenthermometer zeigte minus zehn Grad. Sie rutschte nervös auf dem Autositz hin und her, es machte sie ganz kribbelig, dass es so langsam weiterging, sie versuchte Bernhardt anzurufen, doch der nahm nicht ab. Aus einem Impuls heraus wählte sie noch einmal die Nummer des frustrierten Souffleurs, diesmal ging er nach dem zweiten Klingeln ran. »Fürst.«

»Herr Fürst, hier Anna Habel. Hören Sie, ich würde Sie gerne heute Abend noch mal sprechen, können Sie ins Präsidium kommen?«

»Nein, kann ich nicht. Ich hab schon getrunken, und bei dem Wetter geh ich nicht mehr aus dem Haus.«

»Ich lasse Sie abholen.«

»Sie nehmen mich fest?«

»Das hab ich nicht gesagt. Ich will Ihnen behilflich sein, den Termin wahrzunehmen.«

»Ich will den Termin aber nicht wahrnehmen, auch wenn Sie mir behilflich sind.«

»Herr Fürst, Sie werden um zwanzig Uhr von zwei Kollegen abgeholt. Entweder Sie kommen freiwillig mit oder eben nicht freiwillig. Das bleibt ganz Ihnen überlassen.« Anna legte grußlos auf.

In der Vereinsgasse parkte sie das Auto schräg in einer Einfahrt und stellte das Blaulicht aufs Dach. Holzer empfing sie an der Wohnungstür, wies wortlos auf den weißen Schutzanzug und die Überzieher für die Schuhe.

»Na, was hast du Tolles gefunden?«

»Mehrere schöne Dinge. Schau mal.« Er zeigte auf ein Potpourri an Seilen, Stricken, Kabelbindern und Klebebändern, die feinsäuberlich auf dem Sofa im Laura-

Ashley-Stil aufgereiht lagen. »Ja, ich weiß, die Dame hat's halt gern ein bisserl heftiger gehabt.«

»Ich bin fast sicher, dass einer dieser Stricke verwendet wurde, um sie zu strangulieren. Näheres muss uns der Schima sagen. – Ich hab aber noch was, schau mal.« Er wies auf einen kleinen Couchtisch mit einer Steinplatte, die mit dem feinen Staub der Spurensicherung bedeckt war. In der Mitte konnte man deutlich einen handtellergroßen Fleck erkennen. »Hier wurde ihre Hand zertrümmert, ich habe eindeutige Spuren gefunden. Da, schau mal, da lag die linke Hand, und jemand hat mit großer Wucht draufgehauen, das ist eindeutig.«

»Wenn du das sagst. Ich seh einen Fleck, sonst seh ich gar nichts.«

»Hast du nicht erzählt, dass sie einen Abschiedsbrief geschrieben hat?«

»Ja, den lassen wir gerade von einem Graphologen untersuchen. Du meinst…?«

»Ich meine, dass sie hier kauerte und gezwungen wurde, diesen Brief zu schreiben. Und dass ihr Besucher nicht eben feinfühlig war. Und er hat sich nicht wahnsinnig viel Mühe gegeben, keine Spuren zu hinterlassen.«

»Irgendwelche Fingerabdrücke?«

»Nicht wirklich. Die Türschnallen und so wurden auf jeden Fall mit Handschuhen angegriffen.«

»Na gut, ihr macht mir hier alles fertig, sucht vor allem nach Dokumenten. Habt ihr eigentlich Wertgegenstände gefunden?«

»Du hoffst wohl auf einen Raubmord. Nein, nein, meine Liebe, so leicht machen wir's dir nicht, alles da und nicht zu knapp: Bargeld, teurer Schmuck, ein paar Wertpapiere. Du musst dir ein anderes Motiv suchen.«

»Schade. Also, macht's gut, und schließt ordentlich ab nachher.«

»Machen wir. Ciao.«

Vor Annas Auto stand ein Garagenbesitzer, der sich in demonstrativer Gelassenheit an die Motorhaube lehnte.

»Euch ist das wurscht, wenn ich da rausmuss, ihr glaubt, die Stadt gehört euch ganz allein!«

»Entschuldigung, ich bin ja schon weg. Es war wirklich dringend, und ich hab mich beeilt.«

»Beeilt. In einer halben Stunde beginnt mein Dienst, und in einer Dreiviertelstunde hab ich meinen ersten Blinddarm auf dem Tisch. Und wenn ich zu spät komme?«

»Dann behält der arme Mensch seinen Blinddarm halt noch ein paar Minuten länger – ich bin schon weg.« Sie rutschte auf den Fahrersitz und drehte den Zündschlüssel, doch nichts bewegte sich. Keinen winzigen Laut gab der Motor von sich, lediglich ein kleines Klicken war zu hören, als Anna den Schlüssel mehrmals hin- und herdrehte. »Das gibt's nicht. Scheiße! So ein verdammtes Wetter aber auch, mir reicht's für heute, ich hab's so satt, lasst mich doch alle in Ruhe ...«

»Hallo! Alles klar bei Ihnen? Haben Sie ein Problem?«

»Ob ich ein Problem habe?« Anna stieg aus dem Wagen und schlang die Arme um sich. »Ich habe zwei Leichen, einen Kollegen mit Bänderriss, tausend Überstunden und einen Riesenhunger. Und seit neuestem hab ich auch ein Auto, das nicht anspringt. Ich muss in zwanzig Minuten im Burgtheater sein.«

»Na, da haben wir ja fast die gleiche Richtung. Dann schieben wir jetzt Ihre Schüssel in den Hof, stellen sie auf meinen Parkplatz, setzen uns in mein Auto, und ich lass Sie am Burgtheater aussteigen. Was schauen Sie sich denn an?«

Anna starrte den jungen Mann an – er sah eher wie ein Skilehrer als wie ein Chirurg aus. »Was ich mir anschaue? Nichts schau ich mir an. Ich ermittle in einem, also eigentlich in zwei Mordfällen, also in einem nicht so richtig, weil der ist in Berlin passiert, aber inzwischen gibt's hier auch eine Leich und... ach, egal. Glauben Sie, wir schaffen das?«

»Was denn, das Ermitteln?«

»Nein, das blöde Auto da reinschieben.«

»Na, Sie haben sich ja praktischerweise eh schon so hingestellt, dass es fast von selber geht.«

Zehn Minuten später saß sie völlig durchnässt auf dem Beifahrersitz eines zugemüllten Dacias. Scheibenwischer und Gebläse kämpften gegen Schnee und Kälte. »Solche Autos fahren also Chirurgen?«

»Tja, zumindest junge Chirurgen. Halbgötter in Weiß, das war einmal. Aber angesprungen ist mein Dacia bisher noch bei jeder Temperatur.«

26

Thomas Bernhardt kam langsam im Tag an, der bohrende Kopfschmerz, der ihn am frühen Morgen noch drangsaliert hatte, war fast verschwunden. Nachdem Katia ihm einen Tee aufgebrüht hatte, zog sie ihn vor den Bildschirm und forderte ihn auf, einfach einmal genau hinzuschauen. Es dauerte, bis sich Bernhardt auf der Website zurechtfand. Katia klickte ein paarmal hin und her, vergrößerte Bilder, markierte einzelne Textpassagen. Schließlich begriff er. Ein Angebot für »einsame Damen der Gesellschaft, die sich stilvoll vergnügen wollen: Konversation, Begleitung und *mehr!*« Es hätte der Kursivschrift und des Ausrufezeichens nicht bedurft, um zu begreifen, worum es ging. Die Bilder der »jungen, kraftvollen Begleiter« vermittelten sehr klar, was »anspruchsvolle Ladys« hier erwarten durften. Und einer der jungen, kraftvollen Begleiter war – Sebastian Groß, ein Jüngling mit lockigem Haar. Bernhardt blickte Katia Sulimma fragend an.

»Ja, Thomas, da staunst du, das ist schon über zehn Jahre her. Diesen Escort-Service gibt's nicht mehr. Aber ich sag dir, das muss ein riesiger Markt sein. Was man da alles findet, zum Gruseln. Ein Glück, dass ich immer einen Freund habe.«

Cellarius hatte sich hinter Bernhardt gestellt und blickte ihm über die Schulter. »War Groß damit erpressbar?«

Bernhardt schaute Katia an. »Was meinst du?«

»Ich weiß nicht, eher nicht. Ist doch nichts Schlimmes, in jungen Jahren ein Escort-Junge gewesen zu sein, gibt ihm einen leicht verruchten Touch. Der Laden war doch anscheinend auch ganz respektabel. Was Sophie Lechner in ihren Internetforen getrieben hat, ist schon ein bisschen schärfer. Ich hab euch das mal in zwei Exemplaren ausgedruckt.«

Eine gute halbe Stunde blätterten Bernhardt und Cellarius in ihrer Handakte, verglichen, kommentierten. Letztlich lief es auf die Frage raus: War Sophie Lechner aus diesem virtuellen Raum mit ihren Obsessionen ins wirkliche Leben getreten, hatte sie Members dieser seltsamen SM-Community getroffen, oder war das alles nur Maulhurerei, was sie betrieb? Und hatte irgendjemand sie auf den Fotos in ihren seltsamen Verkleidungen erkannt?

Krebitz war schon am Morgen zum Windrad gefahren. So entschieden sie, dass Cellarius sich um den Escort-Service kümmern und auf den Spuren von Sophie Lechner durch die Internetforen surfen würde. Und Bernhardt würde Sebastian Groß im Bundeswehrkrankenhaus in der Scharnhorststraße richtig auf den Zahn fühlen und ihm hoffentlich den Nerv ziehen. In seiner Tasche steckte eine Kopie des Zettels, der Krebitz entgegengeflattert war, als er Sophie Lechners Bücher durchsucht hatte: *Der Geliebte will mich töten.*

Vor dem Zimmer von Groß saß der eine Teil des »doppelten Reformators«. So nannten sie in der Keithstraße zwei Kollegen, die oft im Doppelpack eingesetzt wurden und die sich einen Spaß daraus machten, die Leute mit der effektvollen Nennung ihrer Namen zu verblüffen.

»Tag, Luther. Wo ist Martin?«

»Der löst mich heute Abend ab.«

»Gab's was Besonderes?«

»Alles ruhig. Ein Kollege von Groß war da. Aber ich habe ihn nicht reingelassen.«

»Personalien hast du? Und hast du überprüft, ob der wirklich am Berliner Theater beschäftigt ist?«

»Ja, habe ich. Alles sauber.«

Bernhardt wurde von einem älteren Arzt begrüßt, der ihn auf ruhige Art ermahnte, an das Wohl des Patienten zu denken. Der sei zwar stabil, aber wie man wisse, sei Ruhe das beste Heilmittel.

»Wieso hat eigentlich die Bundeswehr ein Krankenhaus?«, wollte Bernhardt noch wissen, bevor er sich Groß vorknöpfte.

»Die Bundeswehr hat mehrere Krankenhäuser, aber das hier hat eine besondere Geschichte.«

»Ja?«

»Das war das Regierungskrankenhaus der DDR. Nur für einen ganz engen Personenkreis ausgelegt: Politbüro, Zentralkomitee der SED und noch ein paar andere Großkopferte. Mit Westmedikamenten und allen Raffinessen für die geliebten Führer der Arbeiterklasse. Ulbricht, Honecker, Mielke waren alle hier.«

»Haben Sie das erlebt?«

»Nein, ich bin erst nach der Wende gekommen, aber die altgedienten Kollegen haben einiges erzählt. Ist schon ein geschichtsträchtiger Ort. Hier haben sie auch Flüchtlinge, die über die Mauer wollten und angeschossen wurden, verarztet – oder ihren Tod festgestellt.«

Sie traten ins Zimmer. Sebastian Groß lag leicht aufgerichtet in seinem Bett. Die Haut in seinem Gesicht war gespannt, sie schimmerte rötlich, als hätte er viel zu lang in der Sonne gelegen. Der Arzt sah Bernhardts Bestürzung. »Sieht schlimmer aus, als es ist. Wir kriegen ihn hin.«

Sebastian Groß schaute Bernhardt aus großen dunklen Augen an. »Was wollen Sie von mir?«

»Ich stelle einfach ein paar Fragen, es ist ja sicher auch in Ihrem Interesse, dass wir den Entführer fassen. War es eine Person, oder waren es mehrere?«

»Eine.«

»Können Sie die genauer beschreiben? Wie groß? Kleidung? Sprache?«

»Der hat nicht gesprochen, der hat mich vor meiner Haustür von hinten angegriffen, mich in sein Auto geworfen, mir Arme und Beine gefesselt. Und dann sind wir gefahren.«

»Wie lange?«

Das Gesicht von Sebastian Groß verzerrte sich zu einer Schmerzensgrimasse. »Keine Ahnung. Ich war im Schock.«

»Wieso ist es Ihnen gelungen zu telefonieren?«

»Irgendwann hat der mich …«

»Es war ein Mann?«

»… ja, zu Boden in den Schnee geworfen und ist zum Eingang des Windrads gelaufen. Er hat ziemlich lange gebraucht, um die Tür zu öffnen.«

»Haben Sie versucht wegzulaufen?«

»Nein, wie denn? Ich war gefesselt, ich lag da im Schnee, ganz allein.«

Er weinte.

»Aber dann haben Sie telefoniert.«

»Ja, ich merkte plötzlich, dass ich eine Hand bewegen konnte, und mit der habe ich das Handy aus meiner Jacke gezogen. Und irgendwie ist es mir gelungen, die 110 zu wählen, bevor er zurückkam.«

»Und wie sind Sie auf die Plattform gekommen?«

»Der Typ hat mir die Fesseln abgenommen und mich in den Aufzug gezerrt und geprügelt, ist mit mir hochgefahren und hat mich dann da oben angekettet.«

»Haben Sie einen Verdacht, warum der das getan hat?«

»Nein!«

Die Antwort kam schnell und entschieden. Bernhardt entschied sich für einen Themen- und Tempowechsel.

»Was sagen Sie dazu?«

Er hielt Groß den Zettel von Sophie Lechner vors Gesicht. Der Blick von Groß veränderte sich, wurde unstet.

»Was soll das?«

»Genau, was soll das, dieser Satz: ›Der Geliebte will mich töten‹?«

Da verschloss sich jemand, das merkte Bernhardt. Und er erhöhte den Druck.

»Sie waren Sophie Lechners Geliebter, aber da gab's

auch andere, das wird Ihnen nicht entgangen sein. Hirschmann zum Beispiel, der nette Nachbar. Und da haben
Sie… Nein, lassen Sie mich etwas sagen, Hirschmann ist
tot. Nun?«

Sebastian Groß geriet in Panik. Und Bernhardt drehte
die Schraube weiter.

»Okay, Sie sagen uns nicht, was Sie wissen. Aber ich
sage Ihnen, was ich weiß: Ich weiß von Ihrer Arbeit für
den Escort-Service, ich weiß, dass Sie Anlass hatten, eifersüchtig zu sein, es gab ja nicht nur Hirschmann, es gab
auch noch Steiner, den früheren Liebhaber… Ja vielleicht haben Sie Ihre Entführung nur inszeniert, um den
Verdacht von sich abzulenken. – Nein?«

Das Gesicht von Groß verzerrte sich. Bernhardt machte
weiter, er merkte, wie er auf seine schlimme Art unerbittlich wurde. Der Arzt räusperte sich, machte eine be-
schwichtigende Geste mit der Hand: Gleich ist Schluss!

»Ich weiß, dass Sophie Lechner Sie nicht mehr wollte,
ich weiß, dass Ihre Karriere durchhängt, Sie haben schon
länger keine große Rolle mehr bekommen, ich weiß so
viel, was Sie auch zum Täter gemacht haben könnte.
Sprechen Sie endlich!«

Groß vermittelte den Eindruck, dass es ihm egal war,
wer der Täter war und ob er gefasst würde. Wo konnte
man den Hebel ansetzen?

»Soll ich Ihnen was sagen? Da draußen läuft einer rum,
oder mehrere, egal, da werden Leute umgelegt, liquidiert,
verstehen Sie, die zu viel wissen. Sie sind gerade noch
mal davongekommen, aber da will Ihnen einer ganz entschieden an den Kragen, weil Sie zu viel wissen. Sophie

Lechner wusste auch zu viel, das war ihr Problem, nicht irgendeine Liebes- oder Sexgeschichte. Es geht um was anderes. Was ist das? Sagen Sie's!«

Bernhardt hatte einfach mal auf den Busch geklopft, und es schien zu funktionieren. Groß' Augen weiteten sich, seine Lider flatterten. Bernhardt fixierte ihn, den ließ er jetzt nicht entkommen.

»Los, sagen Sie's, verdammt noch mal, sagen Sie's, damit nicht noch mehr passiert.«

Der Arzt trat zwischen Groß und Bernhardt. »So geht das nicht, ich hatte Ihnen ausdrücklich gesagt –«

»Entschuldigen Sie bitte, aber es ist wirklich Gefahr im Verzug. Nur noch ein paar Fragen. – Herr Groß, irgendeinen Verdacht müssen Sie doch haben, diese Attacke kann doch nicht völlig aus heiterem Himmel kommen.«

Groß hatte sich wieder verschlossen, sein Blick ruhte auf einem Bild an der Wand.

»Hören Sie, in Wien …«

Groß drehte seinen Kopf entschieden zur Wand. Hier schaltete einer demonstrativ ab.

»… da ist eine Frau auf grausame Weise ermordet worden, die kannten Sie vielleicht, Gilda Beyer, die Agentin von Sophie Lechner in Wien, die ist vor einen Zug geworfen worden, verstümmelt …« Bernhardt wollte weiterreden, aber Groß schrie plötzlich auf und warf sich auf seinem Bett hin und her, der Arzt stürzte zu dem Patienten und versuchte ihn mit einer Hand aufs Bett zu drücken und mit der anderen Hand zu verhindern, dass die Schläuche und Kabel abrissen, die ihn mit der komplizierten Armatur neben seinem Bett verbanden. Zugleich drehte er sich mit weit aufgerissenem Mund zu Bernhardt um. In Bernhardts Erinnerung geschah das alles lautlos, wie in einem Stummfilm, der mit zu hoher Geschwindigkeit ablief, in dem er sich holpernd und stolpernd bewegte.

Sebastian Groß hob seine roten Hände in einer hilflosen Abwehrbewegung. Eine Krankenschwester, die still in einer Ecke gestanden hatte, blickte Bernhardt missbilligend an und zischte etwas Unverständliches. Auf einen Schlag war Bernhardt deprimiert, der widerwärtig bohrende Kopfschmerz meldete sich wieder, der Magen grummelte vor sich hin. Doch Groß ließ sich nicht beruhigen.

»Das war falsch, nie, nie, hätten wir… nie, wir drei, zu schwach für einen… viel schlauer… brutal, nie hätten wir, Sophie hat es gewusst… wir drei… und er… in Wien.«

Bernhardt hakte ein. »Von wem sprechen Sie?«

Es war zu spät: Groß war ohnmächtig geworden. Der Arzt schob Bernhardt aus dem Zimmer, in dem plötzlich lauter Personen in weißen Kitteln herumliefen und sich zu schaffen machten.

Draußen vor der Tür stand Luther und schaute Bernhardt an. Der sah ihn jedoch nicht einmal, tigerte auf dem Flur auf und ab, bevor er auf einmal sein Handy zückte und Cellarius von der Befragung berichtete.

»Also Wien – glaubst du ihm?«

»Was soll ich ihm glauben?«

»Dass ein Mann in Wien…«

»… oder war's eine Frau?«

Sie spielten ein altes Spiel. Rede und Widerrede. Einer behauptete, einer widersprach oder ergänzte.

»Ich weiß nicht. Eins ist klar. Er hat Gewissensbisse. Und eine Riesenangst.«

»Weil er sich gemeinsam mit der Lechner auf ein riskantes Spiel eingelassen hat, das aus dem Ruder gelaufen ist?«

»So kann man's sehen. Und Groß hat gesagt: Wir drei. Wer ist der oder die Dritte? Diese Agentin in Wien?«

»Aber warum? Was könnten die drei getan haben, das jemanden bis zur Weißglut reizt und so wahnwitzig große Risiken eingehen lässt?«

»Du weißt doch, es gibt nur zwei Motive, die in allen möglichen Variationen und Modifikationen auftauchen.«

»Geld oder Liebe«, antwortete Cellarius brav, »oder beides auf einmal: Geld und Liebe.«

»Und in dem Fall –«

»Beides, würde ich sagen. In Wien liegt jedenfalls …«

Cellarius lachte und ergänzte den Satz: »… der Schlüssel.«

Bernhardt blieb noch eine Weile im Krankenhaus, in der vagen Hoffnung auf eine zweite Chance bei Groß in ein, zwei Stunden. Aber es nutzte nichts, der Arzt gab ihm schließlich zu verstehen, dass heute keine Verhöre mehr möglich seien. Bernhardt fühlte sich elend.

Er beschloss, nicht sofort zurückzufahren, sondern ein bisschen zu laufen, den dumpfen Kopf auslüften.

Er ging durch eine kleine Parkanlage, kam, wie er auf

einem Schild las, am Neubau des Bundesnachrichtendienstes vorbei, passt wie die Faust aufs Auge in diese öde Gegend, entschied er, querte die Scharnhorststraße und sah rechter Hand inmitten einer modernen Wohnanlage einen dieser scheußlichen Mauerwachtürme, die's doch seit zwei Jahrzehnten schon nicht mehr gab, oder doch? Eine seltsam ruckartige Zeitreise setzte ein. Er sah die Mauer, die Stacheldrahtverhaue, den geharkten Patrouillenweg, auf dem bellende Schäferhunde an langen Eisenleinen hin und her liefen, die kleinen, dreckig olivfarbenen Trabis, die vor der Mauer langsam auf und ab fuhren und ihre bläulichen, stinkenden Auspuffgase in die Luft stießen. Er sah die Grenzsoldaten, die in schmutzigbrauner Kluft und mit geschultertem Gewehr ihre Kontrollgänge machten.

Bernhardt schüttelte sich und kehrte langsam in die Gegenwart zurück. Tausende, Zehntausende mussten doch diesen Grenzdienst abgeleistet haben. Hätte man gerne mal mit einem geredet. Der Wachturm war erstaunlich gut erhalten und wirkte wie ein Hollywood-Requisit, gleich würde Tom Cruise als Egon Krenz um die Ecke kommen. Nicht mehr wirklich wahr. Kulisse. Es sprach für Berlin, fand er, dass die Mauer innerhalb eines Jahres abgerissen worden war, dass die Türme – über 300 waren es gewesen, hatte er mal in der Zeitung gelesen – geschleift und die Minen und Selbstschussanlagen entsorgt worden waren. Weg mit diesem Dreck, weg mit diesen ganzen Terrorüberbleibseln. Einfach wegräumen, Platz schaffen für freie Räume.

Und jetzt dieser Wachturm. Früher waren an diesen

schrecklichen Bauwerken an allen vier Seiten Schieß-scharten, auf dem Dach ein Suchscheinwerfer, mit dessen Lichtstrahl man Flüchtlinge in der Nacht erfassen konnte. Er ging weiter, an einem kleinen Kanal entlang. Still war's hier, ein paar Krähen lärmten in der Luft. Er war der einzige Mensch auf dem Weg.

Von fern dröhnte der Lärm der Invalidenstraße zu ihm. Da war damals der Grenzübergang von West- nach Ostberlin. Mit dem Auto Schlange fahren zwischen Betonquadern. Auf der Rückfahrt dann die große Inspektion: Das Auto wurde von Grenzsoldaten gefilzt, einer schlich ums Auto, äugte, ein anderer führte einen Schäferhund, ein fahrbarer Spiegel wurde unter das Auto geschoben, könnte sich ja ein Mensch festgekrallt haben, ein Plastikseil wurde in den Tank gesteckt, und dann wurde lange in den Tiefen gestochert, könnte ja sein, dass der Tank ausgebaut worden war, damit es mehr Platz für einen Menschen im Kofferraum gab. Nie würde Bernhardt das Gefühl der Befreiung vergessen, das sich immer einstellte, wenn er diesen Mauerwahnsinn hinter sich gelassen hatte.

Inzwischen befand er sich auf dem Invalidenfriedhof, von dem nicht mehr viel übrig war. Ein paar Grabmäler für preußische Militärs und Gutsbesitzer. Aber auch alte Nazis lagen hier begraben. Hier war der Todesstreifen verlaufen, hier waren Menschen auf der Flucht erschossen worden, einige sogar, als sie schon im Kanal um ihr Leben schwammen. Er blieb stehen, er hörte das Vibrieren der Stadt, aber rund um ihn dehnte sich die Stille.

27

Dank dem Chirurgen schaffte Anna es halbwegs pünktlich zum Burgtheater. Der Portier hinter dem großen Tresen blickte sie fragend an, als sie sich den Schnee von der Mütze schüttelte. »Sie schon wieder?«

»Ja, ich schon wieder. Ich habe einen Termin mit Herrn…«, Anna fummelte einen zerknitterten Zettel aus der Jackentasche und versuchte, den Namen darauf zu entziffern, »…mit Herrn Johannes Kirchmeier.«

»Herr Direktor Kirchmeier. Kaufmännischer.« Der Portier zog eine Augenbraue hoch, griff zum Telefonhörer und meldete sie an. »Sie werden in fünf Minuten hier abgeholt.«

Anna setzte sich auf ein kleines Bänkchen und betrachtete die Anschläge auf der Pinnwand. Probenplanänderungen, die Wochenkarte der Kantine, ein Zeitungsausschnitt über Joachim Meyerhoff, die Spielpläne der anderen Theater. Wie lange war es her, dass sie ein Stück im Burgtheater gesehen hatte? Ein Jahr, zwei Jahre? Ihre Freundin Andrea hatte sie zuletzt zu einer Vorstellung des *Sommernachtstraums* mitgenommen, und noch immer hatte sie das eindrucksvolle Bühnenbild vor ihrem inneren Auge.

»Frau Chefinspektor?«

»Ja, guten Tag.« Vor ihr stand eine junge Frau, die nach Annas Schätzung nicht viel älter als Florian sein konnte.

»Ich bin Isabella Fanta, die persönliche Assistentin von Herrn Direktor Kirchmeier. Er wird sich leider ein wenig verspäten, er hat noch eine Besprechung im KBB. Wollen Sie inzwischen einen Kaffee trinken?«

»Ja, gerne. Können wir in die Kantine gehen? Ich würde wahnsinnig gerne eine Kleinigkeit essen, ich bin am Verhungern.«

»Klar, kein Problem.«

Die Tische waren gut besetzt, an einem saßen Arbeiter in Blaumännern, ein anderer wurde von einer lärmenden Gruppe belegt – fünf junge Damen, die sich um zwei nicht mehr ganz so junge Männer scharten, einen davon erkannte Anna, sein Name fiel ihr aber im Moment nicht ein. Sie bestellte bei einer resoluten blondierten Dame eine Gulaschsuppe, die sage und schreibe zwei Euro fünfundzwanzig kostete, und setzte sich zu Isabella Fanta. »Da könnte man sich ganz gut durchbringen mit diesen Theaterkantinenpreisen, aber was bedeutet bitte KBB?«

»Das ist die Abkürzung für das künstlerische Betriebsbüro, da läuft alles zusammen. Bei uns sind alle ein wenig aufgeregt wegen der Premiere von *Was ihr wollt,* sehr aufwendige Inszenierung, deswegen ist heute auch spielfrei.«

»Kannten Sie Sophie Lechner eigentlich auch?«

»Ah, sind Sie wegen der Lechner hier? Nein, nein, die war vor meiner Zeit. Ich hab den Job erst seit einem halben Jahr, vorher war ich in Graz am Schauspielhaus.«

»Und was redet man so über die Lechner?«

»Ach, nicht viel. Dass es kein Wunder sei, dass sie so endete, weil sie so eine extreme Persönlichkeit war. Theatralisch eben.«

»Inwiefern?«

»Ach, mit solchen Leuten haben wir es hier doch dauernd zu tun! Mittelmäßigkeit interessiert keinen, man muss schon ein schräger Typ sein, um so eine Karriere hinzulegen.«

»Irgendwelche Liebschaften hier am Theater, von denen Sie gehört haben? Dramen?«

»Man redet viel, und wer nach einer Premierenfeier mit wem nach Hause geht, ist meistens auch nicht immer klar. Angeblich gab's da mal einen Vorfall, da hat sie im Erzherzogzimmer die Flügelfenster geöffnet, sich das Hemd vom Leib gerissen und ist auf den Sims geklettert. Sie drohte zu springen, weil sie bei einer Rolle, die sie unbedingt wollte, nur Zweitbesetzung war.«

»Sehr sympathisch, die junge Dame. Sie hat sich's wohl anders überlegt?«

»Ja, der Ofczarek hat sie runtergeholt, auf den hat sie immer gehört.«

»Und kennen Sie denn auch Hans-Günther Steiner?«

»Kennen wäre übertrieben. Für den bin ich nur die Vorzimmerdame. Obwohl er oft im Haus ist, er hat nämlich dauernd Termine mit meinem Chef.«

»Um was geht es da?«

»Um Geld natürlich. Um Kultursponsoring, darum, wie man den Theaterbeirat dazu bringen könnte, mehr Förderungen lockerzumachen, all das. – Moment, Entschuldigung!« Die junge Frau holte ihr Mobiltelefon aus der Jeanstasche. »Ja, gut, ich bring sie rauf.«

Der kaufmännische Direktor war ein großgewachsener Herr mit Glatze und einem gewinnenden Lächeln. Als Anna in sein Büro trat, ging sie erst einmal zur Fensterfront, durch die sich ein schöner Blick auf den dunklen Volksgarten und die beiden großen, hell erleuchteten Museen bot.

»Kein schlechter Arbeitsplatz – also zumindest der Blick.« Sie sah sich im Rest des Büros um, das eher wie die Wirkungsstätte einer Versicherungsgesellschaft aussah als wie die Verwaltung eines der wichtigsten Theater Europas. Kirchmeier folgte ihrem Blick amüsiert. »Tja, bei uns hier ist nix mit Plüsch und Samt und Stuck. Hier regiert der schnöde Mammon, also PCs, Aktenordner und all dies profane Zeug. Kommen Sie, wir verschwinden hier mal kurz, dann sind wir ungestört. Kennen Sie das Haus?«

»Na ja, nur den Teil, den alle kennen: Foyer, Feststiege, Zuschauerraum, Pausenbuffet.«

»Wir gehen mal ins Erzherzogzimmer, dort klingelt wenigstens kein Telefon.« Er öffnete ein paar Türen, und die Kulisse änderte sich schlagartig. Dem schmucklosen Bürobau schloss sich – lediglich getrennt durch eine Flügeltür aus Holz – ein in Marmor gehaltener Raum an. Johannes Kirchmeier betätigte den Lichtschalter, und ein Kronleuchter ergoss sein Licht über einen massiven Holztisch, die großen Fenster reflektierten das Licht. Anna setzte sich auf einen der schweren Holzstühle und packte ihr Notizbuch aus.

»Toller Raum. Wofür wird er denn genutzt?«

»Früher haben sich die Durchlauchten hier vor der Vorstellung oder während der Pause frischgemacht, jetzt gibt es hier manchmal Besprechungen oder Essen mit den Sponsoren des Hauses.«

»Und hier wollte Sophie Lechner aus dem Fenster springen?«

»Was Sie alles wissen! Ach, sie wollte sicher nicht springen, die hätte doch ihren schönen Körper nicht freiwillig verunstaltet. Wie genau kann ich Ihnen eigentlich helfen?«

»Herr Direktor, ich bin ganz offen: Ich weiß es eigentlich nicht. Wir ermitteln im Mordfall Sophie Lechner, und inzwischen gibt es einen zweiten Mord.«

»O mein Gott! Wieder ein Schauspieler?«

»Nein, Sophie Lechners Agentin Gilda Beyer wurde tot aufgefunden, Details kann ich Ihnen aus ermittlungstechnischen Gründen nicht erzählen. Kannten Sie die Dame?«

»Nicht gut. Von ein paar kurzen Gesprächen, diversen Premierenfeiern. Mit den Agenten hab ich eigentlich wenig zu tun.«

»Sie wussten, dass Frau Beyer und Frau Lechner ein Paar waren?«

Johannes Kirchmeier zuckte mit einer Augenbraue. »Ich hab mal so etwas gehört, aber wenn wir hier alle Gerüchte ernst nehmen würden, dann hätte der Bundespräsident eine Affäre mit der Vizebürgermeisterin. Also, ich hör bei so etwas prinzipiell weg.«

»Bewundernswert, wenn Sie das können. Und Hans-Günther Steiner?«

»Was ist mit dem?«

»Den kennen Sie doch besser, oder?«

»Sie wissen doch, wie das ist in Österreich. Man kennt sich, man braucht sich, man nützt sich, und dann ist man auch befreundet. Wenn man sich nicht mehr braucht, ist das schlagartig vorbei mit dem Besserkennen.«

»Und Sie brauchen Herrn Steiner?«

»Lassen Sie es mich so formulieren: Man kann sich seine Freunde nicht immer aussuchen. Und egal, was seine wahren Interessen sind, er hat viel getan für die Kultur in diesem Land.«

»Seine wahren Interessen. Was meinen Sie damit?«

»Liebe Frau Habel. Worauf wollen Sie eigentlich heraus? Sind Sie von der Wirtschaft? Vom Finanzamt? Oder doch von der Mordkommission?«

»Also gut, direkt und unverblümt: Können Sie sich vorstellen, dass Hans-Günther Steiner Sophie Lechner umgebracht hat?«

»Nein, das kann ich mir nicht vorstellen.« Kirchmeier lehnte sich zurück, verschränkte die Hände hinter seiner Glatze und hielt sein Gesicht in den Schein des Kristalllusters, als streckte er es der Sonne entgegen. »Warum sollte er das tun? Sie war eine kleine Episode in seinem Leben, ein schmückendes Beiwerk, dessen er sich entledigt hat, als es nicht mehr nützlich war für ihn. Er hatte schlichtweg keinen Grund – kein Motiv, würden Sie sagen.«

»Vielleicht wusste sie ja etwas, was ihm hätte schaden können?«

»Das ist lächerlich. Sie hat nie in seiner Liga gespielt, und das war ihr auch bewusst. Trotz ihres ganzen divenhaften Getues wusste sie doch immer genau, wer sie wirklich war. Ein Mädchen vom Land, allerdings fleißig genug, seiner Mittelmäßigkeit zu entfliehen.«

»Das ist sehr hart, was Sie da sagen.«

»Das ist die Wahrheit. Wissen Sie, Frau Habel, ich bin für alle hier nur der Zahlenknecht, der, der den Rotstift ansetzt, wenn die Kosten wieder mal explodieren. Bei mir wirft sich keiner in Pose, und darum seh ich die meisten, wie sie wirklich sind.«

»Und wer, glauben Sie, hat Frau Lechner erstochen?«

»Das war sicher niemand aus dem Wiener Umfeld, wahrscheinlich ein Berliner Wahnsinniger.«

Anna klappte das Notizheft zu und spürte eine große Müdigkeit. Durch die großen alten Fenster zog es, und die Gulaschsuppe stieß ihr unangenehm auf. »Herr Direktor, ich danke Ihnen erst einmal. Fällt Ihnen denn noch jemand ein, mit dem Sophie Lechner im Haus enger befreundet war?«

»Ja, mit dem Niki hat sie sich immer gut verstanden, der ist aber heute nicht mehr da. Morgen ist Premiere, Sie wissen ja. Wollen Sie noch eine Karte?«

»Für den Shakespeare? Danke, nein, mein Bedarf an Inszenierung ist momentan gedeckt. Geben Sie diesem Niki meine Visitenkarte, nach der Premiere soll er sich mal bei mir melden.«

»Mach ich. Ich bring Sie noch zum Lift. Sie finden raus?«

»Sicher, bemühen Sie sich nicht. Ich find auch zum Lift.«

Johannes Kirchmeier drehte das Licht ab und schloss

leise die Tür zum Erzherzogzimmer. Anna wurde zurückkatapultiert in die unbarmherzige Neonbeleuchtung des Bürobaus und ging den langen Gang in Richtung Aufzug, als ihr Handy klingelte. Unbekannte Rufnummer.

»Habel?«

»Sind Sie noch im Theater? Ich muss mit Ihnen reden!«

»Wer spricht hier?«

»Das tut nichts zur Sache. Ich hab da was Interessantes für Sie. Ich bin hier unten, zweites Untergeschoss.«

»Hey, wer ist da?« Aufgelegt.

Anna stieg in den Lift und drückte die Taste U2. Als sie die Tür öffnete, war natürlich niemand zu sehen, im Hintergrund hörte sie Stimmen, ein Mann rief laut nach einem gewissen Werner. Das Mobiltelefon hielt sie noch in der Hand, als es erneut klingelte. Diesmal die vertraute Berliner Nummer. »Du, ich kann gerade nicht, ich bin ... da will –« Keine Antwort, ein kurzes Piepen, dann war das Gespräch weg. Akku leer. Scheiße, wie unprofessionell. Anna hatte sich immer noch nicht daran gewöhnt, dass man mit diesen iPhones zwar fast alles konnte, die Akkulaufzeit aber kaum mehr als ein paar Stunden betrug.

28

In der Keithstraße ging alles seinen Gang. Krebitz, der inzwischen vom Windrad zurückgekommen war, erzählte, dass in ein Büro der Betreibergesellschaft für Windenergie eingebrochen worden war. Der Täter hatte die Schließhilfen für den Turm mitgehen lassen. Schlechte Spurenlage, er war sehr professionell vorgegangen. Man würde sehen.

Cellarius resümierte leicht angeekelt seinen Gang durch diverse Internetforen. Sein Eindruck: Die Lechner hatte sehr darauf geachtet, ihr Inkognito zu wahren. Und es war ihr wohl gelungen.

Und Katia Sulimma zog mal wieder eins ihrer Kaninchen aus dem Hut. Sie zeigte den anderen einen Brief, der ein paar Stunden zuvor per Post eingetroffen war. Ein paar krakelige Zeilen. Bernhardt überflog sie: *Ich folge Sophie, ich habe sie nicht beschützt, mit dieser Schuld will ich nicht leben. Der Mörder ist... ich weiß es nicht. H.*

Die drei schauten sich an. Sollte man diesem unglücklichen Hirschmann glauben oder nicht? Fröhlichs Gutachten, das wenig später per Mail eintraf, war zum Glück – wie auch Dr. Holzingers Expertise – eindeutig: Keine Hinweise auf Fremdeinwirkung beim Tod von

Hirschmann. Sie atmeten auf, ein Mord weniger, immerhin.

Doch wie weit war man eigentlich in Wien gekommen? Bernhardt drückte auf die ihm bekannte österreichische Handynummer.

Anna Habels Stimme klang verzerrt und wurde von einem heftigen Rauschen und Krachen überlagert.

»Anna, wie geht's? Ich versteh dich kaum, such dir mit deinem Handy mal einen besseren Platz.«

»Du, ich kann gerade nicht, ich bin …, da will –«

Bernhardt versuchte noch etwas zu sagen, doch die Verbindung war unterbrochen.

Bernhardt war zunächst nicht besonders beunruhigt, doch als Anna in der folgenden Stunde nicht ans Telefon ging, begann er, sich Sorgen zu machen. Was war da los?

Schließlich rief er in ihrem Büro an, wo eine ganz und gar in sich ruhende Sachbearbeiterin Schellander saß, die ihm zu verstehen gab, dass es wirklich keinen Grund, überhaupt keinen Grund gab, sich um die Chefinspektorin zu sorgen.

»Bleiben S' ganz ruhig. Die wird sich schon melden, vielleicht braucht sie mal Ruhe und isst gerade am Würstlstand einen Käsekrainer.«

»Was ist das wieder für eine seltsame Wiener Erfindung?«

Auch über tausend Kilometer Entfernung spürte Thomas Bernhardt, wie die Gute einschnappte.

»Das ist eine schöne Brühwurst aus Schweinefleisch mit ordentlich Käse drin. Das haben Sie in Berlin mit Ihrer Currywurst nicht.«

»Ja, stimmt, es geht halt immer noch schlimmer.«

Es gelang ihm gerade noch, ihr aufzutragen, dass Anna Habel so bald wie möglich bei ihm anrufen solle.

»Was ist?« Katia Sulimma schaute Bernhardt leicht besorgt an. Der schüttelte den Kopf.

»Komisch, dass sich die Habel nicht meldet, das ist nicht ihre Art, die ist sonst immer auf Empfang. Und sie war ganz aufgeregt, sie wollte mir unbedingt was Wichtiges mitteilen – und dann plötzlich Sendepause.«

»Ach, lass sie doch auch mal Pause machen.«

»Nee, die war auf einer Spur, und da lässt die nicht locker. Da ist was passiert.«

Cellarius kam aus dem Nebenraum.

»So, endlich, wir haben die ersten Ergebnisse der Funkzellenabfrage. Also, am besagten Nachmittag, als sie starb, ist Sophie Lechner mehrmals von Sebastian Groß angerufen worden. Was sagst du dazu, Thomas?«

»Tja, er war ihr Freund, deshalb ist's keine Sensation.«

»Okay, aber dann gibt's eine österreichische Nummer, die mehrmals auftaucht. Und die hat einen besonderen Schutz, bis uns die Ösis da ranlassen, kann's dauern. Ich bleib da aber dran. Kann nicht die Habel ...?«

»Die ist irgendwie verschwunden, abgetaucht, ich weiß nicht, irgendwie beunruhigend.«

Er versuchte weiter beharrlich, Anna auf ihrem Handy zu erreichen. Aber es tat sich nichts, außer der Mitteilung »Der Teilnehmer ist zurzeit nicht zu erreichen, versuchen Sie es bitte zu einem späteren Zeitpunkt« war nichts zu hören. Er schickte zwei SMS, keine Reaktion. Spätestens da wurde ihm klar, dass etwas gewaltig schieflief. Verdammt, es würde ihr doch nichts passiert sein?

Anna Habel meldete sich auch in der nächsten Stunde nicht. Bernhardt ging zu Freudenreich, und es gelang ihm, ihn zu überzeugen, dass er nach Wien musste. Der Schlüssel zur Lösung liegt in Wien, das hatte er ihm immer wieder beschwörend gesagt, bis Freudenreich es wohl geglaubt hatte. Dann solle er halt den späten Flug nehmen, wenn es der Aufklärung dieses Falles diene. Natürlich sei eines unbedingt nötig: Diskretion, das habe er mit dem Kollegen, dem *Hofrat* Hromada, verabredet. Freudenreich sprach den Titel mit so viel Hochachtung aus, dass Bernhardt den Eindruck gewann, Freudenreich hätte solch eine Titelmonstranz gerne selbst vor sich hergetragen.

Mit Cellarius besprach er, wie es in Berlin weitergehen sollte. Cellarius sollte sich um die Ergebnisse der Funkzellenabfrage rund um die Kuno-Fischer-Straße und rund ums Windrad kümmern. Hoffentlich würde das was bringen, denn die Daten des Handys von Groß hatten bis jetzt keine auffälligen Verbindungen geliefert.

Hatten sie alles bedacht? Katia Sulimma hatte ihm, bevor sie nach Hause gegangen war, eine dicke Mappe in die Hand gedrückt, die Ergebnisse ihrer Recherche in Sachen Lechner. »Liest sich wie ein Roman«, hatte sie gesagt.

Bernhardt hatte noch ein bisschen Zeit, bis ihn Cellarius zum Flughafen fahren würde. Er ging in sein Büro und setzte sich in seinen Sessel, den er nach hinten kippte und in Richtung Fenster drehte, die Füße legte er auf den Schreibtisch. Es schneite schon wieder. Würde er überhaupt mit dem Flugzeug aus Berlin hinauskommen?

Das leise Klopfen an der Tür hätte er fast überhört.

»Hast du geschlafen?« Cornelia Karsunke stand außerhalb des Lichtkreises der Schreibtischlampe im Halbdunkel. »Entschuldige, wenn ich dich störe.«

»Du störst mich nicht.«

»Ich wollte dir nur sagen: Gestern, das war sicher sehr hart für dich. Ich wollte dir nicht weh tun, das sollst du wissen. Du wirst immer was Besonderes für mich sein. Aber so ging's einfach nicht mehr weiter.«

»Ist in Ordnung, ich versteh dich, mit mir ist es wirklich zu unsicher.«

»Weißt du, dass dich die Kinder sehr gern haben? Damals im Schwimmbad, kannst du dich erinnern? Als Greti auf deinem Arm eingeschlafen ist?«

»Ja, das war schön.«

Sie war aus dem Dämmer des Zimmers zu ihm getreten, sie wirkte unendlich müde und erschöpft. Bernhardt stand auf, zögerte einen Moment und nahm sie dann in den Arm.

»Vielleicht können wir doch…?«

»Nein, nein, ich meine es ernst, bitte versteh das. Ich bin halt ein bisschen traurig, aber das wird nachlassen. Ich habe in der vergangenen Nacht überhaupt nicht geschlafen, und da ist mir eine Geschichte eingefallen, die wir mal in der Schule gelesen haben und die ich nie vergessen habe. Da geht ein junger Bergmann in den Schacht zur Arbeit und verabschiedet sich vorher von seiner Verlobten, die er in wenigen Tagen heiraten will. Doch er kehrt nicht zurück, er wird verschüttet. Mehr als fünfzig Jahre später wird er gefunden. Und da er in Schwefelwasser gelegen hat, ist er völlig unverändert, verstehst du, ein junger Mann, der aussieht, als würde er nur ein bisschen schlafen. Niemand weiß, wer er ist, nach einem halben Jahrhundert. Bis sie seine ehemalige Verlobte finden, ein altes, verhutzeltes Weiblein, die Einzige, die sich noch an ihn erinnern kann. Und sie bringen den Leichnam zu ihr und bahren ihn in ihrer Kammer auf.«

Bernhardt nahm Cornelia in den Arm und presste ihr Gesicht an seins.

»Und weißt du, was mich bei dieser Geschichte völlig fertigmacht? Da wird dann aufgezählt, was in diesen fünfzig Jahren passiert ist, als der Bergmann im Schacht begraben lag. Ich weiß nicht mehr alles: das große Erdbeben 1755 in Lissabon, Maria Theresia regiert und stirbt, ihr Sohn regiert und stirbt, Napoleon ergreift die Macht, siegt und verliert. Verstehst du… die Erde dreht sich und dreht sich, immer weiter. Und niemand weiß mehr von dieser Liebe, nur die alte Frau, und die wird ja dann auch bald sterben. Und das finde ich so traurig.«

Sie weinte leise. Bernhardt streichelte ihr Gesicht, stammelte vor sich hin und spürte, wie ihm selbst die Tränen kamen. »Aber es gibt uns ja noch. Ich bin nicht im Schacht verschüttet.«

Sie schob ihn leicht von sich und schaute ihn an. »Das

ist doch auch schlimm. Wir sehen uns hier täglich, wie soll das gehen? Und die Tour: ›Wir bleiben doch Freunde‹, die mag ich nicht.«

»Aber wir bleiben doch Freunde, irgendwie. Und wenn du willst…«

»Das ist typisch für dich: irgendwie, irgendwie… Und dann noch: wenn du willst… Mannomann.« Aber sie war nicht böse. Sie lächelte ihn jetzt an. »Du hast ja recht. Wir brechen keine Brücken hinter uns ab. Die Erde dreht sich, aber wir drehen uns mit, und wenn sie sich oft genug gedreht hat… ach, jetzt fahr erst mal zu deiner Wiener Domina.«

Cellarius stand in der Tür und machte sich mit einem leichten Räuspern bemerkbar. Es war Zeit, zum Flughafen zu fahren. Thomas Bernhardt und Cornelia Karsunke umarmten und küssten sich, ihr Mund schmeckte salzig.

Der Schneefall war dichter geworden. Die Scheibenwischer arbeiteten in höchstem Tempo. Cellarius blickte konzentriert ins weiße Gewirbel und schwieg lange, aber dann hielt er es doch nicht mehr aus.

»Was ist los mit euch?«

»Na ja, schwierig.«

Cellarius zog die Luft scharf und hörbar ein.

»Deine Wortkargheit kann einen wirklich nerven. Du musst nichts sagen, wenn du nicht willst. Aber Cornelia tut mir leid.«

»Ach, und ich tue dir nicht leid?«

»Nein!«

»Und du bist nicht wortkarg?«

»Pass mal auf«, für seine Verhältnisse wurde Cellarius jetzt richtig hitzig, »jeder merkt, dass sie dich unheimlich mag, kaum sieht sie dich, strahlt sie, und du Idiot, muss ich wirklich mal sagen, spielst den Coolen, so nach dem Motto, heute brauche ich Nähe, morgen aber nicht, übermorgen vielleicht wieder, aber das weiß ich noch nicht, könnte sein, dass ich mich da doch nach Ruhe sehne. Dieses Scheißspiel der Verunsicherung, das beherrschst du wirklich gut, und ich frage mich, ob du dich dabei wohl fühlst, wahrscheinlich ja, sonst würdest du dich ja nicht so benehmen, und außerdem –«

»Du hast recht.«

»Ach, soll das jetzt Ironie sein oder was?«

»Nein, wirklich nicht, ich bin einfach nicht verlässlich genug für sie und die Kinder, das würde nicht gutgehen.«

»Und das hast du ihr gesagt?«

»Nein, ich war … ich wollte sie nicht verlieren.«

»Ja, und jetzt hast du sie verloren, genial gemacht. Hast du dir schön selbst ein Bein gestellt. Oder auch nicht, wahrscheinlich wolltest du's genau so, hast es darauf hinauslaufen lassen, bewusst oder unbewusst.«

»Es tut mir leid.«

»Musst du nicht mir sagen. – Scheiße!«

Cellarius trat scharf auf die Bremse, der Audi rutschte auf einen BVG-Bus zu, der sich vor der Auffahrt zur Autobahn Richtung Flughafen Tegel quergestellt hatte, nachdem er in einen Lastwagen geknallt war. Die Fahrgäste stiegen mit ihren Koffern und Taschen schimpfend und fluchend aus dem Bus. Der Lastwagenfahrer und der Busfahrer standen sich wie zwei Kampfhähne gegenüber, Kopf an Kopf, und brüllten sich an. Da lief gar nichts mehr, die einzige Strecke zum Flughafen war dicht.

Bernhardt schaute Cellarius kurz an und hieb ihm die rechte Faust vor die Brust.

»Danke für das, was du gesagt hast, du hast recht, ich bin ein Idiot. Ich laufe jetzt los, das Flugzeug wird ja sicher ein bisschen Verspätung haben.«

»Soll ich mitkommen?«

»Nee, fahr du mal schön nach Hause, setz dich mit deiner Frau vor den Kamin, und trink eine Trockenbeerenauslese vom Bachmüller selig, falls du noch eine hast.«

»Na gut, dann renn mal los. Wir bleiben in Kontakt.«

Der Wind, gegen den Bernhardt anlief, war schneidend kalt. Er hatte den Eindruck, als fügten ihm die Schneekristalle kleine Verletzungen im Gesicht zu. Er lief mit offenem Mund und schluckte die eisige Luft. Schon bald schmerzten ihn die Bronchien. Zum Glück hatte er nur eine Tasche mitgenommen, die er sich über die Schulter werfen konnte. Die Leute, die sich vor, neben und hinter ihm durch den Schneesturm kämpften, zogen ihre holpernden Trolleys durch die kleinen Schneewehen aus Pulverschnee. Keiner sprach, nur ab und zu waren leise Flüche zu hören. Auf der leicht ansteigenden, geschwungenen Brücke nach der Autobahnausfahrt glitten immer wieder Leute aus, fielen hin, rappelten sich wieder auf, stolperten in Richtung Flughafen.

Als Bernhardt endlich im Flughafengebäude angekommen war, fühlte er sich wie nach einem Triathlon. Wie wandelnde Schneemänner tapsten die Fluggäste durch die Halle, wo sie sich in der Wärme schnell zu tropfenden, nässenden Vogelscheuchen wandelten. An den Schaltern herrschte das pure Chaos: Ob heute noch Flugzeuge starten könnten? Niemand wisse das. Auf jeden Fall werde eingecheckt, dann würde man weitersehen.

Nach einer einstündigen Wartezeit hinter den beschlagenen Scheiben des Gates ging's dann wider Erwarten doch in den »Flieger«, ein Wort, das Bernhardt hasste, das aber von seinen Mitfliegern gern benutzt wurde. Wer musste nicht alles seinen Flieger erreichen, nach Düsseldorf, nach Hamburg, Madrid, Rom, Zürich. Bernhardt fiel das Wort »Karawanserei« ein, so ähnlich musste das früher auch gewesen sein, wenn man sich in einem überfüllten Oasenstädtchen auf eine Expedition vorbereitete und nach langer Wartezeit auf einem Kamel hinaus in die Wüste schaukelte.

Aber der Abflug verzögerte sich weiter. Das Flugzeug musste noch enteist werden. Riesige Krakenarme umkreisten die Maschine und spien Flüssigkeit auf die Tragflächen. Im Innenraum verbreitete sich ein übler chemischer Gestank, dicke Luft, zum Trost wurden kleine Sektflaschen an die verehrten Gäste verteilt. Nachdem Bernhardt das süßliche Rülpswasser getrunken hatte, spürte er ein flaues Gefühl im Magen. Die Luft in der Fluggastzelle wurde immer unerträglicher. Als er glaubte, es nicht mehr länger aushalten zu können, wurden sie gebeten, das Flugzeug wieder zu verlassen. Sie seien zu weit hinten in der Warteschlange der abflugbereiten Maschinen, und man wolle nicht, dass zu viele Abgase in die Kabine geblasen würden. Außerdem müsse wahrscheinlich noch einmal enteist werden. Man bitte die Gäste um Entschuldigung, selbstverständlich sei man bemüht, man werde sich eine kleine Entschädigung für die Unbill – welch ein Wort! – einfallen lassen et cetera, et cetera. Komischerweise gefiel Bernhardt dieses Stewardessen-Gesäusel. Er fand, es hatte geradezu etwas Schräg-Poetisches.

Als Bernhardt im Warteraum in einen prekären Zustand aus Hypnose, Schlaf und Überwachheit versunken und bereit war, einfach alles, was geschah, hinzunehmen, ging es dann doch noch los.

Nach dem Start griff sich Bernhardt das Dossier, das Katia Sulimma für ihn zusammengestellt hatte, wirklich gute Arbeit und tatsächlich zu lesen wie ein Roman, der zudem mit zahlreichen Fotos außerordentlich gut illustriert war, in dem aber immer noch konkrete Details, harte Fakten fehlten, wie Bernhardt fand. Sophie Lechner gab ihm Rätsel auf. Eins war klar, die war schwer traumatisiert, aber durch welche Erlebnisse? Dieses ganze Sadomaso-Zeug: echt oder nur Attitüde? Wen betrog sie, sich selbst, alle anderen, hatte sie ein tiefes Geheimnis, oder war, umgekehrt, bei ihr alles nur Oberfläche, aufgerauht und dann doch wieder zurechtpoliert? Wenn man sie betrachtete, entzog sie sich, das war Bernhardts Eindruck.

Sebastian Groß? Harmlos, eine mittlere Figur, nur durch die Lechner nach oben gekommen, würde wieder absacken. Charmanter Bursche, würde die Frauen noch zwei Jahrzehnte mindestens für sich einnehmen kön- nen, ob mit oder ohne Escort-Service. Zu vernachlässi- gen? Das nun nicht, er steckte in dieser Dreier-Connec- tion, vielleicht als taube Nuss, vielleicht aber auch nicht.

Und die *Agentinnen 007*? Taffe Ladys, Gilda in Wien, offensichtlich die Macherin und Chef-Organisatorin, Gründerin des Ladens, war mal in Harvard gewesen, hatte auf allen Events getanzt. Die Blonde in Berlin war als TV-Schauspielerin ziemlich weit gekommen und hatte dann die Seiten gewechselt, die Schwarze in Berlin schrieb erfolgreich Drehbücher, und dann noch Felicitas, auch an vielen Fronten im Einsatz. Und nun war die Strippen- zieherin tot. Laut Anna ermordet, aber wer weiß, viel- leicht war das wieder einer ihrer vorschnellen Schlüsse? Angeblich lief der Laden nicht mehr so rund wie in den Jahren zuvor, in *Capital* wurde zwar einerseits das hohe Lob auf die Agentinnen gesungen, innovativ, immer vorne dran, andererseits war aber auch die Rede von finan- ziellen Engpässen, auf dem Markt tummelten sich zu viele konkurrierende Unternehmen, der Gang nach Hollywood war gescheitert, ein paar wichtige Schau- spieler waren abgesprungen. Bernhardt notierte: lang- same Abschwungphase, die sich durch den Tod von Gilda Beyer vermutlich noch einmal dramatisch beschleuni- gen würde.

Fest las sich Bernhardt aber dann bei Hans-Günther Steiner. Welch eine Welt allein in den Fotos mit diesem Steiner aufschien. Was für eine Figur, ein Sonnyboy, ein Strahlemann, braungebrannt, geweißtes Gebiss, immer gebleckt, weich fallende, lange braune Haare. Diesen Typus gab's nur in Österreich, fand Bernhardt. Klar, schlagende Verbindung, früh Sekretär eines konservativen Studentenzirkels. Da ließ er sich aber nicht drauf festlegen, er antichambrierte auch bei der Linken. Von den Gewerkschaften war's zu einer Bank gegangen, dann war er Geschäftsführer einer Vereinigung für Wissenschaft und Zukunftsforschung, was immer das gewesen sein mochte, und dann kam schon der Eintritt in die Politik, wo er nach kurzer Zeit als Tourismusminister »angelobt« wurde, schönes Wort, das merke ich mir, sagte sich Bernhardt. Trennung von der Jugendfreundin, Ehe mit einer Millionärstochter im Teenageralter, ein paar Jahre später Scheidung. Unter Donner und Blitz raus aus der Politik, unter Beschimpfung des Mannes, der ihn gefördert hatte, rein ins weltweite Finanztransaktionsgeschäft, wo ihm seine politischen Freunde sicher sehr hilfreich sein konnten.

Dieser Werdegang klang ganz folgerichtig, als hätte einer jeden Schritt geplant, um ganz oben anzukommen. Oder aber Steiner war ein Spieler, ein Hasardeur, einer, der auf dem hohen Seil balancieren musste, um ordentlich Adrenalin ausschütten zu können. Jedenfalls hatte er sich ein Riesenimperium aufgebaut, Hedgefonds, geschlossene und offene Immobilienfonds, er hatte jongliert mit Derivaten und Leerverkäufen, was nichts anderes hieß, wie Bernhardt überrascht feststellte, als dass man Werte verkaufte, die man noch gar nicht besaß, aber irgendwann besitzen würde. Steiners Unternehmen waren bevorzugt in Offshore-Finanzplätzen angesiedelt, in »Ländern mit niedriger Rechtsschwelle«, so hieß das wirklich in einem der Artikel, in Ländern wie den Cayman Islands, den Britischen Jungferninseln, in Macau und Belize, in Paraguay und Vanuatu, wo immer das nun liegen mochte.

Und was dem armen Steiner so alles passierte: Kaum hatte er ein Jugendstilpalais gekauft, das er zum Luxushotel ausbauen wollte, kam es auch schon zu einem irreparablen Wasserschaden. Man muss auch mal Pech haben, hatte er da mit Haifischlächeln in der *ZIB 2* verkündet. Und natürlich war das Verleumdung, wenn man ihm Geldwäsche unterstellte. Er doch nicht, grinste er in die Kameras.

Und dann schwärmte er davon, wie er die Vereinigten Arabischen Emirate mit anderen globalen Entscheidern zu einem modernen, weltoffenen Land entwickeln werde. Inmitten der islamistischen Länder – Jemen!, Saudi-Arabien!!, Iran!!! – werde er da ein Bollwerk der Kultur errichten. Ja, er kehre zu seinen Ursprüngen zurück, was er mache, sei nichts anderes als Friedenspolitik. Auf einer künstlichen Insel werde er, natürlich nicht allein, aber doch an führender Stelle, ein *Culture Village* errichten, eine *»stylish cultural destination«* mit einem gewaltigen Opernhaus, Museen, Theatern, Galerien und allem, was da eben so gebraucht werde. Vor ein paar Jahren sei dieses Vorhaben zwar unglücklicherweise der Finanzkrise zum Opfer gefallen, aber jetzt setze er neu an.

Ja, Geld, das hat man oder hat es nicht, verkündete Steiner. Im Nahen Osten werde er jedenfalls noch einmal durchstarten. Und Österreich und seine kulturellen Leuchttürme durchaus nicht vergessen.

Just in dem Augenblick, als Bernhardt sich ernsthaft fragte, ob Steiner wirklich ein Menschenfreund sei, setzte das Flugzeug mit einem harten Schlag auf der Landebahn des Wiener Flughafens auf.

29

Die Maschine rollte auf das hell erleuchtete Flugzeuggebäude zu. Bernhardt schaltete sein Handy ein, eine SMS: *Stehe am Ausgang. Gabi Kratochwil, Asp.*

Die Asp., die Aspirantin, wie Bernhardt sich später erklären ließ, ging entschlossenen Schrittes auf ihn zu, als er die Ankunftshalle betrat. Bernhardts erster Eindruck: blass, nicht leicht zugänglich, Typ: Stille Wasser gründen tief. Ihre Stimme war entschieden, klang aber ein bisschen gepresst. Fester, leicht feuchter Händedruck. Was sie ihm dann sagte, verhinderte erst einmal eine weitere Charaktereinschätzung. Kurz und trocken kam ihre Mitteilung: »Herr Kollege, die Chefinspektorin Habel ist seit Stunden spurlos verschwunden. Es läuft eine große Suchaktion, an der Sie sich bitte beteiligen sollen.«

Diese Mitteilung steigerte Thomas Bernhardts Sorgen erheblich. Insgeheim hatte er gehofft, dass sich alles wie ein Spuk auflösen und ihn nach der Landung in Wien eine grinsende Anna Habel empfangen würde. Und jetzt... Das war dubios und sehr beunruhigend.

»Auf der Autobahn geht nix«, sagte Frau Kratochwil und dirigierte ihn zügig zum Bahnsteig, wo der Zug nach Wien stand. Der CAT, diesen rätselhaften Namen trug diese Linie, rauschte durch die Nacht in Richtung Wien.

Gabi Kratochwil gab einen kurzen, konzentrierten Überblick der Situation: Anna Habel hatte am frühen Abend einen Termin im Burgtheater gehabt, den Direktor dort hätten sie schon angerufen, angeblich habe sie das Haus nach ihrem Gespräch verlassen. Und seitdem: Funkstille. Das habe es schon manchmal gegeben, dass sie sich kurz ausgeklinkt habe, aber höchstens eine halbe Stunde, um in Ruhe eine Semmel oder ein Würstl zu essen und dabei ein bisschen nachzudenken. Aber nie, wenn ein Fall heiß gewesen war wie diese Sache mit der Agentin. Und jetzt sei's ja schon nach Mitternacht, und sie melde sich immer noch nicht, auch nicht bei ihrem Sohn, und der sei ihr immer besonders wichtig, der stehe immer an erster Stelle. Also, da sei bestimmt etwas schiefgelaufen. Sie bringe ihn jetzt ins Präsidium in die Berggasse, wo unter der Leitung von Hofrat Hromada eine Krisensitzung stattfinde. Dann schwieg sie und schaute ihn mit großen Augen an, als erwartete sie von ihm unverzüglich eine Entschärfung oder Klärung der Situation.

Bernhardt hatte sie bei ihrem Rapport aus den Augenwinkeln gemustert und sich ein Bild von ihr zu machen versucht: ländlicher Typ, ein bisschen unsicher, aber zielorientiert und geradeaus, verlässlich, arbeitsam – dies seltsame Wort fiel Bernhardt ein. Arbeitsam? Bernhardt stellte sie sich auf einem Bergbauernhof vor, von der Früh bis in den Abend beschäftigt. Später kam in einem Gespräch heraus, dass Bernhardt recht gehabt hatte, Gabi Kratochwil war tatsächlich auf einem Bauernhof irgendwo in Kärnten aufgewachsen.

Sie fragte ihn, ob er eine Erklärung für das Verschwinden von Anna Habel habe. Bernhardt merkte nur bissig an, dass es total unprofessionell sei, wie Anna Habel einfach loszumarschieren und nicht mitzuteilen, wohin man gehe. Er sparte sich weitere sarkastische Anmerkungen, als Gabi Kratochwil ihm ein Blatt reichte mit der Bemerkung: »Vielleicht hat's damit was zu tun?«

Bernhardt las die zwei ausgedruckten Internetseiten: Die Zeitschrift *Hot* kündigte auf ihrer Website eine Enthüllungsgeschichte über Hans-Günter Steiner an, die in der morgigen Print-Ausgabe erscheinen würde. *Hot* machte es spannend: Die Ausgabe würde erst um Punkt sechs Uhr in der Früh an die Kioske ausgeliefert. Dann könne der geschätzte Leser die ausführlichen Ergebnisse einer langwierigen Recherche über einen der einflussreichsten Männer der Republik lesen.

In der knalligen, hauptsächlich in der Farbe Rot gehaltenen Vorschau las sich das schön plakativ.

Hot – so heiß wie immer – *Hot—Hot—Hot—Hot—H*

DIE WAHRHEIT
ÜBER HANS-GÜNTHER STEINER

- Der Politiker:
  Amtsmissbrauch – Geldwäsche – Korruption
- Der Geschäftsmann:
  Immobilienbetrug – Scheinfirmen – Steuerhinterziehung – Die Dubai-Lüge
- Der Frauenfreund:
  Lug – Trug – und noch viel mehr!

Das Ganze war mit ein paar Fotos und Zitaten aus vergangenen Zeiten garniert. Bernhardt schaute Gabi Kratochwil an. »Was ist denn daran sensationell? Das habe ich doch gerade alles in meinem Dossier gelesen.«

»Man konnte ihm ja bis jetzt nichts richtig nachweisen, vielleicht haben die endlich harte Beweise. Der Hofrat meint, es könnte sein, dass die alles so aufblasen, um eine ganz bestimmte Sache auffliegen zu lassen. Aber wir wissen nicht, was.«

»Und ein Exemplar von diesem Revolverblättchen konntet ihr euch nicht besorgen?«

»Nein, die drucken erst spät an, hieß es. Und lassen nichts durchsickern. Der Hofrat wollte die per einstweiliger Verfügung zwingen, uns vorab eine Ausgabe zu liefern, aber so kurzfristig war das nicht möglich.«

Nach einer guten Viertelstunde kamen sie am City-Air-Terminal an der Landstraße an. Gabi Kratochwil kutschierte ihn mit einem kleinen Auto, das sie geschickt über die glatten Straßen manövrierte, ins Polizeipräsidium.

Dort herrschte eine Stimmung, wie sie wohl in so einem Fall in jeder Polizeibehörde der Welt zu erleben war. Schlechtes Licht, stickige Luft, auf einem Tablett Brötchen, deren Belag sich schon wellte, ein paar Kaffeekannen, halb leergetrunkene Tassen und Gläser auf Tischen und Büroschränken, ein Fernseher mit flackerndem Bild und ein älterer Mann, umringt von jüngeren Männern und Frauen.

Als Bernhardt eintrat, wandte sich ihm der ältere Herr mit weit geöffneten Armen zu – der Hofrat Hromada.

»Welch eine große Freude, Sie haben uns gefehlt, jetzt haben wir endlich die Kompetenz, die uns weiterbringen wird.«

Fehlt nur noch, dass du »Küss die Hand« sagst, dachte Bernhardt. Und ihm fiel die Frage ein, die ihm einmal ein Wiener Kollege in den Zeiten vor Anna Habel gestellt hatte: Was ist der Unterschied zwischen dem Berliner und dem Wiener Charme? Richtige Antwort: Der Berliner Charme tut sofort weh.

Der Hofrat demonstrierte vor dem Berliner etwas aufdringlich, wie Bernhardt fand, die alte Wiener Schule. Er stellte seine Mitarbeiter mit ein paar freundlichen Worten vor und zelebrierte ausgesuchte k. u. k. Höflichkeit.

»Ich bitt den Zustand im Raum höflichst zu pardonieren, aber die Absenz von der Anna Habel, das irritiert uns total. Sie ist verschwunden, und wir mühen uns und kommen ihr nicht auf die Spur. Was sagen Sie, Herr Bernhardt?«

»Ich kann nur sagen, dass sie an einem Ort mit schlechtem Handyempfang war, als sie zuletzt mit mir telefoniert hat. In einem Keller, in einem U-Bahn-Schacht, in einem Fahrstuhl, keine Ahnung. Aber kann man ihr nicht beibringen, dass sie sich ordnungsgemäß abmeldet? Das würde einem doch viel Sorge ersparen und eine Suchaktion mit ihrem ganzen Aufwand überflüssig machen.«

»Ich werde sie in diesem Sinne instruieren. Aber seien Sie nicht zu streng mit der Frau Habel, wer weiß, wo sie gerade ist.«

»Ich bin nicht streng, ich mache mir Sorgen – und zwar nicht zu knapp.«

Und in der Tat: Bernhardt machte sich große Sorgen, und ihm wurde in dieser Nacht klar, dass er sich Anna viel näher fühlte, als er sich das in der letzten Zeit zugestanden hatte. Er dachte an ihr Lachen, an ihre Lebhaftigkeit, an ihre Sprüche, an ihre oft heftige Art, die manchmal unvermittelt ins Zärtliche umschlagen konnte, er erinnerte sich an diese seltsame gemeinsame Nacht auf seinem Balkon in Berlin. Verdammt, ja, er machte sich Sorgen, wo war sie?

»Herr Hofrat…«

»Sagen S' Hromada, das reicht.«

»… also, Herr Hromada, wenn Sie nun gar keine Hinweise und Verdachtsmomente haben, was das Verschwinden von Anna Habel angeht, sagen Sie mir wenigstens, was es mit dem Steiner auf sich hat…«

Bernhardt zog den Zettel mit der *Hot*-Vorankündigung aus der Tasche. »Was ist da zu erwarten?«

»Ach, diese *Hot*-Leute, die werden ein Bömbchen zünden, irgendwas, Dubai, Abu Dhabi, fragwürdige Finanzgeschäfte, das perlt an dem Steiner ab, an dem perlt alles ab. Das Bürscherl hat schon viel Dreck am Stecken, das stimmt. Aber Sie werden's sehen, morgen wird er im Café Landtmann gleich zum Frühstück große Reden führen, und die Reporter werden sich seine süßen Worte anhören und brav aufschreiben, wenn s' nicht sowieso von ihm bezahlt werden. Und eine Unterlassungsklage von ihm in Sachen *Hot* ist auch schon draußen.«

»Abu Dhabi, Dubai, das interessiert mich weniger, ich will wissen, wie es mit seiner Verbindung zu Sophie Lechner aussieht.«

In Hromadas Blick blitzte leichte Ironie auf.

»Ah, gehn S', der ist seit Jahr und Tag von einer sich verheißungsvoll öffnenden Blüte zur anderen geflattert. Und wenn ihm der Nektar zu bitter wurde, ist er halt weitergezogen. Ich weiß, wegen der Lechner sind S' ja annonciert worden, aber da sollten S' keine zu großen Erwartungen haben. Im Übrigen hat ihn die Kollegin Habel abgeklopft, und da war nichts…«, kurzes Zögern, »…soweit ich weiß.«

»Eben, soweit Sie wissen. Wieso soll der Steiner da nicht drinstecken in der Sache mit der Lechner? Vielleicht ist ihm die Habel bei ihren Nachforschungen auf die Schliche gekommen?«

»Vielleicht. Möglich ist alles, aber wahrscheinlich dünkt's mich nicht. Schauen wir doch mal…«

Er wies auf den Fernsehbildschirm. Der Moderator der Spätnachrichten äußerte sich gerade ironisch über den neuerlichen Versuch eines renommierten Journals (ironisches Tremolo), den beliebten (Verstärkung des Tremolos) Finanz- und Kulturguru Steiner, in dem sich viele, wenn nicht alle Österreicher, wenn sie ehrlich seien, auf die eine oder andere Art wiedererkennen könnten, zu *entlarven,* der Moderator dehnte das Wort genüsslich. Er sei sich sicher, dass da nur wieder heiße Luft gequirlt werde, lasse sich aber gerne, koketter Augenaufschlag, eines Besseren belehren.

Der Hofrat gab Bernhardt mit dem Blick des Wissenden zu verstehen: Ja, sehn S', Herr Kollege aus Berlin, hab ich's nicht g'sagt?

Die Nacht verlief zäh, die Zeit dehnte sich. Bernhardt brannten die Augen, sein Magen rebellierte wegen des vielen Kaffees, den er getrunken hatte, die gelegentlichen Telefongespräche der Kollegen drangen nur halb in sein wattiges Gehirn, die Funkstreifen durchkämmten die Stadt und riefen in regelmäßigen Abständen an. Er wollte sich nützlich machen, aber man brauchte ihn nicht, und es tat sich nichts. Er nickte auf seinem Stuhl ein. Ab und zu schreckte er auf, wenn die Wiener Kollegen telefonierten oder sich berieten und der Name Anna Habel fiel. Ein-, zweimal versuchte er sich ins Gespräch einzumischen, aber ihm wurde bedeutet, dass das jetzt rein gar nichts bringe. Und Anna Habel blieb verschwunden.

Dann knurrte der Wecker seines Handys. Es war Zeit, zum nächsten Kiosk zu gehen, zur »Trafik«, hatte ihn Gabi Kratochwil milde korrigiert, um die *Hot* zu kaufen. Die Wiener Kollegen, die nicht so richtig an die Wichtigkeit des Steiner-Berichts glaubten, hatten ihm die Aufgabe übertragen. Halb stolperte, halb fiel er die Treppe hinunter, immer in dem Gedanken gefangen: Und wenn Anna was Schlimmes passiert ist? Gabi Kratochwil schaute ihn besorgt an. Sie selbst sah erstaunlich wach aus.

Die sensationelle Steiner-Geschichte schien die Wiener nicht zu interessieren, zumindest nicht in dieser frühen Morgenstunde. Niemand wartete ungeduldig auf die Auslieferung des Blattes. Als Bernhardt die Türklinke am Eingang der Trafik runterdrückte, raunzte der in mehrere Textilschichten verpackte Mann hinter dem

Tresen nur ein Wort, in das er aber so viel Verachtung legte, dass Bernhardt zusammenzuckte. »Momenterl!« Gabi Kratochwils recht mattes »Grüß Gott« beim Betreten des Ladens blieb unerwidert.

Ein Auto fuhr vor, der Fahrer stieg aus, hievte ein Paket mit Zeitungen aus dem Gepäckraum und legte es vor dem Eingang ab. Um diese Zeit und in dieser Kälte wurde nicht gesprochen, der Fahrer begnügte sich mit einem vagen Heben seiner Hand. In seinem leicht vernebelten Gehirn hatte Bernhardt einen kleinen Geistesblitz: Genau wie in Berlin! Wien und Berlin, das waren in Wirklichkeit Brüder- oder seinetwegen Schwesternstädte im unerschütterlichen Geiste des Nur-nicht-freundlich-Seins. Welch eine Erkenntnis!

Mit aufreizender Bedächtigkeit machte sich der Trafikant am Zeitungspaket zu schaffen. Langsam, langsam trennte er die einzelnen Bündel voneinander. Als er zur *Hot* kam, wurde es Bernhardt zu viel. »Entschuldigung, kann ich mal?« Gabi Kratochwil seufzte auf, der Trafikant nahm eine aggressive Verteidigungshaltung ein und schob Bernhardts Hand entschieden zurück. So was gibt es nicht, signalisierte seine Körpersprache. »Hören Sie nicht? Moment, hab ich gesagt!« Er steckte einen Teil der *Hot*-Ausgaben in einen Drehständer, den anderen fächerte er auf dem Verkaufstisch auf. Nun erst wandte er sich dem Piefke zu, als den er Bernhardt längst identifiziert hatte. »So!«

Bernhardt schaute Gabi Kratochwil etwas verdattert an, die ihn aufklärte. »Wir dürfen jetzt, heißt das.« Sie griffen sich beide eine *Hot*-Ausgabe, deren Schlagzeile auf der Titelseite in Riesenlettern lautete: *Steiner: Das war's aber jetzt.* Sie blätterten schnell den mehrseitigen Bericht im Mittelteil der Zeitung auf. Der Trafikant fixierte sie: »Wir sind hier nicht bei der Caritas. Bei mir wird gezahlt!« Gabi Kratochwil legte demütig die Münzen in die ausgestreckte Hand.

Thomas Bernhardt überflog die zahlreichen Kurzartikel, in denen jeweils eine Verfehlung von Steiner dargestellt und teilweise mit Faksimiles von Rechnungen und geheimen Absprachen dokumentiert wurde. Da kam einiges zusammen, und wendete man die Gesetze eines geregelten Finanz- und Wirtschaftssystems an, müsste es für Steiner tatsächlich schon bald recht eng werden. Im Rahmen eines Joint-Venture-Unternehmens mit einem fernöstlichen Land war von Steiner ein Energie-Investmentfonds aufgelegt worden, der angeblich zur Geldwäsche von Mafia-Kapital gedient hatte, zugleich waren europaweit Politiker und Wirtschaftsleute mit Millionensummen »unterstützt« worden. Geldströme schwappten so lange hin und her, bis am Ende offensichtlich selbst die Beteiligten nicht mehr wussten, was genau passiert war.

Und in der Mitte des Netzwerks: der allgegenwärtige Hans-Günther Steiner, der alles steuerte, der immer neue Ideen hatte, der Firma auf Firma türmte und als Einziger, wie es in dem Artikel hieß, noch den Überblick behielt. Bernhardt hingegen hatte den Überblick längst verloren. Steiner hatte Gesellschaften gegründet, die, so wurde es dargestellt, nur eine einzige Aufgabe hatten: die Aktivitäten anderer Gesellschaften zu verschleiern. Steiner, der Jongleur und Manipulator...

Dieser Lebensroman eines Spekulanten sprach Bernhardts zynische Ader an. Ja und?, lautete seine Frage. Dieser Mann war »Unternehmer des Jahres«. In seinen diversen Beiräten, auch das war fein säuberlich aufgelistet, saßen abgehalfterte Politiker, Generaldirektoren a.D., ehemalige Vorstandsvorsitzende, die ihre satten Abfindungen von zig Millionen Euro auf ihren Ruhesitzen am Mittelmeer verzehrten, ein libanesischer Milliardär usw. usw.

Steiner. Das war's aber jetzt, die Schlagzeile der *Hot* erschien Bernhardt nach diesem Lektüre-Flash reichlich optimistisch.

Gabi Kratochwil stieß Bernhardt an. »Haben Sie das gesehen?« Sie wies auf einen kleinen Kasten am Ende der Steiner-Story hin. So weit war Bernhardt noch gar nicht gekommen. Die ist ja erstaunlich schnell, konstatierte er nicht ohne leichte Bewunderung. Er las:

Zapft Steiner jetzt auch Berlin an?

Wie man weiß, gehört Berlin zum wilden Osten. Aber die Zeiten ändern sich: »Arm, aber sexy« war gestern. Seit kurzem fließt Geld in das ehemalige Subventionsparadies. Mit einem dänischen Konsortium, das auf Aruba in der Karibik residiert, mischt Steiner den Berliner Immobilienmarkt auf. Ganze Viertel in Kreuzberg und Neukölln gehören ihm angeblich schon. Immer wieder wurde er in den letzten Wochen in

Berlin gesehen. Auch bei seiner ehemaligen Gelieb-
ten, der in unserer Stadt so schmerzlich vermissten
Sophie Lechner, schaute er gelegentlich vorbei. Sein
Ziel waren allerdings die recht rauhen Gegenden der
Stadt. Hier will er Aufbauarbeit leisten. Doch erste
Protestbewegungen formieren sich, Schlagwort: Gen-
trifizierung. Steiner hingegen spricht von einem kul-
turellen Projekt. Er wolle Glanz und Lebensqualität
in die graue Stadt bringen.

Wir sind ihm unbemerkt über Wochen gefolgt. Wie
ernst er seine Unternehmungen nimmt, wird daran
deutlich, dass er seine Fahrten in seinem ultraschnel-
len Porsche, einer Spezialanfertigung mit 450 PS,
möglichst geheim gehalten hat. Am Todestag von So-
phie Lechner haben wir ihn aus den Augen verloren.
Was an jenem Tag geschah, entzieht sich also unserer
Kenntnis. Am gestrigen Tag wurde uns allerdings ein
Foto von unbekannter Seite zugespielt.

Auf dem Foto sah man einen verwackelten, leicht überbelichteten Steiner vor einem vierstöckigen Wohnhaus
stehen, den Blick nach oben gerichtet. Bernhardt schaute
genauer hin: Tatsächlich, das war eins der klassischen
Berliner Mietshäuser aus der Zeit um 1910. Die Bild-
unterschrift: *Kreuzberg? Neukölln? Oder wo geht Stei-*
ner auf Immobilienjagd?

Bernhardt blies heftig Luft durch seine Nase.

»Verdammt, was bedeutet das? Woher kommt das Bild?
Der steht da wirklich in Berlin, überhaupt kein Zweifel.«

»Vielleicht haben die den ganzen Schmäh über den

Steiner nur gedruckt, um diesen einen Artikel mit dem Bild unterbringen zu können. Alles andere scheint mir Schnee von gestern, außer Dubai. Ist so mein erster Eindruck.«

Bernhardt blickte Fräulein Kratochwil überrascht an. Gar nicht schlecht. Wenn man Steiner packen wollte, könnte dieses dubiose Bild ein Hebel sein. Der alten Wiener Lebensregel folgend: Warum sachlich, wenn's auch persönlich geht?

Der Trafikant, der seit einigen Minuten mit den Zähnen an seinem Seehundbart geknabbert hatte, öffnete den Mund.

»Was habts denn mit dem Steiner? Das is' eh ein leiwander Typ.«

Bernhardt hätte beinahe gesagt: Ach, Sie können ja reden, besann sich dann aber eines Besseren. »Weil er Geld hat?«

»Ja, was dagegen? Der kommt von ganz unten. Mutter Gemeindeschwester und der Vater ein kleiner Beamter. Was hat der Böses gemacht? Österreich ist ein freies Land. Bei euch Piefkes ist das doch nicht anders!«

»Na, ein bisschen schon, selbst in Berlin. Im Übrigen ist meine Kollegin Österreicherin.«

Gabi Kratochwil präzisierte. »Kärntnerin.«

»Ah geh, Kärnten.«

Bernhardt hätte beinahe gelacht. Der Wiener Trafikant erhob sich über die Polizistin, die aus Kärnten stammte, und er verteidigte reflexartig die Piefkes und Berlin.

»Herr …«

»Pogatetz.«

»Herr Pogatetz, haben Sie eine Lupe?«

»Warum?«

»Wir sind Polizisten und ermitteln.«

»Ja, geh, natürlich hab ich eine Lupe, für Kriminaler immer.«

Er kramte in diversen Schubladen und reichte Bernhardt schließlich ein altertümliches Gerät.

»Noch vom Großvater. Der war auch Trafikant.«

»Sozusagen Trafikanten-Adel.«

»Wenn Sie's sagen.«

Bernhardt fuhr mit der Lupe übers Bild. Ganz unten rechts entdeckte er einen Zeitstempel. Bernhardt hasste diese Stempel, sie ramponierten jedes Bild, er hatte einmal Monate gebraucht, bis er die Markierung aus den Einstellungen seiner Kamera löschen konnte. Jetzt jubilierte er innerlich, versuchte die winzigen Hieroglyphen zu entziffern. Der schale Atem von Gabi Kratochwil wehte ihn leicht an, die die Zahlen ebenso zu lesen versuchte und dann das Datum nannte. Bingo. Das war der Todestag von Sophie Lechner.

Der Trafikant hatte die Stacheln eingefahren. Er wurde von Minute zu Minute freundlicher, fühlte sich offensichtlich als Teil des Ermittlungsteams. Er hatte seinen beiden frühen Besuchern Kaffee aufgebrüht und neben die Tassen eine Dose mit Kondensmilch gestellt. Bernhardt verzog nach dem ersten Schluck das Gesicht, das leicht brennende Gefühl im Magen würde er den ganzen Tag über nicht mehr loswerden. Gabi Kratochwil nippte nur am schwarzen Kaffee und schaute Bernhardt dabei zu, wie er mit seinem Handy die Ermittlungen anzuschieben versuchte. Bei Cellarius, den er als Frühaufsteher eingeschätzt hatte, sprang nur der Anrufbeantworter an. Vielleicht joggte er gerade durch das verschneite Dahlem? Er sprach ihm in knappen Worten auf die Box. Cornelia Karsunke hingegen war gleich dran.

»Du? Was ist los?«

»Die Hölle ist los. Die Habel ist immer noch nicht aufgetaucht. Definitiv kein Signal von ihr. Ich denke, das ist eine Entführung.«

»Eine Entführung? Haben sich die Entführer denn gemeldet?«

»Bis jetzt nicht.«

»Und wenn's ein Unfall ist?«

»Aber in den Krankenhäusern ist sie nicht.«

»Mann, ich hoffe, das geht gut aus. Da muss man sich ja wirklich Sorgen machen.«

»Ja, wirklich, aber jetzt eine andere Sache.«

Er erzählte ihr von dem Bild. Und Cornelia Karsunke, die sich bis dahin noch in einem leichten Morgennebel bewegt hatte, wachte auf. Das gefiel Bernhardt immer wieder, dass seine Kollegen aus dem Stand-by-Modus unvermittelt in einen hohen Gang schalten konnten.

»Irre. Da geht's dem Steiner aber an… Seid bitte mal still! Nora, gib Greti von dem Müsli ab. Entschuldige, die zwei sind heute Morgen superquengelig, sind beide immer noch erkältet und haben ganz schlecht geschlafen.«

»Tut mir leid, halt durch. Also, wir schicken euch

gleich das Bild ins Büro. Schaut es euch genau an, zerlegt es, vielleicht schafft ihr's rauszukriegen, vor welchem Haus der Steiner fotografiert worden ist. Ich hab da so einen Verdacht.«

»Du meinst vor dem Haus der Lechner?«

»Wer weiß? Also, das als Erstes. Und dann die Funkzellenabfrage. Was ist mit dieser österreichischen Telefonnummer? Wem gehört die? Cellarius soll sich den Groß noch mal richtig vornehmen, bitte die harte Variante. Ich versuche zu klären, wer dieses Foto von dem Steiner in Berlin gemacht hat. Sieht so aus, als wär's ein Amateur gewesen. Steht jedenfalls kein Name drunter wie bei allen anderen Fotografien. Schau dir im Internet auch dieses Steiner-Dossier in der *Hot* an, vielleicht fällt dir was auf, was wir übersehen haben.«

»Wir?«

»Ach so, ich bin mit der Kollegin Kratochwil in einer Trafik, da haben wir uns die Zeitung geholt.«

»Traffick? Was ist das denn?«

»Nix Schlimmes, ein Zeitungskiosk. Pass auf, noch etwas, ruf Sina Kotteder an. Wieso hat die uns nicht informiert? Die arbeiten doch mit der *Hot* zusammen. Also, gib mir Bescheid. Ich werde bei dieser blöden *Hot* richtig tief bohren und mir den Steiner vornehmen. Mal sehen, wie der heute den Tag beginnen wird. Das wird ganz schön hart, für ihn und für uns. Aber am dringendsten ist jetzt die Suche nach Anna Habel, hoffentlich finden wir sie bald.«

»Das hoffe ich auch, ich halte die Daumen. Nora, Greti, hört bitte auf, da rumzumatschen. Ruf mich an,

wenn's was Neues gibt. Und, ach verdammt, komm bald
zurück, dann gehen wir ins Rixx und trinken Wein.«

»Wirklich?«

»Wirklich!«

Thomas Bernhardt spürte, wie ihn eine kleine Glücks-
welle erfasste. Gabi Kratochwil schaute ihn verträumt
an, der Trafikant sandte ihm einen Blick von Mann zu
Mann. Hatten die denn irgendetwas mitbekommen?

Mit Händedruck und Schulterklopfen verabschiedete
er sich vom Trafikanten. Als sie zurück ins Präsidium
kamen und das Büro betraten, schien es in ein helles Licht
getaucht. Lachen, Händeklatschen.

»Wir haben die Anna!«

30

Monate später dachte Anna noch mit Schaudern an die furchtbare Nacht und fragte sich immer wieder, wie sie in diese Situation gelangt war. Dabei hatte alles so harmlos angefangen.

Anna war tiefer in den Raum gegangen und in den riesigen Heizungskeller des Burgtheaters gelangt, der wie der Bauch eines Schiffes aussah. Ein alter Mann im Arbeitsoverall sah sie verwundert an.

»Haben Sie mich angerufen?«

»Ich? Warum sollte ich?« Der Alte schüttelte den Kopf und wandte sich wieder seinen Armaturen zu.

»Ist da hinten noch wer?«

»Keine Ahnung, gehen Sie ruhig weiter.«

Den Mann schien es überhaupt nicht zu interessieren, wer Anna war und was sie hier suchte, und so ging sie einfach an ihm vorbei, bis sie in einem großen Raum stand, den ein riesiges Rad an der Decke dominierte – die Drehbühne. Anna hatte gehört, dass sie über zwanzig Meter Durchmesser hatte, war aber dennoch von der Größe beeindruckt. Gegenüber war eine Tür. Sie stand ein paar Sekunden unschlüssig mitten im Raum. Was wollte sie hier eigentlich? Schließlich siegte die Neugier, sie öffnete die Tür, dahinter lag ein schmaler Gang – bildete sie sich das Geräusch ein? Vom Pomp des Theaters war hier nichts mehr zu spüren, feuchte Kellerwände, nackte Glühbirnen, der Geruch nach Staub und Moder. Niemand zu sehen und zu hören. Anna überfiel plötzlich ein unangenehmes Gefühl, und in dem Augenblick, als sie umkehren wollte, ging das Licht aus, und sie stand in vollkommener Dunkelheit. O mein Gott, was ist das denn hier für ein schlechter Scherz? Sie kehrte um und tastete sich die Wand entlang, diese verdammte Tür konnte ja nicht weit sein. Auf ihrem super Smartphone befand sich natürlich auch eine Taschenlampen-App – wie nützlich, wenn das Ding leer war.

Die Tür bemerkte sie erst, als sie mit der Stirn gegen das Metall stieß, und leider bemerkte sie auch, dass sie inzwischen verschlossen war. Anna trat dagegen, hämmerte mit den Fäusten, doch die Metalltür bewegte sich kein bisschen. Anna spürte Panik in sich aufsteigen, sie atmete flach und riss die Augen ganz weit auf in der Hoffnung, in der Schwärze irgendetwas zu erkennen. Es war nicht nur vollkommen dunkel, es war auch komplett still – wie in einem Grab, unvorstellbar, dass sich über ihr ein Theater befand, in dem Hunderte Leute arbeiteten, sie hörte lediglich ihren eigenen stoßweisen Atem. Sie lehnte sich gegen die feuchte Wand und sank nach unten. Am Boden hockend, beruhigte sie sich ein wenig. Was war schon dabei, eine Tür war zugefallen, sie saß mitten in Wien, mitten im Burgtheater, ein paar Stockwerke über ihr wurden gerade die letzten Vorbereitungen für ein Shakespeare-Stück getroffen. Was sollte passieren? Sie würde einfach hier in der Nähe der Tür bleiben und regelmäßig dagegenklopfen, jemand würde sie hören und aus dieser misslichen Lage befreien.

Irgendwann hatte Anna jegliches Zeitgefühl verloren. Seit einer Ewigkeit, schien ihr, saß sie hier in diesem Gang, ihre Stimmbänder versagten langsam den Dienst, und trotz der Winterjacke fror sie inzwischen erbärmlich. Die Zehen in den feuchten Stiefeln spürte sie kaum noch, und auch wenn es Anna davor graute, durch diese schreckliche Dunkelheit zu gehen, wusste sie, dass sie sich dringend bewegen musste, wenn sie hier nicht erfrieren wollte. Also bewegte sie sich – nachdem sie noch ein paarmal laut gegen die Tür gehämmert hatte – weg vom Eingang ihres Gefängnisses, Schritt für Schritt in dieser undurchdringbaren Dunkelheit, mit einer Hand immer an der Wand entlangtastend. Nach etwa zwanzig Metern machte der Gang einen Knick, und Anna stand wieder vor einer Metalltür. Sie tastete nach der Klinke, und – Anna schrie vor Erleichterung auf – sie gab nach. Dahinter wieder ein Gang, doch an seinem Ende konnte man erkennen, dass es heller wurde, von irgendwoher drang ein Licht in den Keller. Bald schon hatten sich ihre Augen an die diffuse Dämmerung gewöhnt. Der Gang wurde immer breiter, ein Riesentor versperrte ihr schließlich erneut den Weg, doch auch dieses war nicht versperrt. Sie ging den leicht ansteigenden Weg weiter, es wurde immer kälter – sie verspürte einen Luftzug, es roch nach Schnee. Und plötzlich war der Gang zu Ende, über ihr eine zehn Meter hohe Kuppel, durch schmale Schlitze konnte sie den Nachthimmel erkennen, doch nirgendwo war eine Leiter zu sehen, auch sonst keine Möglichkeit, nach oben zu gelangen. Um warm zu werden, lief sie ein paar schnelle Runden im Kreis, dazwischen blieb sie immer wieder stehen und schrie laut um Hilfe. Keine Reaktion.

Obwohl sie den Blick ins Freie tröstlich fand, beschloss Anna, sich doch wieder ins Innere des Kellers zurückzuziehen, inzwischen fühlte sie sich schwer unterkühlt. Als sich der Rückweg plötzlich gabelte, verfluchte sie ihren schlechten Orientierungssinn. Von wo war sie gekommen? Sie probierte rechts und trat in einen kleinen Nebengang. Ihre Finger tasteten über den abgeblätterten Verputz, und ihr Herz setzte für einen kurzen Moment aus, als sie einen Lichtschalter spürte. »O mein Gott, Jesus und Maria, ich werde nie wieder fluchen, wenn der funktioniert«, sie sprach es laut aus und erschrak vom Widerhall ihrer Stimme. Eine Neonröhre flackerte ein paarmal, um dann den schmalen Raum in grellweißes Licht zu tauchen. Anna blieb direkt unter der Lichtquelle stehen und merkte plötzlich, wie ihr die Tränen über die Wangen flossen. Wie viele Stunden mochte sie hier schon eingesperrt sein? Wann kam endlich jemand in diesen Keller, diesen gottverdammten... Sie wollte doch nicht mehr fluchen. Hatte hier überhaupt jemand was zu tun, oder würde sie verhungern und verdursten? Der erleuchtete Teil des Gangs führte noch weiter rein ins Innere des Theaters. Eng und geschwungen und die Wände aus Stein – das Ganze sah eher wie die Ruine einer mittelalterlichen Burg aus als wie der Keller eines Theaters aus dem neunzehnten Jahrhundert. Immer wieder war die Wand unterbrochen durch Nischen, hinter denen sich kleine Räume versteckten. Die Holztüren dazu standen offen, und die meisten davon waren mit alten Möbeln vollgestellt. Kleine Verliese, schien es ihr. Sie wagte sich in keinen der Räume, obwohl es da drinnen vermutlich wärmer war. Was, wenn doch jemand hier unten war und sie in einem der Kerker einschloss? Sie hatte inzwischen komplett die Orientierung verloren, keine Ahnung, wo unterhalb des Theaters sie sich befand. Immer wieder hörte sie Geräusche. Einmal war ihr, als hörte sie eine Tür ins Schloss fallen. Hatte sie am Anfang noch geglaubt, dass sie hier versehentlich festsaß, war sie sich mittlerweile sicher, dass ihr jemand übel mitspielen wollte und sie in diesen Katakomben hilflos in der Falle saß. Durst quälte sie, ihre eiskalten Füße schmerzten, und außerdem musste sie dringend aufs Klo. Fast musste sie lachen, als sie sich die Schlagzeile der Kleinformatigen vorstellte: *Wiener Kripobeamtin im Keller der Burg verhungert.* Obwohl, wahrscheinlich würde sie zuerst verdursten – wie lange konnte ein gesunder Organismus ohne Wasser durchhalten? Anna lief im Kellergang auf und ab und erinnerte sich an einen dramatischen Fall aus ihrer Kindheit, da hatten drei Vorarlberger Gendarmeriebeamte einen jungen Mann achtzehn Tage in einer Gefängniszelle vergessen, und er hatte überlebt. Anna ging damals noch in die Volksschule, aber sie hatte die *Zeit-im-Bild*-Berichte über den abgemagerten Mann niemals vergessen. Ihre Zunge klebte unangenehm am Gaumen, und ihre volle Blase würde sie nicht mehr lange kontrollieren können.

Irgendwann überwand sie ihre Angst vor den kleinen Kämmerchen, pinkelte in eine Ecke, und dann suchte sie sich ein anderes mit ein paar Stühlen, die sie zu einem Lager zusammenschob. Sie erkannte die billigen Plastiksessel wieder, die, goldfarben bemalt und die Sitzfläche mit rotem verschlissenen Samt bezogen, normalerweise im Pausenfoyer des Theaters standen – und normalerweise saß man darauf, aß überteuerte Brötchen und trank warmen Prosecco. Sie stellte drei zusammen und legte sich darauf, ein modriges Stück Stoff schob sie sich als Kissen unter den Kopf.

Anna war wohl wirklich eingeschlafen, sie erwachte von einem lauten Rascheln und brauchte mehrere Sekunden, um sich zu orientieren. Im Lichtschein der Gangbeleuchtung sah sie eine Ratte, die auf der Schwelle zu ihrem Verlies hockte und sie regungslos ansah. »Geh weg da!«, wollte Anna rufen – doch mehr als ein Krächzen brachte sie nicht zustande. Die Ratte verschwand trotzdem. Anna zwang sich aufzustehen, ihre Beine waren gefühllos, der Rücken schmerzte, als hätte jemand einen Pfahl durch ihre Wirbelsäule getrieben. Wie lange hatte sie geschlafen? Seit wann war sie hier eingesperrt? Ächzend kam sie auf die Beine und ging den unheimlichen Gang mit den kleinen Kellerräumen zurück in die Richtung, aus der sie vermutlich gekommen war. Es kostete sie große Überwindung, den hellen Raum zu verlassen, doch sie wollte noch einmal versuchen, zum Eingang ihres Gefängnisses zurückzukehren – dass hier zufällig jemand vorbeikam, war wohl eher unrealistisch. Anna fixierte die Tür zwischen dem hellen und dem dunklen Gang mit einem Stuhl, der Lichtschein half ihr, sich ein wenig zu orientieren. Ein paar Meter vor sich sah sie etwas Dunkles am Boden liegen, es bewegte sich nicht. Anna näherte sich vorsichtig und erkannte zu ihrer großen Erleichterung ihre Handtasche. Und ein paar Meter weiter war auch die Tür, durch die sie in dieses Verlies gekommen war. Anna pochte erneut heftig dagegen und rüttelte an der Klinke und – sie öffnete sich wie von selbst. Als wäre sie nie zu gewesen. Als hätte sie jederzeit da rausspazieren können. Anna Habel, Chefinspektorin bei der Wiener Mordkommission, stand regungslos im Türrahmen, presste ihre Handtasche gegen die Brust, und Tränen und Rotz liefen über ihr Gesicht. Langsam, Schritt für Schritt ging sie durch den großen Raum, sah die Drehbühne im Dämmerlicht, erkannte den Heizungsraum des alten Mannes wieder und fand schließlich eine Toilette. Sie hielt ihr Gesicht unter den warmen Wasserstrahl, trank schluckweise, taute ihre kalten Hände vorsichtig auf.

Wie sie schließlich nach oben gekommen war, wusste sie nachher nicht mehr genau. Sie ging durch mehrere Türen und stand dann plötzlich in einem Büro. Ungläubig starrte sie auf die Ikea-Uhr an der Wand, sie zeigte zehn vor sieben. Aus einer kleinen Teeküche kam eine ältere Frau, die, als sie Anna sah, laut aufschrie und ihre Kaffeetasse fallen ließ. »Wie kommen Sie hier rein? Wer sind Sie?«

»Ich… ich… bin Anna Habel. Polizei. Ich habe mich verlaufen. Bitte, können Sie jemanden anrufen? Die Polizei bitte.«

Die Frau sah sie mit schreckgeweiteten Augen an und wies auf das Telefon vor ihr auf dem Schreibtisch. Wen sollte Anna anrufen? Sie konnte keine Nummer auswendig, sie hatte alle Kontakte im Handy eingespeichert, die einzige, die ihr einfiel, war die von Florian, doch das war wohl keine gute Idee. So saß sie einfach ein paar Minuten auf dem Bürostuhl, legte den Kopf in die Hände und versuchte das unkontrollierte Zittern zu unterdrücken.

»Polizeinotruf, guten Morgen. Was kann ich für Sie tun?«

»Mein Name ist Habel, Anna Habel, Chefinspektor der Wiener Mordkommission. Ich … war … im Burgtheater eingesperrt.«

»Wiederholen Sie bitte Ihren Namen. Werden Sie bedroht? Befinden Sie sich in Gefahr?«

»Chefinspektor Anna Habel! Nein, ich werde nicht akut bedroht und befinde mich nicht in Gefahr. Ich saß nur mehrere Stunden im Keller des Burgtheaters fest und werde hoffentlich von meinen Kollegen gesucht. Rufen Sie bitte Hofrat Hromada an.«

Die Stimme am anderen Ende der Leitung blieb für ein paar Sekunden still. »Gut, Frau Habel, ich kann den Anruf zurückverfolgen. Bleiben Sie, wo Sie sind, ich melde mich gleich wieder bei Ihnen.«

Eine Viertelstunde später trat Anna in die kalte Morgenluft, zwei Polizeiwagen mit rotierendem Blaulicht und ein Rettungsauto standen da, jemand legte ihr eine Decke um die Schultern und reichte ihr einen heißen Becher Tee – das alles kam ihr plötzlich völlig übertrieben vor.

31

Die ersten Meldungen über Anna Habels Zustand nach der langen Nacht der Ungewissheit waren erfreulich: Körperlich sei sie unversehrt, allerdings fühle sie sich sehr erschöpft und stehe unter einem leichten Schock. Hofrat Hromada fasste es in der ihm eigenen Art zusammen: »Die Kollegin Habel ist wohl recht derangiert.«

Das konnte man so sagen. Bernhardt war mit den Wiener Kollegen Motzko und Kratochwil und einer kleinen Truppe aus dem Präsidium zum Burgtheater gefahren. Zumindest für einen kurzen Augenblick wollte er Anna sehen, ihr Mut zusprechen und sich dann Steiner vorknöpfen, der für zehn Uhr zu einem Pressegespräch ins Café Landtmann am Ring eingeladen hatte. In der kurzen Pressemitteilung, die am frühen Morgen, noch vor dem Erscheinen von *Hot,* verbreitet worden war, hieß es: »Dr. Steiner weist alle Vorwürfe entschieden zurück und wird mit größter Offenheit über seine geschäftlichen und politischen Aktivitäten aufklären. Über private Aspekte seines Lebens sieht er keinen Anlass zu sprechen.«

Als Bernhardt auf Anna zuging, die zusammengesunken in einem Rettungswagen saß, war er für einen Mo-

304

ment wirklich erschüttert. Die immer aktive, selbst im Ruhemodus noch bewegte und bewegliche Anna wirkte verstört, ihr Blick fand keinen richtigen Haltepunkt und irrte umher, der Trubel, der um sie herumwogte, schien sie zu irritieren. Ihre Haare waren fettig, und ihre Hand fühlte sich, als Bernhardt sie ergriff, eiskalt an. Er versuchte, Anna auf bewährte Art aufzumuntern.

»Ey, bin ich froh, Unkraut vergeht nicht.«

Ein kleiner Funke Lebenswille und alter Spottlust glomm dann doch in Annas Augen auf. Aber noch wirkte ihre Stimme unsicher, verletzt, klein.

»Idiot, schön, dass du da bist. Ich muss –«

»Du musst jetzt erst mal gar nichts.«

»Doch, ich muss, ich weiß gar nicht, ich verstehe gar nicht, aber ich muss –«

Der Notarzt, ganz alte Schule mit sonorer Stimme und wohlwollend autoritärer Körpersprache, der während des kurzen Wortwechsels neben Anna gestanden hatte, kniete sich nun vor ihr nieder.

»Liebe Frau Habel, nein, Sie müssen jetzt nichts. Sie müssen erst einmal aufgebaut werden, und da spritze ich Ihnen jetzt –«

»Nein, kein Beruhigungsmittel, ich brauche einen klaren Kopf.«

»Dieses Mittel wird zur Klarheit beitragen, glauben Sie's mir, Ihre Gedanken werden langsamer fließen und sich nach und nach ordnen, Sie werden ruhiger werden und dann Schritt für Schritt in Ihr gewohntes Leben zurückkehren. Aber auf die Pirsch gehen Sie mir heute nicht mehr.«

Anna schloss ergeben die Augen und ließ sich die Spritze geben. Als sie die Augen wieder öffnete, standen Gabi Kratochwil und Helmut Motzko vor ihr wie zwei besorgte Kinder vor ihrer Mutter. Gabi Kratochwil, die Spröde, die manchmal Widerspenstige, versuchte Anna Habel zu umarmen, was in einer leicht grotesken Verhakelung endete.

»Liebe Frau Habel, das ist so schlimm ...«

»Frau Kratochwil, jetzt gehen S' aber. Ich stehe ja nicht kurz vorm Abgang. Und Herr Motzko, jetzt schaun S' nicht wie bei einem Begräbnis. Der Arzt hat mir was ins Blut gegeben, da bin ich bald wieder bereit, und dann –«

Der Arzt hob die Hand. »Nein, nein, liebe Frau Habel, wie Sie sich das vorzustellen scheinen, geht's natürlich nicht. Bettruhe, strenge Bettruhe, meine Liebe.«

Anna Habel versuchte, Bernhardt zuzuzwinkern, was recht kläglich wirkte. Und Bernhardt dazu brachte, in das gleiche Horn zu blasen wie der Arzt. »Völlig richtig, du ruhst dich aus, und ich werde mit Frau Kratochwil mal auf die Pirsch gehen, wie das der Doktor nennt. Und Herr Motzko wird die Ereignisse der Nacht mit dir durcharbeiten.«

Anna Habels Blick verdunkelte sich. Dass ausgerechnet Gabi Kratochwil an vorderster Front aktiv werden durfte, missfiel ihr ganz offensichtlich. Als sich Bernhardt von ihr mit einer angedeuteten Umarmung verabschiedete, roch er die Nacht, die Anna durchgemacht hatte: Angst, Schweiß und Tränen. Kurz blitzte vor seinem inneren Auge ein Bild auf: wie er sie in die Badewanne setzte, mit einem weichen Waschlappen abwusch, dann gut abfrottierte und ins Bett brachte. Sie schloss die Augen und sank ganz langsam in eine Ohnmacht.

Über Annas Gesicht lief eine riesige Spinne, an ihrem linken großen Zeh knabberte eine Ratte, und das alles sah sie nicht, sie spürte es nur überdeutlich. Es war stockdunkel, eiskalt, und jemand rief laut: »Der Rest ist Schweigen!«

»Anna, Anna! Wach auf! Es ist alles gut! Du bist in Sicherheit.«

Wie kam sie in dieses Bett? Warum hielt sie Thomas Bernhardt in den Armen? Wo war sie überhaupt, und warum hatte sie ein verschwitztes Nachthemd an? Anna ließ sich in das hohe Kissen zurücksinken und spürte, wie ihr jemand mit einem nasskalten Waschlappen über die Stirn fuhr. Was machte der Berliner hier, und warum fühlte sie sich so dermaßen schlapp? Sie blickte an ihm vorbei, sah ein graues Viereck, davor einen kahlen Baum; das Licht konnte man zwar nicht als hell bezeichnen, doch es war eindeutig Tag. Bernhardt stand auf, ging durch eine kleine Tür, und sie hörte, wie ein Wasserhahn aufgedreht wurde. Da kam die Erinnerung an die Nacht im Verließ. Der metallene Geschmack von Angst war sofort wieder auf ihrer Zunge, sie erinnerte sich an die Theaterstühle mit rotem Samt, an die Ratte, und seltsamerweise fiel ihr die Ecke ein, in die sie gepinkelt hatte.

»Na?« Er stand vor ihr und grinste sie schief an.

»Selber na.«

»Alles in Ordnung?«

»Du siehst auch nicht gerade aus wie das blühende Leben.«

»Wie schön, du bist wieder fast die Alte, charmant und höflich wie immer.«

Anna versuchte zu lachen, es klang ein wenig trocken, ihr Hals schmerzte, und plötzlich schossen ihr die Tränen in die Augen. »Ich hatte solche Angst. Du kannst dir nicht vorstellen, welche Angst ich da unten hatte.«

»Doch, ich kann es mir sehr gut vorstellen. Du warst fast neun Stunden da unten eingesperrt. Das wär doch nicht normal, wenn du da keine Panik gehabt hättest.«

»Weißt du, irgendwann hab ich geglaubt, das war's jetzt. Hier findet mich keiner mehr, und ich muss zugrunde gehen. Dabei war ich irgendwie fast draußen, da gab's so einen seltsamen Gang, der führte ins Freie, nur endete der zehn Meter unter der Oberfläche, also ... ich meine, da war so eine Kuppel, da hab ich den Himmel gesehen, aber ich konnte nirgends raus ...«

»Das ist der Belüftungsgang. Das Schwammerl im Volksgarten.« Gabi Kratochwil schob sich ins Bild, und Anna zog rasch die Decke über ihr Nachthemd.

»Sie waren in den Belüftungsanlagen des Burgtheaters. Durch die Schlitze in der Kuppel wird die Frischluft in den Zuschauerraum gepumpt. Das Ding im Volksgarten, die Wiener nennen es Schwammerl, ist einzigartig in ganz Europa, ich habe gelesen, dass die Zufuhr der Luft von einer –«

»Frau Kollegin, das ist stadtgeschichtlich ja sehr interessant, aber sollten wir nicht klären, wie Frau Habel da reingekommen ist?«

Gabi Kratochwil sah Bernhardt erschrocken an und klappte den Mund zu.

»Also, Anna. Versuch dich zu erinnern. Warum warst du überhaupt im Keller? Hast du dich verlaufen? Du hattest doch einen Termin mit diesem kaufmännischen Direktor? Ihr habt euch doch sicher nicht im Keller getroffen?«

»Nein, natürlich nicht. Ich war auf dem Weg nach unten, da hab ich einen Anruf bekommen. Jemand wollte mich im Untergeschoss treffen und mir was sagen.«

»Und das kam dir nicht komisch vor?«

»Komisch, komisch. Was ist schon komisch? Erst mal sind das da unten ganz normale Arbeitsplätze – Heizungsraum, Drehbühne. Ich hab mir halt gedacht, da gibt's jemanden, der mir was erzählen will, irgendjemand, der nicht will, dass es jemand anderer hört oder sieht.«

»Und dann?«

»Na, dann war da keiner mehr, und ich bin durch diese Tür gegangen. Es kam mir eh ein bisschen seltsam vor, aber wie ich wieder rauswollte, war sie abgeschlossen. Und das Licht ging aus.« Den letzten Satz sagte sie ganz leise, und Bernhardt sah Gabi Kratochwil vielsagend an. »Du musst jetzt schlafen. Aber erzähl mir noch, wie du rausgekommen bist!«

»Die Tür war wieder offen. Ich muss irgendwann eingeschlafen sein, auf diesen Sesseln, die im Pausenfoyer stehen, in einem dieser Kerkerräume, da war es ein wenig heller und auch eine Spur wärmer. Ich war so schrecklich müde. Dann hat mich diese Ratte geweckt. Und als ich zurück bin, war die Tür wieder –« Anna unterbrach den Satz und setzte sich abrupt auf. »Ihr glaubt, ich bin blöd, oder? Ihr glaubt, ich hab mir das eingebildet, und die Tür war immer offen? Und ich war zu dumm, um die Tür aufzumachen! Das glaubt ihr doch, oder? Ich seh's euch doch an!«

»Jetzt beruhige dich doch. Das hat doch niemand gesagt. Wo ist denn eigentlich dein Handy? Was war damit los?«

»Akku leer.« Anna warf die Decke von sich und schwang die Beine aus dem Bett. »Was mach ich hier eigentlich? Ich hab genug geschlafen, wir müssen an die Arbeit.« Als ihre nackten Füße den Linoleumboden berührten, verzog sie das Gesicht und klammerte sich an Bernhardts Arm.

»Du bist weiß wie eine Wand. Wir würden dich im Schnee da draußen gar nicht erkennen können. Der Arzt hat dir ein Beruhigungsmittel gespritzt, und du schläfst jetzt erst mal ein paar Stunden. Wir haben das hier voll im Griff.«

»Jetzt, wo du's sagst: Was machst du eigentlich hier?«

»Ja, weißt du, die Spuren laufen doch fast alle nach Wien. Hattest du diesen Hans-Günther Steiner gestern eigentlich noch mal gesprochen?«

»Nicht erreicht. Aber mir fällt gerade ein – dieser Souffleur, dieser Herr Fürst, den wollt ich doch abholen lassen, gestern Abend. Du, der ist höchst verdächtig, den müssen wir uns anschauen.«

»Du schaust dir erst mal niemanden an. Wir laden jetzt dein Handy auf und versuchen die Nummer von dem Kerl, der dich in den Keller gelockt hat, rauszukriegen.

Und dann gehen Frau Kratochwil und ich zu Steiners Pressekonferenz im Landtmann.«

»Da muss ich doch auch mit!«

»Schlaf dich erst mal aus – und dann lies dir das durch!« Bernhardt warf ihr ein schon etwas zerlesenes Exemplar der *Hot* auf die Bettdecke und legte Katia Sulimmas Dossier auf den Nachttisch. »Frau Kollegin, gehen Sie schon mal vor, und holen Sie das Auto, ich komm gleich nach.« Gabi Kratochwil knallte die Hacken zusammen und verließ grußlos das Krankenzimmer.

»Wie bei *Derrick*: Harry, hol schon mal den Wagen.« Anna zog sich die Decke bis zum Kinn.

»Schön, du kannst ja schon wieder ätzen.« Thomas Bernhardt beugte sich über sie und gab ihr einen zarten Kuss. »Ich bin froh, dass du nicht erfroren bist. Schlaf schön.« Dann war er weg, und Anna sank augenblicklich in einen traumlosen Schlaf.

Kurz vor zehn Uhr standen Thomas Bernhardt und Gabi Kratochwil vor dem Café Landtmann, das im Erdgeschoss eines weißen Gründerzeithauses residierte und sich wie ein wuchtiger Schiffsbug auf die Oppolzergasse Richtung Burgtheater vorschob.

Gabi Kratochwil deutete auf ein Gebäude im neogotischen Stil jenseits des Rings mit einem hohen Turm, der links und rechts von jeweils zwei niederen Türmen flankiert wurde. »Das ist das Rathaus. Und sehen Sie davor die Eisbahn, das ist doch schön.«

Bernhardt spürte den Stolz und die Freude des Mädchens aus der Provinz, das es in die große Stadt geschafft hatte.

»Und sind Sie da schon mal Schlittschuh gelaufen?«

»Ja, schon öfter.«

Die roten Flecken auf ihren Wangen, ob sie nun vom Frost oder von der Anspannung ausgelöst wurden oder von beidem, verstärkten sich. Gabi Kratochwil war nämlich in diesem Moment die leitende Ermittlerin, was Hofrat Hromada ausdrücklich betont hatte. »Sie werden verstehen, Herr Kollege, dass naturgemäß wir die Ermittlungen führen und Sie als Deutscher Frau Kratochwil beigeordnet sind. Ich denke, dass Sie gut miteinander auskommen werden.« Gabi Kratochwil hatte zu protestieren versucht. Aber der Hofrat hatte unwirsch abgewinkt.

Das Café Landtmann war um diese Stunde dicht besetzt. Eine Lärmwolke lag über den Tischen und den stoffbespannten langen Bänken, die vor den holzverkleideten, mit Intarsien im Jugendstil versehenen Wänden entlangliefen. Was Bernhardt sofort auffiel: Hier gab es kaum Frauen. Und die jungen Männer, die in dieser Herrengesellschaft eindeutig in der Überzahl waren, sahen aus wie Klone von Hans-Günther Steiner. Wie eine Uniform trugen sie ihre dunklen Anzüge und dazu bunte, oft in grellem Rot gehaltene Krawatten. Die dicken Chronographen am Handgelenk wurden gut sichtbar präsentiert. Ein Gang ins Sonnenstudio gehörte wohl für die meisten zum Alltag.

Bernhardt schnappte beim Gang durch das Café Satzfetzen auf, die sich zu einem surrealen Text formten: »Ich hab zu dem Klubobmann gesagt... der zweite Präsident hat das akkordiert... wenn du da *franchise* machst, dann kannst du nur bedingt... *buy out... layout...* alles eins... der Bestandsvertrag... die Fraktion... wir sollten uns da nicht beflegeln... unbedingt aufeinander abstimmen... das ist inkludiert, ja sicher... ehestmöglich exekutieren... ja, selbstverständlich ist da Luft drin... wenn wir reden, finden wir einen Weg... außer Obligo, natürlich... zum Beispiel der Stellvertreter, genau... der Steiner, dieser Wunderwuzzi, der zieht den Kopf aus der Schlinge, hat er schon öfter...«

Das Ganze hatte nichts Verschwörerisches, eher etwas Spielerisches. Männerspiele, die Tische schotteten sich nicht voneinander ab, manch einer verließ seinen Platz und setzte sich am Nebentisch nieder, Wörter, Sätze flogen hin und her. Bernhardt musste sich eingestehen, dass er beeindruckt war. Morgens um neun wurden hier Geschäfte gemacht, politische Intrigen gesponnen. Danach konnte man den Tag wahrscheinlich ganz entspannt angehen lassen, die wesentlichen Absprachen hatte man schon hinter sich, man musste sie nur noch – was hatte er da eben gehört? – »ehestmöglich exekutieren«.

Gabi Kratochwil, die ihm beim Gang durch die Räume des Cafés wie ein verschüchtertes Hündchen gefolgt war, räusperte sich.

»Wo ist denn jetzt der Steiner?«

Ihre Stimme klang schwach und nervös. Bernhardt hatte ihr vor dem Betreten des Cafés gesagt, dass sie als ermittlungsführende Beamtin (»Ich bin noch nicht Beamtin«, hatte sie geflüstert) Steiner laut und deutlich ansprechen müsse, danach könnten sie ihn dann im Wechselspiel befragen.

Bernhardt fragte einen Ober, der wie Peter Alexander aussah, Herr Robert gerufen wurde und sich seiner Bedeutung durchaus bewusst war, wo das Gespräch mit Steiner stattfand. Im Lauf eines langen Berufslebens hatte Herr Robert sich vom Ober zum Oberdarsteller entwickelt, der seinen Dienst mit leicht selbstironischer Note versah. Nicht ohne Eleganz verwies er auf das Löwel-Zimmer: »Da sind die Herren immer, wenn's um ganz was Wichtiges geht.«

Ins Löwel-Zimmer zu gelangen war nicht einfach. Es

herrschte wildes Gedränge, Thomas Bernhardt schubste sich, laut »Presse, Fernsehen« rufend, durch die Menge und zog Gabi Kratochwil an einer Hand mit sich. Endlich hatte er einen Platz zwischen zwei TV-Kameras ergattert, wo er einen guten Blick auf Steiner hatte. Der war der Hauptdarsteller ganz großen Kinos: Rechts und links von ihm hatten sich zwei Riesen als Bodyguards aufgebaut, die wie die Klitschko-Brüder aussahen. Am Tisch saß zur einen Seite Steiners ein seriös gekleideter älterer Herr – sein Rechtsanwalt, wie sich herausstellte –, zur anderen Seite ein smarter junger Bursche, der sich als Kommunikationsberater vorstellte und die Regularien der Veranstaltung erläuterte.

Steiner werde eine persönliche Erklärung abgeben und danach exakt zehn Fragen beantworten, zwei vom ORF-Fernsehen, zwei vom Radio *Antenne Wien,* zwei von der *Presse,* zwei vom *Standard* und zwei von der *Krone.* Fragen zum Privatleben von Herrn Steiner seien strikt untersagt, werde gegen diese Bedingung verstoßen, ende augenblicklich die Zusammenkunft. Während dieser Präliminarien fixierte Bernhardt den Mann auf dem Podium. Steiner machte einen konzentrierten Eindruck, zwar war sein Gesicht leicht gerötet, er schien aber nicht sonderlich aufgeregt, eher wirkte er wie jemand, der sich einer lästigen Pflicht entledigen muss und der danach wieder zu seinen ehrenwerten Geschäften zurückkehrt.

Die persönliche Erklärung, die Steiner dann vortrug, war floskelhaft, auf enttäuschende Weise unspektakulär. Es gebe keine staatsanwaltschaftlichen Ermittlungen ge-

gen ihn, alle Versuche, ihn mit kriminellen oder auch nur
unredlichen Praktiken in Verbindung zu bringen, seien
bislang gescheitert und würden auch in Zukunft schei-
tern, da könne er seine zahlreichen Neider beruhigen.
Er werde seinen Weg einer soliden Investitionspolitik
gelassen weitergehen. »Die Hunde bellen, die Karawane
zieht weiter«, das sei schon seit langem sein Motto.
Selbstverständlich werde er das große Dubai-Projekt
mit der Unterstützung der bedeutendsten Persönlich-
keiten des Emirats nicht aufgeben, es im Zuge der Er-
holung der Weltwirtschaft sogar ausweiten. Auch in der
Stadtentwicklungspolitik werde er nicht nachlassen. In
den großen Städten Westeuropas kaufe er in der Tat
möglichst viele Häuser in Vierteln, für die es eine güns-
tige Prognose gebe. Sein Ziel sei nicht Gentrifizierung –
ein dummes Wort, wenn er das hinzufügen dürfe –, sondern kulturelle Stabilisierung. Die Viertel sollten sich
mit Hilfe ihrer alten und neuen Bewohner zu lebendi-
gen Orten des aktiven bürgerschaftlichen Engagements
entwickeln.

Mehr gebe es nicht zu sagen. Selbstverständlich habe
sein Anwalt eine Unterlassungsklage gegen *Hot* einge-
reicht, der ohne Zweifel stattgegeben werde. Eine Anzeige gegen *Hot* wegen Rufschädigung sei ebenfalls auf
dem Wege. Er sehe der Zukunft wie auch den nun folgenden Fragen mit Zuversicht entgegen.

Und das konnte er auch, zumindest was die Fragen
der Journalisten betraf. Die waren zahnlos, manche geradezu liebedienerisch. »Wie gehen Sie mit diesen ehr-
abschneiderischen Anwürfen um?« lautete eine Frage.

Die anderen Fragen drehten sich um Details der wirtschaftlichen Aktivitäten von Steiner. Der verwies cool auf eidesstattliche Erklärungen, zitierte lobende Äußerungen der unterschiedlichsten Geschäftspartner, verwies auf die enge Verbindung mit der lokalen, regionalen, nationalen, europäischen und globalen Politik. Als er merkte, dass er mit keinem nennenswerten Widerstand zu rechnen hatte, machte er sich das Vergnügen, sich über die Begrenztheit – vor allem: die geistige Begrenztheit – des kleinen Landes Österreich zu mokieren, das er liebe, gar keine Frage, das ihm die Möglichkeit gegeben habe, von unten nach oben zu gelangen, das ihm manchmal und gerade in solchen Momenten wie heute das Leben schwermache. Er könne damit jedoch ganz gut umgehen.

Nee, so gut kommst du mir nicht weg, sagte sich Bernhardt und postierte sich vor einer Fernsehkamera.

»Noch eine Frage…«

Der Kommunikationsberater schaute ihn wütend an. Was war das, wer verstieß da gegen die Regeln?

»Die Fragerunde ist beendet.«

»Was haben Sie am vergangenen Donnerstag in Berlin gemacht, wo ist das Foto aufgenommen, auf dem man Sie sieht, haben Sie Sophie Lechner…«

Die beiden Bodyguards sprangen mit zwei, drei Sätzen auf Bernhardt zu und rissen ihn umstandslos zu Boden. Oder hatte sich Bernhardt absichtlich fallen lassen? Die verwackelten Fernsehbilder, die später wieder und wieder in Sondersendungen abgespielt wurden, gaben keine klare Auskunft, auch die Zeitlupe half nicht.

Sie zeigten nur ein großes Durcheinander, Geschrei, fuchtelnde Arme – und einen Hans-Günther Steiner in Großaufnahme, der mit den Kiefern mahlte und vor Wut zu platzen drohte.

Und in all dem Gewirbel stand eine kleine Frau, die mit dünner Stimme rief: »Polizei, Polizei!« Es dauerte ziemlich lange, bis Gabi Kratochwil für Ordnung gesorgt hatte – schließlich auch mit Unterstützung von Thomas Bernhardt, den einer der Pseudo-Klitschkos nur widerwillig aus dem Schwitzkasten ließ.

In dem verwüsteten Raum, in dem der Geruch von Schweiß und Aggression hing, zwischen umgestürzten Stühlen und kaputtem Geschirr auf dem Boden, machte Steiner nun doch einen ziemlich ramponierten Eindruck. Auch wenn er mit dem Beistand seines Rechtsanwalts und seines Kommunikationsberaters während des nun einsetzenden verbalen Schlagabtauschs mit Bernhardt weiter in der Offensive zu bleiben versuchte.

»Wir wissen viel mehr, als Sie denken, lieber Herr Steiner.«

»Sie können alles von mir wissen, Sie werden mir nichts anhängen.«

»Ich hänge Ihnen jetzt aber etwas an, das geht schneller, als Sie denken. Sie waren am Todestag von Sophie Lechner in Berlin. Äußern Sie sich dazu.«

Der Rechtsanwalt mischte sich ein. »So geht das nicht, Sie können hier kein Verhör führen. Mein Mandant wird sich ab sofort nicht mehr zu diesen und anderen Anwürfen äußern.«

»Ihr Mandant wird zum Beispiel erklären müssen, warum er behauptet hat, allein in seiner Wohnung in Wien gewesen zu sein zu dem Zeitpunkt, als Sophie Lechner in Berlin ermordet wurde.«

»Es ist absurd, solche Verdächtigungen auszusprechen.«

»Es ist nicht absurd, wenn ich das aufgrund eines kleinen Datumsstempels tue, der auf dem Foto zu erkennen ist, das Ihren Mandanten in Berlin zeigt.«

»Ich verbitte mir, dass Sie solche aus der Luft gegriffenen Behauptungen aufstellen. Das Bild ist wahrscheinlich in Wien gemacht.«

»Das werden wir sehen. Wir machen uns jetzt auf die Suche nach dem Fotografen, gleichen in Berlin das Bild mit der Ansicht von Sophie Lechners Haus ab, wir werden die Autoren des *Hot*-Beitrags ausquetschen, und ein paar andere Dinge tun wir auch noch … Und damit alles seine Ordnung hat, laden wir Herrn Steiner natürlich noch vor. Sie hören von uns!«

Wie Sieger sahen sie nicht aus, als sie im Café durchs Spalier der Neugierigen von dannen zogen: ein gedrückter Steiner, ein konsternierter Rechtsanwalt, ein ratloser Kommunikationsberater, zwei wütende Pseudo-Klitschkos, die Bernhardt wilde Blicke zuwarfen. Neben ihnen her lief ein Reporter mit Handkamera. Und vor Gabi Kratochwil baute sich ein junger Reporter auf, hinter dessen Rücken ein Kameramann stand.

»Können Sie uns vielleicht sagen –«

Bernhardt stellte sich zwischen die zitternde Gabi Kratochwil und den smarten jungen Reporter.

»Wir können gar nichts sagen, und selbst wenn wir

könnten, würden wir nichts sagen, lassen Sie uns unsere Arbeit machen.«

Ein gefundenes Fressen für den welken österreichischen Blätterwald. Wie konnte sich ein Piefke erfrechen? Wieso ließ man ihn mit einer unerfahrenen jungen Wiener Polizistin losziehen? Als Sina Kotteder den kurzen TV-Beitrag in der Berliner Regionalschau sah, bog sie sich auf ihrem Sofa vor Lachen. Und in Wien hatte Hofrat Hromada alle Hände voll zu tun, um die Presse zu besänftigen. »Es hat halt pressiert, in der personalen Not, verstehen Sie, und da sollte man doch die Beteiligten nicht weiter sekkieren, ich bitt Sie.«

Fest stand jedenfalls, dass Bernhardt mit Gabi Kratochwil, die ihm langsam ans Herz wuchs, bei *Hot* mal nach dem Rechten schauen wollte. Und er hoffte sehr, dass ihm seine lieben Berliner Kollegen Material liefern konnten.

Bernhardt hatte das starke Bedürfnis, seinen Kopf auszulüften. Die vergangene Nacht ging ihm langsam merklich auf die Knochen. Und das »Kipferl-Frühstück«, das er sich mit Gabi Kratochwil im Landtmann noch gegönnt hatte, lag ihm unangenehm im Magen, vor allem die Melange. Gabi Kratochwil hatte die Melange abgelehnt, Laktose-Unverträglichkeit.

War wohl eine gute Entscheidung gewesen, sie wirkte jedenfalls erstaunlich wach, als sie mit Bernhardt durch die kleine Budenstadt am Rande des Eisfelds vor dem Rathaus ging. Irgendwann in den letzten Stunden musste sie die Angst vor dem Berliner Kollegen und vor seinen Ruppigkeiten verloren haben. Sie schaute ihn mit leicht prüfendem Blick an. Bernhardt erwiderte ihren Blick und sah sie zum ersten Mal scharf umrissen. Sie hatte die Kapuze ihrer schwarzen Daunenjacke, die mit violetten Applikationen versehen war, über den Kopf gezogen. Ihr blasses Gesicht leuchtete leicht im gedämpften Licht des Wintertages, die flachsfarbenen Haare, die sie streng nach hinten gebunden trug, waren nur zu erahnen. Sie überwand einen kleinen Widerstand in ihrer Stimme.

»Könnte das Bild mit dem Steiner gefälscht sein?«

»Sie meinen das Bild, das ihn in Berlin vor einem Wohnhaus zeigt?«

»Ja, genau. Und wieso sind Sie sicher, dass das Bild in Berlin aufgenommen worden ist?«

»Ich bin zu 99 Prozent sicher, dass das ein Mietshaus in Berlin ist. Warten wir's ab, meine Kollegen checken das ja gerade. Aber Sie haben recht, die Gefahr, dass es sich bei dem Bild um eine Fälschung handelt, ist nicht von der Hand zu weisen. Wir müssten das Original haben, am besten die Speicherkarte der Kamera.«

»Es könnte doch jemand das Datum in das Bild reinkopiert haben. Oder den Steiner in das Bild von dem Mietshaus – mit einem Fotoprogramm.«

Sie hatte recht. Beweissicher, gerichtsfest war dieses Bild nicht. Sie spann den Faden weiter.

»Und Steiners Fahrt nach Berlin, an dem Tag, als die Schauspielerin ermordet worden ist, die müsste ja auch durch Zeugen belegt werden. Oder durch Aufnahmen von Überwachungskameras an den Autobahnraststätten und Tankstellen.«

Bernhardt spürte leichten Missmut in sich aufsteigen. In jeder Polizeidienststelle gab's Musterschüler. Sie gehörte zweifellos zu dieser besonderen Spezies.

Sie waren an der Eislaufbahn stehen geblieben, auf der ein paar Kinder und Erwachsene mehr oder weniger geschickt ihre Runden drehten. Eine schon leicht ältliche Eislaufprinzessin sprang in die Luft, drehte sich einmal um sich selbst, landete sicher und ließ dann mit großem Schwung – ein Bein in der Waagrechten – die elegante Bewegung in einer Schleife auslaufen. Als er Gabi Kratochwil fragte, ob er für sie beide jeweils eine Portion Zuckerwatte kaufen sollte, schaute sie ihn tadelnd an und schüttelte den Kopf.

Er zog sein Handy aus der Jackentasche, um die Zeit mit der auf der großen Uhr des Rathauses zu vergleichen. Das iPhone war anscheinend noch auf lautlos gestellt, er hatte mehrere Anrufe in Abwesenheit. Alle von Anna Habel.

»Endlich! Hier ist die Anna.«

»Na, wie geht's dir so in deinem Bett?«

Bernhardt vernahm ein triumphierendes Schnauben wie von einem Nashorn in freier Wildbahn. »Bett, das würde dir, das würde euch so passen. Die Spritze war klasse, die hat mich ganz ruhig und locker gemacht. Ich hab ein wenig geschlafen, aber jetzt bin ich voll fit. Sind meine Kollegen bei dir?«

»Ja, die Frau Kratochwil ist bei mir –«

»Und habt ihr ihn?«

»Na ja, nicht so richtig. Aber wir sind ihm auf den Fersen. Aalglatter Kerl.«

»Aalglatt? Der fertige Typ? Na, ich weiß nicht. Aber was hat er denn gesagt?«

»Leere Luftblasen bis jetzt. Aber das wird sich noch ändern.«

»Von wem sprichst du eigentlich?«

»Na, von Hans-Günther Steiner.«

»Aber ich spreche von Roland Fürst.«

»Wer zum Teufel ist ... ui, ich weiß schon! Der Souffleur! Den haben wir ganz vergessen!«

»Vergessen? Meinen Hauptverdächtigen?«

»Meine liebe Anna, während du dich im Keller des Theaters und danach im warmen Bettchen befunden hast, hat sich die Sachlage etwas verändert. Hast du die Unterlagen nicht gelesen?«

Anna legte einfach auf und war nicht mehr zu erreichen.

33

Die Redaktionsräume der *Hot* enttäuschten Bernhardt. Ein Großraumbüro, in dem unter trübem Neonlicht zwanzig Männer und Frauen an ihren Computern werkelten. Der Chefredakteur saß in einem Glashäuschen, das in der Mitte des Raumes aufgebaut war. Als er Bernhardt und Gabi auf sein Domizil zukommen sah, trat er ins Freie und baute sich auf. Auf Bernhardt wirkte er mit seinem Glatzkopf und seiner Wampe, die gewaltig über den Hosenbund quoll, wie ein Sklavenhalter.

Passer, so hieß er, hatte eine tiefe, vom Alkohol aufgerauhte Stimme. Nachdem er seinen Besuchern mit seiner Pranke bei der Begrüßung beinahe die Hände zerquetscht hatte, lotste er sie in eine Ecke des Raumes zu einem schmuddeligen Sofa, das zwischen schlappen Grünpflanzen stand. Er warf sein Sakko nachlässig über eine Stuhllehne, wodurch das fliederfarbene Hemd mit den Schweißflecken unter den Achseln noch mehr zur Geltung kam.

»Na ja, ist nicht der *Spiegel* hier. Aber wir sind definitiv die heißeste Zeitung der Stadt und des Landes.«

Bernhardt war müde, er hatte wirklich keine Lust auf Spielchen.

»Herr Passer, sagen Sie uns einfach, wie es zu diesem Dossier über Steiner gekommen ist, holen Sie bitte die Autoren, die das Ganze geschrieben haben, an diesen gemütlichen Ort.«

Der Chefredakteur schaute ihn an. Ach, so einer bist du, sagte sein sarkastischer Blick.

»Sie stellen sich das nicht ganz richtig vor. Da hat ein Team dran gesessen, die aufwendige Recherche hat mal der eine oder die andere gemacht. Das waren viele Module. Und natürlich haben wir das Material kreativ vernetzt.«

»Was heißt das denn?«

»Dass wir die Fakten interpretiert und zugespitzt haben.«

»Und das ist Journalismus?«

»Ich wüsste kein anderes Wort dafür. Und falls es Sie interessiert, *Hot* hat gute Juristen. Was in diesem Dossier steht, ist wasserdicht.«

»Cui bono?«

»Ah, großes Latinum, hat man heute ja nicht mehr so oft. Ja, wem nützt es? In erster Linie der Zeitung, wir haben heute eine um 50 000 Exemplare erhöhte Auflage. Das ist viel in einem kleinen Land wie Österreich. Und, Sie werden jetzt vielleicht lachen: Der politischen Kultur haben wir auch gedient. Ist es schlecht, wenn ein Mann wie Steiner auf seinem scheinbar unaufhaltsamen Weg abgebremst wird?«

»Keine Ahnung. Welche Rolle spielt denn Ihr Berliner Bruder- oder Schwesterblatt bei dieser Geschichte?«

Der Chefredakteur schnalzte mit seinen Hosenträgern und lachte abfällig.

»Die *B. Z.?* Keine große Rolle, die hatten da nur eine Frau drauf angesetzt, wie hieß die noch mal?«

»Kotteder.«

»Genau, aber die war nur an der Lechner interessiert, traurige Geschichte übrigens, die Kotteder hat für unsere Bedürfnisse gar nichts geliefert.«

»Stopp. Was waren denn Ihre Bedürfnisse?«

»Habe ich doch gesagt, Auflagensteigerung.«

»Mich macht stutzig, mit welchem Eifer und mit welchem redaktionellen Aufwand an dieser Geschichte gearbeitet wurde. Gab's da jemanden, der das gefördert hat, jemanden, der eine Rechnung mit Steiner offen hatte?«

»Wir haben keine Rechnung mit ihm offen, wir wollen ihn einfach ein bisschen kleiner machen.«

»Aber Ihr Verleger muss das gutgeheißen haben. Sie können nicht einfach so an einer Stütze der Gesellschaft sägen.«

»Sagen wir so, der Steiner hat wenig Freunde und viele gute Feinde. Und wenn Sie mich fragen: Er hat sich nicht an die alte Regel gehalten, die besagt, dass man sich beim Aufstieg nicht nur Feinde machen darf, denn man trifft ja alle, denen man beim Aufstieg begegnet ist, beim Abstieg wieder.«

»Also befindet er sich im Abstieg?«

»Weiß ich nicht, wir haben ihn halt ein bisschen kürzer gemacht, basta.«

»Und dafür sind ihm Ihre Leute auf seinen Fahrten nach Berlin gefolgt?«

Der Chefredakteur runzelte die Stirn, die Frage behagte ihm nicht. »Wir haben uns helfen lassen.«

»Helfen lassen, das müssen Sie mir erklären.«

»Wir haben gar nicht so viele Leute und so schnelle Autos, um ihm auf der Strecke nach Berlin und auf seinen Wegen durch Berlin auf den Fersen zu bleiben.«

»Heißt?«

Dieser Blick hinter die Kulissen war dem Chefredakteur sichtlich unangenehm. »Wir haben ein Detektivbüro beauftragt, die sind Steiner in unserem Auftrag gefolgt.«

»Und wie heißt dieses ehrenwerte Unternehmen?«

»Das ist die renommierte Detektei Argus.«

»Welch schöner Name. Und wer hat die bezahlt? Ich gehe mal davon aus, dass die schweineteuer sind.«

»Das ist bei uns eine andere Abteilung, Promotion & Events, die ist in einer eigenen Firma platziert.«

»Wunderbar, das heißt Diversifikation, oder? Und Sie wollen mir jetzt weismachen, dass eine Hand in diesem Unternehmen nicht weiß, was die andere macht?«

Die wuchtige Figur des Chefredakteurs schien ein bisschen geschrumpft.

»Uns ging's ja vor allem um die Fotos. Wie er mit diesen Leuten von dem dänischen Konsortium zusammenkommt, die da innerhalb von Wochen ganze Straßenzüge in Kreuzberg und Neukölln aufkaufen. Da war auch unsere Wirtschaftsredaktion dran interessiert.«

»Und die hat den ganzen Aufriss finanziert?«

»Na ja, also, sagen wir mal so: In unserer Firmengruppe sind Print- und elektronische Medien dominant, aber dazu gehört auch ein starkes Immobiliensegment, das ist ja bekannt.«

Gabi Kratochwil, die bislang nur intensiv zugehört hatte, nickte heftig mit dem Kopf.

»Ich weiß, in der *Hot* gibt's am Wochenende immer die ›Wohnung der Woche‹ zu gewinnen.«

Der Chefredakteur Passer wirkte zunehmend genervt.

»Ja, genau, das sind Synergien, die wir schaffen und uns nutzbar machen.«

Bernhardt bohrte weiter.

»Also war der Steiner ein Konkurrent in Sachen Immobilien. Daher weht der Wind. Und an Dubai ist Ihre Firmengruppe wahrscheinlich genauso heiß und inniglich interessiert wie der smarte Steiner. Ich verstehe, ich verstehe sehr gut.«

Gabi Kratochwil nickte wieder, ihre Backen waren gerötet. Bernhardt war beinahe gerührt, als er erkannte, dass dieses Mädchen vom Jagdfieber gepackt war. Aus der würde was. Genau zum richtigen Zeitpunkt stellte sie die richtige Frage, und obwohl er verärgert war, weil es ihm zugestanden hätte, diesen entscheidenden Stich zu setzen, gefiel es ihm doch, wie sie sich mitreißen ließ:

»Wer hat das Foto von Hans-Günther Steiner in Berlin geschossen? Wir brauchen das Original.«

Es war verblüffend zu sehen, wie sich der Chefredakteur entspannte.

»Das Foto? Keine Ahnung. Das diente nur dazu, Steiners Aufenthalt in Berlin zu dokumentieren. Hat uns Argus zur Verfügung gestellt.«

»Und das drucken Sie dann einfach ab?«

»Ja, warum denn nicht? Der war halt in Berlin, und das zeigen wir.«

»Das Foto ist ein wichtiges Beweismittel. Wir brauchen es.«

Passer seufzte und tippte eine Nummer in sein iPhone.

»Ja, grüß dich, na, nur kurz, sag mal, der Fotograf von dem Foto, wo der Steiner in Berlin ist… Aha, ach so, wusst ich gar nicht, hm, hm, und dann habt ihr, ah ja, verstehe, macht ja nix, danke, mein Lieber, nichts für ungut, natürlich wird sich was ergeben, weiter auf gute Zusammenarbeit, klar, heute Abend ins Oswald & Kalb? Ja, warum nicht, servus, mach's gut.«

Er wandte sich Bernhardt zu, der zu seinem Missvergnügen feststellte, dass der Chefredakteur jetzt ganz in sich selbst ruhte.

»Also, an dem Tag, als der Steiner nach Berlin gefahren ist, haben sie schon früh seine Spur verloren, der war einfach zu schnell mit seinem Superwagen. Sie hatten auch den Eindruck, dass er sie abschütteln wollte. Aber das war ja nicht weiter schlimm, wir hatten eigentlich schon genug Material. Wir wollten nur noch ein Foto mit den dänischen Investoren. Und da haben die von Argus einen Fotografen in Berlin angerufen, den sie kannten. Und der hat ihn tatsächlich aufgespürt, aber dann nur dieses verwackelte Bild geliefert, ohne die Investoren, das war schon ärgerlich. Danach ist dieser Fotograf auf eine karibische Insel abgedüst. Unter dem Motto: eine ordentliche *work-life-balance* herstellen, wozu für ihn das Abstellen aller elektronischen Hilfsmittel gehört, wie ich mir gerade habe sagen lassen. Die jungen Leute – so sind's halt.«

Bernhardt fühlte sich heftig verarscht und ärgerte sich.

»Na gut, Sie superinvestigativer Superjournalist, dann rücken Sie mal die Adresse und Telefonnummer von diesen Argus-Pfeifen raus.«

Er schaute Gabi Kratochwil scharf an, die erschrocken zurückblinzelte.

»Notieren Sie!«

Gabi Kratochwil zog mit leicht zitternder Hand ein Büchlein aus ihrer unförmigen, verbeulten Filztasche und notierte, wie befohlen, die Nummer, die Chefredakteur Passer nun brav aufsagte.

»Sie können jetzt zurück in Ihr Sklavenhalterhäuschen und weiter rummauscheln und manipulieren.«

Passer blähte sich auf. »Ihr Piefkes habt vielleicht Manieren!«

»Küss die Hand und –«

»Sie mich auch.«

Draußen starrte ihn Gabi Kratochwil an. Was sah er in ihrem Blick: Erschrecken und Bewunderung? »Das war …, na ja, ich weiß nicht, wie ich sagen soll, also …«

»Das war zu hart, meinen Sie? Für diesen Typen war das genau die richtige Behandlung, ich hätte ihm viel früher die Daumenschrauben anlegen sollen. Der hat uns einfach verarscht. In zwanzig Jahren reden Sie auch so wie ich, man verliert in unserem Beruf früh die Geduld und bald danach sein gutes Benehmen.«

Sie liefen an der uringelb verkachelten Außenwand eines Kaffeehauses vorbei. Bernhardt stoppte abrupt.

»Ich fasse es nicht. Der Bräunerhof, da gehen wir jetzt rein, ich muss sowieso mal was Richtiges essen.«

Gabi Kratochwil folgte ihm in den Gastraum, der ziemlich heruntergekommen wirkte. Bernhardt war, als waberte eine nikotingelbe Wolke durch den Raum, in dem doch seit Jahren nicht mehr geraucht werden durfte, und er hatte das Gefühl, als legte sich ihm der Staub von Jahrzehnten auf die Bronchien. Er steuerte seine Begleiterin an den dritten Tisch links vom Eingang.

»Historischer Platz.«

»Wieso?«

»Hier hat der Schriftsteller Thomas Bernhard jeden Mittag gesessen, wenn er in Wien war.«

»Es gibt einen Schriftsteller, der wie Sie heißt?«

»Hieß. Der ist schon ein paar Jahre tot. Wenn er hier reinkam, hat er sich einen Packen Zeitungen von dem Tisch da gegenüber genommen, *Presse*, FAZ, *Süddeutsche, El País, Corriere della Sera, Times* und was weiß ich noch, hat den Packen auf der Bank unter seinen Hintern geschoben und dann eine Zeitung nach der anderen hervorgeholt und gelesen.«

»Iih, er hat sich draufgesetzt?«

»Ja, dann konnte ihm niemand die Zeitungen wegnehmen.«

»Und das war erlaubt? Der Kellner hat ihn nicht darauf hingewiesen, dass –«

»Nein, Thomas Bernhard war berühmt. Damals, in den Achtzigern, habe ich noch gelesen, und da fand ich seine Bücher unglaublich gut. Das war Wortmusik, großes Beschimpfungstheater, in endlosen Litaneien ist er über die Welt und die Menschen hergezogen – eigentlich schrecklich.«

»Und das haben Sie gelesen?«

»Ja, das hat mir damals gefallen. Ich war ein richtiger Fan und bin deshalb hierhingepilgert, wie andere auch. Aber dann war's mit dem Lesen auch wieder vorbei. Danach war ich ein paar Jahre Opernfreak, bis sich das auch erledigt hatte und ich regelmäßig ins Kino lief. Das waren so Leidenschaften – hab ich jetzt alles überwunden.«

»Und was machen Sie jetzt?«

»Jetzt? Ich meditiere, wenn ich Zeit habe.«

»Wirklich?«

»Nein, ist gelogen. Außer arbeiten mach ich nichts mehr. Ich freue mich höchstens auf den Sommer, wenn ich an einen märkischen See fahren, schwimmen und in den blauen Himmel starren kann.«

»Das ist dann wie Meditation.«

»Im weitesten Sinne.«

Der Tafelspitz, den sie sich beide bestellt hatten, war ganz in Ordnung. Der Ober war unfreundlich, wie es das Klischee verlangte, und ließ sie lange warten, als sie bezahlen wollten. Das diffuse Licht in dem Raum machte Bernhardt müde.

Bevor sie sich auf den Weg zu Steiner machten, ging Bernhardt noch in die Telefonzelle und rief mit seinem Handy Cellarius an. Der meldete sich auch sofort. Bernhardt berichtete in knapper Form, was er im Lauf des Morgens in Erfahrung gebracht hatte. Viel war das nicht, wie er beim Reden feststellte.

Auch Cellarius konnte ihm nicht weiterhelfen. Mit den Bildern von den Überwachungskameras an den Autobahnraststätten und Tankstellen, das würde dauern. Den Besitzer der österreichischen Telefonnummer hatten sie noch immer nicht identifiziert. Aber immerhin eine gute Nachricht: Das Gebäude, vor dem Steiner auf dem Foto stand, sei eindeutig das Haus, in dem Sophie Lechner gewohnt habe. Die schlechte Nachricht: Die gelöschten Daten von Sophie Lechners Computer könnten höchstwahrscheinlich nicht mehr sichtbar gemacht werden.

Bernhardt fragte nach Sebastian Groß; hatte Cellarius den noch mal richtig unter die Lupe genommen?

»Thomas, das wollte ich dir gerade erzählen, das ist ganz dumm gelaufen. Ich war im Krankenhaus, da guckte er schon ziemlich schief aus der Wäsche. Auf meine Frage, ob er jemanden des Mordes an Sophie Lechner und des Angriffs auf ihn selbst verdächtige, klappte er den Mund auf, als wollte er etwas sagen, und sackte im gleichen Moment zusammen. Er hatte sich eine Schachtel Beruhigungsmittel einverleibt, Suizidversuch, sie haben ihm den Magen ausgepumpt, er wird's überleben, aber an eine Vernehmung ist erst einmal nicht zu denken.«

»Verdammt, überall stockt's. Den Steiner nehmen wir uns zur Brust, ich werde alles dransetzen, den festzunageln. Ich brauch nur Anna für die Vorladung.«

»Thomas, du schaffst das.«

»Mal sehen. Wie geht's Cornelia?«

Kurzes Zögern in Berlin, ein leichtes Rauschen und Zirpen war zu hören, bevor Cellarius antwortete.

»Na ja, sie sitzt hier und schweigt. Soll ich sie dir geben?«

»Nein, lass mal, grüß sie schön von mir.«

»Mach ich. Wir halten den ganz kurzen Dienstweg ein, okay?«

Bernhardt versuchte noch einmal, Anna zu erreichen, doch es kam nur die Automatenstimme: »Der Teilnehmer ist vorübergehend nicht erreichbar.« Sie war doch hoffentlich nicht schon wieder verschwunden?

34

Anna kochte vor Wut. Dieser blöde Berliner hatte sie einfach aus dem Fall gekickt! Sich ihre Kratochwil unter den Nagel gerissen und die Ermittlungen übernommen! Und dann auch noch ihren Hauptverdächtigen »vergessen«. Also gut, dann musste sie eben auch allein arbeiten, wo war eigentlich Motzko?

Der nahm nach dem zweiten Klingeln im Büro ab, seine Stimme erkannte sie allerdings nicht.

»Was ist denn mit Ihnen los?«

»Total erkältet. Ich hab Schnupfen und Halsweh und…« Der Rest des Satzes ging in einem gewaltigen Hustenanfall unter. »Und, Frau Habel?«

»Ja?«

»Ich bin froh, dass Sie wieder da sind, und es tut mir leid, dass man Sie nicht früher gefunden hat.«

»Schon gut, es war ja nicht Ihre Schuld. Wo ist denn Frau Kratochwil?«

»Die ist schon den ganzen Tag mit dem Berliner unterwegs. Mich haben sie nicht mitgenommen, weil ich so schrecklich verkühlt bin. Und einer muss ja im Büro sein, meinte dieser Bernhardt.«

»So, so, meinte er. Können Sie mich hier abholen?«

»Klar, wo sind Sie denn?«

»Ich bin im ... ja, wo bin ich denn eigentlich? Warten Sie mal!« Sie schnappte sich den Befund vom Nachtkästchen und warf einen Blick darauf. »smz-Ost. Ich entlass mich hier mal schnell und warte im Foyer auf Sie.«

Anna diskutierte kurz mit dem diensthabenden Arzt, unterschrieb, ohne auch nur einen Blick drauf zu werfen, den sogenannten Revers, setzte sich in den Eingangsbereich des Krankenhauses und checkte die eingegangenen Anrufe der letzten Stunden. Außer den bekannten Rufnummern und zig verpassten Anrufen, während das Ding abgeschaltet gewesen war, kam nur eine für den Lockanruf in Frage. 51444789. Eine Nummer aus dem Burgtheater, die sie natürlich sofort anrief. Minutenlang klingelte es ins Leere, bis sich die Vermittlung meldete: »Österreichische Bundestheater, guten Tag?«

»Ich habe gerade eine Durchwahl gewählt. Können Sie mir sagen, zu welchem Büro die gehört?«

»Bedaure, das geht leider nicht.«

»Das geht nicht, oder Sie wollen nicht?«

»Das geht nicht. Sie kommen automatisch zu mir, wenn bei der Durchwahl niemand abhebt. Wen wollten Sie denn sprechen.«

»Das weiß ich auch nicht.«

»Aber was wollten Sie denn? Die Abonnementabteilung, das Pressebüro, die Direktion?«

»Verbinden Sie mich bitte mit Isabella Fanta aus dem Direktionsbüro.«

»Ja, sehr gerne, einen Moment bitte.«

Die junge Direktionsassistentin war sofort am Telefon. Als sie hörte, wer dran war, wusste sie zunächst nicht, wie sie mit Anna sprechen sollte. Schließlich meinte sie leise: »Es tut mir so leid, was Ihnen passiert ist. Es muss schrecklich gewesen sein, ich hoffe, es geht Ihnen wieder gut.«

»Jaja, ich möchte jetzt gerne wissen, wer dafür verantwortlich war.«

»Wie meinen Sie das? Wer sollte so etwas denn tun? Sie glauben doch nicht, dass jemand Sie absichtlich in den Keller gesperrt hat?«

»Was glauben Sie denn?«

»Na, dass die Tür geklemmt hat und dass Sie Panik bekommen haben und dann nicht mehr rausgefunden haben, und dann –«

»Ach, hören Sie doch auf mit dem Blödsinn. Da wollte mich jemand ausschalten oder mir zumindest einen gehörigen Schrecken einjagen. Ich bin doch nicht blöd und kann eine offene Tür nicht von einer verschlossenen unterscheiden! Aber lassen wir das. Können Sie mir bitte sagen, zu welchem Telefon die Durchwahl – Moment«, sie hielt ihr Handy kurz vors Gesicht, »789 gehört?«

»Ja, gleich, ich hab hier irgendwo eine Liste mit den ganzen Nummern ... ja, ich hab's schon. Oje. Das ist kein Büro. Das ist die kleine Teeküche neben dem Heizungskeller. Das ist mehr so ein Nottelefon, wenn da unten was passieren sollte.«

»Das heißt natürlich auch, dass diese Nummer keinem der Mitarbeiter zuzuordnen ist.«

»Ja, das heißt es.«

»Ich danke Ihnen, Frau Fanta. Wir sehen uns sicher noch einmal.«

»Bitte. Und Frau Habel?«

»Ja?«

»Von uns würde so etwas keiner tun.«

»Nein, sicher nicht.«

Anna legte auf und blätterte gedankenverloren in Bernhardts Dossier und der zerknitterten *Hot* auf ihrem Schoß. Immer wieder verschwamm das Schriftbild, das Medikament, das ihr der Arzt gespritzt hatte, war anscheinend doch stärker, als sie vorhin gemeint hatte. Sie konnte sich nicht so recht konzentrieren.

»Chefin, ich wär so weit.« Vor ihr stand Helmut Motzko, seine Augen waren glasig, seine Nase rot und geschwollen.

»Sagen Sie, haben Sie Fieber?«

»Nein, nein, geht schon.«

»Dann sind wir ja eine super Truppe. Also, los geht's, wir fahren in den 12. Bezirk, zu Roland Fürst, und diesmal rufen wir vorher nicht an.«

Auf dem Weg durch die Stadt unterhielten sie sich über die neuen Entwicklungen des Falles. Helmut Motzko wollte natürlich genau wissen, wie sie in diesen Keller gekommen war und wie es da aussah. Anna blätterte noch einmal in den Unterlagen über Hans-Günther Steiner, schaffte es aber nicht, mehr als ein paar Zeilen konzentriert zu lesen.

»Diesmal irrt er sich, der Bernhardt. Dieser Steiner ist höchstens ein Fall für die Wirtschaftskriminalität und für die Kabarettbühnen dieses Landes. Warum sollte der seine Ex umgebracht haben? Und deren Agentin? Das ergibt doch alles keinen Sinn!«

Es dauerte ewig, bis Roland Fürst mit verwaschener Stimme in die Gegensprechanlage nuschelte, dann surrte der Türöffner minutenlang. Oben im Flur war niemand zu sehen. Anna nickte Helmut Motzko zu, und der stieß die angelehnte Tür weit auf.

»Polizei! Sofort rauskommen!« Anna versuchte ihrer Stimme einen festen Klang zu geben, sie hoffte, dass nur sie selbst die Unsicherheit und Müdigkeit hören konnte. Es regte sich nichts. Helmut Motzko hob die Dienstwaffe und betrat die dämmrige Wohnung, Anna folgte ihm.

Roland Fürst bot ein Bild des Jammers: Die Haare fettig und ungekämmt, blickte er ihnen aus rotgeränderten Augen entgegen. Über einer grauen Jogginghose trug er ein ausgeleiertes, ehemals weißes Feinripp-Unterhemd, zwischen die Oberschenkel hatte er eine Whiskeyflasche geklemmt. Eine Zigarette war aus dem übervollen Aschenbecher auf den Tisch gefallen und glomm vor sich hin.

»Herr Fürst, wir möchten, dass Sie uns ins Präsidium begleiten. Bitte, ziehen Sie sich was an, und leisten Sie keinen Widerstand. Wo ist Frau Swoboda?«

»Nicht da. Die kommt auch nimmer.«

»Gut, das klären wir später. Ziehen Sie sich bitte eine Jacke und Schuhe an, wir gehen. Möchten Sie Ihren Anwalt anrufen?«

»So was hab ich nicht. Ich hab mein ganzes Leben nichts Unrechtes getan, ich brauch keinen Anwalt.«

Er stand auf, warf sich eine löchrige Strickjacke über und stellte sich schwankend mitten in das kleine Vorzimmer. »Bitte. Gemma.«

»Möchten Sie keine Schuhe anziehen, Herr Fürst?«

Er blickte verständnislos zu seinen dünnen Leder-schlappen und lachte. »Zu was? Gemma zu Fuß?«

Helmut Motzko ging noch mal zurück in das Wohn-Esszimmer, drückte den Zigarettenstummel aus und angelte zwischen den Flaschen ein verklebtes Handy vom Tisch. »Vielleicht brauchen wir das noch!« Er steckte es in eine kleine Plastiktüte.

Im Auto musste Anna gegen Übelkeit ankämpfen – der Mann auf dem Rücksitz neben ihr hatte eine derma-ßen strenge Ausdünstung, als hätte er sich seit Wochen nicht gewaschen. Der Geruch von Alkohol und Nikotin drang ihm aus allen Poren. Er hatte den Kopf gegen das beschlagene Seitenfenster gelehnt und war innerhalb von Minuten eingeschlafen.

»Ich fürchte, aus dem bekommen wir nicht mehr viel raus. Wir nehmen seine Daten auf, inklusive Fingerab-drücke. Apropos Fingerabdrücke: Wir schicken den Hol-zer mit seinen Jungs in den Burgtheaterkeller, vielleicht findet sich ja auf meiner Gefängnistür auch ein Finger-abdruck. Und dann sperren wir den Souffleur zum Aus-nüchtern in eine Arrestzelle. Der tut heut keinem mehr was.«

Nachdem sie Roland Fürst einem Beamten überge-ben hatten, gingen die beiden hinauf in ihr Büro. Helmut Motzko wurde von einer heftigen Niesattacke über-mannt, Anna reichte ihm eine Rolle Küchenpapier. »Sie fahren jetzt mal schön nach Hause, nehmen ein heißes Erkältungsbad und gehen ins Bett. Aspirin und Tee mit Rum und Honig. Morgen brauch ich Sie wieder hier.«

»Aber, ich –«

»Nichts aber, das ist eine Dienstanweisung.«

Als Helmut Motzko das Büro verlassen hatte, setzte sich Anna an ihren Schreibtisch und schaltete den PC an. Der Bildschirm verschwamm vor ihren Augen, ihre Beine fühlten sich plötzlich an, als wäre sie auf einen hohen Berg gestiegen.

»Hey, Frau Habel! Man sagt ja, der Büroschlaf sei der gesündeste, aber willst du nicht lieber nach Hause gehen? Ich hab gehört, du hast eine anstrengende Nacht gehabt?«

Anna schreckte hoch, nur kurz hatte sie den Kopf in die Arme gelegt und war wohl sofort eingeschlafen. »Mensch Kurti, hast du mich erschreckt! Ja weiß denn inzwischen ganz Wien von meiner Nacht im Theater? Das ist ja unmöglich, kann man denn nicht mal ein paar Stunden abtauchen, ohne dass es gleich alle Kollegen erfahren?«

»Du bist vielleicht witzig. Der Hromada hat hier ein Riesensondereinsatzkommando ins Leben gerufen!«

»Nun, jetzt bin ich ja wieder da, und es geht mir hervorragend. Hast du was für mich?«

»Allerdings. Ich hab was Schönes auf diesem sexy kleinen Teilchen für dich.« Er tätschelte mit seinen dicken Händen zärtlich das weiße Notebook, das er auf den freien Schreibtisch gelegt hatte. »Dein Tipp mit dem Kennwort war übrigens nicht schlecht. Fast Giacomo.«

»Was heißt fast?«

»Na, ›Casanova‹ war's.«

»Nicht schlecht.«

»Da staunst du, was? Das hättest du so einem Nerd

wie mir nicht zugetraut. Aber jetzt schau her.« Er schaltete das Notebook an, gab das Passwort ein und tippte ein wenig auf der Tastatur herum, bevor er es Anna hinschob. Die kniff ihre Augen zusammen, um die Schrift lesen zu können.

Liebste Sophie,

Du ahnst nicht, wie sehr ich Dich vermisse und wie sehr ich mich danach sehne, Dich endlich wieder in meinen Armen zu halten. Ohne Dich bin ich nur ein halber Mensch, ein unvollständiges Wesen, und wenn ich in meinen einsamen Nächten wach liege und mir vorstelle, was ich alles mit Deinem Körper anstellen könnte, muss ich mich beherrschen, um nicht mit dem Kopf gegen die Wand zu schlagen, so sehr begehre ich Dich. Nächstes Mal werde ich Dich mindestens drei Tage ans Bett fesseln, Dich versorgen, verwöhnen und für Deine kleinen Ungehorsamkeiten bestrafen, dass Dir Hören und Sehen vergeht. Bis dahin müssen wir uns aber in Geduld üben, Du darfst mich auch nicht mehr anrufen und mir nicht schreiben. Ich traue ihm mittlerweile zu, dass er uns abhört, ich habe ein wenig das Gefühl, dass er uns auf der Spur ist. So kampflos ergeben sich solche Typen doch normalerweise nicht, warum also hat er so schnell eingelenkt? Ich bin ein bisschen beunruhigt, vor allem mach ich mir Sorgen um Dich, meine Liebste. Du bist ein so zartes und verletzliches Geschöpf, ich muss Dich beschützen. Aber von hier aus kann ich das nicht. Pass auf Dich auf! Bald sind wir am Ziel!

In Liebe Deine Gilda

»Tja, nett oder?« Der Computer-Kurti sah Anna erwartungsvoll an.

»Na ja, ich weiß nicht. Sonst hast du nichts?«

»Spinnst du? Da ist doch alles drin, was der Mensch braucht. Liebe, Verzweiflung, Sadomaso, Unruhe, Angst, ein Ziel – was willst du denn noch?«

»Irgendwas Konkretes. Einen Namen. Hast du zum Beispiel ihre Kontodaten?«

»Ja, hab ich. Völlig unauffällig. Keine hohen Beträge, im Gegenteil, sie hat in den letzten Monaten den Gürtel wohl ein wenig enger schnallen müssen. Aber du musst doch damit was anfangen können, diese Mail an die Lechner hat sie vor zwei Wochen geschickt – danach war Funkstille. Keine Antwort aus Berlin, keine weiteren Mails. Und wer ist der Typ, der sie angeblich abhört und der nicht so schnell aufgibt? Mensch, Anna, das ist doch was!«

»Ja, du hast recht. Entschuldige, ich bin ein wenig verlangsamt heute. Druck mir das aus, und dann lass mich ein wenig nachdenken, okay?«

Kaum hatte der Computer-Kurti das Büro verlassen, machte sich Anna einen starken Kaffee, durchwühlte ihre Schreibtischschublade, bis sie einen alten Müsliriegel fand, und las die ausgedruckte Mail noch einmal Wort für Wort durch. Und plötzlich sah sie ihn vor sich: den gutaussehenden Hans-Günther Steiner vor seiner Fensterfront mit Blick auf die Secession und seinem siegessicheren Lächeln. *Er* war der Typ, der sich niemals kampflos ergab, jetzt musste man nur noch rausfinden, was für einen Kampf die drei miteinander führten. Sie spürte, wie ihre Kraft zurückkehrte, und ohne groß zu überlegen, drückte sie auf ihrem Mobiltelefon die Nummer von Thomas Bernhardt.

»Na, hast du mir verziehen?«

»Ich hab jetzt keine Zeit für deine Spielchen! Wir müssen reagieren! Die beiden Damen haben irgendwas mit dem Steiner getrieben … äh, ich meine, nicht so getrieben, wie du jetzt meinst, aber da lief etwas zwischen denen und … Wo bist du eigentlich?«

»Ich wollte gerade zurück in euer Büro.«

»Nein, wir müssen zu Steiner!«

»Den laden wir vor.«

»Nein, lass uns da jetzt hinfahren, Überraschungseffekt! Du musst auf mich warten! Ich spiel wieder mit, keine Widerrede!«

»Würd ich mich nie trauen. Okay, wir warten. Wir treffen uns im Café Museum!«

»Bin schon unterwegs!«

Anna schnappte Jacke und Mütze, schlang sich den Schal um den Hals und rannte aus dem Präsidium. Am Taxistandplatz standen drei Wagen, Anna sprang in den ersten, beugte sich zum Fahrer vor. »Ich muss in fünf Minuten im Café Museum sein, Sie sehen aus, als wären Sie der Schnellste hier.«

Der Taxifahrer schob seine speckige Mütze in den Nacken und brachte seine geschätzten hundertzwanzig Kilo in Position. »Das hat mir noch keine g'sagt, das gefällt mir. Na dann, junge Frau, schnallen Sie sich an.«

Ungeachtet der schneeglatten Straßen jagte er sein altersschwaches Mercedes-Taxi den Franz-Josefs-Kai entlang, schlitterte bei der Urania um die Kurve, um dann – laut hupend und immer wieder spurwechselnd – den Parkring hochzubrausen. Sie brauchten für die Fahrt unglaubliche zehn Minuten, so dass Anna das Kaffeehaus genau in dem Augenblick betrat, als Thomas Bernhardt ihrer Kollegin Gabi Kratochwil galant aus der Jacke half.

»Die könnts gleich wieder anziehen, ich bin schon da. Auf geht's, jetzt hol'ma uns den Typen.«

»Hey, wieder ganz die Alte, da bin ich aber froh.«

Der Ober wieselte um die drei herum und wollte sie zu einem freien Tisch bringen, doch Anna wedelte ungeduldig mit der Hand und stieß die Tür auf. Während sie durch die Unterführung am Karlsplatz liefen, erzählte Anna den beiden von der Mail, die sie in Gilda Beyers Notebook gefunden hatten. Bernhardt wiederum zog das verpixelte Foto von Hans-Günther Steiner aus der Tasche. »Der war in Berlin. Hier steht er vor dem Haus von Sophie Lechner.«

»Damit haben wir ihn! Wir brauchen sofort einen Haftbefehl, wir müssen den Hofrat anrufen. Der Typ haut uns sonst noch ab nach Dubai.«

»Jetzt gehn wir erst mal zu ihm. Der sitzt bestimmt brav in seinem Büro mit seinem Anwalt. Solche Kerle glauben doch, man könne ihnen nichts anhaben. Was ist eigentlich mit *deinem* Verdächtigen, diesem Souffleur?«

»Ach, das ist vermutlich ein armes Schwein. Der schläft in einer Arrestzelle seinen Rausch aus. Ich glaub, da war ich auf der falschen Spur.«

»Hört, hört, Frau Habel kann auch selbstkritisch sein.«

Anna, die zwei Schritte vor Bernhardt lief, drehte

sich zu ihm um und streckte ihm die Zunge raus. Gabi Kratochwil kicherte, worauf der Berliner die Mütze von Annas Kopf schubste – man hätte meinen können, sie seien auf dem Weg zu einer Geburtstagsparty im Wein & Co.

Im Aufzug zum Penthouse der Firma *CultureCon-nect* zupften sie an ihren Jacken, und Anna klopfte sich den Schnee von der Mütze. Sie streckte sich und atmete tief durch.

Am Empfang saß die ihr schon bekannte makellose Dame und lächelte ihr unverbindliches Lächeln. Was sie denn für die Herrschaften tun könne? Nein, leider sei Herr Steiner nicht mehr im Büro, und nein, sie wisse leider auch nicht, wohin er gegangen sei, und gerne versuche sie es auf seinem Handy. Sie tippte mit ihren langen, blutrot lackierten Fingernägeln auf ihrer Telefonanlage herum, um dann der Besuchergruppe vor dem Empfangstresen demonstrativ den Hörer entgegenzustrecken: »Dieser Anruf kann momentan nicht entgegengenommen werden, bitte versuchen Sie es zu einem späteren Zeitpunkt.« Auf die Frage nach einer anderen, einer privaten Handynummer schüttelte die Schöne entschieden den Kopf.

»Und jetzt?«

»Jetzt ist Schluss für heute.«

Die drei standen im Feierabendverkehr auf der Linken Wienzeile, ein wenig unschlüssig, welche Richtung sie nun einschlagen sollten. Anna war wieder die Alte, sie nahm das Zepter in die Hand. »Frau Kratochwil, Sie gehen jetzt nach Hause, Ihr Überstundenkonto möcht ich mir nicht mal vorstellen. Und du, Thomas? Hast du schon ein Hotel? Nein? Wo hast du denn die letzte Nacht geschlafen?«

»Im Präsidium an deinem Schreibtisch habe ich gesessen, meine Liebe. Ganz Wien hat dich gesucht. Glaubst du, da hab ich geschlafen?«

»Das rührt mich. Also, wir rufen jetzt den Hofrat an, es muss sofort eine Großfahndung raus. Der Steiner darf das Land nicht verlassen, wenn er nicht schon längst weg ist.«

»Das glaub ich nicht. Den hättest du heute mal sehen sollen auf dieser Pressekonferenz. Mister Unverwundbar. Der ist dermaßen selbstbesoffen, der haut nicht ab.«

»Dabei steht er mit einem Fuß schon im Häfn, es sei denn, jemand hält seine schützende Hand über ihn.«

Sie verabschiedeten sich von Gabi Kratochwil, die aussah, als könne sie sich nur schwer von ihnen trennen, und fuhren ins Präsidium. Der Hofrat war noch in seinem Büro, eines der wenigen Lichter, das im riesigen Haus am Donaukanal noch brannte.

»Endlich, Frau Habel! Ich hab schon geglaubt, Sie seien wieder verschwunden!«

»Das werde ich mir wohl die nächsten zehn Jahre anhören müssen, jedes Mal wenn ich aufs Klo geh und mein Handy nicht mithab.«

Der Hofrat war milde gestimmt, hörte den Ausführungen der beiden zu, ohne sie zu unterbrechen, und rief dann den diensthabenden Staatsanwalt an, um eine Fahndung nach Hans-Günther Steiner zu beantragen. »Mit Verlaub, ich hoff, Sie irren da nicht, meine lieben

Kollegen, es wär nicht gut für uns, wenn das eine falsche Spur wär. Obwohl, die Indizien sprechen sehr dafür, dass er da involviert war. Wie auch immer: Zumindest als Zeugen brauchen wir ihn. Frau Habel, Sie gehen jetzt trotzdem schlafen, das ist gar nicht gesund, dass Sie da so herumlaufen, nach all dem, was Sie durchgemacht haben. Der Herr Kollege aus Berlin bringt Sie jetzt schön nach Hause, damit Ihnen nicht noch was passiert.«

Anna blies die Backen auf und wollte gerade etwas von »Kindermädchen« und »schon groß« murmeln, da sah sie der Hofrat noch mal durch seine dicken Brillengläser an. »Weiß man denn schon, wer Sie in diesem Keller eingesperrt hat?«

»Nein, keine Ahnung. Vielleicht war's ja auch der Steiner.«

»Na, na, na, jetzt geht aber die Phantasie ein bisserl mit Ihnen durch, Frau Kollegin. Wir werden das schon auch noch klären. Jetzt aber schnell nach Hause.«

D er Feierabendverkehr war vorbei, der Donaukanal lag ruhig vor ihnen.

»Und jetzt?«

»Jetzt gehst du in ein Hotel, zum Beispiel ins Regina, das kennst du ja schon, und ich geh schlafen.«

»Musst du nichts essen?«

»Essen? Was ist das? Ich kann mich nicht genau erinnern. Ah ja, das ist das, was ich heute im Krankenhaus in Form einer grauen Erbsensuppe zu mir genommen habe und heute Abend verpackt als Müsliriegel.«

»Siehst du. Wir gehen jetzt was essen, wie immer ergebnisorientiert. Vorschläge?«

»Na ja, wenn du mich so fragst, dann am liebsten bei mir ums Eck. Wenn ich jetzt was esse und ein Glas Wein trinke, dann kann ich wahrscheinlich keinen Schritt mehr gehen.«

»Gut. Du bist die Bestimmerin.«

»Weiß ich eh.«

Im Kutschker 44 war Annas Lieblingsplatz in der vorletzten Fensternische frei. Sie warf einen kurzen Blick in die Karte, klappte sie zu und blickte Bernhardt erwartungsvoll an.

»Mein Gott, bist du schnell!« Er blätterte unentschlossen in der dünnen Speisekarte vor und zurück und bestellte sich erst mal ein Bier, Anna einen Zweigelt.

»Hier kannst du alles essen, aber heb dir noch ein bisschen Appetit für die Nachspeise auf. Ohne die kommst du hier nicht raus.«

»Was soll ich nur … Beuschl, was war das noch gleich?«

»Lunge. Vom Kalb. Eine Spezialität.«

»Nein, danke. Und was wäre dann zum Beispiel ein geschmortes Kalbsbackerl? Mit Karfiol?«

»Na, ein Backerl ist eine Wange. Also: Die Wange vom Kalb. Und Karfiol heißt bei euch Blumenkohl.«

»Mein Gott, das ist ja echt Ausland hier. So eine Kalbswange, ich weiß nicht recht. Obwohl, warum eigentlich nicht?«

»Wow, das ging ja heute ganz schnell, so kenn ich dich ja gar nicht.«

»Tja, meine Liebe. Da gibt's einiges, was du an mir noch nicht kennst. Und außerdem will ich was gegessen haben, wenn du mir hier am Tisch einschläfst. Wie geht's dir denn eigentlich?«

»Wunderbar. Ich will nur diesen Steiner kriegen. Und dann drei Tage durchschlafen.« Anna nahm einen Schluck aus ihrem Rotweinglas und blickte zur Eingangstür. Plötzlich wurden ihre Wangen rot, sie sprang auf und begrüßte einen großgewachsenen Herrn in Jeans und Kaschmirpullover.

»Anna! Das ist ja schön. Warum meldest du dich denn nicht? Ich hab geglaubt, Florian ist weg und du hättest zumindest mal Zeit für ein Glas Wein.« Jetzt erst bemerkte er, dass Anna nicht alleine war, und blickte Thomas Bernhardt fragend an.

»Entschuldige bitte, es war ein wenig turbulent in den letzten Tagen. Darf ich vorstellen, das ist mein Kollege Thomas Bernhardt – mein alter Freund Harald Gruber. Thomas ist seit gestern hier – gemeinsamer Fall.«

»Ah, gemeinsamer Fall! Na, dann will ich nicht weiter stören. Lasst euch mal schön das Essen schmecken.« Sprach's, drehte sich schnurstracks um und verließ das Lokal.

»Ui, der höfliche Harald. Da war aber jemand sauer.«

»Der soll sich nicht immer so wichtig nehmen.« Anna setzte sich wieder und war sichtlich froh, als die Kellnerin das Essen brachte.

»Hey, alles klar? Du musst jetzt gar nicht so bös schauen.« Thomas Bernhardt griff über den kleinen Tisch und strich mit dem Daumen über Annas Stirnfalte. Sie lehnte sich für einen kurzen Moment gegen seine Hand und schloss die Augen. »Ich schau gar nicht bös. War vielleicht eine blöde Idee hierherzukommen.«

»Wieso? Ich find's wunderbar.« Er nahm einen großen Schluck von seinem Bier und widmete sich seinen Kalbsbackerln.

Anna Habel lächelte ihn müde an. »Mein lieber Herr Hauptkommissar, wir sind nicht zum Vergnügen hier, wir müssen ergebnisorientiert essen. Also?«

»Also was? Uns sind die Hände gebunden, solange wir diesen Hans-Günther Steiner nicht haben. Und auch wenn wir ihn haben, wird es schwierig – solche Typen winden sich doch immer irgendwie raus. Ich bin inzwischen davon überzeugt, dass er die Lechner auf dem Gewissen hat. Vielleicht sind ihm einfach die Nerven durchgegangen.«

»Und Gilda Beyer?«

»Warum nicht? Vielleicht ist sie ihm auf die Schliche gekommen, und er musste sie ausschalten?«

»Und warum musste ich in den Burgtheaterkeller?«

»Tja, das weiß ich auch nicht. Vielleicht wollte er dich warnen? Oder es war wirklich ein Versehen.«

»Versehen! Du spinnst wohl. Morgen müssen wir ihn kriegen, und dann wissen wir mehr.«

»Oder auch nicht. Mal sehen.«

Der Abend verlief in angenehmer Atmosphäre. Die beiden bestellten noch *Zweimal Schokolade* – Annas Lieblingsnachspeise, die aus warmen, innen noch flüssigen Schokokuchen bestand – mit zwei Löffeln, und nachdem Anna ein zweites Glas Wein getrunken hatte, konnte sie ihr Gähnen nur mehr mit großer Mühe unterdrücken.

»So, meine Liebe. Jetzt bring ich dich ins Bett!«

»Das schaff ich schon allein.«

»Keine Widerrede, dein Hofrat hat mir befohlen, dich nach Hause zu bringen. Glaubst du, ich will, dass der sich bei meinem Freudenreich beschwert? Und wenn dich wieder jemand in einen Keller sperrt?«

Anna war definitiv zu müde zum Widersprechen. Sie ließen die Rechnung kommen und machten sich auf den kurzen Weg zu Annas Wohnung. Im Vorzimmer roch es ungelüftet, Annas Schuhe lagen mitten im Zimmer, und am Küchentisch stand noch das benutzte Frühstücksgeschirr vom vergangenen Tag. Anna war plötzlich froh, dass sie nicht alleine hier war – müde und deprimiert fühlte sie sich, und die leere Wohnung verbesserte nicht gerade ihre Stimmung.

Thomas Bernhardt schlüpfte aus seinen nassen Stiefeln und ging ins Wohnzimmer, das lediglich durch die Straßenlaterne von draußen beleuchtet wurde. »So sieht's also aus bei dir.«

»Ja. Das klingt so ... enttäuscht?«

»Wieso enttäuscht? Das war eine reine Feststellung.« Bernhardt trat zum Fenster und blickte auf die verschneite Kutschkergasse. Anna stellte sich hinter ihn und legte eine Hand auf seinen Rücken. »Na, noch ein Schlummertrunk?«

»Ja, einen kleinen nehm ich noch. Ich muss ja überprüfen, ob alles in Ordnung ist.«

»Willst du unter mein Bett schauen?«

»Vielleicht später.« Er lachte, ließ sich aufs Sofa fallen. Anna knipste eine kleine Stehlampe an und brachte zwei Gläser mit einer bernsteinfarbenen Flüssigkeit. »Da, probier mal.«

»Hm, was ist das?«

»Waldviertler Whiskey. Für jeden einen Schluck, dann geht's ins Bett.«

»Jawohl, Frau Inspektor.«

Anna setzte sich ans andere Ende des Sofas, schlang die Arme um die Beine und nippte an ihrem Glas. »Ist das schön.«

»Das finde ich auch. Was genau meinst du?«

»Dass ich wieder hier bin. Dass ich in meiner warmen Wohnung auf meinem Sofa sitze.«

»Und dass ich hier bin?«

»Das natürlich auch. Aber weißt du, vergangene Nacht, da hab ich wirklich geglaubt, das war's jetzt.«

»Eigentlich hättest du dich nicht hinlegen dürfen. Man sollte bei so einer Kälte nicht einschlafen.«

»Das weiß ich auch. Aber in dem Moment war mir alles egal. Eigentlich hab ich mein Leben dieser Ratte zu verdanken. Wenn die mich nicht geweckt hätte, wäre ich vielleicht wirklich im Schlaf erfroren.« Durch Annas Körper lief ein Zittern, und sie schloss die Augen. »Du kannst dir nicht vorstellen, was für schreckliche Angst ich hatte, als es plötzlich so dunkel war.«

Thomas Bernhardt sagte nichts, er streckte lediglich einen Arm in Annas Richtung, und ohne groß zu überlegen, rutschte sie zu ihm und lehnte ihren Kopf an seine Brust. Er hielt sie lange fest, ihr Zittern ließ allmählich nach, und schließlich atmete sie ruhiger.

»Ich mach dir ein Angebot.« Seine Stimme klang belegt, Anna schwieg. »Du gehst jetzt schön unter die Dusche, machst dir eine Wärmeflasche und gehst in dein Bett. Ich mach's mir hier auf dem Sofa bequem und bewache deinen Schlaf.«

»Du wirst dich wahrscheinlich wundern, aber ich widerspreche nicht.«

»Mein Gott! Ein historischer Moment! Sie widerspricht nicht.« Sie lachten beide, und Anna boxte ihn gegen den Oberarm. »Aber du bleibst schön hier auf dem Sofa.«

»Versprochen.«

Während er das Wasser der Dusche rauschen hörte,

trank er in Ruhe seinen Whiskey und inspizierte Annas Bücherregal. Er überflog die Titel, konnte aber keine Ordnung erkennen.

»Na, erfährst du da was über mich?« Sie trug eine rot-karierte Schlafanzughose und ein zu großes T-Shirt mit dem Emblem einer Heavy-Metal-Band auf der Brust.

»Nein. Außer, dass du ein indifferenter Charakter bist, aber das wusste ich schon vorher. Ab ins Bett!«

»Geht das mit dem Sofa?«

»Natürlich geht das. Ganz wunderbar wird das gehen. Die Nacht wird zumindest gemütlicher als die letzte an deinem Schreibtisch.«

»Ich hab dir eine Zahnbürste und ein Handtuch hingelegt. Gute Nacht.«

»Ja, danke. Schlaf schön.«

Das Sofa war doch etwas weich und die Decke zu kurz. Thomas Bernhardt konnte trotz seiner Müdigkeit lange nicht einschlafen. In seinem Kopf wirbelten die Bilder der vergangenen Stunden herum, Hans-Günther Steiner im Café Landtmann, der schmierige Chefredakteur von *Hot* und Hofrat Hromada, der sorgenvoll den Kopf schüttelte und sagte: »Passen Sie mir nur gut auf die Frau Habel auf.« Und dazwischen das Bild von Anna, wie sie völlig apathisch in diesem Rettungsauto saß.

Zunächst hörte er das leise Knarren des Parkett-bodens, dann spürte er, wie jemand die Decke anhob. Bevor er sich umdrehen konnte, spürte er ihren Körper, der sich von hinten an ihn schmiegte.

»Ich kann nicht schlafen.« Ihre Stimme war ein kaum

wahrnehmbares Flüstern. Er wandte sich ihr zu, legte seinen Zeigefinger sachte auf ihre Lippen. So lagen sie lange Zeit, es war, als hätten sie Angst, einen Bann zu brechen, wenn sich einer von ihnen bewegen würde. Er spürte Annas Herz an seiner Brust klopfen. Warum nur haben Frauen immer kalte Füße?, dachte er und strich sachte mit der Hand über ihren Rücken. Der Kuss, den sie ihm gab, war zart und vorsichtig. Fast fragend, als hätte sie Angst, zurückgestoßen zu werden. Ihre Berührungen waren schüchtern, er dachte an die Nacht in Berlin: Damals war es Sommer gewesen, er erinnerte sich an ihren verschwitzten Körper und die Mischung zwischen Enttäuschung und Erleichterung, als ein Anruf aus Wien ihren Annäherungen ein jähes Ende setzte. Anna dürfte im selben Augenblick daran gedacht haben, denn plötzlich stand sie auf, schnappte sich das Mobiltelefon, das auf dem Tisch lag, und schaltete es ab.

Und dann ging alles sehr schnell. Sie zog ihm das T-Shirt über den Kopf, er zerrte an ihrer Pyjamahose, und schließlich landeten sie auf dem Fußboden, das Sofa war doch zu schmal.

Als Anna den kühlen Holzboden unter sich fühlte, verspürte sie kurz den Impuls, dem Ganzen ein Ende zu setzen. Ihr Gewissen meldete sich, und bei dem Gedanken an die Komplikationen dieses Intermezzos wurde ihr ganz schwindelig. Thomas schob ihr behutsam ein Sofakissen unter den Rücken. Nein, sie wollte jetzt nicht aufhören, jetzt ist jetzt, und jetzt ist gut. Sie versuchte, jeglichen Gedanken an den nächsten Tag auszublenden, und es fühlte sich richtig an. Geradezu unglaublich, wie gut sie hier auf dem harten Parkett harmonierten, kaum zu glauben, dass sie im normalen Leben kein Telefonat ohne Streitereien hinbekamen.

»Meinst du, wir könnten mal aufstehen?« Er hatte den Kopf auf ihre Brust gelegt und war wohl eingenickt, denn als Anna sich vorsichtig bewegte, fuhr er hoch.

»Ich weiß nicht, ob ich hier jemals wieder hochkomme.«

»Tja, du bist eben keine zwanzig mehr.«

»Du aber auch nicht.«

»Stimmt. Deswegen darfst du jetzt auch in mein Bett.«

Er wärmte ihre schon wieder oder noch immer kalten Füße – sie kämpften ein wenig um die zu kleine Bettdecke, und schließlich fielen sie, engumschlungen, in einen tiefen Schlaf.

36

Als Thomas Bernhardt am nächsten Morgen erwachte, brauchte er mehrere Sekunden, um sich zu vergegenwärtigen, wo er war. Der Platz neben ihm war leer, er spürte noch Annas Körperwärme neben sich und zögerte den Moment des Aufstehens ein wenig hinaus. Plötzlich wurde das Deckenlicht angeschaltet, und Anna stand vor ihm, zwei große Becher Kaffee in der Hand. Sie war vollständig angezogen. Jeans und einen Pullover mit Norwegermuster.

»Guten Morgen. Gehst du Ski fahren?«

»Nein, Mörder fangen. Aber es hat minus zehn Grad draußen. Raus aus den Federn, es geht los!«

»Mein Gott, bist du immer so hyperaktiv am Morgen?«

»Keine Sorge, du musst mich ja nicht heiraten.«

»Hatt ich auch nicht vor.«

Sie setzte sich zu ihm auf den Bettrand und legte ihm eine Hand auf den Kopf. Thomas dachte an Priester, Beichte und Absolution und musste lachen.

»Lachst du mich aus?«

»Nein. An, meine Liebe. Ich lach dich an. Auf geht's, heut schnappen wir uns diesen Steiner, und dann fragen wir ihn, was seine Leistung war.«

Für Thomas Bernhardt begann jetzt die schwierigste Phase: wenn sich in einem Fall die Hinweise und Verdachtsmomente so auftürmten, dass sich die Lösung erahnen ließ, aber doch noch in einem Nebel der Unwägbarkeiten verborgen lag. Bernhardt hatte dann eine irrationale Angst, dass er etwas übersehen haben könnte, was nie mehr gutzumachen war. Es ergriff ihn das archaische Gefühl des Jägers, dem das Wild zu entkommen droht. Er hasste diesen Moment, wenn alles auf der Kippe stand. Und er reagierte noch nach Jahrzehnten mit den gleichen Symptomen wie zu Beginn seiner Dienstzeit: einem bohrenden Kopfschmerz knapp über seinem rechten Auge und einer laufenden Nase.

Die Nacht mit Anna war schön gewesen, so viel Müdigkeit, so viel Zärtlichkeit. Aber umso schärfer wirkte jetzt der Kontrast, als er im Wiener Dienstzimmer stand, das seinem Berliner Büro durchaus ähnlich war. Dieses seltsame, fast auf der Zunge schmeckbare Aroma, das sich aus dem Unglück, der Wut und Aggression der Fälle speiste, die hier bearbeitet worden waren, bereitete ihm Übelkeit.

Es war klar, wer hier das Sagen hatte: Anna Habel. Sie ordnete an, sie koordinierte, sie war wieder ganz die Frau Chefinspektor. Die Frau in der vergangenen Nacht musste jemand anderer gewesen sein. Gabi Kratochwil saß wieder an ihrem Schreibtisch vor dem Computer, als sei sie nie draußen gewesen im wirklichen Leben, und Motzko, der Musterschüler, stand stramm vor der Chefin, die wie ein General ihre Truppen formierte. Befehlsausgabe. »Motzko, Sie setzen sich auf die Spur von

Steiner, wo kann der sein? Zweitwohnsitze, Flughäfen überprüfen et cetera, das Übliche. Frau Kratochwil, Sie erstellen ein Bewegungsprofil von Steiner – wo hat der sich in den letzten Jahren aufgehalten? Klar? Ich selbst werde mir seinen windigen Rechtsanwalt persönlich vornehmen und dann Steiners Firmenzentrale aufmischen.«

Gabi Kratochwil nickte ergeben. Hofrat Hromada, der bisher geschwiegen hatte, glaubte, nun auch einen Hinweis geben zu müssen.

»Verehrte Frau Habel, gestatten Sie: Der gesuchte Steiner hat hervorragende Konnexionen, ich bitte also um die gebotene Vorsicht und a bisserl Fingerspitzengefühl.«

»Ich bitte sehr, Herr Hofrat, versteht sich von selbst.« Anna Habel lief auf hohen Touren, nun wandte sie sich Thomas Bernhardt zu.

»Was ist mit Berlin? Warum kommt da nichts?«

»Es ist acht Uhr dreißig am Morgen.«

»Ja, es ist acht Uhr dreißig in der Früh. Und hier wird gearbeitet.«

»Du kannst davon ausgehen, dass auch in Berlin gearbeitet wird. Mein Kollege Cellarius koordiniert alles, und er hat mir vorhin telefonisch versichert, dass bald geliefert würde.«

»Das will ich hoffen, Herr Kollege Bernhardt.«

Du spinnst, dachte Bernhardt und verschluckte eine Antwort: Lady Jekyll und Mrs. Hyde, zum Piepen. Anna Habel ließ nicht locker.

»Das geht mir zu langsam mit Berlin.«

Der Kopfschmerz puckerte hinter Bernhardts Stirn, seine Nase lief, er hatte keine Tempo-Taschentücher mehr, und es formte sich ein Satz, von dem er nicht wusste, ob er ihn würde zurückhalten können: Ach, leck…

Da erklang Gabi Kratochwils leise Stimme.

»Da kommt was!«

Und es kam das, was sie erhofft hatten. Und Bernhardts Kopfschmerz schwand binnen weniger Minuten, und Tempos brauchte er auch nicht mehr.

Berlin hatte gute Arbeit geleistet. Zwei Videos von Tankstellen belegten, dass Steiner in Begleitung eines mittelalten Mannes unterwegs nach Berlin gewesen war. Sie schauten sich die ruckelnden Bilder auf dem Bildschirm von Gabi Kratochwils Computer an. Kein Zweifel, das war Steiner. Und die schöne Datumseinblendung, wunderbar, Bernhardt jubilierte innerlich. Und der andere Mann? Ja, wenn es einmal lief… Den erkannte die Computermaus, wie Anna Habel einmal Gabi Kratochwil genannt hatte. Diesen Mann hatte sie doch in ihren Unterlagen. Das war Nemeczek, sein Fahrer, seine rechte Hand, sozusagen sein Schatten und zweites Ich, der es sogar für eine Legislaturperiode mal zum Nationalratsabgeordneten gebracht hatte.

Und es ging noch weiter. Die Funkzellenabfrage hatte ein Ergebnis gebracht. Das österreichische Handy, das in der Nähe von Sophie Lechners Wohnung benutzt worden war, war auch in der Funkzelle rund ums Windrad verwendet worden.

Bernhardts iPhone klingelte, Cellarius war dran.

»Mann, Thomas, es läuft! Wir sind gerade dabei, das Handy zu orten, das bei der Lechner-Wohnung und in der Nähe vom Windrad eingesetzt wurde. Das ist nicht abgeschaltet, Wahnsinn, oder? Ich habe alles vorbereitet, das SEK ist schon einsatzbereit. Halt uns die Daumen! Und ihr müsst in Wien rauskriegen, wem diese Telekom-Austria-Nummer zugeordnet ist. Wir sind nah dran, ist das nicht super? Und noch was: Auf Groß' Handy ist die österreichische Nummer auch drauf, leider ist die Mailbox gelöscht, wie bei der Lechner. Cornelia versucht heute noch mal, den Groß zu verhören, hoffentlich lassen die Ärzte sie ran. Habt ihr inzwischen eine Spur von Steiner?«

»Nee, aber die Wiener sind dran, die bemühen sich sehr. Da kommt bald was. Also, wenn einer was weiß, geht's sofort auf die andere Seite.«

Anna Habel funkelte Bernhardt an und sprach so laut und deutlich, dass auch Cellarius in Berlin sie hören konnte.

»Ja, wir bemühen uns sehr. Und wir werden bald Ergebnisse haben, sicher auch mit Hilfe des Kollegen Bernhardt.«

»Ach, hallo, Frau Habel, gut zu wissen, dass Sie alles koordinieren.«

Cellarius, Cellarius, dachte Bernhardt, nachdem die Verbindung beendet war, wie du das machst.

Nun wollte es Anna den Berlinern zeigen. »Also, wo finden wir den Steiner? Motzko, was hat sich getan?«

»Wir haben noch nichts. An den Flughäfen war nichts, an den Grenzübergängen, das ist schwierig, da kann er natürlich einfach durchgefahren sein, davon wissen wir aber nichts.«

»Alle Polizeidienststellen sind informiert?«

»Selbstverständlich, aber da gibt's noch keinen Rück-
lauf.«

Nach Bernhardts Erfahrung kam, wenn man gut gearbeitet hatte, ab einem bestimmten Zeitpunkt alles ins
Rollen – und so war es auch diesmal. Der Chef einer
Dienststelle im Salzkammergut meldete sich. Er sprach
mit der Ruhe und Gelassenheit, die ihm eine jahrzehnte-
lange Beamtenexistenz in der Provinz geschenkt hatte.
Eine Wiener Chefinspektorin konnte ihn schon mal gar
nicht aus dem Gleichgewicht bringen.

»Grüß Gott, hier ist der Hoffer Ernst, Inspektion Bad
Goisern, Ihr habts ang'fragt wegen einem gewissen«,
Pause, »Steiner?«

»Ja, genau, was ist mit dem?«

»Weiß ich nicht. Das müsst ihr wissen, ich wollt nur
sag'n«, Pause, »dass vielleicht«, Pause, »da was«, Pause,
»was zu melden wär.«

»Ja, was denn, ich höre.«

»Jetzt schrein S' net so, Frau Kollegin.«

Anna Habel ballte ihre rechte Faust, reckte sie in die
Luft und schüttelte den Kopf. »Ja, so sagen Sie doch endlich, was Sie mitzuteilen haben.«

»Ja, also mitzuteilen hab ich net viel.«

»Dann sagen Sie das Wenige, wir sind hier im Stress.«

»Ja, geh, im Stress.« Pause. »Wenn's der Steiner is', den
ihr meint –«

»Ja, dieser Industrielle, dieser Finanztyp ...«

»... der auch mit der Frau Schauspielerin, die jetzt in
Berlin ...«

»Ja, genau die. Vielmehr: genau der. Was ist mit dem?«

»Ja, also, wenn's der ist, der hat hier eine Hütt'n, oben, auf der Alm.« Lange Pause, Anna biss sich vor Ungeduld in den Finger. »Da ist einer heut die Straß'n hochg'fahrn, ich hab's gesehn, bin aber nicht sicher, ob er's war … Da könnt ich …, soll ich eventuell …?«

»Nein, Sie warten. Wir kommen.«

Das gefiel Bernhardt. In den entscheidenden Momenten musste man kurz entschlossen reagieren, die Chance am Schopf packen, wie es jetzt die vor Energie sprühende Frau Chefinspektorin getan hatte. In Wien und Berlin ging alles seinen geordneten Gang, auch ohne Habel und Bernhardt. Aber ein überraschender, überfallartiger Zugriff in den Bergen, das kam Bernhardts Hang zum Vabanquespiel entgegen. Und auch wenn die Fahrt drei Stunden dauern sollte, wie Anna Habel zu bedenken gab – gewagt werden musste die Aktion dennoch. Bernhardt glaubte an die Wichtigkeit instinktiven Handelns. Wenn sie falschlagen, würden sich allerdings die Kollegen schieflachen.

Der Revierinspektor Hoffer Ernst war ein gemütlicher Mensch. Schön warm war's in seiner Dienststube am Marktplatz von Bad Goisern. Anna Habel und Thomas Bernhardt hatten ihn gestört beim Verzehr einer Leberkäs-Semmel. Aber das machte nichts. Hoffer Ernst nahm noch einen großen Bissen und leerte dann mit einem langen Schluck das Glas, in dem sich eine rote Flüssigkeit befand. Schwarzer Johannisbeersaft war's sicher nicht. Er unterdrückte höflich einen Rülpser und schüttelte seinen wuchtigen Schädel, was sein Doppelkinn in heftige Bewegung versetzte.

Er sei allein, der Bulle von einem Bauern in Steeg sei entlaufen, und da seien seine beiden Kollegen, jünger als er, fitter als er (und, sagte sich Bernhardt, im Dienstrang wahrscheinlich niedriger als er, was der Herr Revierinspektor aber nicht erwähnte), stark gefordert. Er halte sozusagen die Stallwache. Ja, und was den Steiner angehe, da könne er nicht viel sagen, bedeutender Mann, aber ganz nett, wenn's ein Fest in der Gemeinde gebe, spende er immer was. Seine Hütte oben sei ein alter Heustadel aus Holz, aber den habe er sich mit viel Geld ausbauen lassen, mitsamt einer »Badelandschaft« – das Wort klang aus Hoffer Ernsts Mund ähnlich wie »Marslandschaft«.

Zu dem und seiner Hütte rauf? Das ginge schon. Aber sie müssten halt zu Fuß da hoch. Das Polizei-Schneemobil sei kaputt, und er wüsste jetzt nicht, wo er so schnell … Auto? Naa, da sei der Weg viel zu schmal. Er würde ihnen halt raten, im Hotel Post zu übernachten und morgen früh in aller Ruhe hochzufahren, da hätten sie das Schneemobil sicher wieder fit. Obwohl, so genau wüsste man's halt auch nicht. Private Schneemobile, nein, es gäb eigentlich nur das polizeiliche Gefährt.

Na gut, wenn sie unbedingt heute noch da hoch wollten, könnte er sie bis zum Parkplatz fahren, von da müssten sie noch eine halbe Stunde aufsteigen. Immer an den Stäben des Trampelpfades entlang. Nicht vom Pfad abweichen, denn links und rechts gäbe es schon ein paar steile Abhänge. Aber wenn sie ihn fragten – er schaute sie bedeutungsschwer an und demonstrierte seinen Heimvorteil –, es sei schon fast zu spät. Wenn sie sich beeilten, ginge es sich zwar zeitlich gerade noch aus, aber im Dunkeln würde es schwierig werden. Retten würde sie dann keiner aus der Schneewüste, die Leute von der Bergwacht würden für zwei Kieberer aus Wien nicht rausgehen. Er lachte, und Anna Habel fand, dass sein Lachen entschieden zu schmutzig klang.

»Kollege Revierinspektor Hoffer, es geht in diesem Fall um mehrfachen Mord. Sie werden uns also ordentliche Amtshilfe leisten. Ihr gemütliches Büro ist jetzt das Lagezentrum, klar? Sie vernetzen sich ab sofort mit den Kollegen in Wien und Berlin. Ich gebe Ihnen die entsprechenden Telefonnummern, werde aber noch selbst die Kollegen in Wien über den Stand der Dinge informieren, dasselbe tut mein Kollege Bernhardt mit seinen Kollegen in Berlin. Ihre beiden Bullenfänger rufen Sie zurück.«

»Das ist schwer, da ist ein Funkloch, wo die sind. Und der Schutz der Bevölkerung –«

»Na wunderbar. Wir tauschen jetzt unsere Handynummern, Sie bringen uns zu dem Parkplatz und koordinieren dann hier den Ablauf, während mein Kollege und ich auf den Berg gehen, um dem feinen Herrn Steiner einen Besuch abzustatten. Der wird sich freuen.«

»Liebe Frau Kollegin Chefinspektorin Habel, mit solchen Schuhen und so einer Jack'n geht man nicht auf'n Berg!«

Und so begab sich Hoffer Ernst mit den beiden Kiebe-rern Habel und Bernhardt ins Feuerwehrgerätehaus und überreichte ihnen zwei wunderbare Jacken mit reflek-tierenden Streifen, schön wattiert und mit zig Taschen versehen. Auch passende Stiefel fanden sich. Und sogar zwei Kopfleuchten kramte Hoffer hervor und gab sie den beiden mit der Bemerkung: »Kann nicht schaden.«

Doch bevor es auf den Berg ging, telefonierten Bern-hardt und Habel mit ihren Kollegen. In Wien hatte sich nichts Neues getan, und in Berlin standen die Zeichen offensichtlich auf Sturm. Cellarius war nicht erreichbar. Katia Sulimma sagte Bernhardt, dass die Ergreifung des- oder derjenigen mit der österreichischen Handynummer unmittelbar bevorstünde. Cellarius wolle sich danach sofort melden. Und Freudenreich wolle ihn sprechen, sie reiche weiter.

»Thomas, worauf läuft das hinaus?«

»Kann ich dir jetzt nicht im Detail sagen. Der Schlüssel liegt bei dem Steiner, der darf uns nicht durch die Lap-pen gehen. Deshalb versuchen wir, so schnell wie mög-lich an den ranzukommen.«

»Du weißt, dass das riskant ist und nicht unbedingt professionell, da im Alleingang, ohne vernünftige Infra-struktur und Logistik ...«

»Du hast recht, aber es geht manchmal nur ohne Netz, und das machen wir jetzt.«

»Passt gut auf euch auf. Und ich will ständig infor-miert werden.«

»Ich von euch auch.«

»Abgemacht, Hals- und Beinbruch!«

37

Revierinspektor Hoffer fuhr sie zum Parkplatz in der Höhe. Kein Auto war dort abgestellt. War Steiner gar nicht in seiner Hütte? Oder hatte er sich von jemandem fahren lassen? Oder hatte er sein Auto im Ort geparkt und war zu Fuß hochgelaufen? Egal. Bernhardt und Habel machten sich auf den Weg, nicht ohne dass der Hoffer Ernst sie noch einmal dringend darauf hingewiesen hätte, den Zeitfaktor nicht aus dem Auge zu lassen: »Spätestens um halb vier müssts umkehren!«, hatte er sie mehrmals ermahnt.

Der Aufstieg war viel mühsamer, als die beiden sich das vorgestellt hatten. Auf dem schmalen Pfad war es schwierig, feste und sichere Tritte zu setzen. Immer wieder rutschten sie aus und konnten manchmal nur mühsam einen Sturz vermeiden. Als sie noch nicht einmal die Hälfte des Weges zurückgelegt hatten, blieb Bernhardt stehen.

»Meine Kondition ist verdammt schlecht.«

»Meine auch. Sollen wir zurückgehen?«

»Nein. Aber ruf mal den Hoffer an, was der meint.«

Anna Habel fummelte ihr Handy aus der Jackentasche. »Kein Empfang. Und bei dir?«

Auch bei Bernhardt: kein Empfang.

»Anna, wir sind auf dem falschen Trip. Wir müssen das Unternehmen abbrechen.«

Sie hatten es erst gar nicht bemerkt: Feiner Schnee rieselte aus den Wolken und verhängte den langsam verlöschenden Tag mit grauen Schleiern. Die Stöcke, die den Pfad markierten, waren nicht mehr zu erkennen. In erschreckend kurzer Frist verschwand der Weg unter einer dicken Schicht Schnee.

Das Licht der beiden Kopfleuchten, die sie sich aufgesetzt hatten, versickerte im Grau der unablässig fallenden Flocken. Vom Gelände war nichts mehr zu erkennen, man sah nicht einmal mehr, wo sich Erde und Himmel berührten. Sie mussten stehen bleiben, jeder Schritt konnte in den Abgrund führen.

»Wir sind Idioten.«

»Hilft uns jetzt auch nichts mehr.«

»Dieser blöde Provinzpolizist hätte uns zurückhalten müssen.«

»Wir sind erwachsen.«

»Ja, Scheiße. Wir erfrieren hier. Wir müssen was tun!«

»Ja, bewegen, nicht hinsetzen.«

Sie hüpften beide und bewegten die Arme wie Hampelmänner.

»Aber wir können nicht bis morgen früh hier durchhalten.«

»Die schicken jemanden, mit einem Räumgerät, was weiß ich.«

»Du hast doch gehört, dass die für uns niemanden rausschicken.«

»Mann, das war ein Witz.«

»Bin ich mir nicht so sicher.«

Sie schwiegen. Unerbittlich fielen die Flocken auf sie nieder, so dass bald auch sie so weiß waren wie die Landschaft um sie herum.

Und dann geschah das Wunder: So plötzlich, wie der Schnee gekommen war, verschwand er auch. Der Himmel riss auf, die Sterne begannen zu leuchten, und ein riesiger orangefarbener Mond schob sich hinter einer Bergspitze hervor. Ein bläulicher Schimmer lag über den Schneeflächen, der sich ständig veränderte, mal blasser wurde, dann intensiver und in immer neue Formen von Blau überging. Sie schwiegen, als fürchteten sie, jedes Wort könnte den Zauber zerstören. Schließlich seufzte Bernhardt auf. »O Mann, das ist so schön, das ist…«

»Ja, das ist… wirklich… so schön.«

Sie sagten eine Zeitlang kein Wort und kehrten dann langsam in die Wirklichkeit zurück. Anna brach als Erste das Schweigen. »Schau mal, man sieht die Pfosten jetzt wieder.«

»Ja. Und das heißt?«

»Das heißt erst einmal, dass wir gerettet sind. Wir können hochlaufen zum Steiner oder runter zum Hoffer.«

»Was schlägst du vor?«

»Hoch zum Steiner.«

»Wenn er da ist.«

»Werden wir dann sehen.«

»Hast du deine Pistole mit?«

»Selbstverständlich!«

Sie versanken immer wieder bis zu den Hüften im

pulvrigen Schnee und rangen sich stöhnend und schwitzend jeden Meter nach oben ab, wo Steiners erstaunlich großes Holzhaus wie eine Burg aus einem Fantasyfilm vor dem Nachthimmel stand, in dem die Sterne leise flinkerten.

Als sie sich dem Haus mühsam näherten, sahen sie einen matten Lichtschein in einem Fenster. Also war jemand da. Oder spiegelte sich der Mond in einer Fensterscheibe? Das Holz der Tür wie auch die fest ineinandergefügten Balken des Hauses waren von Wind und Wetter schwarz gegerbt. Bernhardt hatte keine Ahnung, wie sie nun vorgehen sollten, was ihn nicht daran hinderte, die rohe und zugleich würdevolle Schönheit des Hauses zu bewundern. Am liebsten hätte er mal kurz die Zeit angehalten. Aber die Zeit lief weiter.

»Und jetzt?«

Anna zuckte ratlos mit den Schultern.

»Hätten wir uns vorher überlegen sollen.«

»Klopfen wir einfach?«

»Wir sind Idioten, was haben wir uns eigentlich gedacht?«

Die Entscheidung, wie es weitergehen sollte, wurde ihnen abgenommen. Leise knarrend öffnete sich die Tür, der silbern schimmernde Lauf eines Gewehrs schob sich langsam vor, verharrte kurz. Dann trat Steiner ins Mondlicht. Ein souveräner Auftritt, musste man zugeben. Steiners Lachen, hämisch und keckernd, holte die beiden, die wie arme Sünder vor der Hütte im tiefen Schnee standen, aus ihrer Schockstarre zurück.

»Ja, geh, die kleine, hyperaktive Frau Habel. Frau Chefinspektorin, habe die Ehre, küss die Hand. Und einen Kavalier haben Sie auch dabei. Fesch.«

Thomas Bernhardt glaubte zu hören, wie Anna mit den Zähnen knirschte. Er versuchte, wie ein Außenstehender auf das Tableau zu schauen, in dem er sich befand. Keine gute Konstellation. Das Gespräch suchen, Nähe herstellen, keine Angst zeigen … In welchem Fortbildungskurs hatte er das gelernt?

»Herr Steiner, ich gestehe, dass die Situation, in der wir uns gerade befinden, etwas verwunderlich ist. Aber wir hatten Ihnen gestern unmissverständlich zu verstehen gegeben, sich zur Verfügung zu halten. Und dann waren Sie plötzlich unauffindbar. Das hat uns zu denken gegeben, und so wollten wir –«

»Lieber Herr Bernhardt aus Berlin, Sie sind mir ein bisschen zu forsch.«

»Das ist nicht meine Absicht, wie gesagt –«

»Lassen *Sie* sich zunächst einmal etwas gesagt sein, Bernhardt. In den USA könnte ich Sie einfach über den Haufen schießen, ohne dass mir strafrechtlich etwas passieren würde. Dort ist man nämlich der durchaus richtigen Auffassung, dass privater Grund nicht einfach so von Fremden betreten werden darf. Könnte ja sein, dass Sie mir nach dem Leben trachten oder mich berauben wollen? Aber selbst im schönen Österreich, diesem Kleinod der europäischen Zivilisation, würde mir nicht viel widerfahren, wenn mir der Finger am Lauf dieses sehr guten Gewehres ausrutschen würde. Putative Notwehr nennt man das dann.«

Anna war nicht nur, wie Steiner uncharmanterweise

gesagt hatte, klein und hyperaktiv, jetzt war sie auch zornig. Sie legte ihre Hand auf die Pistole.

»Steiner, Sie können uns erschießen –«

»Könnte ich.«

»Lassen Sie mich ausreden! Uns zu erschießen bringt aber nichts. Unsere Ermittlungsmaschine läuft, wir haben Erkenntnisse, die werden Sie –«

»Liebste, ich finde das ja so süß, dass Sie mir drohen. Aber treten Sie doch ein. Nur geben Sie mir erst Ihre Waffe. Sonst hört meine Gastfreundschaft auf.«

Anna hatte vor dem auf sie gerichteten Gewehrlauf keine andere Wahl. Steiner nahm die Pistole an sich und komplimentierte die beiden in die Hütte, in der es angenehm warm war und nach altem Holz roch. In einem großen Kamin flackerte ein Feuer. Er drängte sie auf eine Sitzbank neben dem Kamin. Das Gewehr hatte er lässig wie ein Cowboy unter den Arm geklemmt.

»Ihr könnt mir gar nichts nachweisen. Und wenn ich mir hier in meiner Hütte eine kleine Auszeit nehme, bedeutet das kein Schuldeingeständnis. Ich brauche eine Pause, mein Anwalt wird meine Situation und mein Verhalten in juristisch einwandfreien Formeln erklären.«

»Da zweifle ich keine Sekunde dran. Er wird Sie als unschuldiges Lämmlein zeichnen. Das sind Sie aber nicht. Sie haben jede Menge Dreck am Stecken. Warum sind Sie just am Todestag von Sophie Lechner nach Berlin gefahren, und warum haben Sie bei meiner ersten Vernehmung gelogen und gesagt, Sie seien nicht in Berlin gewesen?«

»Allerliebste und verehrte Frau Chefinspektorin, Sie

enttäuschen mich. Ich hatte keine Lust auf große Debatten und Verdächtigungen, deshalb habe ich die Berlin-Reise nicht erwähnt. Na und? Warum bin ich wohl nach Berlin gefahren? Geschäfte, was sonst? Wenn ich gewusst hätte, dass Sophie an diesem Tag ermordet wird, wäre ich naturgemäß in Wien geblieben. Man traut mir viel zu, und das auch zu Recht, wenn ich das mal so ungeschützt sagen darf, aber Hellseher bin ich nicht, leider.«

Bernhardt war zufrieden. Sie hatten Steiner in ein Gespräch verwickelt. Die beste Voraussetzung, um ihn von seinem hohen Ross langsam runterzuzerren.

»Sie sind nicht allein gefahren.«

»Was Sie nicht sagen. Tja, Nemeczek hat mich gefahren, der ist meine rechte Hand, der fährt mich auf langen Strecken immer. Ich muss sagen, auch von Ihnen, Bernhardt, bin ich enttäuscht. Und, um ehrlich zu sein, werde ich ein bisschen ungeduldig. Sie hier in meiner guten Stube zu sehen, gefällt mir gar nicht, ich fühle mich belästigt.«

Er schwenkte lässig sein Gewehr, richtete es einmal spielerisch auf Anna Habel, dann auf Thomas Bernhardt.

»Tja, was soll ich mit euch beiden machen? Sagen Sie's mir, Bernhardt.«

»Sie sollen mit uns ins Tal zur Polizeistation kommen und die Missverständnisse aufklären, denen wir Ihrer Meinung nach aufgesessen sind.«

»Ich bitte Sie. Durch den Schnee ins Tal. Nein, das möchte ich nicht. Ich schicke Sie einfach zurück. Oder sollte ich doch…«

Er setzte den Lauf des Gewehres auf Anna Habels Wange. Anna versuchte ihren Kopf zurückzuziehen, aber Steiner verstärkte den Druck des Laufs. Sie schloss die Augen. Ihr heftiges Schlucken war zu hören, das angestrengte Ein- und Ausatmen.

»Nein, das ist nicht nett von mir. Eine Frau…«

Er zog das Gewehr mit einer blitzschnellen Bewegung weg und richtete es auf den Magen von Bernhardt.

»Einen unschuldigen Menschen zu verfolgen, einen Mann, der brav seine Steuern bezahlt, und nicht zu knapp, das finde ich einfach nicht schön. Da werde ich einfach ein bisschen cholerisch, entschuldigt bitte. Ihr schädigt mein Renommee, meine Geschäfte. Jetzt beruhige ich mich aber wieder, ihr geht jetzt brav runter ins Tal. Und ich schaue morgen im Lauf des Vormittags mal vorbei. Ist das recht so?«

Bernhardt hatte einen gallebitteren Geschmack im Mund. Eine große Wut wallte in ihm auf. Er sprang auf und zischte leise: »Steiner, du blödes Arschloch, nimm die Knarre weg. Du hast keine Chance.«

Steiner holte aus und schlug Bernhardt mit der flachen Hand ins Gesicht. Bernhardt stürzte zu Boden. Im Fallen riss er Steiner mit und warf sich auf ihn. Er hatte ihn. Aber Steiner gelang es, den Schaft des Gewehrs in der Hand zu behalten, den er nun, ohne zu zögern, unter Bernhardts Kinn rammte. Eine klaffende Wunde tat sich an Bernhardts Kinn auf, die stark zu bluten begann.

Steiners Gesicht war verzerrt. »Mich hält niemand auf, schon gar nicht zwei Versager wie ihr.«

Er war wieder auf den Beinen und richtete das Gewehr abwechselnd auf Bernhardt und Anna Habel. Langsam ging er rückwärts zu einem Tisch, wo er aus der Schublade Klebeband und Schnüre fingerte.

»So, ihr werdet jetzt schön gefesselt. Und ich mache mich auf den Weg nach Dubai, das ist meine neue Heimat. Ich studiere schon den Koran, und bald werde ich ein treuer Moslem sein. Da schaut ihr, was?«

Es war offensichtlich: Der drehte durch! Die Erkenntnis durchfuhr Bernhardt wie ein Blitz. Der war für Argumente nicht mehr zugänglich, er wägte nicht mehr das Verhältnis von Chance und Risiko ab, der war eine Bombe, die jederzeit hochgehen konnte. Steiner war inzwischen zu Anna getreten und machte sich mit seinen Schnüren an ihr zu schaffen. Sie gab Bernhardt, der gekrümmt auf dem Boden saß, ein winziges Zeichen: Kaum merklich drehte sie ihre Augen in Richtung eines Fensters.

Bernhardt begriff zunächst nicht. Ein Huschen, ein sekundenkurzes Schattenspiel, war da was? Und dann: ein unglaubliches Krachen, vermischt mit dem Geschrei vorwärtsstürzender Menschen in schwarzen, schreckerregenden Monturen. Der Raum war urplötzlich in blendende, schmerzende Helligkeit getaucht. Bernhardt hatte das noch nie erlebt. Blendgranaten waren das. Irre. Er spürte, wie er anfing zu zittern, wie er sich noch mehr zusammenkrümmte. Alles in Extremzeitlupe. Wie Steiner einfach umgeworfen, geschlagen und gefesselt wurde. Und gleich darauf erfuhr er, wie es sich anfühlte, wenn die Sinne schwanden. Sie schalteten langsam ab, bis er

nichts mehr wahrnahm und in einer kurzen Bewusstlo-
sigkeit versackte.

Die Fahrt ins Tal auf einem Schlitten blieb ihm nur un-
klar im Gedächtnis. Er kam erst wieder zu sich in der
Dienststube von Revierinspektor Hoffer. Ein Arzt ver-
sorgte sein zerschlagenes Kinn. Eine Ärztin kniete vor
Anna Habel und sprach auf sie ein. Nein, Anna wollte
kein Beruhigungsmittel. Sie wollte mit Steiner sprechen,
der in der Mitte des Zimmers in Handschellen auf einem Stuhl saß.

Die Bewegung in dem Raum war groß. Leute vom
Einsatzkommando wuselten umher, der Chefinspektor
aus Gmunden versuchte sich ein Bild zu machen. Hoffer Ernst gab den Hausherrn.

Anna trat auf Bernhardt zu.

»Alles okay?«

»Kann man so sagen. Und bei dir?«

»War knapp diesmal, aber alles okay. Die haben uns
ganz gut rausgerissen.«

»Und wie weiter jetzt?«

»Den Steiner nehmen wir jetzt mit nach Wien.«

»Ist der denn transportfähig?«

»Wenn wir's sind, ist er's auch. Wir fixieren den auf
einer Trage, setzen ihn in einen Krankenwagen, Arzt und
Polizisten dazu, fertig. Die Ermittlungen liegen ja in
meiner Hand.«

»Der redet nicht mehr.«

»Ja, Schock oder was weiß ich. Vielleicht mimt er auch
nur. Dafür gibt's Psychiater.«

Sie verabschiedeten sich von Hoffer Ernst. Anna Habel hatte schon wieder einen guten Schmäh drauf.

»War mir eine Ehre und ein Vergnügen, Kollege Hoffer. Schaun S' mal vorbei, wann S' in Wien sind. Und ich mach im nächsten Sommer vielleicht Urlaub am Hallstätter See.«

Hoffer replizierte mit altösterreichischer Grandezza. »Küss die Hand, Frau Kollegin, das war ein großes Erlebnis, die Krönung meines Berufslebens, möchte ich fast sagen. Ich hab ein kleines Boot, damit könnten wir eine Tour über den Hallstätter See machen, am besten in Begleitung vom geschätzten Berliner Kollegen.«

Er verneigte sich in Richtung Bernhardt. Der verneigte sich ebenfalls und dachte bei sich, dass es eigentlich keinen besseren Beruf gab als den des Kriminalkommissars. Immer aufs Neue: Expeditionen ins Ungewisse.

Während der Fahrt in Richtung Wien hatten Anna Habel und Thomas Bernhardt die Informationen aus ihrer beider Büros gecheckt und miteinander verglichen. Sie waren begeistert. Das war absolut wasserdicht. Sie hatten jetzt genug in der Hand, um Steiner festzunageln.

Im Wiener Büro flatterte Hofrat Hromada mit den Flügeln.

»Frau Habel, gute Arbeit, da stehn ma am Stockerl. Aber viel zu hohes Risiko. – Und Herr Bernhardt, ich bedaure zutiefst, dass Sie in Ausübung Ihres Dienstes …«

Bernhardt spielte den Starken, und in der Tat fühlte er sich auch ganz gut. Ordentlich Adrenalin und zwei Voltaren, da lief das schon.

Endlich kam auch Steiners Rechtsanwalt, der seine Bestürzung nicht verbergen konnte. Er sah, was den anderen schon vorher aufgegangen war: Steiner war ein anderer geworden. Kaum erkannte man in dieser starren Gestalt noch den alten geschmeidigen, zynischen Burschen.

Der Rechtsanwalt riet seinem Mandanten, was er ihm zu raten hatte: Aussageverweigerung. Aber Steiner schüttelte den Kopf. »Irgendwann ist Schluss. Ich sage, was ich weiß.«

Auch die Stimme dieses in sich gekehrten, wie gebrochen wirkenden Mannes hatte sich verändert, war spröde und schwach geworden. Einen solchen Zusammenbruch eines Menschen hatten Thomas Bernhardt und Anna Habel noch nicht erlebt. Der war vom Blitz getroffen, sagte sich Anna Habel.

Der große Geschäftemacher und Frauenheld, der Wüterich aus der Hütte war nur noch ein Häufchen Elend.

Bei der abschließenden Vernehmung hörte Bernhardt zunächst nur zu. Das war Annas Sache, ihr Heimspiel.

Und sie ging die Vernehmung routiniert an, in deren Verlauf sich allerdings immer wieder so etwas wie Ratlosigkeit und dann ein Hauch von Mitleid auf ihrem Gesicht abzeichneten. Der Fassadenbaumeister Steiner konnte sich hinter keiner Fassade mehr verbergen. Das war was fürs Lehrbuch, schien es Bernhardt: wie alle Lügen wertlos werden, wenn die letzte Lüge nicht mehr gelingt. Anna hatte leichtes Spiel.

»Herr Steiner, Sie sind nach Berlin gefahren, um Sophie Lechner zu töten.«

»Nein, verzeihen Sie, es war anders. Wir wollten uns versöhnen. Ich hab in ihrem Zimmer in dieser schönen Wohnung gesessen und habe auf einen Neuanfang gehofft.«

»Was ist passiert?«

»Sie wollte auch. Das glaubte ich zumindest. Sie hatte ja sogar zur Begrüßung mit einem roten Stift dieses Zitat an die Wand geschrieben. Alles lief gut. Glaubte ich. Wir hatten phantastischen Sex. Und dann…«

Er schlug die Hände vors Gesicht.

»Herr Steiner, sollen wir…?«

»Nein, nein. Sie werden es nicht verstehen. Plötzlich hat sie mich beschimpft. Alter Finanzhai, Lügner, Betrüger.«

»Warum hat sie das getan?«

»Na ja…« Er stockte, zögerte. »Sie wollte etwas von mir, und eigentlich wollte ich es ihr geben, dann aber auch wieder nicht.«

»Das verstehe ich nicht.«

»Das ist schwierig. Sophie konnte nicht treu sein. Sie hatte immer andere Männer, auch Frauen, damit konnte ich leben. Na ja, mehr oder weniger. In Berlin hatte sie zwei Männer und in Wien eine Frau. Mit denen hat sie sich, wie soll ich es sagen… etwas ausgedacht.«

»Verstehe ich schon wieder nicht.«

Steiners Gesichtsausdruck war gequält. »Sie hat mich erpresst. Zusammen mit den drei anderen.«

»Namen?«

»Groß, Hirschmann, Beyer.«

Bernhardt schaltete sich ein. »Der Schauspieler, der Liedermacher und die Agentin. Richtig?«

»Richtig.«

»Und was haben die nun gemacht?«

»Die wollten Geld von mir, ein paar Millionen, Jahr für Jahr.«

»Einfach so?«

»Nein, die wollten ein unabhängiges Theater gründen.«

Anna Habel übernahm wieder.

»Aber das musste Ihnen doch entgegenkommen. Sie, der große Mäzen, gegen die Macht der verschnarchten Stadt- und Staatstheater?«

»So viel Geld hatte ich nicht. Ich bin geschäftlich ziemlich angespannt, ich meine, die Lage ist angespannt.«

»Und das haben Sie Sophie Lechner gesagt?«

»Ja, aber die hat das nicht geglaubt. Und sie hat angefangen, mich zu erpressen.«

»Zu erpressen? Wie ging das?«

»Als wir zusammen waren, hat sie Einblick gehabt in einige geschäftliche Transaktionen. Und sie hat ein paar Unterlagen bei ihrem Abgang aus meiner Wohnung mitgenommen.«

»Also, das Versöhnungstreffen in Berlin war letztlich der Versuch, Sophie Lechner und die anderen davon abzuhalten, Sie weiter zu erpressen?«

Steiner seufzte, zögerte. »Sophie war Schauspielerin, für sie war alles Spiel, ich dachte, wenn ich sie bitte, aufzuhören mit ihrem Spiel, versteht sie mich.«

»Aber sie hat Sie nicht verstanden?«

»Nein, sie ist ausgezuckt, sie will dieses Theater, sie will, sie will, und die anderen wollen auch. Und im Übrigen sei ich ein Schlappschwanz, Groß sei besser als ich, Hirschmann auch, und selbst Gilda Beyer sei besser als ich. Und so ging das hin und her. Und plötzlich hatte ich das Messer in der Hand.«

Er wand sich auf seinem Stuhl und heulte hemmungslos.

»Sie haben sie also getötet. Wie ging's dann weiter?«

»Ich habe meine Spuren verwischt, habe diese Opernmusik aufgelegt, damit sie gefunden wird – vielleicht lebt sie ja noch, dachte ich –, und bin abgehauen.«

»Das war alles?«

»Ja. Nein. Der Hirschmann von der gegenüberliegenden Wohnung hat die Tür ein wenig geöffnet und mich mit großen Augen angesehen.«

»Und?«

»Ich bin einfach weggelaufen.«

In Bernhardts Kinn pochte es unangenehm, was seine Lust, Steiner den Nerv zu ziehen, erheblich beförderte.

»Das war alles?«

»Ja. Das war alles.«

»Verehrter Herr Steiner, Sie lügen. Sie scheinen zu glauben, dass in Berlin dumme Polizisten arbeiten und in Wien auch. Ihre Geschichte ist ja noch nicht mal zur Hälfte erzählt.«

»Doch.«

Ganz fertig war er noch nicht, der Steiner. Er wollte eine Grenze ziehen, hinter der er sich verschanzen konnte. Und der Rechtsanwalt unterstützte ihn und forderte ihn strikt auf, nichts mehr zu sagen.

Aber Bernhardt ließ nicht locker. »Herr Steiner, Sie

müssen nicht aussagen, denn wir wissen schon alles, und ich erzähle Ihnen, wie es wirklich war. Sie müssen, ach nein, Sie müssen noch nicht mal, Sie können, wenn Sie wollen, zustimmend nicken.«

Steiner schaute ihn verwirrt an.

»Fangen wir bei Groß an. Der hat im Krankenhaus eine umfassende Aussage gemacht. Warum er im Krankenhaus liegt, da kommen wir noch drauf. Groß war erschüttert über den Tod Sophie Lechners, das glauben wir ihm ohne weiteres, aber er war auch in Geldnöten, seine geliebte Sophie hat ihn nämlich nicht mehr mit hochgezogen im Theater, mit den großen Rollen war's vorbei. Ebbe auf dem Konto, Geld musste her, unabhängig von allen großen versponnenen Theaterträumen. Und was macht dieser nette Junge? Trotz seiner echten oder nur gespielten Erschütterung erneuert er die Erpressung Ihnen gegenüber. Damals, so lange ist's noch gar nicht her, waren Sie noch ein anderer Mann. Wer Sie erpresst, muss früh aufstehen.«

In Steiners starrem Blick mischte sich Überraschung mit Unruhe.

»Ja, Groß musste weg. Sie waren jetzt schon auf einem sehr abschüssigen Weg. Selbst wollten Sie sich nicht noch mal die Hände schmutzig machen, also musste Ihr Mann fürs Grobe ran, Nemeczek.«

»Nein, das stimmt nicht.«

»Herr Steiner, Sie halten mich für dumm und meine Kollegen dazu. Sind wir aber in der Regel nicht. Den Nemeczek haben meine Kollegen in Berlin vor einer Stunde gefunden, der hat rumtelefoniert an heiklen Orten, für ihn heiklen Orten, wo er sich auf gar keinen Fall aufhalten durfte, wenn er sich nicht schwer verdächtig machen wollte. Und da er das sehr genau wusste, ist er in einem schönen, gutbürgerlichen Hotel mit mildem Luxus in Berlin auf Tauchstation gegangen, auf die Matratze, wie der Mafioso sagt. Und ist sofort zusammengeklappt, als meine Berliner Kollegen ihn hatten. Die mussten ihm noch nicht mal die Daumenschrauben anlegen. Er hat sich uns an den Hals geworfen, Kronzeuge will er sein. Und er hat gesungen: Er hat Groß hoch oben auf einem Windrad deponiert, in Ihrem Auftrag. Was haben Sie dazu zu sagen?«

»Ja.«

»Sie geben das zu?«

Der Rechtsanwalt sprang neben Steiner. »Nein, das gibt mein Mandant nicht zu.«

»Ja.«

Steiner klang jetzt, als hätte er auf Autopilot geschaltet. Der Rechtsanwalt rang die Hände. Bernhardt schaute Anna Habel an, die übernahm. »Herr Steiner, es ist gut, dass Sie Ihr Gewissen erleichtern. Aber da ist noch was.«

»Ja.«

»Sie wissen, was ich meine?«

»Ja.«

»Gilda Beyer.«

»Ja.«

»Die hat's auch nicht lassen können mit der Erpressung. Groß hat sie mit ins Boot geholt. Dass der dann von Nemeczek aufs Windrad verfrachtet wurde und beinahe erfroren wäre, wusste sie nicht. Auch sie wollte das große Rad drehen. Typischer Fall von Selbstüberschätzung. Da waren Sie übrigens schon ganz schön in Panik. Sie haben sich einfach auf die Schnelle einen Killer geschnappt, für 10 000 Euro. Kein besonders heller Typ, da hätten Sie sich mal ein bisschen was Besseres gönnen können. Den haben die Kollegen gerade eing'näht, er hat sofort gestanden.«

»Ja.«

»Jetzt hätten wir noch einen allerletzten Punkt. Das ist zwar der harmloseste, aber der, der mich am meisten ärgert.«

Hans-Günther Steiner blickte Anna erwartungsvoll an.

»Warum haben Sie mich im Keller des Burgtheaters eingesperrt? Wollten Sie mir einen Schrecken einjagen, oder wollten Sie, dass ich erfriere?«

»Ich habe was?« Steiner warf den Kopf in den Nacken und bellte ein trockenes Lachen. »In den Keller der Burg? Na, das ist ja mal originell. Aber leider nicht meine Idee.«

»Das leugnen Sie? All die Morde geben Sie zu, und das leugnen Sie?«

Bevor Steiner etwas sagen konnte, schob sich eine vertraute Gestalt in Annas Blickfeld. Robert Kolonja, eine monströse Schiene am linken Bein, zwei blitzblaue Krücken und ein verlegenes Lächeln im Gesicht. »Das war er ausnahmsweise nicht.«

»Robert! Was machst du denn hier?« Anna rannte auf ihn zu, und fast hätte er das Gleichgewicht verloren.

»Hey, nicht so stürmisch, ich bin ein bisschen wackelig auf den Beinen. Was ich hier mache? Ich bin gestern zurückgekommen, und als du deinen Ausflug in die Berge angetreten hast und nicht erreichbar warst, haben mich unsere Youngsters in ihrer Verzweiflung angerufen.«

Die beiden Youngsters, Kratochwil und Motzko, lächelten verlegen. »Ja, weil… hier saß ja auch immer noch der Fürst in seiner Arrestzelle, und da wussten wir nicht, was wir mit dem tun sollten, weil… man darf ja so lange niemanden festhalten, und da haben wir gedacht, wir rufen mal den Herrn Kolonja an, weil wir Sie ja nicht erreicht –«

»Ja, ja, ist ja gut! Ich freu mich ja, dass er hier ist. Aber was hat das mit meiner Nacht im Theater zu tun? Er wird mich ja nicht eingesperrt haben?«

»Was du immer für Ideen hast! Nein, aber ich habe mich – bestens eingeführt von den jungen Kollegen – intensiv mit Herrn Fürst beschäftigt. Und dabei habe ich herausgefunden, dass er für deine unbequeme Nacht verantwortlich ist.«

»Was? Wie soll das denn gehen?«

»Na ja, du warst ja am Mittwoch bei ihm, und da hat er mitbekommen, dass du am Abend noch einen Termin im Burgtheater hast. Und er hat sich so über dich geärgert, dass er dir einen Denkzettel verpassen wollte.«

»Er ist mir doch nicht nachgeschlichen?«

»Nein, er hat gestanden, dass er Monika Swoboda angestiftet hat, dich ein wenig zu erschrecken. Und da hat sie –«

»Da hat die mich die ganze Nacht da eingesperrt?«

»Nein, sie schwört, dass sie nach zwei Stunden wieder aufgeschlossen hat. Das hast du in deiner Panik wohl nicht mitbekommen.«

»Das gibt es nicht. Das darf doch nicht wahr sein! Wie blöd kann man eigentlich sein?«

»Wen genau meinst du jetzt?«

Anna zog die Augenbrauen hoch und schnaubte durch die Nase.

»Willst du sie anzeigen? Nötigung? Körperverletzung? Entführung? Behinderung der Ermittlungsarbeiten? Da geht schon was.«

»Weißt du was? Die kann mich mal.«

38

Kurze Zeit später waren Anna Habel und Thomas Bernhardt allein im Dienstzimmer, das vor sich hin miefte. Sie nahmen sich in den Arm. Anna schniefte. »Weißt du, wie spät es ist?«

»Es ist fünf Uhr früh in Wien, bei leichtem Schneefall, die Außentemperatur beträgt«, er ging ans Fenster und schaute auf das Thermometer, das draußen angebracht war, »minus 12 Grad, ich fühle einen Schnupfen kommen, ich bin heute Nacht um fünf Jahre gealtert ...«

»Nein, komm, das wär schrecklich.«

»Das könnte aber rückgängig gemacht werden, durch ein heißes Bad in deiner Badewanne, durch eine sanfte Rückenmassage ...«

»Nur eine Rückenmassage?«

»Ich bitt Sie, hochverehrte Frau Chefinspektorin, da geb ich Ihnen freie Hand, *plein pouvoir.*«

»Machbar wär's. Der Florian ist noch beim Skilaufen mit seiner Freundin, und da dürfte sich seine Mutter ja auch mal was gönnen, oder?«

»Da stimme ich vollinhaltlich zu, Frau Chefinspektorin.«

Die Badewanne war zu klein für sie beide, aber fünf Minuten hielten sie's zusammen aus. Als Anna sich leicht stöhnend erhob und aus der Wanne stieg, konnte sie sich eine Frage doch nicht verkneifen.

»Findest du mich dick?«

»Klar, die schärfste Dicke, die ich auf dieser Welt kenne.«

Anna Habel griff mit beiden Händen tief in die Wanne und schaufelte ihm Wasser ins Gesicht. Er zog sie zu sich, und sie platschte auf ihn. Sie lachten.

Bielefeld & Hartlieb
im Diogenes Verlag

Auf der Strecke
Ein Fall für Berlin und Wien
Roman

Der erfolgsverwöhnte junge Autor Xaver Pucher hatte noch viel vor. Doch unterwegs zu seinem Agenten, dem er sein neues Manuskript überreichen wollte, wird er im Schlafwagenabteil auf der Strecke zwischen Wien und Berlin ermordet.

Zwei Kommissare kümmern sich um den Fall: auf der österreichischen Seite Anna Habel, Ende dreißig, temperamentvoll und unermüdlich, auf der deutschen Thomas Bernhardt, Mitte fünfzig, sarkastisch und manchmal zur Melancholie neigend. Mit ihren unterschiedlichen Temperamenten geraten sie schon bald aneinander. Doch im Dienst der Sache und unter dem Druck der Öffentlichkeit müssen sie sich zusammenraufen. Ihre Recherchen führen sie in Wien auf den Zentralfriedhof, in den Prater und in die Gassen der Inneren Stadt, in Berlin zu den hippen Büros am Prenzlauer Berg, in die Hinterhöfe von Schöneberg und die Kneipen Neuköllns.

»Bielefeld & Hartlieb liefern eine fesselnde Spurensuche mit Einblick ins Berliner und Wiener Leben – und eine amüsante Persiflage auf den Literaturbetrieb.«
Babina Cathomen / Kulturtipp, Zürich

Bis zur Neige
Ein Fall für Berlin und Wien
Roman

Freddy Bachmüller, Edelwinzer im österreichischen Weinviertel, produzierte erstklassigen Wein – jetzt ist er »a Leich«. Kurz darauf wird Szenelokalbetreiber

Ronald Otter in Berlin erschossen – er hatte Bachmüllers Weine im Angebot. Wenn das kein Fall für Berlin und Wien ist!
Kommissar Bernhardt und Chefinspektorin Habel ermitteln wieder zusammen. Bernhardt kannte das Berliner Opfer, in den Siebzigern hatten sie zusammen studiert. Schlagworte von damals kommen ihm in den Sinn: Pflicht zum Ungehorsam, Kampf dem System… Die Schlüsse, die Bernhardt daraus zieht, stimmen allerdings nicht mit den Vermutungen von Anna Habel überein. Die wittert im Fall des toten Winzers weibliche Eifersucht.

»Das Autorenteam spielt ironisch-amüsant mit den Eigenheiten der zwei Metropolen sowie ihrer Bewohner.« *Britta Helmbold / Ruhr Nachrichten, Dortmund*

»Ein flotter Krimi, glaubhafte Charaktere, unterhaltsam und gut aufgebaut.«
Monika Janosch / Wiener Zeitung

Nach dem Applaus
Ein Fall für Berlin und Wien
Roman

Der dritte Fall für das streitbare Ermittlerpaar Thomas Bernhardt und Anna Habel führt ins Theatermilieu von Berlin und Wien. Sophie Lechner war ein Star am Wiener Burgtheater, nun wollte sie auch in Berlin Beifall ernten – doch der letzte Akt kommt für die junge Schauspielerin schneller als gedacht: Sie wird in ihrer Wohnung erstochen.

»Ein spannender Krimi, sorgfältig konstruiert und erzählt, mit großem Realitätsbezug und einem Ermittlerpaar, das sich endlich auch menschlich näherkommt.« *Wolfgang Bortlik/20 Minuten, Zürich*

»So intelligente Unterhaltung hat Seltenheitswert.«
Marie-Louise Zimmermann / Berner Zeitung

Im großen Stil
Ein Fall für Berlin und Wien
Roman

Im Kunsthandel trifft man auf interessante Figuren: besessene Sammler und geldgierige Agenten, großspurige Mäzene und eitle Kuratoren, dreiste Fälscher und einfache Diebe. Als ein Wiener Kunstgutachter und ein Berliner Sammler fast zeitgleich ermordet werden, müssen Inspektorin Anna Habel und Kommissar Thomas Bernhardt dieses schillernde Ambiente gemeinsam durchleuchten. Hier weiß keiner mehr, was echt und was falsch ist. Ob es sich um Bilder oder um Gefühle handelt: Niemandem ist zu trauen. Und dabei ist Frühling – die Sonne strahlt, und die Welt zeigt sich so verführerisch, dass es Anna Habel und Thomas Bernhardt schwerfällt, ihre sieben Sinne beisammenzuhalten.

»Die temperamentvoll-chaotische Anna Habel und der melancholisch-zynische Thomas Bernhardt: ein zänkisches und humorvolles Gespann.«
Märkische Allgemeine, Potsdam

Petros Markaris
im Diogenes Verlag

Petros Markaris, geboren 1937 in Istanbul, studierte Volkswirtschaft, bevor er zu schreiben begann. Er ist Verfasser von Theaterstücken, Schöpfer einer beliebten griechischen Fernsehserie, Übersetzer von vielen deutschen Dramatikern, u.a. von Brecht und Goethe, und er war Co-Autor des Filmemachers Theo Angelopoulos. Petros Markaris lebt in Athen.

»Kommissar Charitos hat längst Kultstatus. Spannung, Humor und Sozialkritik verbindet Markaris zum Gesamtkunstwerk.« *Welt am Sonntag, Hamburg*

»Petros Markaris gefällt mir außerordentlich.« *Andrea Camilleri*

Die Fälle für Kostas Charitos:

Hellas Channel
Roman. Aus dem Neugriechischen von Michaela Prinzinger

Nachtfalter
Roman. Deutsch von Michaela Prinzinger

Live!
Roman. Deutsch von Michaela Prinzinger

Der Großaktionär
Roman. Deutsch von Michaela Prinzinger

Die Kinderfrau
Roman. Deutsch von Michaela Prinzinger
Auch als Diogenes Hörbuch erschienen, gelesen von Tommi Piper

Faule Kredite
Roman. Deutsch von Michaela Prinzinger

Zahltag
Roman. Deutsch von Michaela Prinzinger

Abrechnung
Roman. Deutsch von Michaela Prinzinger

Zurück auf Start
Roman. Deutsch von Michaela Prinzinger

Außerdem erschienen:

Balkan Blues
Geschichten. Deutsch von Michaela Prinzinger

Finstere Zeiten
Zur Krise in Griechenland

Quer durch Athen
Eine Reise von Piräus nach Kifissia. Deutsch von Michaela Prinzinger

Martin Walker
im Diogenes Verlag

»Martin Walker hat eine der schönsten Regionen Frankreichs, das Périgord, zum Krimiland erhoben und damit erst für die Literatur erschlossen.«
Die Welt, Berlin

»Der Autor schafft es, eine ruhige südwestfranzösische Landschaft zu kreieren, die man riechen und schmecken kann.« *Neue Luzerner Zeitung*

Die Fälle für Bruno, Chef de police:

Bruno, Chef de police
Roman. Aus dem Englischen von Michael Windgassen
Auch als Diogenes Hörbuch erschienen, gelesen von Johannes Steck

Grand Cru
Roman. Deutsch von Michael Windgassen
Auch als Diogenes Hörbuch erschienen, gelesen von Johannes Steck

Schwarze Diamanten
Roman. Deutsch von Michael Windgassen
Auch als Diogenes Hörbuch erschienen, gelesen von Johannes Steck

Delikatessen
Roman. Deutsch von Michael Windgassen
Auch als Diogenes Hörbuch erschienen, gelesen von Johannes Steck

Femme fatale
Roman. Deutsch von Michael Windgassen

Auch als Diogenes Hörbuch erschienen, gelesen von Johannes Steck

Reiner Wein
Roman. Deutsch von Michael Windgassen
Auch als Diogenes Hörbuch erschienen, gelesen von Johannes Steck

Provokateure
Roman. Deutsch von Michael Windgassen
Auch als Diogenes Hörbuch erschienen, gelesen von Johannes Steck

Außerdem erschienen:

Schatten an der Wand
Roman. Deutsch von Michael Windgassen

Brunos Kochbuch
Rezepte und Geschichten aus dem Périgord. Deutsch von Michael Windgassen. Fotografiert von Klaus-Maria Einwanger

Jakob Arjouni
im Diogenes Verlag

Jakob Arjouni, geboren 1964 in Frankfurt am Main, schrieb mit neunzehn seinen ersten *Kayankaya*-Roman. Für *Ein Mann, ein Mord* erhielt er 1992 den Deutschen Krimi-Preis, und seine Veröffentlichung *Idioten. Fünf Märchen* stand monatelang auf den Bestsellerlisten. Arjouni lebte mit seiner Familie in Berlin und Südfrankreich. Er starb am 17. Januar 2013 in Berlin.

»Seine Virtuosität, sein Humor, sein Gespür für Spannung sind ein Lichtblick in der Literatur jenseits des Rheins, die seit langem in den eisigen Sphären von Peter Handke gefangen ist.« *Actuel, Paris*

»Seine Texte haben Qualität. Sie sind ambitioniert, unaufdringlich-provokativ, höchst politisch.« *Barbara Müller-Vahl / General-Anzeiger, Bonn*

Happy birthday, Türke!
Kayankayas erster Fall. Roman
Auch als Diogenes Hörbuch erschienen, gelesen von Rufus Beck

Mehr Bier
Kayankayas zweiter Fall. Roman
Auch als Diogenes Hörbuch erschienen, gelesen von Rufus Beck

Ein Mann, ein Mord
Kayankayas dritter Fall. Roman
Auch als Diogenes Hörbuch erschienen, gelesen von Rufus Beck

Magic Hoffmann
Roman
Auch als Diogenes Hörbuch erschienen, gelesen von Jakob Arjouni

Ein Freund
Geschichten

Kismet
Kayankayas vierter Fall. Roman

Idioten. Fünf Märchen

Hausaufgaben
Roman

Chez Max
Roman
Auch als Diogenes Hörbuch erschienen, gelesen von Jakob Arjouni

Der heilige Eddy
Roman
Auch als Diogenes Hörbuch erschienen, gelesen von Jakob Arjouni

Cherryman jagt Mister White
Roman

Bruder Kemal
Kayankayas fünfter Fall. Roman

Die Kayankaya-Romane in einem Band im Schuber
Happy birthday, Türke / Mehr Bier / Ein Mann, ein Mord / Kismet / Bruder Kemal

Christian Schünemann
im Diogenes Verlag

Christian Schünemann, geboren 1968 in Bremen, studierte Slawistik in Berlin und Sankt Petersburg, arbeitete in Moskau und Bosnien-Herzegowina und absolvierte die Evangelische Journalistenschule in Berlin. Eine Reportage in der *Süddeutschen Zeitung* wurde 2001 mit dem Helmut-Stegmann-Preis ausgezeichnet. Beim Internationalen Wettbewerb junger Autoren, dem Open Mike 2002, wurde ein Auszug aus dem Roman *Der Frisör* preisgekrönt. Christian Schünemann lebt in Berlin.

»Schünemann verwendet auf die sardonische Schilderung einschlägiger Milieus mindestens ebenso viel Liebe und Sorgfalt wie auf den jeweils aktuellen Casus.« *Hendrik Werner / Die Welt, Berlin*

Der Frisör
Roman

Der Bruder
Ein Fall für den Frisör
Roman

Die Studentin
Ein Fall für den Frisör
Roman

Daily Soap
Ein Fall für den Frisör
Roman

Außerdem erschienen:

Christian Schünemann & Jelena Volić
Kornblumenblau
Ein Fall für Milena Lukin
Roman

Friedrich Dönhoff
im Diogenes Verlag

Savoy Blues
Ein Fall für Sebastian Fink
Roman

Sommer in Hamburg – und ein Lied in aller Ohren: *Savoy Blues*. Der Swing-Song von Louis Armstrong aus den dreißiger Jahren in der brandneuen Coverversion von DJ Jack ist der Megahit des Jahres. Auch dem jungen Hauptkommissar Sebastian Fink schwirrt das Lied im Kopf herum, während er sich an die Aufklärung seines ersten eigenen Falls macht: den Mord an einem pensionierten Postboten. Ein Krimi, der trügerisch leicht daherkommt und uns unbemerkt in die Untiefen jener Zeit lockt, als die Swing-Musik verboten war.

»Ein spannender Krimi mit einem grandiosen Finale.«
Westdeutsche Allgemeine Zeitung, Essen

Der englische Tänzer
Ein Fall für Sebastian Fink
Roman

Das erfolgreiche Musical *Tainted Love* kommt von London nach Hamburg. Doch vor der Premiere wirft ein seltsames Ereignis einen unheimlichen Schatten voraus: Eine Backstage-Mitarbeiterin sieht im Theatersaal einen Toten von der Kuppel hängen. Als Kommissar Fink am Tatort eintrifft, ist die Leiche aber verschwunden. Alles nur eine Halluzination? In seinem zweiten Fall ermittelt Sebastian Fink hinter den Kulissen der Musicalwelt. Es geht um Eitelkeiten, versteckte Rivalitäten und sehr viel Geld. Jeder beobachtet jeden. Und doch will niemand gesehen haben, wie ein Mensch aus ihren Reihen zu Tode kam.

»Bitte weitere Missionen für Sebastian Fink!«
Die Welt, Berlin

Seeluft
Ein Fall für Sebastian Fink
Roman

Zwischen den Aktivisten von Ökopolis und der Hamburger Reederei Köhn herrscht Streit. Den einen geht es um die Umwelt, den anderen um ihre Konkurrenzfähigkeit. Als am Fischmarkt die Leiche eines Reeders gefunden wird, nimmt Kommissar Sebastian Fink die Ermittlungen auf.

Der Fall führt ihn zu einem verbitterten Manager in einem modernen Glaspalast hoch über dem Hafen, zu einer sportbesessenen Witwe auf dem Land und zu einem frischverliebten Studentenpaar in St. Pauli. Sebastian hat alle Hände voll zu tun, als eines Morgens unverhofft seine Großmutter vor der Tür steht – und ihn mit einem gut gehüteten Familiengeheimnis konfrontiert.

»Friedrich Dönhoff hat einen kristallklaren Stil. Mit Sebastian Fink hat er einen sehr zeitgeistigen Ermittler geschaffen, der in ungewöhnlichen ›Familienverhältnissen‹ lebt und Erfahrungen in der Single-Szene macht. Ein aufsteigender Stern!«
New Books in German, London

Esmahan Aykol
im Diogenes Verlag

Esmahan Aykol wurde 1970 in Edirne in der Türkei geboren. Während des Jurastudiums arbeitete sie als Journalistin für verschiedene türkische Zeitungen und Radiosender. Darauf folgte ein Intermezzo als Barkeeperin. Heute konzentriert sie sich aufs Schreiben. Sie ist Schöpferin der sympathischen Kati-Hirschel-Romane, von denen weitere in Planung sind. Esmahan Aykol lebt in Berlin und Istanbul.

»Wer von der Schwermut skandinavischer Krimiautoren genug hat, ist bei Esmahan Aykol an der richtigen Adresse: Nicht in Eis, Schnee und Regen, sondern unter der sengenden Sonne Istanbuls deckt ihre herzerfrischend sympathische Heldin Kati Hirschel Mord und Totschlag auf.« *Deutsche Presseagentur*

»Esmahan Aykol ist eine warmherzige, vor allem aber kenntnisreiche Schriftstellerin.«
Angela Gatterburg / Der Spiegel, Hamburg

Goodbye Istanbul
Roman. Aus dem Türkischen von
Antje Bauer

Die Fälle für Kati Hirschel:

Hotel Bosporus
Roman. Deutsch von Carl Koß

Bakschisch
Roman. Deutsch von Antje Bauer

Scheidung auf Türkisch
Roman. Deutsch von Antje Bauer